U0074586

林繼富
劉秀美 主編

民俗與民間文學叢書

《黑暗傳》追蹤

劉守華 編著

秀威資訊・台北

目次

第三輯

喜讀〈神農架《黑暗傳》〉[1]

袁珂

在中國民間文藝研究會第四屆第二次理事會上，劉守華同志送給我一本多種版本彙編的〈神農架《黑暗傳》〉，使我得窺這部早就渴望看見的漢民族創世史詩，實在大快於心。

自來學術界有這樣一種看法：中國無史詩，或至少是漢民族無史詩。但前者早為近一個世紀以來發掘出的中國少數民族三大史詩——《格薩爾》、《瑪納斯》、《江格爾》所打破，後者也為最近從神農架發掘出的這部《黑暗傳》打破了。據胡崇峻、何夥二同志在彙編本《黑暗傳》序言中說，這部歌書歌詞的流傳，「聽前輩歌師講」，「早在唐代就有了（有的歌手說是元朝）」。時間雖然還不能確定，它的源遠流長、歷史悠久卻大概可以相信。

不久前我撰寫《中國神話史》（此書將由上海文藝出版社出版），推測在兩千三百多年前戰國時代的楚國，民間已有問答體史詩格局的東西流傳，屈原的《天問》就是這種民間史詩的模擬。存其問語而略其答詞，創此奇崛不凡的詩體，藉以抒寫詩人內心的憂憤。不期兩千多年以後又在神農架發現《黑暗傳》，有同志稱它「具有鮮明的楚文化特徵」，我表示贊同，同時也印證了我在《神話史》中的假想不無幾分道理。總之漢民族有史詩這一點已由《黑暗傳》給予堅定的回答了。

1 原載《中國文化報》，一九八七年二月四日。

這部多種版本彙編的《黑暗傳》，收集的材料，有原始資料共八種，原始資料附錄也是八種，內容豐富，大可一觀。要詳細予以介紹，是不可能的，只好節寫序中所述手抄全本（約三萬多行）《黑暗傳》的故事梗概如下——天地之初只是一團氣體，彌漫在一片黑暗之中。開始沒有水，經過了不知多少年代的神人的努力，後來出現了一個叫「江沽」的神人，才把水造了出來。那時，天萌芽了，長出一顆露水珠，卻又被「浪蕩子」吞掉了。「浪蕩子」一口吞掉露珠就死了，他的屍體分成五塊，才有了五形。從此地上有了實體，有了海洋，出現了崑崙山吐血水，才誕生了盤古。盤古請來日月，開天闢地，最後他「垂死化身」，軀幹化成大地的一切。盤古死後，大地上的金石、草木、禽獸化成了各種各樣的神。這時還沒有真正出現人類。神們互相爭奪，鬧得天昏地暗，直到洪水滔天。洪水中又出現了黃龍和黑龍搏鬥，來了個叫昊天聖母的神，幫助黃龍打敗了黑龍，黃龍產蛋相謝。昊天聖母吞下龍蛋，孕生三個神人：一個主天，一個主地，一個主冥府。洪水中又來了五條龍捧著大葫蘆在東海漂流。聖母打開葫蘆，見裡面有一對兄妹，勸他們結婚，才生下各個創世的神。到這時才產生了有血肉的人類世界。彙編本所收的八種殘缺不全的資料中，還有女媧、神農、黃帝、蚩尤，直到堯、舜、大禹等神話故事情節，就不單是創世史詩，還聯繫著英雄史詩了。不過最可貴的還是創世史詩這一部分，它有非常奇異的思想和獨特的表現手法。如原始資料之一中有一段說：「當時有個滋泉祖，滋泉生浦湜，浦湜就是混沌父，滋泉就是混沌母，母子成婚配，生出一元物，包羅萬象在裡頭，好像雞蛋未孵出。」這就顯示了原始社會早期人類群居時代雜交婚姻關係的實際景象以及我國古代「水浮天而載地」（《黃帝書》）、水為「萬物之本原」（《管子》）的深沉的哲學思想，和滿族的洪水神話不期而然地有著若干共通之處。「江沽造水」這一神話構思也很奇特，為其他神話所無。

總觀彙編本《黑暗傳》八種殘缺資料的大貌，我以為形成這部民間史詩的主要來源，還是從古代一脈相傳下來的屬於巴楚地區原始文化中的中原神話，但其中又雜有道家思想，陰陽五行家思想，乃至佛教思想，真是五花八門；人物也出現了什麼元始天尊、道天教主、白蓮老母、觀音佛祖之類，這大約是從《封神演義》和其他雜書中採取來的，分明可見歷史長河中的積澱。因而論及本書所收的資料，當然可能是有精華、也有糟粕。這就對我們下一步作整理工作提出了難題。我盼望能夠組織力量，做更深入的發掘，以取得更多的資料來做整理的採擇。如果真能發現那個「三萬多行」的「全本」就更好，就可以略加修潤，一氣呵成，使讀者能見到史詩汪洋宏肆的全貌。否則只有就手邊現有資料做慎重整理，注意不同版本的殘缺處，使其能妥善接榫，再適當地去其糟粕，存其精華，我想當也能整理出一個並不太壞的本子來。

我與《黑暗傳》[1]

劉守華

一

一九八三年十一月二日，筆者收到胡崇峻寄來的《神農架民間歌謠集》一書，讀到上面刊載的一篇長篇歷史神話敘事詩《黑暗傳》，篇幅近六百行，注明為「節選」，感到它的內容和形式都較為奇特，如同神農架的珍稀動物一樣，不同凡響，便立即去信詢問究竟。胡來信告知，這一作品是他根據農民張忠臣的家傳手抄本整理的。他於一九八三年五月搜集到這個手抄本，那時《神農架民間歌謠集》正在排印中，他把本子帶到鄖陽報社印刷廠，用一通宵時間初步整理出來，第二天付排，便收入書中了。胡是神農架土生土長的民間文學愛好者，從小就聽人唱過《黑暗傳》的片段，並見過歌手們由於爭唱《黑暗傳》而引起爭鬥的事（誰先唱《黑暗傳》就意味著他在歌場裏占了首席位子），所以一見到《黑暗傳》的抄本就十分珍愛。這時中國少數民族文學學會要在貴州舉辦中國少數民族神話學術討論會，邀筆者參加，筆者便撰寫了《鄂西古神話的新發現——神農架神話歷史敘事山歌《黑暗傳》初評》一文，在一九八四年七月舉行的研討會上發表，從此和《黑暗傳》結下了不解之緣。初稿寫成後，筆者將它寄給中國神話學會主席、被海內外學界公認為中國神話學權威的袁珂老先生審閱校正。他讀後於一九八四年一月三十一日來信說：「稿中提出的幾個論點，富有創見，基

[1] 本文原載《長江大學學報》二〇一一年第七期。

本上我都是同意的，可以作為少數民族神話討論會的論文參加討論。你說《黑暗傳》是漢民族的神話史詩也不錯，不過毋寧說它是廣義的神話史詩更為妥切」，並說它「極為珍貴」。

袁珂先生的來信給了筆者寶貴啟示。筆者據此將文章做了少許修改，文章中最重要、後來常被人們引述並引起爭議的一段文字是：

> 建國以來，在我國南方許多少數民族地區，發掘出了一系列神話史詩（或稱創世史詩、原始性史詩），如苗族的《金銀歌》、《古楓歌》、《蝴蝶歌》和《洪水滔天》，瑤族的《密洛陀》，彝族的《梅葛》，彝族阿細人的《阿細的先基》，納西族的《創世紀》，白族的《開天闢地》，壯族的《布伯》，拉祜族的《牡帕密帕》，阿昌族的《遮帕麻和遮米麻》等。過去人們認為在漢族地區，已經沒有遠古神話，更沒有神話史詩在民間口頭流傳。神農架《黑暗傳》的發現，便填補了這一空白。

考慮到袁珂先生關於「廣義神話史詩」的意見，筆者在用「神話史詩」評價《黑暗傳》時便留有餘地，在副標題中仍稱它為「神農架神話歷史敘事歌」，正文中認為它屬於「神話史詩一類的作品」。一九八七年在《湖北日報》發表的一篇短文中，說其中的神話傳說部分「可以視為漢民族的神話史詩或廣義神話史詩」。

將史詩體裁區分為英雄史詩和創世史詩（或神話史詩、原始性史詩），並將我國西南地區少數民族的《創世紀》、《古歌》等長詩，歸屬於神話史詩之列，起始於我國著名學者鍾敬文先生主編，於一九八〇年由上海文藝出版社出版的高校文科教材《民間文學概論》。隨後，國內一些著名學者都沿用這一觀點。規模宏大的《中國少數民族文學史叢書》，即據此來評論中國幾十個民族的「史詩」作品。筆者不過是運用這一理論框架來評論《黑暗傳》罷了。

二

有關《黑暗傳》的文章和消息傳開後，各地學人希望儘早讀到原文，紛紛來信索要資料，胡崇峻那裏也搜集到了更多的口述和手抄文本。湖北省民間文藝家協會幾位負責人十分重視此事，決定將胡接到武漢，由祕書長李繼堯同他合作編印資料本。一九八六年七月，題為《神農架〈黑暗傳〉多種版本彙編》的資料集問世。其中收錄《黑暗傳》的原始異文資料八份，還有同《黑暗傳》有關的附錄資料八份，其中除有原來作為《黑暗傳》節選本依據的張忠臣家藏抄本外，還有清同治七年五月二十日甘入朝抄本，清光緒十四年李德樊抄本，以及歌手演唱的腳本，大都不太完整，卻十分珍貴，表明《黑暗傳》這部長詩的確深深扎根於神農架地區。資料本由胡崇峻、李繼堯合作撰寫了一篇引人注目的前言〈我們在追蹤漢族的神話史詩〉。一九八六年十二月十八日《人民日報》頭版在醒目位置發表了新華社消息〈我國漢民族一部創世紀史詩〈黑暗傳〉在神農架發現〉，各報紛紛轉載，成為轟動一時的新聞。

資料本出版後，筆者去四川成都開會，親手將它送給袁珂先生，並就《黑暗傳》的研究問題交換意見。袁先生在《中國文化報》上發表文章，正式做出了他對此詩的評價。他認為：「漢民族有史詩這一點已由《黑暗傳》給予堅定的回答了。」[2]筆者還介紹胡崇峻直接向袁珂先生求教。袁先生十分熱情地於一九八七年二月二日給胡回信。他在信中說：「《黑暗傳》足稱漢民族的史詩而無愧。」

[2] 參見袁珂，〈喜讀神農架《黑暗傳》〉，刊載於《中國文化報》一九八七年二月四日。

日本著名學人伊藤清司教授，讀到我的論文後，也於一九八五年二月二十四同從東京來信說：「我一直對古神話在民間以長篇敘事詩的形式生存到現在極感興趣。貴論中言及〈天問〉，把它與苗族等的《盤歌》相比較，我有同感。小生十年前在拙論《〈天問〉與苗族的創世歌》中也進行過這種比較。」

在這前後，應一些報刊之約，筆者又撰寫了幾篇評論，主要有刊於《湖北日報》一九八七年五月十二日的〈神農架〈黑暗傳〉的文化價值〉，以及同胡崇峻合寫、刊於《春秋》雜誌一九八六年第三期上的〈《黑暗傳》的發現及其價值〉。還接受《中國文化報》記者紀紅的採訪，發表過一次關於《黑暗傳》具有重要文化價值的談話，刊於該報一九八六年十二月三日。

資料本傳到海外，引起許多海外學者的關注。曾任香港比較文學學會會長，後任美國加州大學比較文學教授的美籍華裔學人鄭樹森博士，撰寫了〈《黑暗傳》是不是漢族長篇史詩〉一文，刊於《上海師範大學學報》一九九〇年第一期。該文針對資料本的「前言」發表不同意見。他援引西方關於史詩（主要是英雄史詩）的傳統定義，認為「史詩一定要長篇敘事，且主角必須為英雄豪傑，出生入死，轉戰沙場。《黑暗傳》徒有神話，沒有英雄歷劫征戰，不能稱為『史詩』，而僅可視作長篇神話故事民歌。」但他贊同有關學者關於《黑暗傳》是「廣義神話」，是「鄂西古神話的新發現」或「神話研究的好材料」的評價，認為從這些方面來評判其價值「頗為中肯」。

三

《黑暗傳》原始資料彙編問世後，激起了社會對這部長詩的更大關注，也促使胡崇峻竭盡全力去搜求更多更完美的文本，以便整理出一個完整的本子來正式出版。在十多年中，他曾九赴興山，三到秭歸，八奔保康，三至房縣，搜求

《黑暗傳》的各種抄本和拜訪歌師，歷經種種曲折艱辛，他在一九九六年十二月二十四日的來信中就寫道：「關於《黑暗傳》，我一直遵你所囑，加緊搜集原始資料，要找到充分的證據，講科學，慎重整理。」在另一封信裏告訴筆者：「要搞好可真難，一是新的原始資料無法再找到，一些人來說這裏有，那裏有，來騙我；二是所得材料含金量不大，糟粕多，經不起提煉。」他有過幾次受騙遠道登門花錢送禮卻毫無所得的傷心事，還有過攀山越嶺扯破褲子不得不求人臨時縫補褲子才趕路的難堪經歷。長詩整理稿完成後，新聞媒體呼籲有關方面給予出版資助，得到了社會的熱烈回應，筆者在一天中就曾接到兩三次電話，一些私人和商家向筆者探詢《黑暗傳》的有關情況，表示願意出幾萬元資助書稿問世。筆者大力肯定此詩的重要文化價值，積極促成它的出版問世。後來由長江文藝出版社於二〇〇二年四月初版印行，筆者又向臺灣學界宣傳推薦，臺北的雲龍出版社於同年十月印行了繁體字版。

筆者給這個《黑暗傳》整理本撰寫的序文，除作為兩個版本的開篇之外，還以〈漢族史詩《黑暗傳》發現始末〉為題，刊於《中華讀書報》[3]。序文指出，它是胡崇峻按照袁珂先生和筆者關於「慎重整理」的要求完稿的，和原來那些雜亂唱本相比，內容更豐富完整，文詞更優美，可讀性更強。但深入的學術研究還是應以原始資料文本為據。

這篇序文的內容要點其實在另外兩點上。一是回應《黑暗傳》是否可進民族史詩行列的爭議。筆者引述了芬蘭著名民間文藝學家勞里・航柯論史詩體裁的新作，他旗幟鮮明地提出：「我希望希臘史詩刻板的模式，一種在現實行為裏再也看不到的僵化的傳統，不該繼續統治學者的思想。」我們應該倡導人們到各民族的「自然語境中去觀察活態的史詩傳統」[4]。中國學界對眾多少數民族史詩的珍視，袁珂先生和筆者認定《黑暗傳》可作為漢民族廣義神話史詩看待，正是基於上述學理。二是回應《黑暗傳》的「文化怪胎」說。袁珂先生一眼就看出《黑暗傳》的構成：「我看這當中既有古老的風格獨特的民間傳說，也有農村知識份子（三家村學究）根據古籍記載串聯而成的藝術加工，它是二者的結合

3 參見劉守華，〈漢族史詩《黑暗傳》發現始末〉，《中華讀書報》二〇〇二年四月三日。

4 參見勞里・航柯、孟慧英，〈史詩與認同表達〉，《民族文學研究》二〇〇一年第二期。

體。」筆者在序文中聯繫到神農架所在的古房縣一帶是中國古代著名的「流放」之鄉，便由此進一步申說：「《黑暗傳》中深厚的中華古文化積澱，絕不是空穴來風，我們有充分理由推斷，這些被流放的『文化精英』也融合到了《黑暗傳》這類民間文化成果的創造者之中。」

《黑暗傳》整理本問世後，再次激起海內外學界對它的關注。正如陳益源教授在《黑暗傳》臺北繁體字版的「導言」中所寫的：「我相信未來《黑暗傳》這『發自靈魂的歌』，它的民間文學屬性與特殊價值，一定會在臺灣得到更多的討論與迴響的。」[5]筆者雖然寫過幾篇評論文章，但感到還有許多問題有待深入研討，便花大氣力撰寫了一篇近兩萬字的〈《黑暗傳》追蹤〉，投寄臺北《漢學研究》雜誌，刊登在二〇〇一年六月出版的第十九卷第一期上。

這篇論文主體由三節構成：《黑暗傳》的文本及其演唱，《黑暗傳》的構成與明代通俗小說《開闢演義》和《盤古至唐虞傳》之比較，《黑暗傳》與中國神話史詩。它以「追蹤」為重點，不僅是就長詩的各種文本，也就眾多學人的評說爭議進行跟蹤梳理，因而是對《黑暗傳》從演唱習俗、文本構成、歷史淵源直至價值評估的較為全面完整的評說；在論評時既注意緊密聯繫當地的民俗文化生態即將它作為「喪鼓歌」來演唱的特色與價值，又將它和明代相關通俗小說做比較以突顯其深厚的文化淵源。此外，按《漢學研究》這一著名學術期刊對於學風文風的規範要求及其反覆修改意見，此文從材料引用到篇章結構文句均力求嚴謹。可以說這是筆者多篇《黑暗傳》評論中花費心力最多，自己也覺得最為滿意的一篇。至於文章中所涉及的關於《黑暗傳》這部長詩的歷史淵源、文化特質以及對「史詩」體裁的界定，等等，均留有深入研討和爭辯的廣大空間，這是不言而喻的事。

二〇〇二年九月上旬，筆者還應邀作為嘉賓，參與湖北電視臺主辦的穿越神農架科考直播活動，就歌師現場演唱《黑暗傳》的動人情景進行解說，擴大了它的社會影響。

[5] 參見陳益源，〈導言：高行健與《黑暗傳》〉，《黑暗傳》（臺北雲龍出版社，二〇〇二年），頁三六。

四

從二〇〇四年起，中國在聯合國教科文組織制定的〈保護非物質文化遺產公約〉的推動下，開始實施保護非物質文化遺產的宏大文化工程。民間口頭文學成為最具普遍性的非遺項目，《黑暗傳》經過評審，列入了湖北省省級非遺保護名錄之中。但在二〇〇八年評審第二批國家級非遺名錄時，湖北省申報的長詩《黑暗傳》未予通過。評審時，國家非遺保護中心曾打來電話同湖北省相關部門協商，說《黑暗傳》標題含義不好，可否改成《創世紀》之類。筆者作為省非遺專家委員會民間文學組負責人，當即表示，此詩的古代抄本和民間活態唱本均叫做《黑暗傳》，因它唱的就是遠古盤古出世開天闢地結束混沌黑暗的神話傳說，改名就失去了它的本真性，不能改。就這樣它在終審時被淘汰出局。國家名錄正式公布後，筆者當即向國家非遺保護中心和有關專家寫信，鄭重申辯因對《黑暗傳》篇名的誤解而未能將它列入國家級非遺保護名錄之不當，並寄去筆者撰寫的〈《黑暗傳》追蹤〉等論文及有關原始資料，請予複議。在二〇一〇年秋評審第三批國家級非遺保護目錄時，湖北省保康縣也依據他們新發現的長詩活態文本和傳承人，提出了又一份申報書。這兩項申報書在京獲得專家委員會的評審通過，《黑暗傳》便作為神農架和保康縣共同擁有的非遺代表作列入了國家名錄。專家委員會在鑑定意見書中認定：作為「孝歌」、「喪鼓歌」演唱的《黑暗傳》這部神話歷史敘事長詩，以盤古開天闢地結束混沌黑暗，諸多文化英雄在原始洪荒時代艱難創世等一系列神話傳說為敘說中心。它時空背景廣闊，敘事結構宏大，內容古樸神奇，能有力地激發人們對中華歷史文化的認同感，是一部難得的民間文學作品。

二〇一〇年冬，筆者按照為《黑暗傳》申辯意見和保康縣新採錄文本，又寫成〈《再論黑暗傳》〉一稿，此文的突出內容在如下兩方面：一是從我國實施的非遺保護工程來審視《黑暗傳》的價值。就已列入名錄的兩批非遺代表作來看，西南地區「神話史詩群」中已有多部作品入選，如《苗族古歌》、《布洛陀》（壯族）、《遮帕麻與遮咪麻》（阿昌族）、《牡帕密帕》（拉祜族）、《梅葛》（彝族）、《司崗里》（佤族）等，鄂西漢族地區世代傳承的《黑暗傳》，正是同一類型的作品。論文著力揭示出它的原生態特徵及其深厚歷史文化內涵，應不分軒輊地得到國家的珍視而予以保護。列入名錄時避開人們對它們是否符合「史詩」這一枝節的爭論，一律作為民間敘事長詩看待不失為明智之舉。二是在《黑暗傳》文本歷史淵源的探尋上有了新的發現。神農架一帶的一些老歌師都說《黑暗傳》來自明代的本子，胡崇峻費盡心力沒有找到。筆者將明代印行的《開闢演義》和《盤古至唐虞傳》與之相比較，發現手抄唱本中的許多唱段、詞語即來自這兩部明代通俗小說（其中《盤古至唐虞傳》的作者署名為「鄂人鍾惺」），這一發現由二〇〇〇年三月七日的《湖北日報》予以報導：「劉守華發現《黑暗傳》文獻源頭」，並經《文匯報》轉載。但筆者當時就深知它真正的源頭絕不止於此。近期讀到有關學人關於一部敦煌寫本《天地開闢已來帝王紀》的研究文章[6]，得知早在唐代，就有這樣一部「以記述民間神話、傳說為主，又夾雜了一些佛教知識，顯得比較淺顯通俗，具有啟蒙讀物性質」的抄本在民間廣泛流傳。將這個寫本和現今流傳的《黑暗傳》唱本相比較，可以看出，兩者按三皇五帝、歷朝歷代序列來敘說中國歷史的整體結構和敘說方式十分契合一致（寫本只到周代為止），還有關於神農氏嘗百草救治百姓和興農耕種植五穀的神話傳說。唱本對寫本的沿襲傳承更為明顯，如唱本中的「神農嘗百草，瘟疫得太平，又往七十二名山，來把五穀來找尋。神農上了羊頭山、仔細找、仔細尋……」，這不就是從寫本中的神農「歷涉七十二山，口嘗百草，遇毒草者死，近好草者生。到上黨牛（一作羊）頭山農石之中，雜樹上得五穀……」這一段演繹改編而來的嗎？

論文在追溯神農架所在的古房縣一帶歷史時指出：這兒是中國古代的一個著名的流放文化區，學者公認是唐代武則天女皇將其子李顯（唐中宗）流放到房縣之後，才使鄂西北這一帶的社會文明在中原文化的快速催化下得以大步邁進，

[6] 參見〈《天地開闢已來帝王紀》考校研究〉，載於《傳統中國研究集刊》第七期（上海人民出版社，二〇一〇年）。

從上述歷史線索可以推斷，作為通俗啟蒙讀物而被民間廣泛傳抄的《天地開闢已來帝王紀》被古代流故者帶進神農架一帶荒僻地區，被當地歌師改編成「喪鼓歌」，因伴隨民間喪禮而流行後世以至於今，是完全可能的。聯繫到從唐代敦煌寫本到傳承至今的《黑暗傳》這一文化脈絡，再來探究它所凝聚的民族文化基因及其重要價值就更加顯而易見了。

在筆者二十多年來對《黑暗傳》進行追蹤研究的過程中，深得原中國神話學會主席袁珂先生的親切教誨和神農架文化館胡崇峻的大力支持。除多次赴神農架和胡崇峻共同考察直接交流之外，他寫給筆者的信件和抄錄口述資料不下二十餘件，一百多頁，一直完好保存至今。在筆者二十多年來評說《黑暗傳》文字的這一結語篇中，不能不向這兩位師友致以誠摯的謝意。

第一輯

鄂西古神話的新發現

——神農架神話歷史敘事長歌《黑暗傳》初評[1]

劉守華

位於鄂西北的神農架，古稱方圓八百里（現在的神農架林區面積為三千二百平方公里），山勢險峻，林海茫茫。在它那長時期處於封閉狀態，籠罩著一層神祕色彩的懷抱裏，不僅生長著大量奇花異木，珍禽異獸，而且保存和流傳著許多古老優美的民間口頭文學作品。神農架寶貴的自然資源已開發多年，神農架蘊藏的豐富民間文學作品，也於近年開始發掘。林區文化館於一九八三年編印的《神農架民間歌謠集》中，就選編了不少有價值的作品。其中長篇神話歷史敘事長歌《黑暗傳》（胡崇峻搜集整理），最為引人注目。

1 本文於一九八四年七月首次在中國少數民族神話學術討論會上發表，後在《江漢論壇》一九八四年第十二期刊出。

一

這部珍奇詩篇是何時產生，怎樣流傳的呢？據初步調查得知，《黑暗傳》是一部過去曾在神農架地區以多種口頭和書面形式廣泛流傳的大型詩篇。現在發表的篇幅約三千多行的本子，是六十多歲的農民張忠臣所藏抄本。農民鄧美成家的抄本，篇幅長達一兩萬行。據現在七十多歲的農民曹良坤說，他過去藏有一部《黑暗傳》木刻本，內容分為四大部，即〈先天〉（天地起源）、〈後天〉（盤古開天）、〈翻天〉（洪水泡天，人類再造）和〈治世〉（三皇五帝）。可惜這個本子因藏在岩洞裏，年深日久，早已毀壞了。但他還能口述開頭部分。

《黑暗傳》靠手抄本留存至今，而它原來卻是供人們口頭吟唱的歌本，由歌師演唱。神農架地區民歌盛行，由來已久。在田頭演唱的多為散歌，人們稱為「薅草鑼鼓」。《黑暗傳》則主要為「跳喪鼓」時所唱。人們為悼念死去的親人，邊歌邊舞，常常通宵達旦。在這樣的場合，最適宜演唱像《黑暗傳》這樣內容嚴肅而篇幅巨大的作品。

《黑暗傳》產生於明代的可能性最大。它是當地流行的「四遊八傳」長篇山歌中的一種。「八傳」為《黑暗傳》、《封神傳》、《雙鳳奇緣傳》、《火龍傳》、《說唐傳》、《飛龍傳》、《精忠傳》、《英烈傳》，「四遊」為《東遊》、《南遊》、《西遊》、《北遊》。它們多據明代成書的通俗歷史小說與神怪小說編成。明中葉到明後期，由於統治階級的提倡和推崇，道教盛行一時，鄂西北武當山的道教宮觀，即於此時集全國財力興建而成；在文化領域，神仙怪異之說流行於世，刺激了古神話的整理改編，至今仍為神話學界所注目有《開闢演義》，即為明人周游所作。《黑暗傳》用山歌聯唱形式來演繹古神話，多半也是這個時期的產物。它最初形成的時間目前還難以明確斷定，但在清道光九年即西元一八二九年刻印的一本《綱鑑歌》中，有「唱歌莫唱《黑暗傳》，要把《綱鑑》看一看」這類從儒家立場反對唱《黑暗傳》的話，可見在此之前許多年，《黑暗傳》就已盛行於民間了。我們把它認定為十八世紀流行的一件民間口頭文學作品，當是可信的。

《黑暗傳》長達三千多行，從盤古開天闢地一直唱到明代，其獨特之處是用民間詩歌形式敘述了一系列古老而不同凡響的神話傳說，特別是關於盤古創世的神話，更屬珍貴難得。它被人們稱做《黑暗傳》，即由此而來。

下面摘出關於盤古開天闢地的一節：

久聞歌師有學問，能知地理與天文，今要與你論古今。什麼是黑暗與混沌？什麼時候盤古來出生？盤古拿的什麼開天斧？日月又怎麼上天庭？歌師如果知道這根古，今在鼓上拜師尊。

歌師問起黑暗和混沌，我今與你說分明。說的是遠古那根痕，無天無地又無日月星，一片黑暗和混沌，天地茫茫無一人。乾坤暗暗如雞蛋，迷迷濛濛幾千層。盤古生在混沌內，無父無母自長成。那時有座崑崙山，天心地膽在中心。一山長成五龍形，五個嘴唇往下伸，五個嘴唇流血水，一齊流到海洋內，聚會天精與地靈，結個胞胎水上存，長成盤古一個人。

不知幾萬幾千年，盤古昏昏如夢醒，睜開眼睛抬頭看，四面黑暗悶沉沉，站起身來把腰伸，一頭碰得腦殼疼。盤古心中好納悶，定要把天地來劈分。……

盤古奔波一路行，行到西方看分明。西方金星來變化，變一石斧面前存。盤古一見喜十分，不是金來不是銀，也不是鐵匠來打成，拿在手中萬斤重，笑在眉頭喜在心。開天闢地有了斧，拿起斧子上崑崙。

盤古來到崑崙山，舉目抬頭四下觀，四下茫茫盡黑暗，黑水沉沉透骨寒。手舉斧頭上下砍，聲如炸雷冒火星，累得渾身出大汗。觀看清氣往上升，那就成了天；濁氣往下墜，那就成了地。天地空清風雲會，陰陽雨合雨淋淋。……

盤古開了天和地，缺少日月照乾坤，誰個出世立功勳？後山又把盤古請，差他咸池走一程，相請日月上天庭。

盤古忙忙往前行，一路逍遙喜在心。來到咸池把話論，相請二神上天庭。二神聽罷全不理，叫聲盤古你是聽，我們不肯上天庭。盤古連忙唸咒語，日月二神無計生，夫妻只得上天庭，一月夫妻見一面，普照乾坤世上人。

盤古已把天地分，世上獨有他一人。過了一萬八千年，盤古一命歸了陰。死於太荒有誰問，渾身配與天地形。頭配五嶽巍巍相，目配日月晃晃明，頭東腳西好驚人，頭是東嶽泰山頂，腳在西嶽華山嶺，肚挺嵩山半天雲，左臂南嶽衡山林，右臂北嶽恆山嶺，三山五嶽才形成。毫毛配著草木枝枝秀，血配江河蕩蕩流，江河湖海有根由。

中國古籍中的盤古神話，不出袁珂先生《古神話選釋》中所引，見於《三五歷紀》、《五運歷年記》和《述異記》三書中的片段記載。已整理發表的漢族民間口頭流傳的盤古神話，情節較完整的僅有安徽的〈盤古分天地〉、河南的〈盤古山〉等寥寥幾篇。少數民族中間流傳的盤古神話，分別見於瑤族的《過山榜》、苗族的《盤古》、白族和侗族的《開天闢地》之中，內容均比較簡略。《黑暗傳》中對盤古神話的敘述，既完整而又想像奇特，別具一格。敘述人以崑崙山為「天心地膽」，認為是崑崙山嘴裏的血水流到海洋內，「聚會天精與地靈，結成胞胎水上存」，再從這個神奇胞胎內生出盤古。盤古奔波到西方，找到一把石斧，便在崑崙山下舉起石斧，完成了他開天闢地的偉業。隨後他又去咸池這個地方半請求半強制地讓日和月這一對夫妻上了天庭，普照大地。這些地方都和現有諸說不同，對流行說法有許多豐富和發展。詩篇以古樸超拔的想像，將盤古塑造成由崑崙和大海孕育而生，完成開天闢地安排日月的偉業之後，又化身為巍巍五嶽、蕩蕩江湖的巨人。作者似乎是立足於從西北到東南的整個中華大地來構造盤古形象，使之具有充分代表中華民族的雄偉氣魄，因而別有奇趣。

《黑暗傳》的發現，在中國神話學和楚文化的研究上都頗有價值，值得我們重視。

二

（一）它表明在漢族地區也有神話史詩一類作品在民間口頭流傳

中國古籍中所載的漢族神話材料比較零碎，所以學術界長期流行著「中國神話不發達」的片面性觀念。新中國成立以來在我國南方許多少數民族地區，發掘出了一系列神話史詩（或稱創世史詩、原始性史詩）。如苗族的《金銀歌》、《古楓歌》、《蝴蝶歌》和《洪水滔天》，瑤族的《密洛陀》，彝族的《梅葛》，彝族阿細人的《阿細的先基》，納西族的《創世紀》，白族的《開天闢地》，壯族的《布伯》，拉祜族的《牡帕密帕》，阿昌族的《遮帕麻和遮米麻》等。過去人們認為在漢族地區，已經沒有遠古神話，更沒有神話史詩在民間口頭流傳。神農架《黑暗傳》的發現，便填補了這一空白，以新的事實豐富了人們對中國神話、中國民間文學的認識。

《黑暗傳》按照過去的斷代習慣，系統地歌唱古人古事。在原來的四部中，就有三部是以遠古神話傳說為內容。從篇名《黑暗傳》及篇中「《黑暗傳》，第一傳，盤古開砍無人煙」來看，也可看出這部分內容在全詩中所占的突出地位。其性質和兄弟民族的「創世紀」是完全一致的。它所透示出來的南方各兄弟民族之間在文化上的密切聯繫和相互影響令人極感興趣。李子賢最近發表的〈略論南方少數民族原始性史詩發達的歷史根源〉一文[2]，告訴我們，在南方三十多個少數民族中間，都有被人們稱為「古歌」的原始性史詩流傳，它和我國北方許多民族中間廣泛流行的以戰爭為題材的英雄史詩，構成一個鮮明的對比。該文對造成這種特殊文化現象的社會歷史根源做了很好的說明。《黑暗傳》的發現，表明這種文化現象已延伸到了漢族地區。而在鄂西，其根底可能更為深厚。這類作品表現了南方民族對世界和人類起源那種尋根究底的豐富想像和探索精神；還寄託了人們對祖先的深沉懷念和敬仰。但人們著力歌頌的並不是這些先輩東征西討的赫赫戰功，而是他們在洪荒時代和奇險山川間艱難創造的功業。它們是這裏各族人民自古以來友好合作，共同開發南方蠻荒疆域的寫照。作為世代相傳的藝術珍品，又深刻有力地影響著各族人民的心理，促進著南方廣大地區的民族團結和進步穩定。在對南方各族民間文學和歷史文化的比較研究中，《黑暗傳》具有不可低估的價值。

（二）《黑暗傳》保存了不少有價值的古神話，提供了這些神話歷史演變的重要線索

除了盤古神話之外，《黑暗傳》中還敘述了好些著名的古神話。其中關於伏羲、女媧的神話就很珍貴：

> 七月七日夜，人民盡淹絕。只有女媧、伏羲兄妹二人在萌蒿，天下無主無人苗。伏羲問妹道：「我倆配夫妻，重把世界造。」女媧聽了心大怒，說出難題有三條。須彌山上去焚香，香煙果然合攏了。女媧藏到須彌山，伏羲到處找不到。有一金龜道人說：「你妹在松梅樹下躲。」……

2 《民族文學研究》一九八四年第一期。

後來兄妹終於婚配，生下一個肉袋。袋中有五十對男女，傳下後代，於是形成百家姓。現在，關於伏羲、女媧兄妹成婚之說，已經不算新奇了。但關於這兩個神話人物是否既是兄妹，又是夫婦，長期是神話學中的一個懸案。聞一多先生於四十年代寫成的《伏羲考》中就指出，古代文獻中雖有他們為兄妹或夫婦之說，可是「文獻中關於二人的記載，說他們是夫婦的，也從未同時說是兄妹，所以二人究竟是兄妹，或是夫婦，在舊式學者的觀念裏，還是一個可以爭辯的問題」，「直到最近，人類學報告了一個驚人的消息，說在許多邊疆和鄰近民族的傳說中，伏羲、女媧原是兄妹為夫婦的一對人類的始祖，於是上面所謂可以爭辯的問題，才因根本失卻爭辯價值而告解決了」[3]。《黑暗傳》中的上述內容，給這個古神話提供了又一件具有重要學術價值的作品。由於它在一兩百年前就已匯入這部長詩，其文獻價值比一般口頭傳說更寶貴。

《黑暗傳》中關於顓頊的神話也頗為生動。《搜神記》中載：「昔顓頊氏有三子，死而為疫鬼：一居江水，為瘧鬼；一居若水，為魍魎鬼；一居人宮室，善驚人小兒，為小兒鬼。於是正歲命方相氏，帥肆儺以驅疫鬼。」這一傳說被多種古籍所轉述。《黑暗傳》中的顓頊一節，即演此事然而又有豐富發展：

顓頊高陽把位登，多有鬼怪亂乾坤。東村有個小兒鬼，家家戶戶要乳呑，東村人人用棍打，打得骨碎丟江心。次日黑夜又來到，擾得東村不安寧。將一大樹挖空了，放在空樹裏面存。銅釘釘得不透風，又將酒飯來祭奠，又綁大石丟江心。西村又出一女鬼，領了八十餘鬼魂鬧西村，西村有一大空樹，女鬼空樹躲其身。忽見一人騎甲馬，身穿黃衣腰帶弓，一步要走二十丈，走路如同在騰雲，空樹之中捉妖精。

3 《神話與詩》（古籍出版社，一九五七年），頁四。

古時多鬼，是楚地流行的古老神話傳說。而捉鬼情景的描述，則反映了後世人們同疾病和自然災害做鬥爭時的力量與智慧的增長。令人感興趣的是，這裏講到了鼓的起源。鼓是一種神奇的樂器，起源很早，在黃帝與蚩尤進行的涿鹿大戰中，就出現了「以像雷霆」的鼓聲。鼓在古時的作用之一為「以祀鬼神」。《黑暗傳》中說顓頊時代人們捉鬼，把這些疫鬼放在空樹筒裏，再蒙上皮革，用釘釘緊，即成為鼓的起源。這一傳說自然是出自虛構，卻說明鼓的產生同祭祀鬼神有關。同人們企圖借助於鼓聲來征服原始時代與人為敵的邪惡自然力有關，這就給民俗學研究提供了一件有意義的材料。

關於神農的神話傳說，《黑暗傳》中的記敘也十分可貴。神農架這個地名，據說由神農氏到此搭架採藥而得名。當地人們在口頭上盛傳「神農療病嘗百草，為民除病費精神」的業績，也就不足為奇了。《淮南子》載：「神農嘗百草之滋味，一日而遇七十毒。」《黑暗傳》由此敷衍出一段生動故事：

七十二毒神，布下瘟疫陣，神農嘗草遇毒藥，腹中疼痛不安寧，急速嘗服解毒藥。七十二毒神，商議要逃生：「神農判出我姓名，快快逃進深山林。」至今良藥平地廣，毒藥平地果然稀。

把今天藥材的生長分布情況，用七十二毒神逃避神農的古代神話傳說來解釋，富有民間口頭文學的情趣。

《黑暗傳》中敘述的有關神話的獨特形態，同它的創作構成密切關聯著。一般民間神話史詩，多是演繹當地人們口頭世代相傳的民間故事。《黑暗傳》中的內容，卻和中國漢文典籍上的記載那麼接近，將當地的口頭傳說材料和文獻記載融會在一起，既有文獻依據，又有口頭文學特色和鄉土風味。看來有不少精通古典文獻、熟悉通俗小說的鄉村知識份子參加了這些歌本的編寫和傳抄，那些具有相當文化素養的歌師們在演唱時又有所豐富。以書面形式傳播的歷史文學讀物和世代相傳的民間口頭文學的奇特融合，使神農架地區的《黑暗傳》和其他民間長詩，具有格外豐富的內容和與眾不同的風格，成為中國民間文學的一個特殊品種。

（三）《黑暗傳》中的神話傳說具有鮮明的楚文化特徵

《黑暗傳》能把一些古老而奇特的神話傳說保存下來，同神農架地區的特殊自然與社會條件是分不開的。神農架地區包括原來屬於興山、巴東、房縣的高山邊沿地帶。這裏山巒起伏、地形複雜，交通閉塞，過去同外界長期隔絕，處於封閉狀態。而在古代，這裏屬於楚文化的發源地，其文化發展在南方曾遙遙領先。屈原的故鄉秭歸，就在神農架腳下。楚立國伊始的都城丹陽，也有學者認定在秭歸。這裏的古代文化，曾孕育光耀千古的《楚辭》。後來在文化發展進程中，楚文化和中原文化相融合，具備了新的特質，而在包括神農架地區在內的鄂西一帶，卻還保留著楚文化的許多古老成分。考古工作者據考古發現指出，商周時期「在漢水以東的江漢平原地區，中原文化的影響有加強的趨勢。……與此相反，由於歷史條件，乃至地理環境的不同，在漢水以西的鄂西地區，土著文化卻得到了保存，並以其自身的明顯特點逐漸發展起來。……這種土著文化承續和發展的結果，就成為具有重要歷史地位的楚文化的直接源頭之一」[4]。這一文化特色，自商周時期一直延續下來，甚至在今天，依然可以在鄂西的民間文藝、民間習俗信仰中，找到一些痕跡。《黑暗傳》就是一個實例。

關於顓頊時代多鬼的記述，便有楚文化特徵。楚俗「信鬼而好祀」，前人已有定論。湖北隨縣擂鼓墩出土的戰國早期曾侯乙墓內棺漆畫上，有驅鬼的方相氏及神獸，更以實物印證了秦漢古籍上關於楚人「信巫鬼，重淫祀」等記載的可靠性。近年有一些學者探究楚俗尚鬼的成因，認為這種習俗除源於原始氏族社會的巫術迷信之外，可能還同楚人因處於蠻荒之地，把「野人」等類人動物當作鬼物有關，我以為頗有道理。而顓頊這個人物，曾被學者稱為「荊楚民族所崇奉

4 王勁，〈對商周時期文化的幾點認識〉，載《江漢考古》一九八三年第四期。

的皇天上帝」[5]，屈原也自稱是顓頊高陽氏的後代。因此《黑暗傳》中關於顓頊的這一節，把人們同鬼物的鬥爭敘述得那麼具體生動，應是從鄂西地區保存的古老神話傳說脫胎而來，同楚文化有著直接聯繫。

特別令人感興趣的是《黑暗傳》中的盤古神話同楚文化的聯繫。這個神話的突出特徵是以崑崙為背景。在創作、信仰這個神話的人們看來，中國西北的崑崙山乃是「天心地膽」之所在，因此崑崙山的血水流入東海孕育出的盤古，身上便聚會著「天精地靈」，不同凡俗了。既然崑崙乃天地之中心，他當然只有到崑崙山下去完成那開天闢地的偉業。崑崙的形象，不獨見於《黑暗傳》，僅在已編印的《神農架民間歌謠集》裏就多次出現。〈歌師唱歌我來解〉中，唱天河裏的鐵牛，說它「吃了崑崙山上的草不長，喝斷長江的水不流」；〈棋子歌〉裏說：「棋子本是沉香木，崑崙山上長成樹。」〈秤桿歌〉中說：「秤桿本是茶條樹，崑崙山上長，崑崙山上出。」〈一步唱進歌場中〉說：「昔日崑崙山一座，老君山前支鍋爐。」等等。這裏的人們對崑崙的形象是這樣熟悉，又是這樣親切，只要提到古人古事，就會搬出崑崙來，把它作為古老、崇高、神奇的形象，從不同藝術角度運用於民間口頭文學中。這種「特異現象」源於何處？追根溯源，只有屈原的《楚辭》和被許多學者認定為楚人所作的《山海經》中，才賦予崑崙以這樣的地位，這樣的姿態。崑崙形象最早見於《山海經》，為「帝之下都」，「百神之所在」，神異非凡，景象壯觀。《楚辭》中也有幾次提到崑崙，如〈離騷〉中的：「遭吾道夫崑崙兮，路修遠以周流。」〈河伯〉中的：「登崑崙兮四望，心飛揚兮浩蕩。」〈天問〉中的：「崑崙縣圃，其居安在？」還有些地方，字面上雖沒提到崑崙，實際上所詠的是崑崙地區的神話傳說。《楚辭》中的崑崙和《山海經》中的崑崙含義完全一致，只是《楚辭》不過借崑崙形象以詠懷，因而保存了崑崙神話材料，並非神話的直接傳承就是了。神農架地區流傳至今的《黑暗傳》及其他民間文學作品中的崑崙形象，和《山海經》、《楚辭》中的崑崙形象的一致性，很難用巧合來解釋，只能說前者是後者的遺響，它們是深深植根於這一地區的楚文化源遠流長的表現。

---

5 丁山，《中國古代宗教與神話》（上海文藝出版社，一九八八年影印版），頁三一一。

就神話形態來說，它們屬於中國古代兩個著名神話系統的融合。我國著名學者顧頡剛曾發表過一篇很有見地的論文〈《莊子》和《楚辭》中崑崙和蓬萊兩個神話的融合〉[6]。他認為：「崑崙的神話發源於西部高原地區，它那神奇瑰麗的故事，流傳到東方以後，又跟蒼莽窈冥的大海這一自然條件結合起來，在燕、吳、齊、越沿海地區形成了蓬萊神話系統。此後，這兩大神話系統各自在流傳中發展，到了戰國中後期，在新的歷史條件下，又被人結合起來，形成一個新的統一的神話世界。」崑崙神話於戰國時期傳入楚國，因「這時的楚國疆域，已發展到古代盛產黃金的四川麗水地區，和羌、戎的接觸也很頻繁，並在雲南的楚雄、四川的滎經先後設置官吏，經管黃金的開採和東運，因而崑崙的神話也隨著黃金的不斷運往郢都而在楚國廣泛傳播。」屈原〈離騷〉、〈河伯〉、〈天問〉三篇裏崑崙的形象的出現，就是崑崙神話傳入楚國的明證。至於在崑崙神話之後形成的蓬萊神話之被楚文化所吸收，顧文認為是在秦將白起拔郢，楚遷於陳，及又徙壽春之後。「從此，《楚辭》家抒寫情懷，總把崑崙、蓬萊兩區的文化合併在腕下」，兩大神話系統的形象便融合在楚文化之中了。《黑暗傳》以崑崙為天下之中心來構造盤古形象，所受崑崙神話影響自不消說，從它講的崑崙山五龍的血水「一齊流到海洋內，聚會天精與地靈」來看，它的神話觀念又是在兩大神話系統融合之後的果實了。《鄖陽府志》稱當地「民多秦音，俗好楚歌」，過去就已有人注意到了這一地區民間文學所受楚文化的深刻影響，《黑暗傳》不過是其中突出一例罷了。

飛騰的想像，大膽的探索，貫穿在《楚辭》中的這種浪漫主義精神，也可以在《黑暗傳》中發現它的餘韻。這些歌師們不但就前人著述中已有的神話尋根究底，追索盤古的出生，日月的由來，還就盤古之前宇宙間的種種奧祕探奇發微，如就中國上古神話中只閃現過一下身影的「混沌」發問：「仁兄提出混沌祖，我將混沌問根古，不知記得熟不熟？什麼是混沌父，什麼是混沌母，混沌出世那時候，還有什麼在裏頭？」由此使人不禁聯想起屈原的〈天問〉來。屈原

6 《中華文史論叢》一九七九年第二期。

不是就傳說中混沌初開的情景，追問過「上下未形，何由考之」嗎？聽了女媧造人的故事不滿足，不是還要問一個「女媧有體，孰製匠之」嗎？一般學者都認為〈天問〉是屈原個人懷疑精神的表現，讀過《黑暗傳》等民間文學作品之後，我懷疑〈天問〉這類體裁，很可能本來就是楚地民間詩歌的一種；神農架地區和南方一些地區的「盤歌」，就是它的餘韻。它是由楚國人民天馬行空式的精神生活所生發出來的文學奇葩，不一定為屈原個人所首創。

《黑暗傳》的神話傳說被染上了某些道教文化色彩，因而它與道教的關係引起了人們的注意。道家崇敬崑崙，對崑崙形象之普及於民間是有作用的。太白金星本來是道家信仰的玉皇太帝手下的著名星官，卻走到了盤古的身邊。指點伏羲尋找女媧的本是烏龜，長詩中卻成了「金龜道人」。那座山原是無名的，現在卻給加上了道家傳說中「須彌山」的名字。這些地方，都留有道教文化的烙印。但道教文化中的崑崙等神幻形象，卻又從中國古代民族神話的寶庫中取來。道教作為中國土生土長的宗教，和南方民間的原始信仰，和《莊子》、《楚辭》中的思想觀念本來就有深刻的淵源關係，它實際上是楚文化的一個側面。道家出於對神奇事物的追求，在保存和傳播中國古代神話方面，做出了世所公認的積極貢獻。道教文化同民間文藝的複雜關係，可以用「你中有我，我中有你」這幾個字來形容。《黑暗傳》的神話傳說儘管在某些方面受到了道教文化的浸染，卻仍保持了它作為古老民間創作的古樸風貌。我們不能因它表面上具有一些道教色彩，而抹殺它同神農架地區固有的荊楚文化傳統的聯繫。

最後還要說一點，關於盤古神話的來源，學者們做過許多考證，近年陶立璠在〈試論盤古神話〉[7]一文中，認定「盤古神話是瑤族先民的神話」，文中做了一些富有啟發性的論證。《黑暗傳》的發現，使我們感到對這個結論有了更正或補充的必要。盤古神話之書面記載，最早見於三國時期吳人徐整的《三五歷記》和《五運歷年記》。最近我流覽宋代張君房所輯的一部道教類書《雲笈七籤》，在卷三《天尊老君名號歷劫經略》中就多次見到盤古的名字，先有一盤古

7 《山茶》一九八五年第五期。

真人「成天立地，化造萬物」；過了許多年之後，在伏羲氏之前，又出來一個神人氏，「其狀神異，若盤古真人，而亦號盤古。」「以己形狀類象，分別天地日月星辰陰陽……」這部道書雖把盤古列入道家神仙譜系，卻仍然保持著古神話中以盤古為創世之祖的基本而貌，顯然源於民間。《黑暗傳》有的本子中，將創世過程按上中下之盤古來敘述，可能同道家對這類神話的傳播有關。它同當地固有的文化因子相結合，經人們的不斷創造，盤古形象就變得更為豐滿了。《黑暗傳》中的盤古神話，由於它形態完整，流行在神農架這樣一個保存著許多古老神奇文化因子的特殊地區，又同古老的楚文化有著聯繫，在學術研究上應受到人們的重視。

今天的苗族、瑤族和居住在鄂西一帶的古代楚族後裔的漢族，共同傳誦著盤古神話，這正是他們在歷史上有著親密關係而留下的文化遺蹟。說盤古神話是瑤族先民所創是不錯的，如果說它是幾個民族的先民所共創，也許更符合實際。

《黑暗傳》追蹤[1]

劉守華

一、前言

《黑暗傳》是敘述漢族神話、歷史的一部民間長詩，由湖北神農架文化館的胡崇峻發掘整理，在一九八三年底出版的《神農架民間歌謠集》[2]中首次刊出。經有關學者作為漢民族罕見的「神話史詩」給予評說，新聞媒體多次報導，引起社會各方面的熱烈關注。十多年來，胡崇峻一直在神農架地區堅持不懈地從事《黑暗傳》多種文本的搜集整理工作，為保存這一份寶貴民族文化財富而飽嘗艱辛。海內外學術界就其文化價值與來源所發表的不同意見，促使研究工作更加深入。近來，由於胡崇峻對此詩的整理工作已告結束，加之《黑暗傳》的手抄本和相關書面文獻資料又有新的發現，在此基礎上，筆者擴展文化史視野探尋《黑暗傳》的來龍去脈，揭示它的廬山真面目，終於有了可喜的收穫。

1 原載臺北《漢學研究》第十九卷第一期（二〇〇一年六月）。

2 胡崇峻編輯，《神農架民間歌謠集》（湖北省神農架林區文化館，一九八三年），頁一九五至二〇六。

二、《黑暗傳》的文本及其演唱

《黑暗傳》是一部怎樣的作品？至今沒有一個本子正式出版，而民間流傳的多種文本在內容、文詞上又有較大差異，這就給研究者帶來了困難。評論《黑暗傳》，首先就要對它現存的文本做一番清理和鑑別。

（一）

一九八三年底首次在《神農架民間歌謠集》中刊出的《黑暗傳》節選，原是神農架敬老院老人張忠臣家藏抄本，原標題為《黑暗大盤頭》。一九八六年湖北省民間文藝家協會編輯《神農架〈黑暗傳〉多種版本彙編》（以下簡稱《彙編》）一書時將它作為「《黑暗傳》原始資料之七」[3]全文收入，共一千一百餘行。採取歌師對答即「盤歌」形式來展開敘說，從盤古開天闢地一直唱到禹王治水定乾坤，是一個內容較為完整，而且沒有佛道思想摻入的較好的本子。和它內容基本相同的還有李樹剛、宋從豹、危德富、王凱等人所藏的四個抄本。可見其流傳之廣。它也是筆者評論《黑暗傳》所依據的主要文本。

[3] 胡崇峻、李繼堯編輯《神農架〈黑暗傳〉多種版本彙編》（中國民間文藝研究會湖北分會編印，一九八六年），頁九三至一三七。

（二）

《彙編》一書收錄的「《黑暗傳》原始資料之三」[4]，原是清同治七年五月二十日甘入朝的手抄本，經胡崇峻借來轉抄載入此書，有殘缺。另有「《黑暗傳》原始資料之一」[5]，由神農架歌師曾啟明於二十世紀四十年代轉抄；「《黑暗傳》原始資料之二」[6]，為神農架老歌師唐文燦家藏抄本。這兩個本子均只存片段，內容同甘入朝抄本相近，可看作是它的補充。歌本中的神話有崑崙山聚化成盤古巨人開天闢地，女媧將天干地支神配合成夫妻等新奇敘述，染有道教色彩。

（三）

《彙編》一書收錄的「《黑暗傳》原始資料之五」[7]，為神農架黃承彥所藏，本子上注明：「光緒十四年孟月李德樊謄錄抄寫，字醜見笑。」筆者藏有它的影本，全文共一千一百餘行。以洪水泡天開頭，禹王開河安天下結束。歌本中有釋迦如來、太上老君、昊天聖母出場，著重敘述二龍相鬥、洪水泡天、兄妹婚配、盤古召請日月升天等故事。敘事也較為完整生動。

4 《彙編》，頁二一至四七。
5 《彙編》，頁七至一三。
6 《彙編》，頁一四至二〇。
7 《彙編》，頁七〇至七九。

（四）

《彙編》一書收錄的「《黑暗傳》原始資料之四」[8]，為秭歸縣熊映橋家傳抄本，從盤古開天闢地唱到夏朝結束，開頭有佛祖派遣他的弟子皮羅崩婆去東土開天闢地並請日月升天，還有弘鈞老祖用三支鐵筆定乾坤，畫出世界萬物等情節。《彙編》一書收錄的「《黑暗傳》原始資料之六」[9]，也是神農架張忠臣老人家藏抄本：原題為《黑暗綱鑑》，開頭比較雜亂，後來敘述佛祖差遣盤古下山劈開天地，又去咸池召請孫開、唐末日月二神升天。這兩個文本均染有佛教色彩，同周游《開闢演義》小說的內容相近。

（五）

宜昌縣《新三峽》於一九九九年第四期刊出的西陵峽劉定鄉家傳抄本《黑暗傳》[10]，筆者藏有它的影本。以二龍相鬥、洪水泡天開始，禹王治水結束，神奇色彩淡化而歷史性、文學性則有所增強，結構完整，文句暢達，接近明代另一部小說《盤古傳》。

此外，胡崇峻近年還搜求到一個興山抄本，宜昌市從事文化工作的彭宗衛藏有一個出自保康縣的光緒年間抄本，他

---

8 《彙編》，頁四八至六九。

9 《彙編》，頁八〇至九二。

10 此抄本於湖北宜昌縣文聯主編的《新三峽》一九九九年第四期，頁四至八。本文據原抄本影本引述。《湖北日報》二〇〇〇年一月十二日就此刊出報導：〈三峽地區發現〈黑暗傳〉手抄本〉。

們都將書頁照片寄給了我。現在能夠唱出全本《黑暗傳》的老歌師已很難找到，但有不少人記得《黑暗傳》的片段，筆者在武當山下的呂家河民歌村就聽到過。這些口述唱段均未作為主要研究材料使用。

從以上介紹可以看出：作為敘述漢民族神話歷史的長詩《黑暗傳》，在歷經滄桑巨變之後，仍有十餘種手抄本被發現，抄錄的時間從清代到民國時期，流傳的範圍以神農架為中心擴展到鄂西北、鄂西南廣大地區。現存文本可以歸納為四五個彼此接近的系列，但還沒有找到一個集大成的文本。儘管學人對其價值的評說見仁見智，高下不一，而這一系列抄本的真實可靠性卻無可置疑；文本的多姿多彩及其流傳地域之廣，正表明它生命力之強旺和影響之深遠，值得人們倍加珍視。

這些手抄本自然也有可讀性，有一個清代抄本上就寫道：「此本傳下常常看，清閒自在有精神。」就其本來面目而言，原是作為歌師演唱《黑暗傳》這部大歌的底本而存在的，最合適的稱呼是「歌本」。這一特點已經十分明顯地烙印在它的語言和結構上，如「鼓打三陣把歌敘，別的閒言丟開去，《黑暗傳》上唱幾句，從頭一二往前提。」「仁兄莫要打枝椏，聽我來唱根由話。別的事情我不敘，就講日月來出世。」既然不是作為書面文學而創作的，篇章結構和文詞也就比較質樸粗疏，沒有傳統詩文那樣的精細優雅。

《黑暗傳》作為敘述神話歷史的一首大歌，通常在居民辦喪事時，由大歌師演唱。鄂西南和鄂西北一帶，老人逝世後，靈柩停放家中，親友鄉鄰聚會，要請歌師「鬧夜」、「打待屍」。或坐唱，或圍繞靈柩打轉唱，或邊唱邊跳，常常通宵達旦，以慰藉死者及孝家。《黑暗傳》就是在這種場合下作為「孝歌」、「陰歌」、「喪鼓歌」來演唱的。有一支「歌頭」對此做了十分生動有趣的敘說：

> 董仲先生（民間傳說為董永之子，即漢代的董仲舒）三尺高，挑擔歌書七尺長。這裏走，那裏行，挑在洞庭湖裏過，漫了歌書幾多文。一陣狂風來攻散，失散多少好歌本。一本吹到天空去，天空才有牛郎歌；二本吹到海中

去，漁翁撿到唱漁歌；三本吹到廟堂去，和尚道士唱神歌；四本落到村巷去，女子唱的是情歌；五本落到田中去，農夫唱的是山歌；六本就是《黑暗傳》，歌師撿來唱孝歌。[11]

演唱均有鑼鼓伴奏，且通宵達旦不停，這就不是一兩個歌師所能勝任的，常常要請一個乃至幾個歌班子參加，採取彼此盤問對答的方式來演唱，實際上是一種賽歌。這從歌本中也可以看出，如〈黑暗大盤頭〉中就寫道：「歌師你且慢消停，我把仁兄稱一聲，盤古怎麼來出身？盤古怎麼來出世？怎麼來把天地分？」「歌師聽我說分明，我把根由說你聽，今日鼓上遇知音。混沌之時出盤古，鴻蒙之中出了世，說起盤古有根痕。」因為它是就中國歷史（人們把有關神話傳說也作為一部分歷史來看待）和祖先功業盤根究底，民間也稱它為「根古歌」。喪事屬紅白喜事，歌師開口唱起來並無嚴格限制，娛樂逗笑的「葷歌」也是不可缺少的。《黑暗傳》篇幅長、內容古樸莊重，實為「歌中之王」，只有資格老、才學高的大歌師才能演唱。演唱全本《黑暗傳》為盛舉，鄉村並不常見，搶先唱《黑暗傳》被認為是「巴大」即逞能的表現，常引起糾葛。舊時，婦女是不能開口唱《黑暗傳》的，有一首民歌就唱：「各位歌師都請坐，我忙架火燒茶喝。奴家爹媽囑咐我，你到孝家去唱歌，莫唱《黑暗傳》，唱了挨傢伙。」[12]正因為如此，民間才把《黑暗傳》歌本精心傳抄，並作為「傳家寶」世代珍藏。也正因為它不同於那些在日常場合可以即興唱出的短歌，演唱的機會少，能夠把全本唱下來的老歌師也就越來越少了。

作為一種口頭文學，變異性是它的重要特徵之一。《黑暗傳》以多種文本流傳於世，正是這種變異性的表現。它有一個大致相同的模式，即從混沌黑暗、開天闢地唱起，到三皇五帝安定乾坤、黎民百姓安居樂業作結。不同的歌師在演唱時不僅可以有所發揮，由於歌場上的盤問對答具有比試高低的競賽性質，還迫使歌師不得不廣採博收，別出心裁：張

11 《彙編》，頁五。
12 引自胡崇峻於神農架紅花鄉採錄資料。

歌師唱盤古是天精地靈在崑崙山聚化而成，李歌師則唱盤古是佛祖從西天差遣而來。他們並非簡單傳承，而是在傳承中有所創造，在因地制宜的變化中顯出地方風土人情和歌師個性特色。

三、《黑暗傳》的構成與明代通俗小說

《黑暗傳》是什麼歷史時期的作品，它是怎樣構成的？筆者在一九八六年寫成的一篇文章中，初步推斷它產生於明代。所依據的線索是《神農架民間歌謠集》中所載的〈四遊八傳神仙歌〉。它是用老歌師的口吻唱出的：「來到喪前靠裏轉，手拿書本看一看，想唱四遊並八傳。」接著介紹「四遊八傳」一共十二部敘事長歌的篇名和梗概：

> 第一傳，《黑暗傳》，盤古開砍無人煙；第二傳，《封神傳》，姜子牙釣魚在渭水邊，春秋列國不上算，《雙鳳奇緣》第三傳，說的昭君去和番；第四傳，《火龍傳》，伍子胥領兵過昭關；第五傳，《說唐傳》，秦瓊保駕臨潼山；第六傳，《飛龍傳》，存孝領兵定江山；第七傳，《精忠傳》，大鵬金翅鳥臨了凡；第八傳，《英烈傳》，朱洪武登基往後傳。
>
> 這八傳數出頭，車轉身來說四遊。第一遊，是《東遊》，王母娘娘把行修，張果老騎驢橋上走……第二遊，是《南遊》，觀音老母把行修……第三遊，是《西遊》，唐僧取經多辛苦……第四遊，是《北遊》，祖師老爺把行修……[13]

13 《神農架民間歌謠集》，頁一八一至一八二。

查考文學史，這「四遊八傳」的歌本，都有同名同內容的神話歷史小說流行於明清時期，它們大都刊刻於明代中後期。在《中國通俗小說總目提要》[14]中，除歌本《火龍傳》尚未找到相關的小說外，其他十一種歌本均可與相關小說相對應，這就是《封神演義》（《提要》頁一一九），《雙鳳奇緣》一名《昭君傳》（《提要》頁六一二），《說唐演義全傳》（《提要》頁四九〇），《岳武穆精忠傳》一名《大宋中興通俗演義》（《提要》頁二〇〇），《飛龍全傳》（《提要》頁五三〇），《英烈傳》（《提要》頁五三），以及《四遊記》（《提要》頁六一五）[15]。由此可以推斷，歌本《黑暗傳》的構成也應有相關的小說作為參照，並非純粹的民間口頭文學創作。但前些年未能找到具體佐證。現在循此線索，終於找到了同《黑暗傳》相關的兩部神話、歷史小說，這就是署名竟陵（湖北天門）人鍾惺編輯的《盤古至唐虞傳》（簡稱《盤古傳》），以及署名周游編撰的《開闢衍繹通俗志傳》（簡稱《開闢演義》）[16]。將歌本同小說相比較，不但有助於我們認識《黑暗傳》的特徵與價值，而且可以基本解開這部罕見的民間長詩構成演變的謎團。

（一）《黑暗傳》和《開闢演義》相比較

《開闢演義》共八十回，敘述從盤古開天闢地起到周武王伐紂為止的古代歷史，署周游編撰，著者生平不詳，大約刊刻於明天啟、崇禎年間，有多種版本傳世。它是作為講史小說來寫的，但事涉上古，正如王黌在序言中所寫：「因民

14 江蘇省社科院明清小說研究中心、文學研究所編《中國小說總目提要》（中國文聯出版公司，一九九一年）。

15 它們原是四種書，即《八仙出處東遊記》、《西遊記》、《華光天王南遊志傳》及《北方真武玄天上帝出身志傳》，後由書商余象斗把它們集合在一起，以《四遊記》書名印行。

16 署名鍾惺編輯，《盤古至唐虞傳》，上海古籍出版社《古本小說集成》一九九〇年據明代書商余季嶽刊本影印。原書國內失佚，現藏日本內閣文庫。周游撰，《開闢衍繹通俗志傳》，上海古籍出版社《古本小說集成》一九九〇年據明代王黌刊本影印，齊魯書社新版於一九八八年印行。

互相訛傳，寥寥無實」，於是著者「搜輯各書，若各傳式，按鑑參演，補人遺闕。……而識開闢至今有所考，使民不至於互相訛傳矣」。實際上它是綜合正史記述，按正史框架，再吸取神話傳說加以補充的一部小說。中國著名神話學家袁珂在《中國神話史》中評述它的價值時，特別提到此書對盤古「左手執鑿，右手持斧」，完成開天闢地偉業的描寫，是對三國時吳人徐整在《三五歷紀》中所述盤古神話的發展，「可以說是根據民間神話的精神，恢復了古神話的本來面貌」[17]。把它和《黑暗傳》相比較，撇開共同敘述的天地人三皇治世、女媧煉石補天、炎帝神農嘗百草、黃帝戰蚩尤等流行神話傳說不論，更為明顯的聯繫是關於盤古出世、日月升天的新奇構想。

盤古本來是首次見於三國時期《三五歷紀》一書、出自虛構的神話人物，其身世是一片空白。《開闢演義》借用佛教傳說來構造盤古形象，說釋迦牟尼佛見南贍部洲鴻蒙久閉，同觀音大士商議，派遣弟子昆多崩娑那來到南贍部洲大洪荒處開天闢地，「成萬世不朽之功」。盤古用斧鑿開闢天地之後，因沒有日月照耀，不分晝夜，佛祖又令昆多崩娑那即盤古去咸池召請日月升天。「太陽星君，姓孫，名開，字子真，乃男身；太陰星君姓唐，名末，字天賢，乃女身。二人自天地消閉之後，陰陽相混，隱避於咸池，出居不離。」他倆最初不願出山，因升照必然夫妻分離。後佛祖交代：「汝若去到咸池，將此真言唸動，先分其陰陽，次伸出左手招日，又伸出右手招月，誦心經七遍，送上天宮，則陰陽自分而成晝夜矣。」盤古照此辦理，從此日月相照，晝夜分明。

《黑暗傳》的熊映橋抄本（資料之四）和張忠臣抄本（資料之六）的部分內容與之相關。張本的開頭部分，講「混沌初開出盤古，身長一十二丈五，手執開天闢地斧。佛祖差他下山來，來到太荒山前存。」他唸動「心經咒語」劈開天地之後，又奉佛祖之命，前去咸池相請日月上天庭，日月二神開始不予理會，盤古「心經七字唸分明」，於是「孫開唐末無計生，夫妻只得上天庭，一月夫妻會一面，普照乾坤世上人」。不僅情節一致，而且所出現的人名、「心經咒語」

17 袁珂，《中國神話史》（上海文藝出版社，一九八八年），頁二八七。

的字音也相同，可以有力地證明，《黑暗傳》的這一文本在創作過程中參照過《開闢演義》[18]。但這一抄本並非照搬小說情節，在佛祖之上有混沌老祖，和佛祖平起平坐的還有洪鈞老祖，因而混雜著佛道影響。

關於盤古召請孫開、唐末升天成為日月二神的情節，由於它富有人情味，被《黑暗傳》的三個抄本所採用。有趣的是，在一本民間流傳的《魯班經》中，也載有日月姓名為孫開、唐末之說，可見其影響之廣[19]。印度佛經中的日月大神均為男性天子。將日月姓名定為孫開、唐末，且說他們為一對夫妻，在中國其他眾多神話典籍中尚未見到，其來源有待查考。

（二）《黑暗傳》與《盤古至唐虞傳》相比較

《開闢演義》只不過是《黑暗傳》構成時所參照的小說之一。契合之處更多，聯繫更為緊密的是另一部小說《盤古至唐虞傳》。此書共七回，分上下兩卷，從「盤古氏開天闢地，定日月星辰風雨」開始，敘述到舜帝南巡，崩於蒼梧之野結束。中間按三皇（天皇、地皇、人皇）、五帝（伏羲、神農、黃帝、堯、舜）系統敘說中華文明的肇始，穿插著女媧煉石補天、神農嘗百草、黃帝戰蚩尤、顓頊捉鬼、堯舜禪讓帝位等神話傳說。將《黑暗傳》抄本和這部小說相對照，立刻發現了一系列相同之處。且不說三皇五帝這個大的歷史序列相吻合，還有好些出自想像虛構的生動情節乃至細節渲染也驚人地相似。

18 《開闢演義》中佛祖授予盤古的心經是「唵悉咀哆般桓囉」，《黑暗傳》張忠臣藏抄本中簡化或訛寫為「暗夕妲多撥達羅」，見《彙編》，頁九一。又《開闢演義》中盤古分天地後立一石碑，鐫字為：「吾乃盤古氏，開天闢地基，亥子重交媾，依舊似今時。」《黑暗傳》熊映橋抄本中簡化為：「亥子交始終，依然今似昔。」見《彙編》，頁六二。

19 筆者於八十年代在湖北咸寧市地攤上購得民間翻刻的《魯班經——魯班匠家鏡上下集》一冊，內容以「供泥水匠師參考實用」的營造法式、吉日擇定、咒語祭文為主，也間雜有關神話傳說，在頁二四所載《九星姓名》中寫道：「太陽星姓孫名開字子貴，太陰星姓唐名末字天賢。」

關於盤古開天闢地：《盤古傳》寫盤古氏在天地將分未分時節生於太荒之野，他想將混沌不分的天地劈開，因西方為金鄉，土最堅剛，便朝西行走。「行至西方，覓了一塊尖利的石，他認得是西方金精化就，這石如斧，能大能小，能匾能圓。」可是沒有敲斧的椎；他又繼續前行，在鐵山下找到由鐵石之精所化的大椎，這椎同樣如斧一般可以自由變化。他「拿椎並斧，見有粘帶不得開交的，把斧一鑿，滑喇喇的一聲響，天拔上去，地墜下來，於是兩儀始奠，陰陽分矣」[20]。

在新發現的西陵峽農民劉定鄉家傳《黑暗傳》抄本中，所敘述的盤古氏開天闢地的情景，其構想與之完全一致：「你看庚辛金是西方，盤古來到西方上，見一金石放毫光，重有九斤零四兩，要重就重，要輕就輕，好似斧頭一般樣。又見山凹裏放毫光，見一鐵樹二丈長，要長就長，要短就短，要圓就圓，要方就方，好似把子一般樣。金斧鐵把自相當，劈開天地分陰陽。」[21]

關於黃帝戰蚩尤：黃帝與蚩尤之戰是中國古代的一個著名神話故事，《盤古傳》把它加以歷史化，敘述軒轅黃帝訪賢，以風后為相，力牧為將，排出一個神奇古怪的「握機八門陣」，遂擒殺蚩尤。「不是握機奇上奇，刀頭難取蚩尤血。」「殺蚩尤時，頸血一帶，沖天而起，飛向（山西）解州一帶地方一大池內。其池周旋有八十里寬，蚩尤之血落在其中，便將池水化而成鹵。自後到六月炎熱時候，池上結成鹽板，今解州鹽池是也。這州因蚩尤故名解。」[22]這裏關於蚩尤血化成解州鹽的傳說，取自宋代沈括的《夢溪筆談》一書。至於「握機陣」，看來就是小說作者的杜撰了。

從西陵峽《黑暗傳》抄本中，我們看到下列唱詞：「領大兵來去相爭，排下一個握機陣，捉住蚩尤一個人。他把蚩尤來捉倒，一刀兩斷就斬了，頸項鮮血往上冒。頸項鮮血從頭起，招鹽板成鹹汁，後人將來做鹽池，熬出鹽來傳後

20 《盤古至唐虞傳》影印本，頁六至七。
21 劉本原件，頁四。
22 同註20，頁九二至九六。

世。」[23]神農架李德樊光緒年間轉抄《黑暗傳》中也有內容大同小異的敘述：「蚩尤弟兄人九個，困住軒轅難脫身，風后、力牧為大將，擺下握機八門陣，蚩尤血飛三千里，飛在山西鹽田城。」[24]歌本同小說的關聯十分明顯。

關於神農嘗百草：神農架張忠臣家藏抄本《黑暗大盤頭》中將毒草人格化，使故事敘述新奇生動：「神農治病嘗百草，勞心費力進山林，神農嘗草遇毒藥，腹中疼痛不安寧。急速嘗服解毒藥，識破七十二毒神，要害神農有道君。神農判出眾姓名，三十六計逃了生。七十二種還陽草，神農採回救黎民，毒神逃進深山林。至今良藥平地廣，毒藥平地果然稀。」[25]想不到在小說《盤古傳》中，也有相類似的描寫：「神農未嘗藥前，有七十二種毒藥毒神商量道：『明日神農來嘗百草，自然辨出我們毒性，世上便曉得我們名頭了。不如大家集作一夥，一日裏使諸毒並作，他便不能自治，豈不為妙！』商量已定，神農氏果然嘗百草，一日遇七十二毒神，腸翻腹痛。而皆得服解毒草木之藥，力化之，遂作方書……那七十二毒神，知他著方書把他毒性、毒名都疏明出來，商量道：『我和你諸人卻作惡不得，不如躲在深山中藏身。』所以毒藥多生在深山裏。」[26]

關於顓頊治鬼：顓頊為黃帝之孫，即帝位後傳說民間鬼怪肆虐，上述《黑暗大盤頭》有一段專唱此事：「顓頊高陽把位登，多少鬼怪亂乾坤……東村有個小兒鬼，每日家家要乳吞。東村人人用棍打，打得骨碎丟江心。次日黑夜又來了，東村人人著一驚。將他緊緊來捆綁，綁塊大石丟江心，次日黑夜又來了，東村擾亂不太平，將一大樹挖空了，放在空樹裏面存。上面用牛皮來蓋緊，銅釘釘得緊騰騰。又將酒飯來祭奠，這時小鬼才安寧。」[27]小說《盤古傳》就同一故事敘說得更為細緻：「東村裏捉得一個小兒怪……要乳吃，家人以棒亂擊小兒骨頭，節節解散，散而復合者數四。叫家

23 劉本原件，頁一一。
24 《彙編》，頁七七。
25 《彙編》，頁一一三。
26 《盤古至唐虞傳》影印本，頁八〇至八一。
27 《彙編》，頁一二一至一七二。

人以布囊盛住，提去三五里遠，投入一枯井中。次夜又至，手擎布袋，在庭上拋來擲去，跳躍自得。眾人又擁出擒住，復以布囊如前盛之，緊緊綁縛。又把布囊懸個大石頭沉在河水深處去了。次夜又來。……家人預備大木，鑿空其中，待他來擒於空木中藏之，以大鐵葉壓住它兩頭，以釘釘之，把酒肉同往，懸巨石流之大江。……今不復來矣。」[28] 禍害人類的鬼怪，不過是我國古代先民對與人為敵的自然界異己力量的一種幻想虛構形象。在這一背景上，人們想出了將樹挖空做成鼓來震懾鬼怪和以酒食來祭奠鬼神的對策，它成為後來廣傳於世的習俗。就這一故事來看，歌本和小說的關聯也是很明顯的。

還有一個值得提起的例子，《盤古傳》在寫到日月風雨生成時，撇開神話傳說，由作者直接出面，介紹一年四季風雨的名稱及其變化：「天地氤氳之氣，自然寒溫冷暖。春有和風，夏有熏風，秋有金風，冬有朔風。又有東西南北之風。有了風，天地之氣疏通，自然有雨。……清明有杏花雨，三月有榆莢雨，四月有黃梅雨，五月有分龍雨，六月有濯枝雨，七月有洗車雨，八月有豆花雨，九月有黃雀雨。然雨生於雲興，冬至有泛陽雲，立春有春陽雲，穀雨有太陽雲，立夏有初陰雲，夏至有少陰雲，寒露有正陰雲，霜降有太陰雲。」[29]

在西陵峽《黑暗傳》抄本中竟然也有這樣的穿插，只不過是用歌師對答的方式來表現：「老仁臺聽從容，不知風有幾多風？春有和風，夏有洞風，秋有金風，冬有雪風，又有谷風、岩風、烈風，又有東南西北風，各樣風色大不同。風雷根由講清楚，滿天又有雲和霧，……不知雲有幾樣雲？一年四季有雲星。立春有春陽雲，穀雨有太陰雲，立夏有初陰雲，夏至有少陰雲，寒露有正陰雲，霜降又有太陽雲，又有浮雲和妖雲，五色祥雲照乾坤。雲雷根由說與你，後來興雲必下雨，不知雨有幾樣雨？……正月梅花雨，二月杏花雨，三月偷桃雨，四月黃梅雨，五月榴花雨，六月為妖雨，七月

28 《盤古至唐虞傳》影印本，頁一一〇至一一二。
29 同前註，頁一一至一二。

洗車雨，八月豆花雨，九月黃雀雨，十月耳露雨。天下從此有了雨，萬物從此皆生起。」[30]彼此間的血肉關係一眼即可看出。

在比較文學研究中，文本的近似有幾種不同情況，既有彼此存在直接聯繫，互相影響的，也有不謀而合平行類同的，還有共同源於第三者的，不能一概而論。就我們所列舉的實例而言，《黑暗傳》歌本中的有關內容，可以斷定是受小說影響所致，看不出存在相反的情況。因小說的內容與形式更完整充實，當時刊刻成書影響也更為廣泛。從「四遊八傳」的構成來看，將小說內容簡化和通俗化，改編成便於口頭歌唱的長篇敘事歌本，在明清時期已蔚成風氣，《黑暗傳》也未能例外。但《開闢演義》和《盤古傳》兩部小說對歌本的影響又有不同的特點。《開闢演義》以盤古為佛門弟子，屬於外來佛教文化對民間口頭文學的滲透。《盤古傳》中的有關情節，如盤古以斧劈開混沌，毒草畏懼神農逃入深山，顓頊用鼓來制服鬼物，以及給四季風雨命名等，看來都不是出於小說作者個人的隨意杜撰，而是吸納相關民俗和民間傳說所致。《盤古傳》署名竟陵（天門）鍾惺編輯，蘇州馮夢龍鑑定，史家對明代署名鍾惺的小說多視為偽託，但也無實據加以否定。小說作者在「遵鑑史通紀為之演義」的主旨下，吸取一些民間口頭傳說予以充實，實為當時小說創作的風尚。面向大眾的《黑暗傳》又將小說中富有泥土氣息的有關敘說吸收進來化為歌本，正是順理成章的事。通俗小說的創作努力吸取民間口頭文學素材，民間文學又在小說刺激下更趨活躍興盛，兩者互相刺激相得益彰，成為明代社會文化的一大特徵。其影響延伸後世，歷久不衰。

研究《黑暗傳》同兩部小說的關聯，有助於我們瞭解它的創作過程和產生背景。同時我們還須指出，《黑暗傳》在內容和形式上又明顯超越了小說，表現出它構思奇妙、大膽創造的特色。特別是圍繞盤古所構造的宏偉創世情景：

30 劉本原件，頁八。

古時乾坤黑暗如雞蛋，迷迷濛濛幾千層。後來有一個叫江沽的大神出來造水。在一片荷葉上，滾動著一顆巨大露珠，「露珠原是生天根」，浪蕩子誤食露珠，被江沽咬死，屍分五塊，拋人海洋，長成崑崙神山。由崑崙山孕育出盤古：「海裏長出崑崙山，一山長成五龍樣，五龍口裏吐血水，天精地靈裏頭藏，陰陽五行來聚化，盤古懷在地中央。懷了一萬八千歲，地上才有盤古皇。」崑崙山為天心地膽，盤古在山下用斧椎劈分天地，又去咸池相請日神孫開、月神唐末升天，光照乾坤。「太陰太陽兒女多，跟著母親上了天，從此又有滿天星。」隨後盤古將自己身軀化成山河草木。女媧出世，把自己身邊的兩個肉球剖開，一邊跳出十二個女子，另一邊跳出十個男子，原來它們是天干與地支，「天干為男又為陽，地支為妻又為陰」，從此陰陽配合繁衍出眾多子孫後代。

天地開闢後發生過一次大洪水，「洪水滔滔怕煞人，依然黑暗水連天」。在洪水中，五條龍捧著一個大葫蘆在海上漂流，葫蘆裏躲藏著兩兄妹，出來後由烏龜做媒結成夫妻。兄妹成婚三十年，生下一個肉蛋，「肉蛋裏面有百人，此是人苗來出世，才有世上眾百姓」。《黑暗傳》有三個文本唱到兄妹成婚，並認為這兄妹倆就是伏羲、女媧：「說起女媧哪一個？她是伏羲妹妹身，洪水泡天結為婚。」

以上內容，均為兩部小說所未載。而《黑暗傳》則在洪荒時代的大背景上給予突出表現，成為獨具特色，扣人心弦的篇章。

這裏應當特別提到關於伏羲、女媧的神話。在備受學人重視的從湖南長沙楚墓中出土的帛書神話中，就已將雹戲（伏羲）、女媧兩位創世大神確定為夫妻關係[31]，漢代畫像石刻上人首蛇身的伏羲、女媧做交尾扭結之狀，也是夫妻身份的象徵。宋代羅泌《路史後紀》注引漢代《風俗通》也稱：「女媧，伏希（伏羲）之妹。」那麼，他倆究竟是夫妻還是兄妹呢？唐代李冗《獨異志》中載有「女媧兄妹二人」，因當時「天下未有人民」，便用熏煙方式卜天意，以兄妹

31 阮文清，《楚帛書與中國創世神話》，見《楚文化研究論集》（河南人民出版社，一九九四年），頁六〇一。

關係結成夫妻。但故事中並未點明其兄是伏羲。這成為引起學人爭議的一個神話學懸案。四十年代聞一多寫作〈伏羲考〉，就當時南方苗瑤等少數民族口頭神話的發現寫道：「直到最近，人類學報告了一個驚人的消息，說在許多邊疆和鄰近民族的傳說中，伏羲、女媧原是以兄妹為夫婦的一對人類的始祖，於是上面所謂可以爭辯的問題，才因根本失卻爭辯價值而告解決了。總之，『兄妹配偶』是伏羲、女媧傳說的最基本的輪廓，而這輪廓在文獻中早被拆毀，它的復原是靠新興的考古學，尤其是人類學的努力才得完成的。」[32]而在《黑暗傳》這部明清時代即已形成，以口。頭和書面兩種方式傳承的長詩中，就有伏羲、女媧在洪水泡天人類滅絕後兄妹成婚的故事。近年在武當山一帶發現的一部《婁景（敬）書》的手抄本，對這一故事更有十分細緻生動的敘說：洪水淹天七日七夜，伏羲、女媧兄妹二人從葫蘆中走出，占卜天意成婚。須彌山一「金龜道人」熱心撮合此事，被女媧用石頭砸碎身軀。後經伏羲「撿來兜起」，形體遂成今日樣子。這位金龜道人後來成了真武大帝手下鎮守北方的一員大將。《黑暗傳》中關於伏羲、女媧的敘說同這部民間刻印的小書以及武當山真武信仰可互相佐證。在人類學上具有重要意義的伏羲、女媧兄妹成婚的故事的傳承顯然不限於少數民族地區。這樣，它就對中國神話史的一個重要論題給予了補充。

由此可見，《黑暗傳》不僅作為歌唱的本子，體裁上不同於小說，是對散文敘事作品的再創造：它在吸取小說內容的同時，又用民間口頭傳承的神話說給予補充豐富，從而使它超越小說，成為內容與形式都奇特不凡的一件民間敘事詩歌珍品。

32 見馬昌儀，《中國神話學論文選萃》上編（中國廣播電視出版社，一九九四年），頁六八五。

四、《黑暗傳》與中國「神話史詩」

將《黑暗傳》視為「漢民族神話史詩」，是由筆者最先提出的，我寫的《鄂西古神話的新發現——神農架神話歷史敘事長歌〈黑暗傳〉初評》，先在一九八四年七月於貴州舉行的中國少數民族神話學術討論會上發表，後在《江漢論壇》一九八四年第十二期刊出。文章中最重要的一段話是：「它表明在漢族地區也有神話史詩一類作品在民間口頭流傳。五十年代以來在我國南方許多少數民族地區，發掘出一系列神話史詩（或稱創世史詩、原始性史詩）。如苗族的《金銀歌》、《古楓歌》和《洪水滔天》，瑤族的《密洛陀》，彝族的《梅葛》，彝族阿細人的《阿細的先基》，納西族的《創世紀》，白族的《開天闢地》，壯族的《布帕》，拉枯族的《牡帕密帕》，阿昌族的《遮帕麻和遮米席》等。過去人們以為在漢族地區，已經沒有遠古神話，更沒有神話史詩在民間口頭流傳。神農架《黑暗傳》的發現便填補了這一空白。」[33]

拙文發表前寄給中國神話學會主席、著名神話學家袁珂審閱（並附有關原始資料），他於一九八四年一月三十一日回信說：「你說《黑暗傳》是漢民族的神話史詩也不錯，不過毋寧說它是廣義的神話史詩更為妥切。廣義神話史詩，還是應該列入神話研究考察範圍。我看這當中有古老的風格獨特的民間傳說，也有農村知識份子（三家村學究）根據古籍記載串聯而成的藝術加工，它是二者的結合體。但也極為珍貴，貴在數百年前就有人將神話、傳說、歷史聯為一氣，做了初步的熔鑄整理。」後來他在閱讀資料彙編本後，又寫了一篇短文發表。袁珂先生當時沒有把《黑暗傳》同《開闢演

33 《江漢論壇》一九八四年第十二期，頁四三。

義》、《盤古傳》聯繫起來，但他從手抄文本中，已經洞察出它的構成及特徵。十多年追蹤研究的結果，完全證實了他的真知灼見。因此他在閱讀一些爭議文字之後，於一九九六年三月十五日來信說：「關於《黑暗傳》的評價問題，如果從前報導偏高，自可做適當糾正。至於我從前神話史詩的提法，至今檢討，尚無異議。」

有些學人認為把《黑暗傳》做「史詩」看待評價過高，主要是由於對「史詩」概念的理解不同所造成的。美籍華裔學者鄭樹森的評論最具代表性：「史詩的觀念源自西方……史詩一定要長篇敘事，而主角必須為英雄豪傑，出生入死，轉戰沙場。」「《黑暗傳》徒有神話，沒有英雄歷劫征戰，是不能稱為史詩，而僅可視作長篇神話故事民歌。」[34]一般學人均以希臘史詩《伊利亞特》、《奧德賽》為範本，這樣，《黑暗傳》自然難以與之相比。殊不知中國民間文藝學家對「史詩」類型已做了新的區分。將民間口頭流傳的史詩作品區分為英雄史詩和創世史詩（或稱神話史詩、原始性史詩）兩大類，並將中國南方少數民族的一系列長詩歸屬於神話史詩之列，起始於著名學者鍾敬文主編的高校文科教材《民間文學概論》[35]。著名學者楊堃主編的《民族學概論》中也持同樣觀點，文字表述更為簡明：「根據內容的不同，史詩可分為創世史詩和英雄史詩兩大類。創世史詩是較早期出現的，具有濃厚神話色彩的史詩。故也有人稱之為原始性史詩或神話史詩。我國許多少數民族中，就流傳有許多這類史詩。」[36]中國社科院文學所集體編撰、由毛星擔任主編，於一九八三年問世的大型著作《中國少數民族文學》，以及現正陸續問世的國家社科重點項目多卷本《中國少數民族文學叢書》，都是據此基本理論來評判有關民間長詩。這在民間文藝學和少數民族文學研究領域，已成為普通常識。中國北方多產英雄史詩，《格薩爾》、《瑪納斯》和《江格爾》就是代表；而南方則多產神話史詩，存在一個「神話史詩

34 鄭樹森，〈《黑暗傳》是不是漢族長篇史詩？〉，《上海師範大學學報》一九九二年第一期，頁一二八。
35 鍾敬文主編，《民間文學概論》（上海文藝出版社，一九八〇年），頁二八一至二九四。
36 楊堃主編，《民族學概論》（中國社會科學出版社，一九八四年），頁三〇〇。

群」[37]。最先人們只看到這類神話史詩在少數民族中間傳承，《黑暗傳》的發現，表明南方漢族地區，也有相同類型的神話史詩存在，它們是「多元一體」的中華文化之共同展現。

《黑暗傳》和南方少數民族的一系列神話史詩相比較，其共通之處是以遠古創世神話為主體，由大歌師在神聖場合下用古樸莊重的格調演唱，懷著深沉情感追憶那些創世大神與文化英雄實即本民族先祖艱苦締造文明的功業，使民族文化傳統得以深刻烙印在子孫後代心頭而世代延續，由此顯示出它的巨大價值。國外人類學宣導用關注口頭溝通方式的「展演」（peformance）說來研究民間口頭文學[38]，對我們正確估價《黑暗傳》極有啟發。如脫離演唱過程，單純從抄存書面文本的篇章字句給以膚淺評說，勢必難以認識它的寶貴價值。

《黑暗傳》和兄弟民族的神話史詩的主要相異之處，是它有文人直接和間接參與創作，從漢族深厚的書面史傳文化包括神話歷史小說中間吸取了滋養，歷史序列和正史相一致，神話歷史化色彩較為濃重。它是一種次生態而非原生態文本。這一鮮明特徵既表現出它的優越性，也有它的局限性。因而把它作為「廣義神話史詩」而不是典範的神話史詩來看待更切合實際。

《黑暗傳》的有些文本中，雜糅著佛教和道教影響，但沒有占據主導地位，掩蓋其主體面貌。有學人提出，它是否屬於歷史上白蓮教的經卷，是不是就是白蓮教支派魔公教的〈佛說黑暗經〉？筆者經友人大力協助，找來《桂西民間祕密宗教》資料本中附載的〈佛說黑暗經〉，好在篇幅不長，現照錄全文如下：

> 如是我聞，一時佛在舍衛國樹底給孤獨園與大比丘眾一千二百五十人說法。俱爾時世尊舉大梵音放大光明，照見一十八重地獄。各重門間獄中罪人受苦惡道、黑暗道中慈人，有錢若前劫，若五劫，不得見三光一切人等俱

37 詳見李子賢，〈探尋一個尚未崩潰的神話王國〉（雲南人民出版社，一九九一年），頁二八五至三〇一。
38 詳見李亦園，〈民間文學的文化生態——人類學的研究〉，《文學與治療》（社會科學文獻出版社，一九九九年），頁三至一九。

皆大歡喜曰。一切信之。爾時地獄彌陀觀音金剛藥王一切菩薩，爾時伏告大眾不敬日月三光，不信佛道造重罪孽。爾時諸大菩薩此經不可思議，功德善哉。白伏說此經，一切世間之人死後三年，家中勿忘舉行，作禮而退。

這裏講的是世間不敬日月三光，不信佛道之人，因罪孽深重而雙眼失明，受黑暗之苦。唸說此經乃可消災。它同敘說盤古在遠古混沌黑暗中開天闢地功業的《黑暗傳》風馬牛毫不相干。此外，據多年研究民間宗教的學者指出：「白蓮教的信仰基本上是圍繞無生老母的創世以及三期末劫和彌勒佛的救世展開的。」「無生老母是明清白蓮教的最高崇拜，也是區別於其他宗教如佛、道教的主要標誌。」[39]無生老母信仰必然導致對中國歷史序列的完全否定。《黑暗傳》流行地區雖有白蓮教的巨大影響，卻並未打上無生老母信仰的印記，它依託「按鑑參演」的神話歷史小說而又同採自民眾口頭的神話傳說來糅合成篇，就整體而論，仍不失為一件質樸清純的民間口頭文學之作。

五、結語

筆者就《黑暗傳》這部奇特的民間長詩進行了長達十五年的追蹤研究。最初引起傳媒關注的，主要是這部長詩是否屬於漢民族罕見的「神話史詩」；因學界對「神話史詩」概念的理解不一，便引起爭議，這是正常而合理的現象。其實它歸屬於何種文學體裁，並不能決定其價值之高低，關鍵還是要對作品本身的各個側面進行深入考察，方能恰當評估其

[39] 王兆祥，《白蓮教探奧》（陝西人民教育出版社，一九九三年），頁一三三至一三七。

價值。這正是筆者追蹤的重點。有的評論者既未讀到相關原始資料，也不去瞭解作為一件口頭傳承之作所依附的民俗文化背景（如全文將「神農架」錯寫成「神龍架」），只就他人文章中引述的幾段唱詞，覺得「文詞粗俗」，和經典史詩的風格迥然有別，便簡單地對整個作品加以否定。這自然難以使人信服，也是學界浮躁之風的一種表現。

《黑暗傳》不同尋常之處，不僅在於它擁有多種大同小異真實可靠的手抄文本，還在於它以口頭演唱方式楔入當地民俗文化之中，賦予那些古樸神話以鮮活姿態。

在《黑暗傳》流行的鄂西南地區，有楚國大詩人屈原的故鄉。屈原《楚辭》中包含著豐富的古神話，〈天問〉就一系列神話窮根究底，同歌師在演唱《黑暗傳》時的盤問對答一脈相承。就《黑暗傳》的具體內容而論，還看不出同《楚辭》神話有直接關聯，但楚地自古以來，有「信巫鬼，好淫祀」的傳統，《楚辭》中的〈九歌〉，就是對南楚民間祭神歌的加工，作為「陰歌」、「孝歌」在喪禮上演唱的《黑暗傳》，實際上也是祭神歌的延伸。本來秦漢以來南方就有對創世大神盤古的信仰。宋代文獻還載明，「荊湖（洞庭湖）南北以十月十六日為盤古生日」，但未見對其事蹟做系統敘說。《開闢演義》和《盤古傳》這兩部書首次將盤古、女媧、三皇五帝事蹟演繹成白話通俗小說，《黑暗傳》參照小說，將以盤古為中心的創世神話編成具有宏大規模、史詩風格的敘事長歌，面向廣大民眾演唱，融合到民間喪事習俗之中，讓這些遠古創世英雄的輝煌形象長久地活在後世子孫心頭，使民族傳統綿延不衰。它不僅是民族文化史上的光輝篇章，也是對現代文明建設具有借鑑補益作用的文化珍品。《黑暗傳》的構造與傳承特點，還有它的文化功能與學術上的價值就在這裏。

通過對《黑暗傳》的追蹤研究，我們還得到這樣的啟示：中國（尤其是漢族）典籍所載的精英文化和口頭傳承的民間文化，它們之間的關係並非井水不犯河水，截然對立。常常互相滲透融合，「你中有我，我中有你」。精英文化成果借助通俗文學和學術的仲介，傳播到山野小民中去，往往促使民間口頭文學得到充實或產生變異，滋生出新的文化成果。《黑暗傳》就是一個突出實例。

在筆者十餘年對這部民間長詩的追蹤研究中，中國神話學會主席袁珂老人多次給予學理上的昭示；現今仍在神農架林區群眾藝術館潛心研究當地民間文化的胡崇峻對我一直給予熱情支持，每有發現，即欣喜相告。在結束此文時，是不能不向這兩位師友深深致謝的。

《黑暗傳》整理本序[1]

劉守華

一

從上世紀八十年代初開始即受到文化界熱烈關注的漢族民間神話歷史敘事長詩《黑暗傳》，終於由長江文藝出版社推出，有了第一個正式出版的文本，不能不令人倍感喜悅與激動！

這是由胡崇峻完成的關於《黑暗傳》的「整理本」，因此我們的評說首先就民間文學的整理問題展開。《黑暗傳》的第一個節錄文本，見於一九八三年底編印的《神農架民間歌謠集》中。隨後他又搜集到六七個抄本，集合起來成為《神農架〈黑暗傳〉多種版本彙編》一書，於一九八六年由湖北省民間文藝家協會印出。當時我在中國神話學會主席袁珂先生的支持下，將它作為漢民族的「神話史詩」（廣義的神話史詩）予以評論，一時間受到文化學術界的極大關注，同時也引發爭議。因《黑暗傳》在廣泛流傳中生發出多種口頭與書面（抄本）異文，就《彙編》中收錄的文本來看，在內容大體相同的情況下又有許多差異，加之文本殘缺不全的情況也很普遍。因此胡崇峻就產生了要進一步搜求內容更完整的本子，從而整理出一個集大成的完善文本的想法。我和袁珂先生都讚賞他的宏願。袁先生於一九八七年二月二十三日覆信道：

1 胡崇峻搜集整理，《黑暗傳》（長江文藝出版社，二〇〇二年；臺北市雲龍出版社，二〇〇二年，繁體字版）。本文就這個整理本所撰序文，曾以〈漢族史詩《黑暗傳》發現始末〉為題，刊於《中華讀書報》二〇〇二年四月三日。

> 關於《黑暗傳》整理問題，我以為宜持非常慎重態度。就現有八種殘缺版本，似尚難圓滿達到整理目的。尚須做更廣泛搜集，最好能搜集到接近原始狀態的本子。整理時潤色要恰到好處。至於「發揮」，則應著重原作精神，略事點染也就可以了，千萬不要離開本題，加入現代化的思想。

為進行更廣泛搜集，這十幾年胡崇峻可以說是如癡如迷，飽嘗艱辛。他曾九赴興山，三到秭歸，八奔保康，三至房縣，只要聽到有一點線索，他就抓住不放，既有過受人坑騙的煩惱，也享受過「踏破鐵鞋無覓處，得來全不費功夫」的喜悅。「皇天不負苦心人」，終於有了一系列新收穫，如保康縣店埡鎮一村民家收藏的《玄黃祖出身傳》抄本，計九十六頁，二十回，三千餘行，就是一個相當完整的本子。還有神農架林區宋洛鄉栗子坪村陳湘玉和陽日鎮龍溪村史光裕口頭演唱的《黑暗傳》也較為生動完整。在占有豐富的口頭與書面材料的基礎上，經過仔細鑑別比較，胡崇峻便以《黑暗傳》、《黑暗大盤頭》、《混元記》、《玄黃祖出身傳》等七份抄本和曹良坤、曾啟明、史光裕、陳湘玉等十幾位歌手的口述文本為基礎，選取其中意趣和文詞更為豐富生動的部分加以拼接，構成這一個新的文本。詩中的故事情節和文句均有來歷，他不僅沒有杜撰和改變原有的故事，文句上也只是根據情況略做修飾潤色，盡可能保持其原貌。關於民間口頭文學的整理，中國民間文藝家協會一直堅持「忠實記錄，慎重整理」的原則。至於整理的方式，大體有兩種，一種是就一種比較完整的紀錄或版本進行單項整理；一種是對表現同一母題而擁有大同小異若干異文的作品，選取比較完善的一兩種為主幹，再吸納其他文本優點，進行綜合整理。「不管上述哪一種整理，都應當努力保持作品的本來面目，主題和基本情節不變，保持群眾的生動語言，保持民間創作特有的敘述方式、結構和藝術風格」。「整理者的目的，就是把人民群眾的好作品發掘出來以後，做些必要的和可能的加工，使它們恢復本來面目，或盡可能完美一些，以便列入祖國各民族的文藝寶庫中，長久地廣泛流傳。」（賈芝：〈談各民族民間文學搜集整理問題〉）五十年代受到人們廣泛讚譽的彝族撒尼人的敘事長詩《阿詩瑪》，就是在占有多種異文的基礎上，採取上述「綜合整理」方式而得以問世的。胡崇峻對《黑暗傳》的整理，正屬於這樣的「綜合整理」。他以十分審慎的態度和在神農架地區多年從事民間文學的豐富經驗來從事這項工作。我讀過大部分原始資料本，這次欣喜地捧讀整理本，覺得它內容更豐富，文詞更優美，對讀者也更具吸引力。從整理民間文學作品就是「做些必要的和可能的加工，使它們恢復本來面目，或盡可能地完美一些」這一標準來衡量，整理本基本上達到了上述要求，因而是成功的。自然，由於受著各種條件的限制，整理工作不可能盡善盡美。《黑暗傳》的多種文本在鄂西北、鄂西南的廣大地區時有新的發現，不能說這個整理本已將它們囊括無遺；《黑暗傳》文本體系較為複雜，不僅是古代聖賢典籍與山野民間文化的雜糅，而且同時受著儒道佛「三教」思想的浸染。因而對有關文本的評判取捨是否恰當，拼接是否自然合理，都容許批評和討論。整理者的最大優點是具有面向廣大讀者的通俗性與可讀性，至於對研究看來說，如果能將原始資料本一字不動地提供出來，自然也具有很重要的價值，我們在肯定這個整理本的同時，也歡迎人們在《黑暗傳》的研究整理上進行另外的嘗試。

關於對民間口頭文學的加工寫定，可區分為錄音記錄、整理、改編、再創作幾種不同類型，它們忠實於原作的程度不一，各有其社會價值與學術價值，其中最通行的是整理文本。芬蘭的著名史詩《卡勒瓦拉》，就是一百多年前由一位鄉村醫生將多年搜集得來的許多短篇敘事民歌加以整理，連綴成篇而獲得不朽藝術生命力的。

二

關於《黑暗傳》是否為漢民族「神話史詩」，是十多年來引起人們爭議的焦點，這也是無法迴避的一個話題。我和袁珂先生於八十年代中期在閱讀胡崇峻擁有的全部資料並瞭解到它流傳的文化背景之後，認為它可作為「漢民族廣義神話史詩」來看待。後來雖有人發表文章提出異議，甚至用刻薄的語言嘲諷我們是出於對中外「史詩」的無知而妄加評判，我們仍堅持《黑暗傳》的「史詩」說。袁珂先生不幸已於二〇〇一年去世，他在病中給我寫來的信裏，仍不改初衷：「至於我從前神話史詩的提法，至今檢討，尚無異議。」堅持這一說法的理論依據何在？「史詩」本是出自希臘文的外來語，其傳統定義和標準從《伊利亞特》和《奧德賽》這樣的希臘英雄史詩中引申而來。千百年來學人沿用這一傳統定義，不敢越雷池一步，於是弄得許多國家因沒有這類「史詩」而在文化創造力上遭到貶抑。八十年代以來，中國民間文藝學家開始打破這個洋教條，除肯定藏族的《格薩爾》、蒙古族的《江格爾》和柯爾克孜族的《瑪納斯》為傑出的英雄史詩之外，還提出西南許多少數民族中間，流傳著古樸神奇的「神話史詩」或「創世史詩」，它們是一個「神話史詩群」。我正是受到了這一發現的啟示，才將《黑暗傳》和它們捆綁在一起予以評說。因為不論就其內容、形式、文體特徵以及存活的民俗文化背景來看，這些作品都十分接近，顯而易見屬於同一類型的口頭文學。如果無法從根本上否定中國學者的「神話史詩」說，以及被公認的西南少數民族的眾多「神話史詩」作品，那麼，同它們在這個「神話史詩地帶」上連體共生的《黑暗傳》所具有的「神話史詩」特徵，也就難以被否定。

最近，從《民族文學研究》二〇〇一年第二期上讀到芬蘭著名學者勞里・航柯的〈史詩與認同表達〉這篇富於創見的論文，更堅定了我關於《黑暗傳》為「神話史詩」的理念。原來以希臘史詩為唯一標準的傳統「史詩」概念，早就被一些西方學者視為「陳腐解釋」和「僵死的傳統」扔在一旁了。請看他的精彩論述：

> 史詩是「一種風格高雅的長篇口頭詩歌，詳細敘述了一個傳統中或歷史上的英雄的業績。」這種陳腐解釋帶來的問題是，與它發生關係的總是特殊的英雄史詩，以致忽視了相當多的傳統史詩種類。
>
> 近些年中，西方學者倍感「荷馬樣板」是束縛，而不是鼓舞人心的源頭活水。在史詩的比較研究中這種態度更為突出，其中包括那些非歐洲口頭史詩的研究著作，這些是建立在活態傳統調查經驗之上的成果。對此，約翰・威連慕・約森講過多次，他說：

「我希望希臘史詩刻板的模式，一種在現實行為裏再也看不到的僵死的傳統，不該繼續統治學者的思想。希臘傳統只是許多傳統之一。在非洲和其他許多地區，人們可以在自然語境中去觀察活態史詩傳統。在表演和養育史詩的許多地區，我們還有工作要做。

「史詩是關於範例的偉大敘事，作為超故事是被專門的歌手最初表演的，它在篇幅長度、表現力與內容的重要性上超過其他的敘事，在傳統社會或接受史詩的群體中具有認同表達源泉的功能。

「對外來人的耳朵來說這種冗長無味的、重複的敘事，都在特殊群體成員的記憶中通過他們對史詩特徵和事件的認同達到崇高輝煌。對史詩的接受也是它存在的基本因素。如果沒有某些群體至少是一部分的欣賞和熱情，一個敘事便不能輕易地被劃為史詩。」

航柯教授擔任過國際民間敘事文學學會主席，因在研究上的卓越成就，曾為聯合國教科文組織起草關於保護民間文化遺產的決議。他在這篇論文中提出，史詩就是表達認同的超級故事，所謂認同即史詩所表達的價值觀念、文化符號和情感被一定範圍之內的群體所接受和認同，乃至成為他們自我辨識的寄託。許多民族至今依然存活於口頭的「活態史詩」便具有這樣的功能。他著重從文化功能上來界定史詩。這一功能的發揮雖然同史詩的長度、內容的重要性、藝術表現力及專門歌手的演唱等特徵密切相關，但絕不能以希臘史詩所謂「風格高雅的敘述」為樣板，形成束縛學術界的「僵死傳統」。這些論斷對我們評價《黑暗傳》是再合適不過了。《黑暗傳》就是一種「活態史詩」。它採取多種口頭與書面文本世代相傳，作為「孝歌」、「喪鼓歌」由大歌師以隆重形式演唱，深受民眾喜愛；它以有關盤古氏開天闢地結束混沌黑暗，人們崇敬的許多文化英雄在洪荒時代艱難創世的一系列神話傳說為敘說中心，「三開天地，九翻洪水」，時空背景廣闊，敘事結構宏大，內容古樸神奇，有力地激發著人們對中華歷史文化的認同感，完全具備「史詩」的特質。

如果說在那些因受流傳條件的限制而變得殘缺不全的文本中還感受不到史詩的魅力，那麼，在胡崇峻整理的這部長達五千多行的詩篇中，史詩的形態就展現得更為充分了。

在世界上許多國家的學者熱情關注「活態史詩」，並以文化多元論的新視野來充分肯定這些「活態史詩」珍貴價值的情況下，我們再撿起這個話題，將《黑暗傳》作為「漢民族神話史詩」來看待，就更加理直氣壯了。

關於《黑暗傳》的特色與價值，我寫過好幾篇文章。二〇〇〇年寫成的〈《黑暗傳》追蹤〉，發表在臺北出版的《漢學研究》上，受到海峽兩岸一批熱愛中華文化的學人的好評，他們也滿懷興趣地打算介入《黑暗傳》研究。

但這些成果都只是初步的。以關於《黑暗傳》來龍去脈的探尋而言，我初步斷定它形成於明代，並同明代敘述神話、歷史的通俗小說有關聯，但這是就長篇歌本的構成來說的，至於其中的神話傳說故事，以及在喪葬儀式中把這些神話傳說作為「喪鼓歌」來詠唱的習俗，顯然有著更久遠的歷史。據胡崇峻最近告知，他讀過的一部清同治年間刻印的《保康縣誌》中，載有「唯有農夫最辛苦，唱罷三皇唱盤古」的詩句，可見這一民俗事象有著深遠的根基。又從有關房縣「流放文化」的報導中得知，房縣是中國古代四大流放地之一，從秦朝開始，先後有十四位失寵的帝王將相和上萬名達官顯宦被流放到這裏（見二〇〇一年十一月六日《湖北日報》）。《黑暗傳》正分布在古房縣的地理範圍之內。《黑暗傳》中深厚的中華古文化積澱，絕不會是空穴來風。我們有充分理由推斷，這些被流放的「文化精英」也融合到了《黑暗傳》這類民間文化成果的創造者之中。

總之，《黑暗傳》的許多方面，都大有文章可做。相信隨著這個整理本的問世，會激起人們研究和評論《黑暗傳》的又一個熱潮。

《黑暗傳》中的盤古神話及其傳承特點[1]

劉守華

被有關學者認定為漢民族廣義神話史詩的《黑暗傳》，於二〇〇二年由長江文藝出版社推出了第一個完整文本。整理者是二十多年來一直在神農架地區從事民間文藝工作的胡崇峻。海峽對岸臺灣地區的雲龍出版社，很快推出了它的繁體字版，印製更為精美。我對這部民間口頭文學的珍奇之作懷有濃厚興趣，寫過幾篇評論文章，最近的兩篇一是關於《黑暗傳》整理本的序言，刊於《中華讀書報》二〇〇二年四月三日；二是〈《黑暗傳》追蹤〉，刊於臺北出版的《漢學研究》十九卷一期。因關於這部長詩的來龍去脈，還是一個未能完全解開的謎團，並有所爭議，我便在二〇〇二年十一月參加湖北衛視舉辦的穿越神農架科考活動的基礎上寫成本篇文章，繼續對這部閃耀奇光異彩的長詩進行追蹤考察。

本文不擬重複對《黑暗傳》整理本及其文化價值的評說，由於《黑暗傳》的主體在歌唱盤古開天闢地，結束混沌黑暗的偉業，本文便以盤古神話作為探討中心；又因《黑暗傳》主要以多種文詞大同小異的手抄本傳世，歌手的演唱均有所本，因此本文對《黑暗傳》的引述均出自民間收藏的手抄本，嚴格依據有關原始資料進行評說。

在我已經發表的〈《黑暗傳》追蹤〉那篇文章裏，提到湖北省民間文藝家協會於一九八六年編印的《神農架〈黑暗傳〉多種版本彙編》中，共收錄了八個手抄文本，它們用「黑暗傳原始資料」之一到之八分別標明。其中原始資料之

1 原載《華中師範大學學報》二〇〇三年第六期。

五，篇幅達一千四百行，文本上寫有：「光緒十四年孟月李德樊謄錄抄寫，字醜見笑。」我存有它的抄本影本。

此外，筆者手頭還存有宜昌市夷陵區小溪塔民間藝人劉定鄉家藏《黑暗傳》手抄本影本，抄錄時間為光緒元年。本文將它列為《黑暗傳》原始資料之九。

另有從神農架胡崇峻處借閱的兩個抄本，一是注有「乾三拙手蠢筆謄錄」，篇幅達八百餘行的清代抄本；二是稱盤古為「賴子」，篇幅達一千五百餘行的民國時期抄本。本文將它們列為原始資料之十和之十一。

以下本文主要依據這十一份原始資料，來看看長詩《黑暗傳》所傳承演繹的盤古神話的古樸形態。這一神話雖然以人們所熟悉的開天闢地為中心，經過口頭文學家的世代傳承與積累創造，實際內容相當豐富。借用民間文藝學中的母題分析方法，長詩中的盤古神話大體由盤古出生，劈分天地，斬殺霧神，設置日月和死後化生萬物這五個母題構成。現分述如下：

一、盤古出生

原始資料之一：

海洋裏長出崑崙山，一山長成五龍樣，五龍口裏吐血水，天精地靈裏頭藏。陰陽五行來聚化，盤古懷在地中央。懷了一萬八千歲，地上才有盤古皇。[2]

2 神農架林區松柏鎮堂房村曾啟明家藏手抄本，摘引自《神農架〈黑暗傳〉多種版本彙編》（湖北省民間文藝家協會編印，一九八六年），頁一一。

原始資料之二：

自從崑崙它長成，不知過了多少春。崑崙生出五條嶺，生成一個五龍形，曲曲彎彎多古怪。五龍口中流紅水，聚在深潭內面存，就在此處結仙胎，盤古從此長出來。[3]

原始資料之九：

鼓打三陣把歌論，再唱盤古來出世。若是說他父母生，混沌初開沒得人；若要說他無父母，到底他從何處來？老仁臺來歌先生，盤古出世在崑崙，太荒之野長生身，五山相逢五龍形，五個嘴兒往下生。五個嘴兒流下水，五條溝兒甚分明。一齊流在深潭內，聚會天精並地靈，結一仙胎水上存，長出盤古一個人。[4]

這幾個本子的相關文詞雖然略有出入，它的意思卻是顯明一致的。盤古是崑崙山伸出的五個龍爪流出的血水，流入東海大洋，聚會天精地靈之後所結成的胞胎；後來又回流到作為「天心地膽」的崑崙山下降生人間，成為創世巨人。這裏有幾點很值得我們注意：第一，這是最為新穎的一種說法，我多方考察，在其他文典文獻和口述資料中均未發現類似記述。第二，崑崙神山的形象最早見於《山海經》，後來被道教信仰所吸取，成為眾仙棲身的十洲三島之一。鄂西北、鄂西南地區的民間文化為道教信仰滲透，許多珍奇事物均來自崑崙山，如神農架民歌中就唱：「棋子本是沉香本，崑崙山上長成樹」；「秤桿本是茶條樹，崑崙山上長，崑崙山上出」。《黑暗傳》以「天心地膽」的崑崙山為盤古出生之

3 神農架林區朝陽鄉水果園村唐義朝轉抄，摘引自《神農架〈黑暗傳〉多種版本彙編》（湖北省民間文藝家協會年編印，一九八六年），頁一五。
4 宜昌市夷陵區小溪塔鎮民間藝人劉定鄉家傳抄本，摘引自《新三峽》一九九九年第四期。

地，鮮明地標誌出這一神話形象的中華文化特質；第三，這裏的盤古巨人不像某些帝王那樣，在家庭之內的狹小空間由某一普通女子孕育並降生人間，而是在崑崙血水流向東洋大海的廣大空間聚會天精地靈孕育而成，這奇偉構想正體現出盤古形象立足於中華大地的偉大品格。

二、開天闢地

對這個盤古神話的核心母題，《黑暗傳》的幾個文本都做了生動活潑的敘說。先看原始資料之七：

盤古奔波一路行，往東方，天不明；往北方，看不清；往南方，霧沉沉；往西方，有顆星。盤古摘來星星看，西方金星來變化，變一石斧面前存。盤古一見喜十分，不像金來不像銀，也不像鐵匠來打成。原是西方庚辛金，金精一點化斧形。盤古連忙用手拎，拿在手中萬斤重，喜在眉頭笑在心，拎起斧子上崑崙。……盤古來到崑崙山，舉目抬頭四下觀，四下茫茫盡黑暗……手舉斧，上下砍，東邊砍，西邊砍，南邊砍，北邊砍，聲如炸雷冒火星，累得盤古出大汗。眼看清氣往上升，那就成了天；濁氣往下墜，那就成地元。天地空清風雲會，陰陽兩合雨淋淋。盤古石斧化雷電，千秋萬代鎮天庭。盤古根痕說你聽，不知知情不知情。[5]

5 神農架林區敬老院張忠臣家藏手抄本，摘引自《神農架〈黑暗傳〉多種版本彙編》（湖北省民間文藝家協會編印，一九八六年），頁九六至九七。

原始資料之九：

盤古來在西方上，見一金石放毫光，重有九斤零四兩。要重就重，要輕就輕，好似斧頭一般樣。又見山窩裏放毫光，見一鐵樹丈二長。要長就長，要短就短，要圓就圓，要方就方，好似把子一般樣。金斧鐵把自相當，劈開天地分陰陽。非是學生扯裏謊，唱得不全請原諒。[6]

盤古於洪荒中掄起石斧，劈開天地，這一雄奇壯美的構想早在古典神話中即已出現，並非《黑暗傳》所特有。但長詩將這一情景，演繹得那麼具體生動，而又未失古神話的樸野本色。盤古在洪荒中西行，西方金星相助，「金斧鐵把自相當，劈開天地分陰陽」；「天地空清風雲會，陰陽兩合雨淋淋」。這些關於開天闢地的大膽構想，既有民間生活情趣的流露，也是中國傳統文化中陰陽五行相生相剋這一流行理念的形象體現。這一理念固然常常被封建迷信活動所歪曲，成為一堆陳穀子、爛芝麻，但滲透在古神話敘說中，卻仍保持著它原初具有的樸素唯物論與辯證法的內涵，由此渲染出長詩的中華文化特色。

三、盤古殺霧神

這也是長詩中一個十分新穎別致的插曲。但未見於手抄歌本，而是由歌手憑記憶講述，載於《神農架民間故事集》中：

6 宜昌市夷陵區小溪塔鎮民間藝人劉定鄉家傳抄本，摘引自《新三峽》一九九九年第四期。

原來地上只有一座山，被汪洋大海包圍著。那山中間有一個大坑，坑裏有一個怪物，龍不像龍，龜不像龜，好像一個大癩蛤蟆，口吐霧氣。這霧氣把整個天地蓋嚴了，天地一片混沌，那時又無日月星辰，整個處在黑暗中。這怪物不但口吐霧氣造成了一片混沌黑暗，還把太陽和月亮也吞吃了。盤古出世後，太陽（男）和月亮（女）的母親——馬桑樹和梭羅樹向盤古申說此事，懇求盤古為他們報仇，盤古答應下來。盤古又坐在火坑旁邊等那怪物出來，終於那怪物又出來了，盤古一斧頭砍下去，正中那怪物腦袋，怪物受傷，從一大坑裏跳出來與盤古廝打搏鬥。盤古一斧頭照牠肚子砍去，那怪物就倒在地上，盤古用石斧劃開肚子，太陽和月亮都從牠肚子裏鑽了出來，放出萬道金光，騰空起來，天地頓時亮了起來。[7]

這一母題令人感到奇特新穎之處，一是口頭文學家按山區常有大霧遮天蔽日的情形，推想洪荒時代混沌黑暗的成因，創造出霧神這一怪物形象；想像既樸實幼稚，卻也合情合理，新鮮生動。二是長詩將盤古劈分天地、消除混沌黑暗作為人類始祖戰勝邪惡勢力的一個鬥爭過程來表現，由此使盤古主宰世界的巨人形象更為鮮明突出。

四、設置日月

創世神話中，均有創世英雄設置日月的母題，這是因為，不設置日月，就無法結束洪荒時代的混沌黑暗景象，從而創造出人類賴以生存的這個世界。有一些民族的創世神話中，是由人類始祖自己造日月，《黑暗傳》的所有文本，唱的

7 胡崇峻主編，《神農架民間故事集》（神農架林區群眾藝術館，一九九〇年）。原注：這篇〈盤古殺霧神〉故事是盤水鄉七十歲的歌手賀久恆於一九八八年六月口述，胡崇峻採錄。他是根據早年看過的《黑暗傳》歌本講述的。按錄音記述成文。

都是日月本已生成，卻處於幽閉狀態，由盤古相請他們上天，才成為今天日月普照世間這個樣子。試看原始資料之七：

> 盤古分了天和地，天地依然是混沌，還是天黑地不明。盤古想得心納悶，要找日月眾星辰，來在東方看分明。見座高山毫光現，壅塞阻攔不通行。盤古用斧來砍破，一輪紅日現原形。裏面有個太陽洞，洞裏有棵扶桑樹，太陽樹上安其身。太陽相對有一山，劈開也有一洞門，洞中有棵梭羅樹，樹下住的是太陰。二神見了盤古的面，連忙上前把禮行：「天地既分海水清，缺少光明照乾坤，你今來意我曉得，要叫我們照乾坤。」盤古聽了心歡喜：「請了請了我相請，要請二神上天庭。」太陽、太陰兒女多，跟著母親上了天，從此又有滿天星。夫妻二人相交和，陰陽相合雨淋淋。[8]

在這裏，日月是一對夫妻，他們對於出山和登天似乎早有準備。盤古一聲相請，就順利地上天了，還帶去眾多兒女，成為燦爛輝煌的滿天星斗。

但有的長詩文本在這裏給盤古設置障礙，使神話敘說有了一定的曲折波瀾。如原始資料之五就唱道：「崑崙有個太陽洞，洞中孫開天子身」，「崑崙有個太陰洞，洞中唐末太陰星」，「盤古便把星君叫，請你東土照萬民」。可是這姊妹倆都因害怕受到妖魔的傷害而不敢出山。直到盤古給他安排好護衛保駕之後才放心升天：

> 太陽天子將言說，恐妨妖魔傷我身，天地初分妖魔廣，又怕傷壞寶殿門。盤古便把星君叫，你且升天照萬民。我今去到崑崙地，去請鷹雷保駕星；又到蓬萊孤竹島，去請紅旗電母身，他有八個照妖鏡，妖怪不敢上天庭。說罷

8 神農架林區敬老院張忠臣家藏手抄本，摘引自《神農架〈黑暗傳〉多種版本彙編》（湖北省民間文藝家協會編印，一九八六年），頁九八至九九。

一聲雷震響，太陽升上九重天。……姊妹二人升上界，照化萬國九州人。[9]

另一個文本即原始資料之六，將日月設想為夫妻倆，他們本來朝夕相伴，現在要他倆分別照耀白天黑夜，難得相見，於是他們就不願出山了。後來還是佛祖指派盤古口唸七字真經，才迫使他們不得不出山執事：

日神月神尊一聲，我今領了佛祖令，要請二神上天庭。日月不理半毫分，盤古一見怒生嗔，心經七字唸分明。……孫開唐末無計生，夫妻只得上天庭，一月夫妻會一面，普照乾坤世上人。[10]

日月在原始宗教和佛教、道教信仰中均已被神化，並形成日神、月神崇拜的種種習俗。這裏更進一步將它們人格化，將其設想為夫妻或姊妹身份，具有親切和善的品格。在有的文本中，他們不經任何曲折就欣喜地升天照耀人間；另一些文本則富有人情味地構想出他們怕妖魔傷身或不忍夫妻別離而不願升空照耀的消極心態。這樣的敘說和早期神話相比較，更富有人情味和民間生活情趣。作為盤古神話的母題之一，由此也賦予盤古以更為積極生動的品格。苗族古歌中的創世英雄，以自己動手在山野間鑄造日月來顯示其英雄氣概，《黑暗傳》則以盤古出面相請日月上天來成就其創世偉業，大膽想像中有著歷史佳話中帝王禮賢下士的影子，分別顯現出它們的不同民族文化特色。

在《黑暗傳》的好幾個文本中，都提到日神姓孫名開字子貴，月神姓唐名末字子賢。除在署名周游撰《開闢演義》中有此一說外，遍查其他古籍，均無此說。然而在我搜集的一本民間印製的《魯班家鏡》中卻作為木匠必備知識的「九

9 清光緒十四年李德樊抄本，神農架林區黃承彥收藏。
10 神農架林區敬老院張忠臣家藏手抄本，摘引自《神農架〈黑暗傳〉多種版本彙編》（湖北省民間文藝家協會編印，一九八六年），頁九一。

星姓名」中明白注出：「太陽星姓孫名開字子貴，太陰星姓唐名末字子賢」。可見此說在舊時民間流行甚廣，並非無所依據的隨意杜撰。

五、化生萬物

這也是盤古神話中最震撼人心的母題之一，試看原始資料之七：

盤古得知天皇出，有了天皇治乾坤，盤古隱匿而不見，渾身配與天地形。頭配五嶽巍巍相，目配日月晃晃明，毫毛配著草本枝枝秀，血配江河蕩蕩流。頭東腳西好驚人，頭是東嶽泰山頂，腳在西嶽華山嶺，肚挺嵩山半天雲，左臂南嶽衡山林，右臂北嶽恆山嶺，三山五嶽才形成。[11]

我在神農架大九湖地區聽一位歌手在冬夜篝火旁放開嗓子唱過這一段。後世的江河湖海、三山五嶽，其實都是盤古的身軀所化。面對今天的花花世界，懷念先祖的無私奉獻與偉大創造，不能不使聽眾心潮激蕩，久久難以平靜。

以上我們將《黑暗傳》中的盤古神話分解為五個母題做了初步評說。總起來看，它是既古樸而又鮮活，既有古神話的風采，又蘊含著活態民間文學的豐富意趣。

[11] 神農架林區敬老院張忠臣家藏手抄本，摘引自《神農架〈黑暗傳〉多種版本彙編》（湖北省民間文藝家協會編印，一九八六年），頁一〇〇。

那麼，長詩《黑暗傳》中的盤古神話在構成演變上有哪些特點，能否理清楚它的來龍去脈呢？對此，目前我們還難以做出簡單明瞭的回答，但已有了一些發人深思的線索值得追尋。這裏且說三點：

（一）口頭與書面相交錯的多管道傳承

長詩《黑暗傳》是作為口頭傳唱的「喪鼓歌」或「孝歌」而存活下來的，但它並非一件單純的口頭文學作品，它又以手抄本在鄂西南、鄂西北一大片地區傳承至今。經歷幾百年風風雨雨之後，於上世紀八九十年代發現的手抄本還有十幾種。這些抄本本來是作為歌師歌唱的底本來使用的，同時又可以供人們書面閱讀。如在我看過的幾個手抄本結尾處就寫有這樣的句子：「此本傳下常常看，清閒自在有精神」；「看書是君子，偷書是舅子，借書不還，男盜女娼」。可見它具有口頭與書面傳承相結合的特徵。現有抄本有好幾種都保留了傳抄者的姓名和抄錄時間（多為清道光、同治、光緒年間），給我們的研究提供了寶貴線索。

我就這些抄本的來源進行考察，又發現了三件與之密切相關的古典文獻。一是署名明代鍾惺編輯，並由馮夢龍鑑定的《盤古至唐虞傳》。《黑暗傳》原始資料之八，所歌唱的盤古出世，找到西方金精所化之石斧與鐵錐，將天地劈分等情景，還有介紹四季風雨名稱之類的細節穿插，一眼即可看出取自這部通俗小說。二是明代周游編撰的《開闢演義》（全稱為《新刻按鑑編纂開闢衍繹通俗志傳》）。《黑暗傳》原始資料之四、五、七中，佛祖釋迦牟尼上場，由他差遣一位弟子前來東土開闢天地日月，其間還有觀音大士相助，這一情節構想及有關文詞即出自《開闢演義》。以上內容我在二〇〇一年臺北出版的《漢學研究》雜誌發表的〈《黑暗傳》追蹤〉一文中均已論及，不予贅述。

本文要揭示的是在神農架一帶新近發現的一個民間祕本《婁敬書》。

由胡崇峻主編，於一九八八年編印成冊的《神農架民間故事集》附錄中，載有關於《婁敬書》的介紹，它是一九八八年十二月，時年四十五歲的岳文哲講述的。這是一本民間收藏的曆法書，以漢高祖手下的大臣張良（子房）同婁敬相對答的方式來寫成，含有一系列關於天文曆法的奇妙內容，其中也講到盤古開天闢地的事：

> 高祖叫來子房。子房開始就問：「盤古分天地，日月時辰不明，晝夜不分，無東西南北，無陰陽世界，更無四時八節，請先生講給我聽聽。」婁敬說：「盤古開天闢地，才分混沌，才有日月星辰。盤古死了沒有安葬，頭朝東，面朝北，腳向西，手指南，身在中央，兩眼如日月，兩耳起風，牙齒列星斗，毫毛成樹林草木，兩乳成山峰，左肩為東嶽，右肩為南嶽，左腳是西嶽，右腳是北嶽，身為中央黃土，大腸為長江，小腸為黃河，肚為湖海，內為牛馬豬羊飛禽魚蝦，骨為金玉，睜眼為白天，閉眼為夜間。」子房問道：「這與曆法有什麼關係？」婁敬回答說：「盤古開天地，創日月，造萬物，是我們曆法的依據。」

故事集的編者胡崇峻在〈附記〉中告訴我們：「岳文哲講述後，發現岳有一本《婁敬書》，此書為曆法書，原手抄者為武昌王家鋪街王樹森抄於道光十二年。《婁敬書》的開頭部分從開天闢地到日月星辰，在民間廣為流傳。」[12]以上內容並非照錄原文，但因有原書相對照，內容是大體可信的。此書我一直在四處搜求，後來在鄂西北武當山官山鄉文化站，終於找到了一本石印的《婁景書》（略有殘缺）。兩相對照，可以斷定，它們就是同一種書的不同版本，對盤古開天闢地及此後的洪水淹天，伏羲、女媧兄妹成婚等古代神話傳說，均有簡明而系統的敘說。關於盤古神話的文句和上文所引略有不同：

---

12 胡崇峻主編，《神農架民間故事集》（神農架林區群眾藝術館，一九九〇年）。原注：這篇〈盤古殺霧神〉故事是盤水鄉七十歲的歌手賀久恒於一九八八年六月口述，胡崇峻採錄。他是根據早年看過的《黑暗傳》歌本講述的。按錄音記述成文。

……乃是盤古王管天下，混沌過於後，盤古王身死之後，頭往東方青帝甲乙木，德面向南方赤帝丙丁戊己土火，腳往西方白帝庚辛金，手往北方黑帝壬癸亥子水，身鎮中央黃帝戊己辰戌丑未土，兩眼如日月，兩耳如風扇，齒如星斗，毫毛如山林樹木，兩乳如山峰堆尖，左眉為東嶽，右眉為南嶽，左腳為西嶽，右腳為北嶽，身鎮中央為黃帝之主腸為黃河，肚皮為湖海，血為黃河。水曲為禽獸麒麟豸蟲之物，骨為黃金皇家之寶，開眼為陽，閉眼為陰。盤古初分出世，亦無衣服遮身，體長一丈八尺，口吃草木樹皮過日……[13]

這類歷經風雨被人們精心保存下來的祕本，不僅是關於中國最為著名的古神話流行文本，還作為民間關於天文曆法陰陽五行等神祕文化知識祕傳經典而發揮其作用。這樣，我們就有理由把它作為《黑暗傳》的根基之一來看待了。張良、婁敬均實有其人，《婁敬書》的來歷尚待考證，但它透示的神話信息卻有十分重要的價值。

由此可見，《黑暗傳》所唱內容看似荒唐無稽，卻並非無根無源。神農架這一大片地區長時期被一片神祕色彩所籠罩，但它地處荊楚和中原地區的邊沿，有著豐厚的歷史文化積澱。據研究，它毗鄰的房縣，從秦朝開始，就先後有位失寵的王侯將相和上萬名達官顯宦被流放到這裏，成為封建社會非主流、反主流文化的重要集散之地。在當地看似粗俗的民間口頭文學之中，往往融合著歷代精英文化的成果，顯現出奇特不凡的風采。據此，《黑暗傳》的源頭也就多樣而深邃，僅就一兩個手抄本很難真正斷定。這不僅是《黑暗傳》之謎，也對揭開中國民間文學史的許多奧祕具有啟示作用。

13 《婁景書》（有殘缺），民間祕本。

（二）宗教文化與世俗文化的雜糅

民間口頭文學與民眾的宗教信仰常常互相滲透，你中有我，我中有你。作為喪鼓歌來演唱，又由一系列具有神聖意味的神話傳說所構成的《黑暗傳》，同當地民間的佛、道等宗教信仰相融合的情況也值得我們關注。

就其地位而言，在中國古神話中本係首屈一指的盤古神話，卻不見於秦漢古籍，如《山海經》之類，直到三國時吳人徐整的《三五歷紀》和《五運歷年記》中才首次出現寥寥數語；同時或隨後的相關記述，均由此而來。對這一謎團，很早就有學人企圖用外來說給以闡釋，如呂思勉先生於一九三九年寫成的《盤古考》就斷定：「《五運歷年紀》、《三五歷紀》之說，蓋皆佛教東來之後、雜彼外道之說而成。」[14]其依據是在漢譯《摩登伽經》中，就已有了自在天「頭以為天，足成為地，目為呂月，腹為虛空，發為草木，流淚成河，眾骨為山，大小便利，盡成於海」的奇妙構想。道教興起之後，把這份開創世界的功業歸於太上老君，才有了北周《笑道論》中所提及的「太上老君造立天地」說，及宋代《雲笈七籤》所錄《太上老君開天經》。近年來，幾位知名的海外學者如柳存仁、饒宗頤等，對盤古形象外來說再次做了中述[15]。

本文不擬對盤古形象早期記述進行考證。就《黑暗傳》而論，它的佛教文化色彩，在原始資料之五、之七這兩個抄本中，表現為盤古出世後，「佛祖差他下山林」，並派觀音大士相助；盤古劈分天地之後，又是佛祖指示他到咸池請日月二神上天。在原始資料之四，則構想為佛祖釋迦牟尼差遣皮羅崩婆，並賜予斧鑿等物前往東土開啟天地設置日月。明

14 馬昌儀編，《中國神話學文論選萃》上冊[C]（北京：中國廣播電視出版社，一九九四年）。

15 柳存仁，〈道教的《創世紀》〉，摘引自《道教史探源》（北京大學出版社，二〇〇〇年）。饒宗頤，〈論道教創世紀〉，摘引自陳鼓應主編《道家文化研究》第十六輯（三聯書店，一九九九年）。

代周游所撰《開闢演義》小說，即對佛祖派遣毘多崩婆那去南贍部洲大洪荒處開天闢地，「成萬世不朽之功」，用小說筆法做了詳盡描述；《黑暗傳》有關抄本中的類似記述，極有可能是從《開闢演義》而來。但在神話人物化生萬物這一母題上，《黑暗傳》中那段關於盤古化身為三山五嶽、江河湖海的深情唱詞，同眾多學人關注的《摩登伽經》關於自在天的空洞敘說，兩者之間意趣倒是相去甚遠，看不出有什麼內在關聯。

《黑暗傳》多種抄本的道教文化色彩更為濃重。其中的洪鈞老祖、太吳聖母、金龜道人、黃龍天師等角色，上崑崙山修行、仗劍斬妖魔等情節，顯而易見，同滲透道教信仰的仙話或小說有關。但也沒有達到能構成「道教創世紀」的完整地步。

在盛傳《黑暗傳》的神農架及其周邊地區，民間宗教信仰特點是以道教為主、佛道雜糅，迷信眾多鬼神精靈及神祕法術，從而給古老神話藝術留下了生存演變的巨大空間。《開闢演義》這部通俗小說的明代版本中，曾載有一篇附錄〈乩仙天地判說〉，全文如下：

> 天地合閉，……就像一個大西瓜，合得團團圓圓的，包羅萬物在內，計一萬零八百年，凡一切諸物，皆溶化其中矣。只有金木水火土五者混於其內，硬者如瓜子，軟者如瓜瓤，內有青黃赤白黑五色，亦溶化其中。合閉已久，若開不得開，卻得一個盤古氏，左手執鑿，右手執斧，猶如剖瓜相似，劈為兩半。上半漸高為天，含青黃赤白黑，為五色祥雲。下半漸低為地，亦含青黃赤白黑，為五色石泥。硬者帶去上天，人觀之為星，地下為石。星石總是一物，若不信，今有星落地下，若人掘而觀之，皆同地下之石。然天上亦有泉水，泉水無積處，流來人間，而注大海。前賢云：黃河之水天上來，今黃河中水是也。[16]

16 袁珂、周明編，《中國神話資料萃編》（四川省社會科學院出版社，一九八五年）。

一九八八年齊魯書社重刊此書時，在〈校點後記〉中寫道：「將原目後附錄純屬扶乩讖語，愚昧無聊文字的〈乩仙天地判〉說刪除不用」。這一附錄除為個別神話研究家所關注之外，今天已很難見到。乩仙確是舊時民間的迷信活動之一，至於乩仙留下的有關判語，則應對其複雜情況予以清理判明，不應簡單否定。以上述關於盤古敘說為例，它其實是將盤古神聖化，藉民間宗教活動而傳承下來的一則古神話。湖北神農架一帶伴隨喪葬活動來演唱《黑暗傳》，其實也是同民間宗教信仰緊密結合的一項傳統習俗，這從當地流行的打喪鼓的開場鑼鼓詞中就可以看出：

> 一根竹竿軟溜溜，孝家請我起歌頭；歌頭不是容易起，未曾開口汗長流……說罷一場又一場，再表神明放毫光。一請天兵天將，二請鬼神赤精，三請魔老邪道，四請四位尊神，五請五百元帥，六請家眷六親，七請七百諸神，八請八大金剛，九請九龍天子，十請十殿閻王……[17]

總之，《黑暗傳》作為民間長詩，總體而言，自然源於民間世俗文化之列，但它又和民間的宗教信仰活動密切相關。其宗教文化特色既不是純粹的佛教文化，也不是純粹的道教文化，而是佛道雜糅的民間普同信仰。神農架一帶山川林木的奇險景觀同「信鬼而好祀」傳統習俗的融合，構建出適合於古神話長久存活的特殊語境；宗教信仰上的混雜和約束力之鬆弛，又促使民眾可以自由馳騁想像，構造奇麗的口頭語言藝術作品。這些正是《黑暗傳》在當地得以長遠傳承的有利背景。

17 《神農架民間歌謠》（神農架林區文化館年編印，一九八三年），頁一四二、一四五。

（三）長詩演唱形式的特點及其變異翻新

民間文學作品因在口頭傳承中富於變異性而使它的眾多的文本顯露出大同小異的特色。《黑暗傳》在這方面更為突出。它作為「喪鼓歌」和「孝歌」演唱，演唱風格具有莊重肅穆的一面，然而演唱方式又十分靈活自由。按當地喪事習俗，打喪鼓的歌師都是滿懷盛情自由參加，不請自來。試看這兩首歌頭：

半夜聽到喪鼓聲，手裏捏一根漆木棍，不顧生死往前奔。一不怕高山出猛虎，二不怕水深起蛟龍，三不怕長蟲來攔路，四不怕山林起妖風。一步跳進歌場中，要會歌場眾弟兄。

仁兄唱歌聲音長，好比笙簫與琴簧，我想前來陪歌郎，又怕才學跟不上，五黃六月曬太陽，烤得我來熱難當，放開膽子闖一闖。你有你的殺手鐧，我有我的回馬槍，大風吹倒梧桐樹，自有別人論短長。[18]

這些主動前來參與辦理老人喪事的歌手，迫不及待地跳進歌場，既是為了表達對鄉鄰和親友的盛情，同時也是為了顯露自己的歌才，藉此比試高下。演唱《黑暗傳》這樣囊括古今的長詩，正是他們放開歌喉，大展才學的好時機。加之《黑暗傳》的演唱又常常是採取歌手對答的方式，下面就是手抄本中的兩段：「歌師既知書中竅，我有一言問根苗，只怕仁兄未看到。伏羲姓甚母何人，他在何處生其身？生他下來如何形，後來何處建都城，坐了幾十幾年春？八卦名兒說我聽，不枉同場把歌論。」「仁兄唱歌莫逞能，果然書中記得清，棋逢高手定輸贏。哪一個構木為巢穴，樹葉為衣襟？

18 《神農架民間歌謠》，頁一四八、一五一。

哪一個結繩記其事，鑽木取火星？」這種互相對答比試高低的演唱方式或氛圍，使歌場顯得十分活躍，由此迫使歌手們不得不競奇爭巧，在歌海裏大顯身手，在依據書面與口頭傳承的神話傳說的基礎上，自己再花樣翻新，即興變化，吸引聽眾，壓倒他人。眾多《黑暗傳》在廣泛流傳的過程中，並沒有達到使眾多文本渾然一體的地步，至於細節和語句的眾多歧異那就更不用說了。當地歌師所誇耀的正是這些大同小異，各有所長的本子，而極力避免文本的彼此蹈襲。這種情況，我以為正是同《黑暗傳》的上述演唱特點分不開的。

長詩《黑暗傳》自二十年前被發掘以來，即受到學人的廣泛關注。其主要原因之一，就在於它對盤古創世偉業的有力展示。正如文化史家馮天瑜在《中國上古神話縱橫談》中所評述的，這一神話「不僅具有較為質樸的風格，而且，其氣魄之宏偉壯闊，意象之縱橫時空，堪與世界各國神話精品相媲美。所以，這個故事後來居上，當之無愧地登上了中國開闢神話的寶座，在整個中國神話系統中占據崇高的地位」。這裏是就中國神話史、文化史而言。當我們聯想到，這些神話巨人艱難創造的世界在給他們子孫後代享用億年之後，今天正面臨諸多劫難有待克服，甚至需要再造乾坤，那麼，我們詠唱《黑暗傳》，再次與這位創世的盤古大神對話，就更加耐人尋味了。

再論《黑暗傳》

——《黑暗傳》與敦煌寫本《天地開闢已來帝王紀》[1]

劉守華

《黑暗傳》這部湖北民間長詩是在一九八三年八月編印的《神農架民間歌謠集》中，作為「長篇神話歷史敘事詩」首次亮相的，搜集整理人為胡崇峻。筆者被它所吸引震撼，當即撰寫了一篇題為〈鄂西古神話的發現——神農架神話歷史敘事長歌《黑暗傳》初評〉，提交一九八四年七月舉行的中國少數民族神話學術討論發表，隨後又在《江漢論壇》一九八四年第十二期刊出。繼《湖北日報》於一九八四年九月二十一日報導此事後，《人民日報》也於一九八六年十二月十八日於頭版刊出這一新聞。湖北省民間文藝家協會於一九八六年編印出《神農架〈黑暗傳〉多種版本彙編》供學人研究，胡崇峻在艱苦搜尋多種文本的基礎上完成的《黑暗傳》整理本於二〇〇二年在長江文藝出版社問世（臺北同時印行了它的繁體字版）。海峽兩岸的眾多學人熱心參與評說，先後約有二十多篇文章在報刊發表，見仁見智，毀譽不一。我參與討論的文章就達六七篇。現在，神農架和保康縣的文化部門將《黑暗傳》作為中國非物質文化遺產代表作申報，經專家委員會評審通過，即將列入國家級第三批非遺名錄之中得到保護傳承，使筆者深受激勵，便將近三十年未曾間斷的追蹤所得再向學界予以申說。

1 原載《民俗研究》二〇一二年第四期。

一、《黑暗傳》的原生態

《黑暗傳》是作為「孝歌」、「喪鼓歌」或「陰歌」（就樂調而言）來演唱的，這在《神農架民間歌謠集》的〈後記〉中，選編它的胡崇峻就開宗明義地做了說明。

這裏還須特別指出兩點：一是它擁有結構和詞語大同小異的多種文本，其變異性較之其他民間口頭文學作品更為突出。《神農架《黑暗傳》多種版本彙編》一書中，選輯了「原始資料」八份，另附錄相關資料八份。二十多年來，在神農架及周邊地區，不斷有《黑暗傳》的抄本發現，僅筆者所見並複印收藏的就將近二十種。以下列舉出最具代表性的八個文本：

（一）

神農架敬老院歌手張忠臣家傳抄本，共一千一百餘行，從盤古開天闢地一直唱到禹王治水定乾坤。與之內容基本相同的還有李樹剛、宋從豹、危德富、王凱等人所藏抄本，《彙編》一書將其列入原始資料之七。詩中關於崑崙山乃天心地膽之所在，盤古巨人乃是崑崙山的血水流到東海大洋內，聚會天精地靈所結成的胞胎孕育生成；他長成巨人之後又在崑崙山劈分天地，接著到咸池相請孫開、唐末成為日月神照耀乾坤；最後「渾身配與天地形」即全身肢體化為日月五嶽草木江河，「毫毛配著草木枝枝秀，血配江河蕩蕩流，江河湖海有根由」。這部分對盤古神話的敘說十分新穎精彩，壯麗動人。

（二）

清光緒十四年李德樊抄本，計一千一百餘行，以洪水泡天開頭，禹王開河安天下結束，除著重敘說盤古開天闢地外，還有釋迦牟尼、洪鈞老祖、昊天聖母等佛道神聖出場，敘事頗為生動完整。《彙編》將其列為「原始資料」之五。

（三）

秭歸縣熊映橋家傳抄本，從盤古開天闢地一直唱到夏朝結束，其突出特徵是以佛祖派遣弟子去東土開天闢地開頭，也穿插有洪鈞老祖用三支鐵筆畫出世界萬物等新奇敘說。《彙編》本將其列為「原始資料」之四、之六。染有濃重的佛教文化色彩。

（四）

宜昌市西陵峽藝人劉定鄉家傳抄本，曾在《新三峽》一九九九年第四期刊出。以二龍相鬥、洪水泡天開頭，禹王治水結束。神奇色彩淡化，而文學性、歷史性明顯增強，是一部結構完整、文句通暢、適於演唱的歌本。

（五）

保康縣彭宗衛藏本，係清光緒元年抄，共一千一百二十餘行，由先天黑暗，盤古開天闢地，唱至禹王開河安天下建立夏朝為止。中間有昊天聖母打敗黑龍，如來差徒弟混沌到東土劈分天地並相請日月上天，鴻鈞老祖從海中撈起葫蘆，葫蘆中跳出一男一女在金龜撮合下結為夫妻生下九人管九州繁衍人類等敘說。張春香主要依據這個本子寫成評論文章〈文化奇胎《黑暗傳》〉[2]。

（六）

保康縣趙發明、李德揚藏本，共六百餘行。從盤古在崑崙山下劈開天地唱起，接著敘說天地人三皇治理世界，伏羲、女媧兄妹結婚和黃帝戰勝蚩尤等，直到湯王滅商，天旱斷發祈雨為止。也是一個結構清晰完整，詞語表達順暢，十分適於演唱的歌本。

（七）

房縣陳宏斌藏本，計五十八段約七百行，由佛祖點化盤古來東土開闢天地，相請孫開、唐末這一對夫妻上天成日月

[2] 張春香，〈文化奇胎《黑暗傳》〉，《廣西民族學院學報》二〇〇三年第三期。

光照世界唱起，含有天地人三皇、女媧補天、黃帝戰蚩尤、禹王治水等神話傳說。有趣的是，保康縣趙李本唱到「天下黎民又有難，忽然天旱又七年，湯王斷發告上天，一句話兒未說完，大雨滂沱霎時間」，以後就殘缺了。而房縣陳宏斌藏本也有這一段唱詞，卻接著還有二十段，各段簡述秦漢唐宋直至明代歷史，最後以「崇禎登位不久長，闖王領兵動刀槍，逼死崇禎煤山上，在位十年把命喪。吳三桂手段強，關外去請順治王，江山共坐三百七十七年春，乾坤一旦歸大清」結束全本。可以看出它們是一個內容相互銜接的唱本。保康和房縣緊相鄰接，歌手同唱一個《黑暗傳》本子，是毫不足怪的事。

（八）

清同治七年甘入朝抄本，神農架新華鄉黃承彥收藏，尾部殘缺，現存七百餘行。歌本中以玄黃老祖為創世大神，門下有浪蕩子、玄妙子兩位徒弟，還有玄黃收伏混沌怪獸，女媧將天干、地支兩個肉球劈開，化出男女配成夫妻，以及將三支鐵筆傳給立隱子畫出天地萬物等內容。構想奇妙，別具一格。《彙編》本將它列為「原始資料」之三。

作為原生態的《黑暗傳》，其文本與演唱有哪些特徵呢？

第一，在鄂西北、鄂西南的神農架、保康、房縣以及宜昌一帶的廣大地區，它是作為「孝歌」、「喪鼓歌」或「陰歌」來流傳的。在神農架採錄的一首「歌頭」中就唱道：

> 當年孔子刪下的書，丟在荒郊野外處，被人撿了去，才傳世上人。董仲先生三尺高，挑擔歌書七尺長，這裏走，那裏行，挑在洞庭湖裏過，漫了歌書幾多文，一陣狂風來吹散，失散多少好歌本。

一本吹到天空去，天空才有牛郎歌；二本吹到海中去，漁翁撿到唱漁歌；三本吹到廟堂去，和尚道士唱神歌；四本落到村巷去，女子唱的是情歌；五本唱到田中去，農夫唱的是山歌；六本就是《黑暗傳》，歌師撿來唱孝歌。[3]

這些地區給壽終正寢的老人辦喪事，稱為「紅白喜事」，鄉親們都要圍繞靈柩唱歌跳舞以悼念死者安慰孝家，這樣的跳喪活動要鬧一夜或兩三夜，筆者在九十年代就親身體驗過兩次。歌師輪流敲打鑼鼓領唱，眾人起舞和唱，通宵不寐，十分熱烈。有一首房縣民歌唱道：

半夜聽到打喪鼓，顧不得穿鞋理衣服，打馬加鞭來趕鼓。翻身上馬往前行，快馬加鞭騰如雲。不覺走不覺行，不覺打到孝家門，勒住馬蹄聽分明，聽見裏面好聲音。鼓也打得好，鑼也餵得勤，歌也唱得好，字也吐得清，我想上前唱幾句，烏鴉難入鳳凰群。

寥寥數語，將鄉間打喪鼓唱孝歌的熱烈情景和歌師主動趕赴歌場一展歌喉的急切心情抒寫得淋漓盡致。辦這類紅白喜事，所唱的民歌並無嚴格限制，那些平時娛樂逗笑的「葷歌」也是不可缺少的。但因是悼念逝去的老人，又是通宵持續歌舞「鬧夜」，因此歌唱古人古事的大歌《黑暗傳》便格外受到重視。這樣的大歌古歌，通常都是由資歷高的大歌師來演唱：搶先唱《黑暗傳》，往往被認為是「巴大」的表現，其他歌手不服氣便引起糾葛，由此在神農架一帶便形成了婦女不能輕易上場唱《黑暗傳》的習俗，有一首民歌就這樣唱：「各位歌師都請坐，我忙架火燒茶喝。奴家爹媽囑咐

[3] 張歌鶯、杜明亮主編，《房縣民歌集》（長江出版社，二〇〇七年），頁二七九所載〈起名就叫喪鼓歌〉，文句大同小異。

我，你到孝家去唱歌，莫唱《黑暗傳》，唱了挨傢伙。」演唱《黑暗傳》抄本大都以歌師問答形式來結構成篇，這正是其唱本特質的表現。

本文所提到的《黑暗傳》的各種抄本，雖然也可以供人書面閱讀，正如那個清光緒十四年李德樊抄本《黑暗傳》的結尾處所寫的：「此本傳下常常看，清閒自在有精神。」但它主要是作為歌唱底本來使用的。其中不僅有遠古神話傳說，還有歷朝歷代興亡史，涉及眾多歷史名人，篇幅長達數十個唱段、數百句歌詞，這就要求歌手平時閱讀歌本使之爛熟於心，登場後才能一氣呵成盡情揮灑了。留存至今的二十幾個《黑暗傳》本子，大都是歌師珍愛的家傳抄本，正是由此而來的。

以演唱《黑暗傳》而知名的歌手，在神農架，有史光裕、周正錫、陳切松，保康有萬祖德，趙發明等。由於完整演唱《黑暗傳》全本的機會很少，而抄本借閱或轉抄卻很常見，因此現今人們研究評說《黑暗傳》，只能主要以手抄本為依據。人類非物質文化遺產中的民間文學，通常稱為口頭傳承、口頭文學，而《黑暗傳》這部大歌，卻以口頭演唱和書面傳抄交融的方式傳承至今，而且書面傳抄方式更為廣泛持久，影響更為深遠。這不能不說是《黑暗傳》的一個突出特徵。

《黑暗傳》的另一個原生態特徵是具有豐富變異性。從上文列舉的八個代表性文本即可明顯看出。它們以盤古開天闢地三皇五帝治理乾坤，特別是平息滔天洪水，伏羲、女媧兄妹結婚繁衍人類等創世神話傳說為主體情節；既按歷朝歷代順序又採取歌師對答方式來推進敘說，這是它們的共通之處。雖然所唱朝代多少不一，但有關混沌黑暗的神話傳說最突出而打動民眾，所以《黑暗傳》的歌名最為響亮。由此眾人也就把它作為主體性的民族歷史「根古歌」來看待了。

關於它的變異性，從上述八個代表性文本即可明顯看出。它們有的以西天佛祖為東土創世大神，有的以洪鈞老祖、玄黃老祖、昊天聖母等道教神聖為創世大神，有的完全按《史記》等古籍記述的三皇五帝歷朝歷代系統來演唱，從開天闢地唱到明清，有的則只敘述遠古歷史，包含著較多的神話傳說。前者完全按流行史書來唱的稱為《大綱鑑》，據有的歌手說它原是由一本《古孝歌史記綱鑑全本》的明代木刻本轉抄而來，在舊時代具有正史的地位。後者被稱為《小綱鑑》，具有野史的特色，它正是民眾所珍愛的《黑暗傳》。在過去，它卻常常受到正統勢力的歧視。胡崇峻曾告訴我們：「民間歌手常常以《大綱鑑》與《小綱鑑》較量，藉以顯示唱《大綱鑑》者的學識。歌手之間常常引起一番舌戰，叫『挖老疙瘩』或『翻田梗』。」[4]

「喪鼓歌」特別是大歌演唱，歌師在場上均不甘示弱，爭長較短，競爭性十分激烈，如同這首房縣民歌所唱的：「我願陪歌師把歌唱，又怕才學跟不上，五黃六月曬太陽，烤得我來熱難當，管它難當不難當，放開膽子闖一闖，你有你的殺手鐧，我有我的回馬槍，大風吹倒梧桐樹，自有別人論短長。」這種爭長論短主要不是比唱腔，而是比所唱的內容：故事和文詞。這樣，他們便格外珍愛自己所得的那些內容新奇的文本，作為殺手鐧使用。胡崇峻為搜求一部較完美的《黑暗傳》抄本，在十多年間曾在神農架一帶許多地區艱難跋涉，苦心搜求所見到的本子還是五花八門，各有長短，並沒有一部集大成的《黑暗傳》長詩流行於世，他只好選取幾個本子做拼接式的綜合整理。他深以為憾的這件事，殊不知這正是由這一地方文化生態特徵所造成的。

二、《黑暗傳》文本之源

《黑暗傳》這部關於漢族神話歷史敘事歌本的源頭何在？這一大片地區將演唱民族根古的大歌納入喪葬習俗是從何時開始的？筆者和神農架的胡崇峻在近三十年的合作追蹤研究中，一直想解開這個文化之謎。

4 胡崇峻主編，《神農架〈黑暗傳〉多種版本彙編》（湖北省民間文藝家協會編印，一九八六年），頁一八四注。

一九八四年我將初評《黑暗傳》文章和有關原始資料寄給前中國神話學會主席袁珂先生審閱，他除認定《黑暗傳》可作為「廣義神話史詩」來看待之外，也就它的文本構成推斷說：

我看這當中有古老的風格獨特的民間傳說，也有農村知識份子（三家村學究）根據古籍記載串聯而成的藝術加工，它是二者的結合體。但也極為珍貴，貴在數百年前就有人將神話、傳說、歷史聯為一氣，做了初步的熔鑄整理。

留存至今的這些《黑暗傳》抄本，一直是當地民間歌師演唱「喪鼓歌」的底本，毫無疑義屬於民間口頭文學；而它的大量文詞和整體架構又確有鄉村知識份子根據古典文獻所做的串聯加工，並非純粹口頭傳承之作。據胡崇峻調查所得，有些《黑暗傳》本子就是從是明代刊刻的書本轉抄而來，只是這些木刻本原書早已散失，而彼此轉抄的這些歌本，有一些反而歷經磨難留存下來。我在將《黑暗傳》和明代通俗小說的比較研究中，發現宜昌市藝人劉定鄉家傳《黑暗傳》抄本中的一些唱段，為署名鍾惺所撰《盤古至唐虞傳》一書中文句的移植；又《黑暗傳》熊映橋抄本中關於佛祖差遣盤古來到太荒山前用石斧開天闢地以及用「心經咒語」相請日月二神上天的敘說，則來自明代周游所撰《開闢演義》[5]。

這樣的關聯只要將兩種文本的內容和文詞加以仔細比較就可看出。而這種情況又同神農架這一帶明清時期的文化生態特徵密切相關。《神農架民間歌謠集》中載有〈四遊八傳神仙歌〉，用老歌師的口吻唱道：「來到喪前靠裏轉，手拿書本看一看，想唱『四遊』並『八傳』」。接著介紹「四遊八傳」共十二部敘事大歌的歌名和故事梗概道：

5 劉守華，《〈黑暗傳〉與明代通俗小說》，《鄖陽師範高等專科學校學報二〇〇一年第四期。

第一傳，《黑暗傳》，盤古開砍無人煙；第二傳，《封神傳》，春秋列國不上算；《雙鳳奇緣》第三傳，說的昭君去和番；第四傳，《火龍傳》，伍子胥領兵過昭關；第五傳，《說唐傳》，秦瓊保架臨潼山；第六傳，《飛龍傳》，存孝領兵定江山；第七傳，《精忠傳》，大鵬金翅鳥臨了凡；第八傳，《英烈傳》，朱洪武登基往後傳。這八傳數出頭，車轉身來說四遊。第一遊，是《東遊》，王母娘娘把行修，張果老騎驢橋上走，……第二遊，是《南遊》，觀音老母把行修……第三遊，是《西遊》，唐僧取經多辛苦……第四遊，是《北遊》，祖師老爺把行修……

這篇〈四遊八傳歌〉給我們的研究提供了極有價值的啟示：第一，演唱「四遊」、「八傳」這十二部關於古人古事的大歌，是神農架一帶舉辦民間喪禮演唱「喪鼓歌」的流行習俗，而《黑暗傳》則置於首位。在《房縣民歌集》所錄的「歌頭」中，作為歌師開場的告白，就唱道：「閒言不提，淡言不講，提起忠臣孝子，說起有道君王，提起三皇五帝，論起堯舜禹湯，黑黑暗暗開天地，後出無極生太極……」由大歌師出場唱《黑暗傳》，是孝家隆重舉辦喪禮的標誌，一些神農架的老人至今還存留著這樣的記憶；只是這樣的情景如今很難見到，只能聽到它的片段歌唱了。第二，經筆者仔細考察，這十二部歌本均由明清以來通俗小說改編而來，東西南北《四遊》、《英烈傳》、《雙鳳奇緣傳》等，歌本名稱所沿用的就是小說篇名。由此可見它們並非純粹的口頭文學，不但有通俗小說作為基底，而且可以肯定的是有文化人即袁珂先生所稱「三家村學究」參與改編和再創作。

我依據這一線索探求《黑暗傳》的源頭，終於發現《黑暗傳》的張忠臣藏本和劉定鄉藏本這兩種同明代周游的《開闢演義》及署名鍾惺編撰的《盤古至唐虞傳》有著密切關聯，其中關於佛祖差遣盤古來東土開天闢地的重要情節和一些關鍵字語即來自小說，已是無庸置疑的事實。

近日在閱讀新刊學術論著中，讀到一篇關於敦煌文書的研究文章，即蘇芃的〈敦煌寫本《天地開闢已來帝王紀》考校研究〉[6]，將《黑暗傳》歌本和這篇敦煌寫本相比較，在探尋這件深受海內外學人關注視的民間口傳長詩的源頭上，不禁又眼前一亮，似覺在追蹤它的文本之源上向前邁進了一大步。

這部《天地開闢已來帝王紀》不見於傳世文獻，是二十世紀初舉世震撼的敦煌出土文書中的一種，在敦煌文獻中現存四件，分別是P二六五二、P四〇一六、S五五〇五、S五七八五。全文以問答體的散文敘說構成，約二千字，通俗敘說天地開闢以來，直至三皇五帝夏商周的中國歷史。

將《黑暗傳》歌本和這個敦煌寫本兩相比較對照，便可發現許多令人驚奇的內在關聯之處：

第一，在整體結構和敘說方式上的契合一致。

寫本篇名為《天地開闢已來帝王紀》，以「昔者天地未分之時」開頭，中間按通行歷史順序，簡述三皇五帝直至夏殷周代歷史。共分為二十七個段落，每段均以問答體結構成篇。相關研究者認為它「像是一本與《帝王世紀》一類雜史書有傳承關係的，講述天地開闢以來先民史記的通俗小冊子」[7]，或者說，它「以記述民間神話、傳說為主，又夾雜了一些佛教知識，顯得比較淺顯通俗，具有啟蒙讀物的性質」[8]。試看其中的一段：

> 問曰：天皇之時，阿誰造作？
>
> 答曰：天皇十二頭，兄弟十二人，治紀一萬八千年，遂即滅矣。卅日變為火，廿日變為水。已後人法之，十二頭作十二月為一歲，故有大小，此之是也。

---

6 蘇芃：〈《天地開闢已來帝王紀》考校研究〉，《傳統中國研究集刊》第七輯（上海人民出版社，二〇一〇年）。本稿據該文校錄文本引述。

7 鄭阿財、朱鳳玉，《敦煌蒙書研究》（甘肅教育出版社，二〇〇二年），頁二一四。

8 馬培潔，〈敦煌寫本〈天地開闢已來帝王紀〉淺談〉，《社科縱橫》二〇〇八年第二期。

《黑暗傳》也是天地未分由盤古出世結束黑暗混沌開始，按三皇五帝歷朝歷代序列唱中國歷史，而且是以對答方式生動活潑地由遠及近唱來。這裏以保康縣李德揚、趙發明藏本中的一節為例試做比較：

> 歌師這話果是真，又把天皇問一聲，不知記得清不清？
>
> 你問天皇來出世，弟兄共有十三人。天皇出世人煙少，淡淡泊泊過光陰。又無歲數與年月，又無春夏與秋冬，天皇那時來商議，商議弟兄十三人，創出天干定年歲，又立地支十二名。那時方才有年歲，寒來暑往一年春。天皇弟兄一萬八千歲，又有地皇出了身。

敦煌寫本和《黑暗傳》都是按《帝王世紀》序列編成的敘說中國古代歷史的通俗啟蒙之作。又以問答方式結構成篇，既簡明通俗，又生動活潑，便於面向大眾，深入人心。但敦煌寫本只敘述到周文王為止，至於《黑暗傳》則演變為兩個系列，一是靠近敦煌寫本的古史系列，如劉定鄉藏本就唱到大禹治水為止：「大舜做了當今主，他見水患黎民苦，分付禹王平水土。舉後社稷得安寧，四方黎民世界平，天下一統太平春。」二是唱到歌師所在的明、清時期，如清光緒年間李德樊抄本《黑暗傳》的結尾：「道光三十崩了駕，咸豐皇帝把位登，咸豐在位十一載，風調雨順國太平。」有的歌本一朝一朝唱下來可唱到三十幾個朝代，人們把這類歌本稱為「擺朝文」，有其作為中國歷史啟蒙教材的特殊價值。但以古史為主體的歌本，因其含有豐富的民間神話傳說，作為《黑暗傳》的標誌性文本，更具學術研究價值，因而深受學術界關注。

第二，神農氏神話傳說的移植。

敦煌寫本中敘說最為周詳的是關於炎帝神農氏嘗百草救治人命和興農耕種植五穀的神話傳說，共有兩大段落。

> 問曰：神農有何聖德？
>
> 答曰：神農皇帝，牛頭、馬面、人形，手執精靈之杖，歷涉七十二山，口嘗百草，遇毒草者死，近好草者生。到上黨牛頭山農石之中，雜樹上得五穀，棗樹上得大小豆，梨樹上得大麥，杏樹上得小麥，桃樹上得稻穀，榆樹上得麻，荊樹上得粟。將來交人佃種，傳世至今不絕。受命八千歲，遂即滅矣。……
>
> 問曰：神農氏何處人，姓何字誰，有何軌則？
>
> 答曰：神農姓姜，上黨人，治在冀州，水王天下。爾時人乳食鳥獸，人民轉多，食不可足。神農為人歷涉七十二山，口嘗百草，望得甘美者，與百姓食之。或值毒草者即死，脣口破壞。一日之中，百死百生，後至上黨牛（一作羊）頭山中神石峪側，遂得嘉禾，一株九得，嘗之甚美，教人種之，甚美茂，遂濟禽狩之命。治經八十年，遂即滅矣。

而炎帝神農氏嘗百草興種植也是《黑暗傳》中最為精彩的唱段。我一直被它的美妙敘說所吸引，卻不知所從何來，如今卻在敦煌寫本中找到了它更為古老的記述。試看《黑暗傳》張忠臣藏本中的這一大段：

> 提起神農一段文，又將神農問先生。神農出在什麼地，又是怎樣教百姓？神農山中嘗百草，七十二毒神怎麼行？哪個山中尋五穀，幾種才有稻麥生？……歌師一一說我聽，我好煨酒待先生。
>
> 歌師問得真有趣，聽我一一說與你……當時天下瘟疫廣，村村戶戶死無人。神農治病嘗百草，勞心費力進山林。神農嘗草遇毒藥，腹中疼痛不安寧，急速嘗服解毒藥，識破七十二毒神，要害神農有道君。神農判出眾姓名，三十六計逃了生。七十二種還陽草，神農採回救黎民，毒神逃進深山林。至今良藥平地廣，毒藥平地果然稀。

神農嘗百草，瘟疫得太平，又往七十二名山，來把五穀來找尋。神農上了羊頭山，仔細找，仔細看，找到粟籽有一顆，寄在棗樹上，忙去開荒田，八種才能成粟穀，後人才有小米飯。大梁山中尋稻籽，稻籽藏在草中間，神農寄在柳樹中，忙去開水田，十種才有稻穀收，後人才有大米飯。朱石山，尋小豆，一顆寄在李樹中，一種成小豆，小豆好種出薄田。大豆出在維石山，神農尋來好艱難，一顆寄在桃樹中，五種成大豆，後有豆腐出淮南。大小麥在朱石山，尋得二粒心喜歡，耕種十二次，後人才有麵食餐。武石山，尋芝麻，寄在荊樹中，一種收芝麻，後來炒菜有油鹽。神農初種五穀生，皆因六樹來相伴。……

仔細比較，相距千年的兩篇關於神農神話傳說，不但是神農親口嘗服毒藥與良藥以分辨其藥性，以及他從多種野生植物中尋求良種，並寄生在幾種常見樹木上進行培育的情節構想是這樣契合一致，連「七十二」這樣的數字，「羊頭山」這樣的地名，以及可寄生穀物種子的「桃樹」、「荊樹」等樹木的名字也相同。這就使人不能不認定，這些神話傳說是同出一源了[9]。

由於神農架就是由神農氏搭架採藥而得名，這一帶有關神農氏的神話傳說便格外豐厚，筆者對《黑暗傳》所述神農事蹟，一直認為構成於本地。現在這部從敦煌寫本看來，在以農立國的中華大地上，對神農氏的崇敬而生出的神話傳說具有更久遠的淵源，因而它在敦煌文書中占有突出的重要位置。神農架一帶的民間歌本大唱神農氏的功業，既是地域文化特徵的自然體現，也是對中華農業文明的彰顯，有其重要的文化價值。

9 關於五穀種子的寄生，敦煌寫本中是荊樹上得粟，桃樹上得稻，棗樹上得大小豆，《黑暗傳》中是棗樹上得粟，柳樹上得稻，荊樹上得芝麻。這樣的細節變異乃口頭文學中的常態。

第三，《黑暗傳》歌本和敦煌寫本中所述伏羲、女媧兄妹結婚故事，也有明顯對應關係。

敦煌寫本中說古時「為遭水災，人民死盡」，伏羲、女媧兄妹二人「因龍上天，得存其命」，入崑崙山藏身。這時金崗天神「教言可行陰陽」，而他倆卻自以為羞恥，直到圍繞崑崙神山相背而行，以占卜天意，竟然不期而遇，乃知「天遣和合」，於是結為夫妻，生下一百二十子，各認一姓，繁衍至今。

《黑暗傳》幾個歌本也唱到這個著名故事，「洪水滔滔怕煞人，依然黑暗水連天」，在洪水中，有五條龍捧著一個葫蘆在水上漂流，葫蘆裏躲藏著兄妹倆，後來由烏龜（金龜道人）出面勸說他倆，才成為夫妻，生下一個肉蛋，「肉蛋裏面有萬人，此是人苗來出世，才有世人眾百姓」。這一對兄妹就是伏羲、女媧：「說起女媧哪一個？她是伏羲妹妹身，洪水泡天結為婚。」伏羲、女媧在大洪水後兄妹成婚繁衍子孫後代的故事，在中國古神話中根基更為深固，敦煌寫本和《黑暗傳》歌本對應傳承這一經典神話，正是它們富於民族文化價值的另一重要標誌。

從這部敦煌寫本和《黑暗傳》內容乃至細節上的這種關聯，在我們尋求《黑暗傳》的源頭時，能給予我們怎樣的啟示呢？

以古房陵今房縣為中心含現今神農架林區這一大片，是歷史上一個著名的流放文化區。學者公認是唐代武則天女皇將其子李顯（唐中宗）流放到房縣之後，才使鄂西北這一帶的社會文明在中原文化的快速催化下得以大步邁進。當地廣泛流行「薅草鑼鼓」等民歌，那個歌師班子被稱為「唐將班子」，據說就是李顯流放所帶的人馬在此扎根落戶而來的。筆者從調查中得知，一些歌手過去出外打工時，只要見到《黑暗傳》這樣的歌本，寧可不要工錢，也要把它抄來或偷走。宜昌市西陵峽的藝人劉定鄉父子兩代都是藝人，在幾十年的風風雨雨中，不知散失了多少東西，卻把兩樣東西作為傳家寶珍藏至今，一是家譜，二是《黑暗傳》手抄歌本。由此可以推斷，作為通俗啟蒙讀物而被民間廣泛傳抄的《天地開闢已來帝王紀》被古代流放者帶進神農架一帶的荒僻地區，被歌師改編成喪鼓歌，因伴隨民間喪禮而流行後世以至於今，是完全有可能的。

三、《黑暗傳》的文化價值

關於《黑暗傳》文化價值的評說，筆者曾將有關原始資料寄給袁珂先生審閱，我們共同認為，它可以作為「廣義神話史詩」來看待。有關學者認為，中國西南地區歷史上存有一個「神話史詩群」，列入國家級非遺保護名錄的《苗族古歌》、《布洛陀》（壯族）、《遮帕麻和遮咪麻》（阿昌族）、《牡帕密帕》（拉祜族）、《梅葛》（彝族）、《司崗里》（佤族）等，在中國社科院組織編撰的「中國少數民族文學史叢書」中，都是作為「神話史詩」或「創世史詩」來看待的，《黑暗傳》也產生和流傳在這一地帶，只是它以漢民族古典神話為主體罷了。對「史詩」說的質疑，以鄭樹森先生的文章為代表。他說：「史詩一定要長篇敘事，且主角必為英雄豪傑，出生入死，轉戰沙場。」「《黑暗傳》徒有神話，沒有英雄歷劫征戰，不能稱為史詩，而僅可視作長篇神話故事民歌。」[10] 他是按現代文藝學以希臘、印度史詩為範本所確定的史詩定義來評判《黑暗傳》的，我們且不說它只限於英雄史詩，而沒有考慮到中國學人對中國神話史詩或創世史詩的認定，即使就世界範圍的史詩類型而論，芬蘭著名民間文藝學家勞里・航柯近年也提出：「我希望希臘史詩刻板的模式，一種在現實行為裏再也看不到的僵死的傳統，不該繼續統治學者的思想。在非洲和其他許多地區，人們可以在自然語境中去觀察活態史詩傳說。在表演和養育史詩的許多地區，我們還有工作要做。」航柯教授不但多年擔任國際民間敘事文學學會主席，還因他在這一學術領域的權威地位曾為聯合國教科文組織起草關於保護人類非物質文化遺產的有關文件。他關於擺脫古典史詩刻板模式的束縛，著力研究各地活態史詩傳統的真知灼見，值得我們認真汲取和探

[10] 鄭樹森，〈《黑暗傳》是不是漢族長篇史詩〉，《上海師範大學學報》一九九二年第一期。

究。由此，我十分贊同近幾年在評定我國非遺保護名錄時，將這類作品不冠以「神話史詩」或「英雄史詩」的標籤，一律作為民間長詩來看待的明智之舉。

在對《黑暗傳》的評說中，張春香關於《黑暗傳》乃是一個「文化奇胎」的說法值得特別提起[11]。她主要以保康縣彭宗衛藏本和老歌師史光裕唱詞為依據進行評說，最後認定，「黑暗傳・彭本具備神魔小說神魔互鬥，神仙戰勝妖魔，正義戰勝邪惡的基本情節特徵」，「人物關係：儒釋道三教混雜交錯」，「最初成型的文學母本極有可能是史光裕家傳的刻本神魔小說《先天黑暗傳》」，因而它「是在不同文化互動交融過程中孕育的一個奇胎。」在眾多異文中只是以彭本來概括《黑暗傳》的特質與價值，其結論顯然難以令人信服。但該文指出這部長詩是我國多元文化互動交融所孕育生成卻觸及到《黑暗傳》的特質。它和明代文人創作的通俗小說有關聯，又具有儒釋道三教信仰交叉混融的斑斕色彩，特別是它在鄂西北流放文化、移民文化的背景上，以敘說中國神話歷史為線索，將中原文化和荊楚文化因子相糅和，由此透出濃重的奇光異彩，說它是一個「文化奇胎」也未嘗不可。甚至可以說它的特別價值，正在於這個「奇」字所蘊含的豐厚而獨特的文化積澱上。

中國傳統文化的構成本來就具有多元互動的特徵。上層精英文化和下層民間文化並非井水不犯河水，而是雅俗對流，彼此糾結，密不可分。在湖北神農架一帶即古房陵地區，自古以來由於是官家流放犯罪人員和平民避難逃生之地，常有一些逸文祕笈流散於此並滲透到民間口頭文學之中。以關於伏羲、女媧兄妹結婚繁衍人類的神話傳說而論，直到上世紀四十年代，聞一多撰寫〈伏羲考〉，才將西南少數民族口頭傳承的伏羲、女媧原是以兄妹為夫妻的故事作為「驚人的消息」予以揭示，可是在我於神農架看到的一部清代刊本《婁敬書》（據傳為漢代張良所做）中，對伏羲、女媧在須彌山下占卜天意兄妹結婚的故事早有清晰完整的敘說，並被吸收進《黑暗傳》等口頭文學之中廣為流傳了。這正好證實

11 張春香，〈文化奇胎《黑暗傳》〉，《廣西民族大學學報》二〇〇三年第三期。

了先賢所謂「禮失而求諸野」的卓見。看來在唐以前的中原地區，早就存在著由敦煌寫本《天地開闢已來帝王紀》所代表，以神話傳說為主體構成的對中國古史的民間評說系統，即同正史有所區別的野史系統，《黑暗傳》便是這個野史系統的延續；它在一些僻野地帶被民作為民族根古歌傳唱不息，將一些珍貴文化訊息世代相傳。由此來看以所謂「文化奇胎」來貶抑《黑暗傳》就實難令人贊同了。而破解其中所蘊含的中華文化構成演變的謎團，正是有待我輩在學術上自主創新的重要課題之一。

在神農架和保康縣於二〇一〇年將《黑暗傳》長詩作為非遺代表作申請列入第三批國家名錄，專家委員會在評審時認定：它以口頭與書面傳抄兩種方式在民間世代相傳，作為「孝歌」、「喪鼓歌」由眾多歌師演唱，深受民眾喜愛。其內容以盤古開天闢地結束混沌黑暗，諸多文化英雄在原始洪荒時代艱難創世等一系列神話傳說為敘說中心，時空背景廣闊，敘事結構宏大，內容古樸神奇，有力地激發人們對中華歷史文化認同感，是一部難得的民間文學作品。

中國現代民俗學、民間文藝學，作為一類新興的人文學科，由於是在歐美學說的啟迪下建構起來的，其不足之處便是常以國外理論框架削足適履地來詮釋中國文化事相，從而將一些真正具有中華文化特質的對象列入不屑一顧的另類，形成文化誤讀。對《黑暗傳》的評說也許就是值得我們深思探究的一個突出事例。

喜讀神農架《黑暗傳》
——袁珂論《黑暗傳》信札

袁珂

一

守華同志：

接到來信來稿，欣讀一過。

稿中提出的幾個論點，富有創見，基本上我都是同意的，可以作為少數民族神話討論會的論文參加討論。你說《黑暗傳》是漢民族的神話史詩也不錯，不過毋寧說它是廣義的神話史詩更為妥切。廣義神話史詩，還是應該列入神話研究考察範圍。我看這當中有古老的風格獨特的民間傳說，也有農村知識份子（三家村學究）根據古籍記載串聯而成的藝術加工，它是二者的結合體。但也極為珍貴，貴在數百年前就有人將神話、傳說、歷史聯為一氣，做了初步的熔鑄整理。如能找到原始記錄本參照論證更佳。你的〈道教與中國民間故事傳記〉一文有精到見解，與鄙意合。以後晤面尚可切磋研究。論文附還。

此覆，順候春祺。

袁珂

一九八四年一月三十一日

（見到天瑜同志望代致意）

二

守華教授：

大函敬悉。聞你有日本學者託帶給我的拙著日譯本《中國神話傳說》上下冊，至為高興。我現在的工作單位無變動，請掛號寄成都四川省社會科學院文研所就行了。郵編是610072。

你獲得國家社科基金，研究寫作《中國民間故事史》，這也是一項開拓性質的工作，以你的學力和才力，定堪勝任，預祝早同功成，先睹為快。

此覆，順頌教安。

袁珂
一九九三年四月八日

三

守華同志：

來信得到。我因老年足疾，頃已住進了醫院。關於《黑暗傳》的評價問題，如果從前報導偏高，自可做適當糾正。至於我從前「神話史詩」的提法，至今檢討，尚無異議。贊成你著文和他們答辯一下，學術爭鳴對於發展學術文化應是有益的。以後可將有關資料寄我一讀。

此覆，順頌著祺。

袁珂

一九九六年三月十五日

四

崇峻同志：

手書敬悉。關於《黑暗傳》「史詩」的問題，王松老師要求要嚴格些，我則從事實出發，不從既定的學理、概念，要求比較寬鬆。所以我認為《黑暗傳》足稱漢民族的史詩而無愧。目前出版書籍事較緊張，既然有出版社向你聯繫整理本出版事，可先聯繫定妥一家，徐做整理，待付印後清樣出來，可將清樣寄我一閱，我可為你寫一短序。

此覆，順頌著祺。

袁珂

一九八七年二月二日

又關於《黑暗傳》整理問題，我以為宜持非常慎重態度。我現有八種殘缺本，似尚難圓滿達到整理目的。尚須做更廣泛搜集，最好搜集到接近原始狀態的本子。整理時的潤色要恰到好處。至於「發揮」，則應著重原作精神，略事點染也就可以了，千萬不要離開本題，加入現代化的思想。

袁珂又及

二月二十三日

第二輯

我們在追蹤漢民族的神話史詩

——神農架《黑暗傳》多種版本彙編・序[1]

胡崇峻　何夥

神農架啊，神農架！這是一個多麼令人神往的童話世界，她因神話人物神農氏，搭架採百藥，開創農耕而得名。她的最高峰海拔三千一百五十米，被譽為「華中屋脊」的第一峰。山巒起伏，莽莽蒼蒼的原始森林有三千二百平方公里的總面積。位於大巴山脈的東段（屬大巴山餘脈的巫山山脈），據說形成於七千萬年的喜瑪拉雅造山運動。地質學家稱為「揚子淮黃陵臺隆」，生物學家稱為「南北動、植物過渡交匯地帶的生物圈，古孑遺動物的避難所。」這裏千峰攢簇，萬壑爭流，林木茂密，珍禽寶獸，奇花異草，人世罕見，到處充滿著神祕的色彩，是我國一大綠色的寶庫。最撩人心扉的是發端於神農架的「野人之謎」，時隱時現，若即若去，撲朔迷離，只獲得野人的毛髮、腳印、殘骸和眾多的傳聞，謎底卻隱匿在深山迷霧之中，被許多人苦苦地追尋著。

神農架地形複雜，環境特殊，山大人稀，交通阻塞，保持著原始封閉狀態。原屬房縣、興山管轄，以「神農頂」險惡的高峰，聳立於長江和漢水之間，它的四邊緩坡地帶和河谷臺階地帶，被稱為「巴山老林」和「南山老林」，卻有很早的開發史。而神農架的主峰地帶，《興山縣誌》記載：從古到近代乃是一個「草木蒙茸，人跡罕至」的地方。長期管

1 原載《神農架〈黑暗傳〉多種版本彙編》（中國民間文藝研究會湖北分會編印，一九八六年）。

轄神農架北坡廣闊地帶的房縣卻在它的志書上沒有神農架的名稱。但《竹書紀年》裏記載著：堯子丹朱流放於房（當時為「房子國」）。《左傳》裏講：楚先王熊繹「辟在荊山，篳路藍縷，跋涉山林，以處草莽」。從周成王封楚以來，「楚人在荊山一帶艱苦造業四百餘年。」楊明洪〈楚夷陵探討〉一九八三年第二期《江漢考古》），後來，商人南下的軍事實力，把原來生活在江漢平原的土著「楚蠻」趕到荊山裏去了。發源於神農架主峰東北麓的「沮水」河谷，土地肥沃，成為戰亂時「楚蠻」避難之地，是這裏最早的居民。沮水沿神農架斷層（九大潮——襄樊）向東流去。這斷層河谷也是荊襄至巴蜀的一個商旅通道，歷來是軍事上屯兵之地，藏深山可避難，據險谷可防守，能藏龍臥虎。農民起義軍張獻忠、李來亨、白蓮教的兄弟都在這裏據守多年。

其次，神農架的西南坡，南臨屈原、王昭君的故鄉興山和秭歸縣，是楚國的發祥地，西部與四川省的巫山、巫溪相連，楚人（巴人）在戰亂中也遷居於神農架。可以看出楚人和巴人是這裏最早的開發者和創世人。這裏的文化特點是巴楚文化的匯合和傳承的積集層，是一個特有的「神農架原始森林文化圈」。無疑自古流傳著許多奇特的古老的神話傳說，他們保持著古樸的民風民俗和原始宗教的餘跡，唱著奔放粗獷的薅草鑼鼓，悲壯蒼涼的「喪鼓歌」和歡快喜慶的「火炮歌」。是一個急待開發和搶救的民間文藝的「處女地」。

一九八三年，我們在搜集、編輯《神農架民間歌謠集》時，發現了一部有三千多行的民間手抄唱本《黑暗傳》（由當地六十多歲的歌手張忠臣藏抄的）。它從盤古開天闢地唱起，表達了什麼是黑暗和混沌？盤古是什麼時候出生？拿的是什麼開天斧？日月又怎麼上天庭？……它引起我們極大的興趣。最引人注目的是一首〈千百纂〉的山歌：〈四遊八傳神仙歌〉中，提綱挈領地告訴我們神農架流傳「四遊」和「八傳」的內容。它們是這樣的：

「四遊」：

第一遊，是《東遊》，唱的是王母娘娘與八仙的故事。

第二遊，是《南遊》，唱的是觀世音菩薩修行的故事。

第三遊，是《西遊》，唱的是唐僧率領徒弟孫悟空、豬八戒、沙和尚，去西天取經的故事。

第四遊，是《北遊》，唱的祖師老爺修行的故事。

「八傳」是從地球和人類還沒有誕生以前唱起（這黑暗、混沌、開天的具體內容分四大部分：一、《先天》唱天地起源；二、《後天》唱盤古開天；三、《翻天》唱洪水泡天和再造人類；四、《治世》唱三皇五帝出現。接著按歷史發展的各朝代唱下去，一直唱到明代為止）。

第一傳，是《黑暗傳》。

第二傳，是《封神傳》。

第三傳，是《雙鳳奇緣》。

第四傳，是《火龍傳》。

第五傳，是《說唐傳》。

第六傳，是《飛龍傳》。

第七傳，是《精忠傳》。

第八傳，是《英烈傳》。

這表明神農架流傳的山歌、唱本，具有漢族民間史詩的特點，特別是《黑暗傳》更是難得的長篇神話歷史敘事山歌。它雖然有些部分和廣泛流傳的神話近似，但做了更具體的描繪和發展。有些地方卻是新的發現。

《黑暗傳》的保存，正是神農架的先民崇敬上古開天闢地的英雄而歌唱的結果。他們把古神話當作真有其事的歷史知識，代代往下傳唱。一些老歌手把《黑暗傳》手抄本視為經典，當作傳家寶加以珍藏，從不輕易示人。後來，由於時代的發展，中原文化的交流和傳播。當地三家村學究，對《黑暗傳》進行了加工、潤飾，將分散的、零碎的、一鱗半爪的神話傳說，加以「粘合」，使上古神話合理化、歷史化、哲理化和倫理化。這情況是不可避免的。而在民間歌手中，就分成了「神話」和「歷史」兩派。這兒歌場就是方壇，兩派歌手相遇，往往發生舌戰引起糾紛。現引一段舌戰的唱詞，可見一斑：

唱歌莫唱《黑暗傳》
要把《綱鑑》看一看，
莫把混沌拉稀爛。……

長期以來，在學術界一直流行著這樣的觀點：中國神話不發達；漢族地區民間流傳的遠古神話很少，更不會有長篇的神話詩了。甚至外國的文論家也是如此斷定。黑格爾早就說過：「中國人卻沒有自己的史詩，因為他們的觀照方式基本上是散文性的，從有史以來最早的時期就已形成一種以散文形式安排的井井有條的歷史實際情況，他們的宗教觀點也不適宜於藝術表現，這對史詩的發展也是一個大障礙」（見《美學》第三卷（下），頁一七〇）。在這段話後，譯者注釋說「中國沒有流傳下來的史詩，這是事實。但古書中所載的史詩材料仍然很豐富。」……這種認識最有代表性。日本學者森三樹三郎，在他著的《中國古代神話》中說：「中國神話得不到知識份子的支援而不能發展起來，中國知識份子在傳統中占著支配的壓倒性的特殊地位，而中國的文人卻一直對神話白眼相視而採取了拒絕和排斥的看法。」但是，隨著時代的發展，我國的傑出的文人魯迅、茅盾等對神話均做過高度評價和論述。眾多的中國神話學者的探索和挖掘，湧現了中國少數民族的三大神話史詩：《格薩爾》、《瑪納斯》、《江格爾》。《格薩爾》已被國際史詩研究專家們公認為是世界名著之一，是史詩中的鑽石，成為中華民族的驕傲。事實證明以上的觀點是片面的、過時的。

我們搜集了《黑暗傳》的九種手抄本和一些以薅草鑼鼓、跳喪唱孝歌的形式，內容是表現神話人物傳說的零星原始資料。專門請教了我國神話專家袁珂先生，他看到《黑暗大盤頭》（即《黑暗傳》一種版本）後認為這資料「極為珍貴」，是「漢民族廣義神話史詩」。民間文學專家王松同志看了現已搜集的原始資料後說：「《黑暗傳》作為廣義神話論，是一個好例證。但就目前所見到唱本，是一種神話研究的好資料。」我會理事劉守華同志在《江漢論壇》一九八四年第十二期上著文，也肯定了神農架《黑暗傳》是「鄂西古神話的新發現」。他評述了這部神話歷史敘事山歌，對中國神語學和楚文化的研究頗有價值；它既保存了不少有價值的古代神話，也提供了神話歷史演變的重要線索；特別指出《黑暗傳》中的神話傳說，具有鮮明的楚文化特徵。

民間文學專家們的首肯，認為《黑暗傳》的發現，突破了中國漢族沒有神話史詩的看法，增強了我們搜集、編印《黑暗傳》資料本的信心。三年來，在普查和採集的過程中，我們調查、訪問了近百個歌手和老人，追索著隱藏在民間的《黑暗傳》和神話史詩唱本。深切感受到《黑暗傳》在山民中奉為聖典，廣泛地應用在生產、喪事、婚禮等重大生活活動之中，具有莊嚴性、教育性和傳承性。在採訪中聽到許多這樣的事：在「文革」期間，《黑暗傳》被強迫搜去燒了，歌手們心疼得流淚，有的寧肯挨批鬥、遭毒打也不交出來；有的死者帶進棺材做葬品；有的死前偷偷地埋在地下，死後連他的子孫也不知道。其次，《黑暗傳》流傳的範圍很廣，整個鄂西及四川東部，包括巴山、巫山地區，也就是長江中游流域的廣袤地帶。經過多方面的支持和努力，我們已搜集到八種《黑暗傳》的不同版本，這些都是歌手和山民在十年浩劫中冒著風險，藏於岩洞、鑿牆掏壁、費盡心機保存下來的。先後搜到神話唱本有《混沌傳》、《洪淹傳》、《三神傳》、《神農傳》、《王母傳》、《混天記》、《混元記》、《黑暗綱鑑》、《三十六朝元紀》等十多種；還有一些道教、佛教的經書的手抄本，這些有濃厚宗教色彩的神話唱詞，如《女媧尊經》、《三皇經》、《太陽真經》、《太陰真經》、《土地尊經》等。我們經過一個多月的研究和整理，選出了《黑暗傳》八個版本作為正文。為研究神話與宗教的淵源關係提供資料，又選出了八種經書唱本作為附錄，排列於後。

在采風中，最使我們欣喜的是發現了全本《黑暗傳》的新線索，有三萬多行的手抄本留存。據當地老歌手張樹藝（八十三歲）和曹良坤（七十五歲）回憶說：「早在六十多年前，曾在老歌師那裏看見全本手抄的《黑暗傳》，當時還看不懂，後來歌師教過幾段。還聽歌手陳世奎（現已八十四歲）和另位歌手打薅草鑼鼓時唱過，與我們現在唱的內容不盡相同。」據他們記憶介紹了這本《黑暗傳》的大體內容，現根據紀錄整理如下：

「我們只記得一開始就唱了三個混沌期。一般只唱一個『混沌初開』就出盤古。這本《黑暗傳》唱了三個：第一個混沌是唱天地萌芽階段；第二個混沌是唱盤古出生到天地開闢；第三個混沌是唱洪水泡天。唱的是天地之初只是一團氣體，天地二氣不能化生，一直瀰漫在一片黑暗之中。開始沒有水，光水的誕生都經過了不知多少年代的神人的努力，始終造不出水。直到出現了一個叫『江沽』的神人才把水造了出來。『江沽造水』這個內容別的唱本裏沒有。有了水就有了生命的源泉。那時，天萌芽了，長出一顆露水珠，卻又被『浪蕩子』吞掉了，『浪蕩子』一吞下就死了，他的屍體分成五塊，才有了五形。從此地有了實體，有了海洋，出現了崑崙山吐血水，才誕生了盤古。盤古請來日月，開天闢地，最後他『垂死化身』，軀體化成大地的一切。盤古死後，大地上的金石、草木、禽獸化成了各種各樣的神。這時還沒有真正出現人類。這些神之間，互相爭奪，鬧得天昏地暗，直到洪水滔天。在洪水中，又出現了黃龍和黑龍搏鬥，來了一個叫昊天聖母的神，幫助黃龍打敗了黑龍，黃龍產蛋相謝。聖母吞下龍蛋有了孕生下三個神人：一個主天，一個主地，一個主冥府。在洪水中，又來了五條龍捧著大葫蘆在東海上飄流。昊天打開葫蘆，見裏面有一對兄妹，勸他們成婚，才生下了各個創世的神。到這時才產生了有血肉的人類世界。」

聽了這神話傳說，使我們感到新奇，正是這些反映古代人對自然力的鬥爭和對理想的追求的神人，不懈地奮鬥，使人類從無到有，從黑暗到光明，從窮困到繁榮。無怪山民對這些神話無比崇敬，因為這些創世紀的英雄們，是黑暗的化身，光明的母親哪！

據老歌手告訴我們：聽前輩歌師講，《黑暗傳》在神農架流傳很久遠，早在唐朝就有了（有的歌手說是元朝）。這裏深山老林裏還保留著許多原始宗教的因素。沒有一個統一的宗教信仰，巫、佛、道，五花八門，但是主要偏向道教的火居道。除崇拜玉皇、武當祖師爺、觀音菩薩外，更多的是信仰山神、龍神、山鬼、土地神、樹神等。山民把山神當成威力無比的大神。正如道教的《山王經》所云：「上通天機，下察地理，掌管人間善惡，及諸小蟲，豺狼虎豹、鳥獸靈禽、魑魅魍魎。」人們把山神描繪成：「位尊萬山百主，身懷甲冑，神顯六臂三頭，手托日月，坐伏虎猛獸，管轄天下山精下魅，居處萬山老巖。來時木葉遮身，去時風雲掃地。」看！這多像神話傳說中上古神人的形象！山民說：山神（山王）手下有許多兵將。最崇敬的有：

「七路草神喚二郎將軍」

「遊山撲豬團山大神」

「拖山套豬逐虎大神」

「梅山七怪十二花園姊妹」

「迷魂山上遺豬土地爺」

「射箭山王遺雀土地爺」

以上調查的材料說明：宗教信仰、自然崇拜和神話傳說是緊密相連的，你中有我，我中有你，互相滲透而並存。它還告訴我們：宗教信仰和傳統的祈祀儀式是保存神話傳說的包布。在其中能留下先民對人類起源、自然現象及社會生活原始理解的新材料。我們在采風中不可忽視，更不能加以排斥。如神農架相傳有一「山鬼」（又叫「山獐子」）它藏在深山密林中，變化無常，時而變為美女，時而變作紅毛巨怪，時而變成三尺小兒，腰繫紅兜肚，白胖赤足，活潑可愛。

它可以做好事，又能使害。於是這裏留下了祭山鬼的儀式。獵人、採藥人進山前都要祈禱燒香；獲得成果後要向山鬼致謝。從搜集到幾本手抄的道教經書，結合神農架山民的習俗來看，我們認為神農架林區蘊藏著極其豐富的原始神話傳說資料。希望有更多的人投入這一開發和搜集工作。

一九八四年九月二十一日《湖北日報》頭版以顯著的位置報導了〈神農架發現漢族首部創世史詩〉以後，在省內外引起了有關專家的關注和強烈反響，北京、上海、武漢等地學者和民間文學愛好者紛紛來信要求能見到《黑暗傳》的原文。他們十分有興趣進行研究。北京青年劇作家高行健曾到神農架進行采風，搜集了《黑暗傳》的片段唱詞，十分讚歎《黑暗傳》盤古開天地的生動敘述，和奇特的想像力。他在劇作《啊，野人》中引用了《黑暗傳》的唱詞，演出後受到北京觀眾的歡迎。《北京晚報》做過報導。前不久高行健訪問西德、英國、法國、奧地利、丹麥等國時，在很多場合和報告會上，都介紹了神農架的漢民族首部創世史詩《黑暗傳》，受到一些外國朋友的關注。《書刊導報》在一九八六年三月六日刊頭做了報導。

神農架《黑暗傳》多種版本（第一集）終於彙編成冊了，從中可以初露漢民族的創世紀史詩的端倪。更完整、更豐富、更古老的《黑暗傳》版本也有了線索，我們將像揭「野人之謎」的追蹤者那樣，緊緊地向密林深處追尋，為搶救漢民族的史詩，搜集更珍貴的神話傳說原始資料做出貢獻，儘快地編出《黑暗傳》的續集。我們熱切地希冀能出現一部完整的漢民族的史詩，在中華民族的燦爛的文化珠鏈上，多添一顆明珠，填補上這一空白。這該是多麼有意義的工作。

記得我省不朽的楚國詩人屈原，在《離騷》裏，寫出的名句：

路曼曼其修遠兮，
吾將上下以求索。

給我們採集漢民族史詩以鼓舞和力量，不論道路多麼困難和遙遠，但我們要到處去追求。讓我們有志於追蹤漢民族的神話史詩的同道們，共同去努力探索、採集和研究吧！

一九八六年七月十八日夜

《黑暗傳》的搜集與整理[1]

胡崇峻

《黑暗傳》整理本由長江文藝出版社鄭重推出，出版之際，筆者感覺有必要對《黑暗傳》的搜集過程和整理方法加以說明，以便向讀者做個交代，並求教於專家學者。

一、漫長的搜集歷程

筆者於一九八一年春調到神農架林區文化館，從事文藝創作和編輯工作。在到文化館工作之前，我從事教學工作達十餘年。長期在邊遠鄉村任教，每到一處，首先要找當地老年人唱山歌、講故事，老早就有做聊齋先生的準備，但沒有聊齋先生的才能。一九八一年八月，筆者參加了湖北省民間文藝家協會在十堰市舉辦的民間文學講習班，聽了本省不少民間文學專家、教授的講課，無疑對我是一次啟蒙。從此，我走上了民間文藝的搜集整理的漫長之路。踽踽穿行在深山林野的崎嶇山路，出入山村農家。

[1] 原載《黑暗傳》整理本，為該書的「代後記」。

一九八一年，筆者開始搜集民間歌謠，一九八三年八月編印出《神農架民間歌謠集》，筆者寫的前言〈神農架民歌初探〉立即受到本省民間文學專家們的鼓勵，特別在歌謠集中編選了《黑暗傳》的一個節選資料，引起了專家們的注目。他們認為有進一步挖掘的必要，並鼓勵筆者作進一步地搜集工作。於是我在一九八四、一九八五年兩年又做了追蹤搜集工作，於一九八五年五月以八個正式資料和八個附錄資料詳細注釋結集成書稿，由湖北省民間文藝家協會編印成內部資料《神農架《黑暗傳》原始版本彙編》在國內民間文藝界交流，引起學界的關注，譽以「漢民族神話史詩」或「創世史詩」，見諸於各報刊後引起轟動。其中就《黑暗傳》是否配「史詩」的稱謂而引起爭議，褒貶不一，風波迭起。

當時湖北的劉守華、李繼堯等教授、專家和著名神話學家袁珂先生給予了理論上的支持。一九八四年在貴州舉行的全國神話學會學術討論會上，劉守華教授作了〈鄂西古神話的新發現〉的發言，就《黑暗傳》的發現做了深入探討，劉教授的發言得到袁珂先生「富有創見」的首肯。劉教授的論文發表在一九八四年的《江漢論壇》，以後又相繼發表了《《黑暗傳》的發現與價值》等數篇文章。袁珂先生於一九八七年在《中國文化報》發表了〈喜讀神農架《黑暗傳》〉一文，因袁珂先生把《黑暗傳》稱為廣義史詩神話而引起爭議。筆者認為，引起爭議的原因，是《黑暗傳》文本資料的不足。沒有搜集到大量的有價值的原始資料，僅有八種版本的「彙編」；而且僅僅局限在神農架一個地區流傳，也不足以說明《黑暗傳》在廣袤地域的影響。就學理上講，「史詩」是古希臘的「荷馬」史詩，黑格爾早就斷定中國無史詩，魯迅、茅盾早已分析過無史詩的原因。怎麼又會在二十世紀八十年代突然拱出一個叫《黑暗傳》的也稱「史詩」，豈不是怪事？《黑暗傳》既不是古籍孤本、出土文物，而是只有幾個清代抄本和民間口頭片段資料，又沒一個完整的抄本和完整的口頭資料，並且出自「下里巴人」之口，語言粗糙，學問何在？如果把《黑暗傳》作為「史詩」認定，有違學理。但筆者認為，在古代確有一部史詩在荊楚地流傳，屈賦楚辭，就是證據。如何對答屈原的《天問》，楚人以「天對」的問答式的民歌傳唱了數千年。國外的「史詩」在數千年前就寫定，成為「國典」而《黑暗傳》配稱「史詩」嗎？筆者如果把「天才」式的《黑暗傳》完全發掘出來，成為「史詩」性的藝術品，談何容易！筆者是深知道這個難度的，如果知難而退就會前功盡棄，依然只是一本「彙編」資料。

於是筆者下決心進行艱苦的、長期的搜集工作，並且把地域擴展到神農架的周邊各縣市。十多年來，所搜集的抄本資料和口頭資料三萬餘行，為《黑暗傳》的整理做了資料積累。

如所搜集的《玄黃傳》清代抄本兩份，《黑暗大盤頭》、《黑暗綱鑑》八份，昊天聖母清代抄本共五份。有關盤古、日月、洪水、女媧等重要神話資料，大都為口述記錄，計一萬餘行。上述資料，內容大都重複，最後提煉出來，成了五千餘行的精萃資料。

二、綜合性的整理方法

《黑暗傳》的整理難度非常大。一是就搜集到的殘缺不全的抄本資料來看，內容相當複雜。在漫長的流傳過程中摻進許多雜質，糟粕甚多。口頭資料雖然生動活潑，多為片段，且真偽難辨。講唱歷史朝代興衰的篇幅長，神話部分多簡略。盤古開天地，日月升天等重要神話內容，多受明代《開闢演義》、《盤古傳》等小說的影響，而比較新鮮的資料太少。筆者在整理時有意排除了古小說的影響，而採用了大量的口頭資料，力爭使《黑暗傳》內容新奇，而且有別於原來的資料「彙編」。如袁珂先生所說，《黑暗傳》抄本「數百年前為三家村學究做了熔鑄整理」，三家村學究在整理時，按各自的愛好，增加儒釋道的內容。如「玄黃」抄本，一九八四年在林區新華鄉搜集的為道光七年與二〇〇一年元月在保康縣店埡鎮搜集的同類抄本中發現，店埡本加進了河圖洛書、八卦解說的內容，為新華鄉抄本所無。林區松柏鎮張忠臣抄本，加進了武當祖師的內容，為其他抄本所無。秭歸縣新灘鎮的《黑暗傳》中的「立引子」內容，在神農架保康的抄本為「泥隱子」差異很大。筆者在調查中得知，很早以前有一部完整的《黑暗傳》古書，但至今沒有發現一個完整的版本。從曹良坤、陳相玉、陳世奎、史光裕、楊有才等老歌手等口述中得到《黑暗傳》基本內容，他們都稱看過《黑暗傳》全書，但又與我搜集到的抄本內容大同小異，特別是陳世奎（一九九八年故，九十四歲），他八十多年前打薅草鑼鼓時還唱過《黑暗傳》，據他說《黑暗傳》是有全傳一書。筆者搜集了他口述的薅草鑼鼓唱詞。曹良坤稱他在讀私塾時，他的老師有一部四卷本的《黑暗傳》，並且偷偷看過。楊有才、史光裕說他們也看過《黑暗傳》一書，五年前他把書還給了書主，現在書不知去向。種種說法，撲朔迷離，神神祕祕，我為了搜集歌手們傳說的《黑暗傳》全書，吃了不少苦頭。面對一堆雜亂無章的原始資料，如何整理？我按照「取其精華、去其糟粕」和「去粗取精，去偽存真」的原則，在整理時，儘量保留神話內容，把宗教色彩做了淡化處理。

作為在一定時期曾在湖北廣為流傳的《黑暗傳》敘事長詩，已從廣袤的地域，退縮到長江三峽北岸和秦巴山區神農架林區。退縮的原因是很多的，主要是民間喪俗的變化。在明清時代還在江漢平原盛行，但後來民間戲曲、演唱藝術的發展，人們接受更為世俗的內容或注重歷史朝代興亡，英雄豪傑的故事內容，而《黑暗傳》受到一定的擠壓。歌手中不同派別，在演唱時相互攻擊，特別以歷史《綱鑑歌》來攻擊《黑暗傳》，例如：

盤古三皇無字典，盤者似鑑古者遠，
史官才把各字選。
銅版冊，鐵釘定，
故說先天不可信。

孔子不語怪力與亂神，孔子不信哪個信？
唱歌莫唱《黑暗傳》，莫把混沌扯稀爛，
還有一等厚臉皮，一扯扯到雲涯裏，
盤古出世為第一，鏨子鑽，斧頭劈，
虧他分出天和地，到底是誰留傳的？……

這就是清代抄本《綱鑑歌》的開頭語，有的歌手開頭就阻擋唱《黑暗傳》，如：

哪裏來了個李鐵拐，腳穿一雙鐵草鞋，
揹了一個鐵口袋，上繞三十三天界，
下統地獄十八層，黑暗混沌統乾淨，
看你今晚上哪裏跑，哪裏行？……

類似以上相互諷刺、挖苦的歌詞是很多很多的，但高明的歌手也會給予有力的回擊，有時難免出現爭吵和打架的現象。因此，清代同治年間就有「禁止打鼓鬧夜」的村規民約碑文（見林區松柏鎮玉皀閣牆壁嵌碑）。後來，筆者通過調查發現，唱《黑暗傳》也有一條俗規，即在喪鼓唱中歌手不得首先唱《黑暗傳》，唱了壓了眾位歌手，只能在夜靜更深時，客人都大部分走了，那時可以唱《黑暗傳》。同時也不得在凶亡或夭壽者的喪事上唱，因為不配，只能在古稀老者的喪鼓場上唱，這樣的俗規也限制了唱《黑暗傳》。但是在神農架的某些偏僻山村，卻沒有多少限制。至今尚可以見到歌手，在喪歌場中唱《黑暗傳》。說明其生命力之頑強，文化根基之深厚。

神農架為《黑暗傳》重點的發現地，為原始資料保存最多的地區。就是周邊發現的抄本資料，如保康、興山、秭歸、房縣等地區，也是與神農架相鄰近，同屬於一個山地文化圈。有著大致相同的生活方式，保留了古老習俗，如挖田薅草，打鑼鼓催工，遇喪事打「代屍」（即打喪鼓）無論貧賤，「人死眾家喪」，都有大家幫忙安葬的習俗。歌手們聞訊奔赴歌場，爭著唱喪鼓歌，不要報酬。所以喪鼓歌手們深得人們的尊敬，被稱為「有知識有學問」的人。筆者常在喪事現場調查，一家辦喪事，山裏山外的村民聞訊紛紛趕來，為孝家「湊熱鬧」幫忙。場地上生起火堆，烈火熊熊，為客人取暖，靈堂上沒有花圈、祭幛之類的裝飾，只有眾人靜聽歌手們唱歌，通宵達旦。這種古樸的喪俗不知起源於何時，有的說起源於莊子死妻鼓盆而歌，或有扮巫師的人，代屍而受祭祀。有的考證來自古代〈薤露〉、〈蒿里〉的喪歌傳統。總之，打「代屍」唱喪歌已有悠久的歷史了。而唱《黑暗傳》正符合人們追述大地起源，開天闢地，歷經大洪水等的災難，以及祖先們戰勝災難的偉大精神和發明創造，創世治世的偉大業績。說明人類的生命與宇宙誕生一樣，都從黑暗混沌中來，享受光明，老死後重歸於混沌黑暗，希冀再次新生，這些反映了人類樸素的宇宙觀、人生觀的哲學觀念。同時通過歌手作為歷史知識來傳授，通過不斷地豐富加工，吸取了各種古書內容，積累成了一部民間神話敘事長詩《黑暗傳》。《黑暗傳》也遭到無數次的劫難，「文革」中我親見搜書燒書，當時筆者也沒有想到，在火堆裏找一找有沒有《黑暗傳》抄本？所幸的是，神農架山大人稀，幅員遼闊，高山曠谷之中，不但有珍稀動植物的匿藏，同時也有古老的文化珍品遺存。

神農架自古就有人類居住，是歷代戰亂的避難所。有學者說《黑暗傳》與房縣的「流放文化」有淵源關係，但與神農架一帶的「移民文化」更有直接聯繫，並把這種文化與喪事習俗結合，得以保存。

神農架以「華中屋脊」、「綠色寶庫」而聞名於世。其主峰為巴山的主峰，群山連綿，林海蒼茫，被地理學者稱「神農架群」、「中央山地」、「中國的深處」的地理環境，它包括秦巴山系的荊山之首的房縣、保康，神衣架南坡的興山、巴東、秭歸等地，這些地區自古被一條通往四川的「古鹽道」所連接。漢唐至明清時代，古鹽道上，馬幫、腳夫絡繹不絕，正如古鹽道上的碑文所記載：「川廣之要道，巴楚之通衢」（見紅舉三園村路碑），「房之南，曰陽日灣，有鼓水，鑼溪在此匯焉。其汾水有舟楫之便，東連荊襄、南通施宜，西通巴蜀」。自古陽日灣為房南重鎮，木船、馬幫、腳夫把山裏的生漆、木耳、藥材搬運至此，裝船運至漢江，為山貨集散地。贛、湘、鄂先後在這裏建會館和書院，由明代的「三省書院」改建為「三閭書院」（道光九年建），因培養出眾多進士、舉人、秀才，道光年間朝廷翰林院贈過「冬雪春暉」的御匾（今存）。唐代尉遲恭監置的「淨蓮寺」，清代供皇帝生祠的「萬壽宮」，和近年發現的漢墓群，古人類石器，說明神農架有悠久的歷史，其荊山就是為楚國的發祥地之一。

由於明、清兩代的大量流民，湧進鄂西北廣大山區。因之才建鄖陽府。明代起義軍張獻忠、李自成及其餘部劉體純、李來亨以及紅巾軍、白蓮教、鄂西神兵等農民起義軍均在神農架一帶據險屯兵。因經商、兵匪之亂落戶神農架的數萬人，把各種習俗文化帶到神農架，連接川鄂的古鹽道，使神農架成為一個巴楚文化的交匯區域。這也是《黑暗傳》等一系列的敘事長詩得以流傳與保存的原因。

總之，《黑暗傳》雖然以多種「版本」流傳，如《混沌傳》、《盤古傳》、《玄黃傳》、《紅暗傳》等名稱，但以黑暗混沌、盤古開天地、洪水泡天地為母題，其內容大同小異。筆者雖花費了大量的時間和精力，至今也沒把深藏在民間的資料全部挖掘出來，有掛一漏萬的遺憾。筆者不揣淺陋，冒然出版一個整理文本，目的是能引起更多的人參加搜集工作，希望能找到更為珍貴的原始資料，使《黑暗傳》這部民間文化珍品得到充分發掘，不致湮滅。

關於對《黑暗傳》的評價，著名神話學家袁珂先生，華中師範大學的劉守華教授的序言和研究論文，以及華東師範大學師生的調查報告，都做了深入的研究和高度評價，特別是劉守華教授發表的論文，對「史詩」的定義做了新的評價，見《《黑暗傳》序》，無須筆者贅言。筆者只能在這裏介紹搜集的過程，整理方法以及相關的文化背景。

《黑暗傳》得以問世，得力於長江文藝出版社的大力扶持，得力於有關專家學者的理論研究和湖北省民間文藝家協會的支持，在一九八六年就印發了《神農架〈黑暗傳〉原始版本彙編》一書，此書的出版，引起了國內外有關專家的關注，產生過很大的影響，為後來的搜集整理打下了堅實的基礎。同時得到省宣傳、文化、新聞、出版等領導的重視，以及新聞媒體的宣傳和神農架林區的各級領導的重視和支持，在此特致以真摯的謝忱！

胡崇峻

二〇〇一年十二月於神農架

《黑暗傳》是不是漢族長篇史詩[1]

[美國]鄭樹森

湖北省神農架近年因「野人」之謎而不時見報。神農架高峰「神農頂」聳立在長江和漢水之間，四周的「巴山老林」和「南山老林」早已開發，但神農架主峰地帶仍是原始林區。神農架西南坡原是巴楚文化的匯合點；由於長期隔絕，不少古舊的民俗仍有殘存，例如薅草鑼鼓和唱孝歌（又名喪鼓歌、待屍歌）。目前的居民是漢族，語言屬北方方言區，夾雜不少鄂、川方言詞彙和少量陝西方言詞彙（參看彭小明和鄔國平〈從神農架采風看我國情歌研究中的幾個問題〉，見一九八二年《民間文藝集刊》第三集）。

一九八三年，任職神農架文化局的胡崇峻與何夥搜集民間歌謠時，無意間發現六十多歲的歌手張忠臣藏有一部三千多行的手抄唱本《黑暗傳》。這部手抄本是張忠臣於一九六三年轉抄自一名築路工人的抄藏本。這個唱本隨後選收入《神農架民間歌謠集》，引起一些學者的注意和《人民日報》及《文匯報》的報導。

1 原載《上海師範大學學報》一九九一年第一期，該刊「內容提要」——湖北神農架發現了一部多達三千餘行的古老的手抄唱本《黑暗傳》。有些學者據此認為它是一部「漢族長篇史詩」。本文作者對《黑暗傳》從押韻和形式、內容和結構做了具體分析。並在同西方英雄史詩和少數民族史詩相比較的基礎上認定《黑暗傳》不是一部「史詩」。而「僅可視作長篇神話故事民歌」。本文作者是美籍華裔學者。他是福建廈門人，美國聖地牙哥加州大學比較文學博士；曾任香港中文大學比較文學研究組主任，香港比較文學學會會長，現任美國聖地牙哥加州大學比較文學教授，國際比較文學學會理事。

經過幾年的追蹤，胡、何二位搜集到更多的《黑暗傳》抄本，但原始本（據說是大部頭木刻本）則未曾發現，因此各種抄本之間的歧異，極難鑑定。兩位編者認為，凡是以孝歌形式唱天地起源、洪水泡天、人類再造，以迄三皇五帝的唱詞，不論是長本或片段，都可視為《黑暗傳》的原始資料。剔除內容複疊的本子，這類原始資料（連歌頭）共有九份。神農架地帶的民間歌手，另有以孝歌形式演唱《綱鑑》的一派。《綱鑑》，又稱《史記綱鑑》、《評唱綱鑑》，歌手則稱為「大綱鑑」或「大擺朝」，自伏羲和女媧起，唱至明代止，類似編年的歷朝演義歌本，顯然是民間認識歷史流變的通俗形式。這種本子較為完整的有兩則，連同六則根據佛道經典改編的片段唱詞，一共八份；兩位編者當作附屬資料，附錄在九份原始資料之後，以為參考。這九份原始資料和八份附屬資料。一九八六年七月，以中國民間文藝研究會湖北分會名義編印，書名甚長：《漢族長篇創世紀史詩神農架〈黑暗傳〉多種版本彙編》。

出書之後，《文藝報》一九八六年九月二十六日第三十九期，以〈漢族首部創世史詩《黑暗傳》問世〉為題，發稿報導，並引述了神話學者袁珂和民間文學學者劉守華的發言，但都是較為籠統空泛的讚美。《文藝報》的新聞稿，引起海外的注意，一些華文報紙都有摘錄和轉發，觸發海外學界的注意。

在《彙編》的序言中，兩位編者又提到，當地兩位老歌手張樹藝（八十三歲）和曹良坤（七十五歲），在六十多年前曾在老歌師處見過全本手抄的《黑暗傳》，後來學過幾段，也聽別的歌手唱過，內容與目前所唱的不盡相同。根據兩位老歌手的回憶，這本《黑暗傳》的內容大體如下：「我們只記得一開始就唱了三個混沌期。一般只唱一個『混沌初開』，就出盤古。這本《黑暗傳》唱了三個：第一個混沌是唱天地萌芽階段；第二個混沌是唱盤古出生到天地劈開；第三個混沌是唱洪水泡天。唱的是天地之初只是一團氣體，天地二氣不能化生，一直瀰漫在一片黑暗之中。開始沒有水，光水的誕生都經過了不知多少年代的神人的努力，始終造不出水來。直到出現了一個叫『江沽』的神人才把水造了出來。『江沽造水』這個內容別的唱本裏沒有。有了水就有了生命的源泉。那時，天萌芽了，長出一顆露水珠，卻又被『浪蕩子』吞掉了，『浪蕩子』一吞下就死了，他的屍體分成五塊，才有了五形。從此地有了實體，有了海洋，出現了崑崙山吐血水，才誕生了盤古。盤古請來日月，開天闢地，最後他『垂死化身』，軀體化成了各種各樣的神。這時還沒有真正出現人類。這些神之間，互相爭奪，鬧得天昏地暗，直到洪水滔天。在洪水中，又出現了黃龍和黑龍搏鬥，來了一個叫昊天聖母的神，幫助黃龍打敗了黑龍，黃龍產蛋相謝。聖母吞下龍蛋有了孕，生下三個神人：一個主天，一個主地，一個主冥府。在洪水中，又來了五條龍，捧著大葫蘆在東海上漂流。昊天打開葫蘆，見裏面一對兄妹，勸他們成婚，才生下了各個創世的神。到這時才產生了有血肉的人類世界。」

目前《彙編》搜集的《黑暗傳》原始資料，只有編號第七的《黑暗大盤頭》（即張忠臣藏抄本的主要部分）篇幅最長，其餘均為斷簡殘篇，因此兩位老歌手的內容憶述，不但提供《黑暗傳》研究的另一線索，還填補了目前所見資料的空白。這個內容主要幾個特色，值得神話學者注意。

首先，中國的水神甚多，形狀也不一，但似乎都沒有提到造水，所以江沽造水一點，相當獨特。可惜的是，造水過程因為抄本殘缺，不很清楚。其次，天的起源是荷葉上的露珠，也是相當新鮮的說法。《楚辭・天問》，就開天闢地而詰疑；《莊子・天運篇》裏的中央天帝是混沌；《淮南子》裏有陰陽二神「經天營地」，但這些古籍都沒有提到天的誕生。盤古開天闢地的傳說，是三國時徐整作《三五歷記》的創造（參看袁珂，《中國神話傳說》上冊，一九八四年）。其三，地的實體來自屍體的五塊，其他少數民族的神話似也未見流傳。

至於洪水神話，古籍記述甚多。而洪水後葫蘆兄妹成婚，亂倫而為人類始祖，則是中國漢族、苗族、彝族、傣族等二十多個民族共有的神話（參看聞一多，〈伏羲考〉，見《聞一多全集》第一冊，一九四八年；芮逸夫〈苗族的洪水故事與伏羲女媧的傳說〉，見《中國民族及其文化論稿》，一九七二年；陳炳良〈廣西瑤族洪水故事研究〉，見《神話・禮儀・文學》，一九八五年）。

在《彙編》序言中，兩位編者引錄好幾位學者的評價。袁珂看到的是《黑暗大盤頭》，認為資料「極為珍貴」，是「漢族廣義神話史詩」。王松指出：「作為廣義神話論，是一個好例證。但就目前所見到的唱本，是一種神話研究的好資料。」劉守華也肯定是「鄂西古神話的新發現」。王松和劉守華的意見，頗為中肯，都點出《黑暗傳》對神話學和楚文化的研究價值。袁珂雖是著名神話學者，卻錯用「史詩」這個術語來形容《黑暗傳》，導致兩位編者在序言中前後矛盾，在書題上也明顯失誤。

史詩的觀念源自西方，現代學者一般都再區分為「口頭史詩」和「文人史詩」。希臘的《伊利亞德》和《奧德賽》、英國的《貝奧武夫》都是口頭的集體創作。古羅馬詩人維吉爾受希臘史詩啟迪的《羅馬建國錄》，則為「文人史詩」的代表作。英國學者鮑勒認為，史詩一定要「長篇敘事」，且主角必須為英雄豪傑，出生入死，轉戰沙場（參看鮑勒，*Heroic Poetry*，一九五二年）希臘的兩大口傳史詩固然如此，後來維吉爾刻意仿效的文人史詩，也若合符節。而口傳史詩，因須記憶吟唱，便要依賴「成語」（formula）和「套題」（Composition by theme）。這個口頭創作的特色，是佩理與洛德（Milman Parry and Albertlord）兩位學者在本世紀的重大發現。

就目前所見資料而言，《黑暗傳》的押韻和形式，是一般民歌所常有，而無涉於佩理與洛德的理論（楊牧曾以此理論詳析《毛詩》的「成語」創作，參看其英文專著：*The Bell and the Drum*，一九七四年）。即使撇開史詩兩個迥然不同的創作方式，單就廣義的「英雄史詩」（可以憑題材包括兩種形式）而言，《黑暗傳》徒有神話，沒有英雄歷劫征戰，是不能稱為「史詩」，而僅可視作長篇神話故事民歌。

本世紀以來，不少學者都曾援引西方長篇敘事英雄史詩的觀念來探索中國文學的傳統。除了胡適曾將一些敘事詩碩劃為「史詩」（見《白語文學史》，一九二八年），其他學者如王國維、朱光潛、錢鍾書、劉若愚等，都認為中國文學沒有史詩。朱光潛更進一步，提出五個原因來解釋史詩之匱乏，其中一點是中西人生理想的歧異：「西方所崇拜的英雄……一生全在困苦艱難中過活，打過無數的勝仗，殺過無數的猛獸，如果沒有他，民族就要滅亡。中國儒家所崇拜的聖人如五帝三王……敬天愛民之外，不必別有所為。聖人之中只有治水的夏禹頗似西方的英雄，但孔子稱讚他卻側重……『太平天子』的美德。」（見一九三四年〈長篇詩在中國何以不發達〉，現收入一九八二年臺版《詩論新編》。）劉若愚則引述其老師鮑勒的見解，認為中國傳統思想「拒斥不受拘束的個人主義和自負逞強的英雄精神」，但沒有深入發揮，而只提出《史記》的俠客和《水滸》的好漢，來代表中國的英雄傳統（見英文本《中國詩學》，一九六二年；有杜國清中譯）。蘇其康的〈中國文學有史詩嗎？〉，也以儒家思想的影響來做中西比較（見《中國文學新銓》，一九七一年）。然而，楊牧一九七五年的英語論文〈論一種英雄主義〉，雖然基本立場與朱光潛和蘇其康二位並不相悖，但結論迥異，且機杼別出，有「周文史詩」的創議。在他看來，中國仍有另一種史詩，「及由其所產生的現實觀，把中國詩人及史家導向理性及勝利的人生」（中文本見一九七九年的《文學知識》）。楊牧的突破，雖足證其於中西比較文學的卓識，但更為落實中國文學本無西方英雄史詩的看法。

在《彙編》序言中，兩位編者一再以漢族「創世史詩」、「神話史詩」、「民間史詩」來稱呼《黑暗傳》，並認為《黑暗傳》的發現，打破中國漢族沒有史詩的論點；並舉《格薩爾》、《瑪納斯》、《江格爾》三部少數民族的作品（也稱為「神話史詩」）以做輔證。藏族的《格薩爾王傳》是外文譯本最多、外國學者用力最勤的史詩，向以口頭說唱和集體創作的方式流傳民間，敘述嶺國格薩爾王一生的征戰討伐，是以一個民族領袖為核心的英雄史詩。《瑪納斯》是新疆柯爾克孜族的史詩，約二十萬行，也是口頭演唱的集體創作，敘述瑪納斯家族好幾代的英雄事蹟，史詩則以第一代英雄瑪納斯命名（其餘每一部均以該部主角命名）。瑪納斯部分主要是唱英雄的成長，和如何團結各部落南征北戰，擊敗外敵，最後重傷身亡。至於韻散交錯的蒙古族十三章本史詩《江格爾》，唱述以江格爾為首的十二名「雄獅」，率領六千勇士的連年轉戰，雖人數較多，但肯定也是英雄史詩。

《黑暗傳》的內容，明顯地異於這三部少數民族史詩。如果一定要與其他少數民族的神話傳說比較，大概納西族的《創世紀》和白族的《開天闢地》也許是較為恰當的對象。後二者神話色彩濃厚，開始時也是「天地混沌未分」，又有洪水翻天和第一對男女（或兄妹）結合，似乎較為接近《黑暗傳》。

此外，《黑暗傳》的流傳，有些歌手說是唐朝，另一些則說是元代，儘管神農架原始林區相當封閉，原始信仰可能保存較久，但就目前資料的內容和文字來看（尤其是歷朝《綱鑑》據說是唱到明代為止），應是相當後期的創作，因此袁珂提及的「廣義神話」，王松所說的「神話研究的資料」，也許是目前較為平實的看法。

文化奇胎《黑暗傳》

張春香

自一九八三年以來，曾幾度被媒體炒得熱火朝天的《黑暗傳》[1]，帶給人們的是一連串疑問：它是一本書，還是民間傳說？如果是民間傳說，它有沒有底本？它到底從何而來？它的真實面貌怎樣？有人肯定它是一部「養在深閨人未識」的「漢民族神話史詩」，有人卻認為它不過是「一棵根在雲端裏，頭朝下生長的樹」罷了。帶著一系列的疑問，筆者於二〇〇一年三月和八月兩次走進神農架，進行了為期一個多月的田野考察，搜集到了五種傳世手抄本。五種傳抄本的書名及現在收藏者分別為彭宗衛藏《混元記》（彭宗衛，一九六九年出生，原保康縣文化館幹部，現《中國三峽工程報》記者）、張忠臣藏《黑暗傳》（張忠臣，一九二四年出生，神農架林區松柏鎮道士）、熊映橋藏《黑暗傳》（熊映橋，原籍秭歸縣青灘鄉龍江村，現為神農架林區醫藥公司藥務工作人員）、劉定鄉藏《黑暗傳》（劉定鄉，一九三二年出生，祖籍宜昌縣小溪塔鎮廟坪村，原宜昌縣公安局退休幹警）和胡崇峻藏《玄黃祖出身傳》（胡崇峻，一九四三年出生，神農架林區文化館幹部，搜集並整理了《黑暗傳》一書）。

1 在民間口頭傳說及各大新聞媒體的報導中，《黑暗傳》一說更為流行，因此本文從題目到具體內容統一使用《黑暗傳》這種說法。其實，從民間傳說及各種手抄本來看，另有多種說法，如「混元記」、「混沌記」、「黑混沌」等。

本文以《黑暗傳・彭本》[2]作為研究的主要底本，以文獻典籍材料為主證，用田野調查筆記做輔證，意在對《黑暗傳》做一綜合評述。

《黑暗傳・彭本》是彭宗衛先生一九九二年從保康縣百峰鄉一位八十多歲的民間老歌師手中搜集到的一個演唱底本。通過對該抄本進行考訂，筆者認為，它具有以下幾個特點：

（1）抄本面貌：藍布封面，豎排，七言詩體，抄本保存完好，字跡比較清晰，錯字漏字較少。

（2）抄錄時間：光緒元年。第一頁寫著「光緒元□王祖汶號記羅王三月禮枪[3]開業」，文中有六處蓋著「王祖文記」的印戳，且抄本的最後還有光緒三年的家庭出入賬目，及一些空白的豎行稿紙。由此可以斷定，該抄本係光緒元年所抄無疑。

（3）抄本內容：剔除家庭賬目及其他與正文無關的內容，共有四十八頁，共計一千二百二十四句。開篇第一句是「先天出是黑暗傳」，接下來另起一行，從「先天出是上天皇，開天闢地手段強，相傳一十二萬載，洪水泡天八千年。後天盤古把天開，日月三光又轉來，乾坤一十二萬載，依然黑暗水連天。不提先天黑暗事，後天黑暗唱幾聲，三生拳上唱起來，不知記得清不青（清）」[4]？至「帝嚳接位號高辛，姓姬名密軒轅孫，禹王開河安天下，改名下（夏）朝立為君」止，主要的情節有：靈山西彌洞[5]，昊天聖母助黃龍打敗黑龍。黃龍產蛋相謝，聖母吞蛋懷孕，生下定光、幽冥、娑婆三個兒子。長子定光做了太虛皇，斬滅洪水黑龍精，洪水化退，定光化為九重大青天。次子幽冥為東土地府的五閻君，度脫先天黑暗時期因三番洪水泡天而喪生的地府眾鬼神去

---

2 本文涉及到具體抄本時，以收藏者的姓氏加以區分，如《黑暗傳・彭本》。
3 「枪」可能為抄寫者的筆誤，意思不明。
4 引文括弧內的文字為論文作者根據原引文意思對括弧前一個字的改正，以下還有類似情況出現，不另做注。
5 「西彌洞」應為「須彌洞」，「西」、「須」二字鄂西方言音同。

脫生。三子娑婆洞中苦讀母親化成的天書，西彌洞中修成古佛。古佛靈山收徒弟如來和枯蓮道人鴻均[6]，自閉洞府。如來供奉古佛真容畫，雷音寺中紅光化作一棵檀香樹，樹枝修煉成老人形，名喚老聃[7]。如來差徒弟混沌到東土，太荒山斧劈混元石，分開天和地，又到崑崙山請日月二君上天照明。天皇出世紀甲子，地皇出世分山川，人皇出世傳百姓。東土人皇時期，人從何來？鴻均洞中鴻均老祖，大海中撈起五龍捧著的葫蘆，打破，裏面跳出一男一女兩個小孩。在人皇和金龜的撮合下，結為夫妻，生下九人分管九州，人類得以再生。

（4）抄本命名：書名為「混元記」[8]。從民間傳說及各種手抄本來看，另有「混沌記」、「黑混沌」、「黑暗傳」等多種說法。雖說法不一，內容卻大同小異。《說文・水部》：「混，豐流也。」《白虎通・天地》：「混沌相連，視之不見，聽之不聞。」《黑暗傳》中描述的就是這樣一幅天地未分、洪水氾濫的景象，把它說成是「混沌記」或「黑混沌」也是有道理的。又《集韻・混韻》云：「混沌，元氣未判。」「元氣」為何物？《易經・乾卦》：「彖曰：大哉乾元，萬物資始。」《鶡冠子・王鈇》：「天始於元。」「元」為萬物始生之狀態。筆者所搜集的《黑暗傳》各種手抄本，也都涉及到了「元氣」問題，《黑暗傳・彭本》的「一斧劈開混元石，青氣漂（飄）往九霄雲，重濁洛（落）往下方存」，《黑暗傳・張本》的「氣之輕清往上升，氣之重濁往下沉，方才成個天地形」，《黑暗傳・熊本》的「氣之清輕上浮者為天，氣之重濁下凝而為地」等，講的都是天地開闢氣先形成。因此「混元記」一說既具混沌之意。又指出了水為天地萬物之本原，而哲學意蘊則更濃。「黑暗傳」一說是對天地開闢前後、洪水泡天期間天地處於混沌狀態的一種最為通俗、也最為籠統、流傳也最廣的說法，其神祕與奇特的色彩則更濃。下文全部採用這一說法。

6 「鴻均」在別的抄本中又作「洪均」、「洪鈞」。
7 「老聃」原文中錯寫成「老冉」。
8 在正文的頁四八（此頁碼為本文作者根據原文順序所編）點出。

一、文化內涵：神話變異－神魔鬥法－民族神話混融——三教合一

（一）遠古神話影子僅依稀可辨

遠古神話是源，《黑暗傳》是流。這裏僅舉幾例加以說明：

1. 崑崙神話

崑崙神話是中國上古神話中最有代表性的神話，崑崙是天帝與「百神之所在」的神山，《山海經・海內西經》同：「海內崑崙之虛，在西北，帝之下都。……面有九門，門有開明獸守之，百神之所在。」西王母等眾神居其上，《海內北經》：「西王母梯几而戴勝杖，其南有三青鳥，為西王母取食，在崑崙虛北。」日月二神避隱崑崙，《史記・大宛列傳》引《禹本紀》：「崑崙其高二千五百餘里，日月相避隱為光明也。」

《黑暗傳・彭本》能看到上古崑崙神話的原型，如崑崙山位居西天，應該是指上古神話中的「西北」；先天出世的人物孫開、唐末日月二神隱形崑崙修行；葫蘆兄妹結婚生下肉身人類後，童女回歸崑崙修行。但這些神話很明顯地帶上了後人加工改造的痕跡，如日月二神變成了太陽星君、太陰星君，一陰一陽照乾坤。太陽星君「卯時升天酉時落」，太陰星君「酉時升天卯時落」，十二時辰一輪回，這裏陰陽五行、術數推理的色彩已很濃。月神又被封為天尊，為月德王母；童女尊為玉閣王母。《山海經》中記載的西王母已成為道教中的王母娘娘，而且被泛化了。

2.洪水神話

人類起源神話的原始思維方式在現代人看來，似乎荒誕不經，但卻是遠古人類從大自然的發展變化中觀察和思考的結果。《黑暗傳》故事演繹宇宙萬物的誕生，關於「人類從何而來」的主題占有很重要的地位。水為萬物之源，因此古代神話有「人從水中生」之說。

早期人類亦即洪水泡天以前最早的神人——先天之根出世，以下是民間歌師史光裕的錄音唱詞：

「講起黑暗那根痕，這個根古長得很，那時沒得天和地，那時也無日月星，到處是一片黑沉沉。當時出現一個⿰氵幽湶祖，清華山下有根古，⿰氵幽湶池中有家譜，口含一顆菩提籽，後跟十六那蓮子，雲氣化身附盛名，⿰氵幽湶又把那籽吞，生出浦湜一個人」，浦湜出世後，「母子倆個成婚配，生下一圓物，包羅萬象在裏頭，好像一個雞蛋沒孵出」，這就是混沌的根，「浦湜就是混沌的父，⿰氵幽湶就是混沌的母」。「提起十六那蓮子，傳卵圓球裏邊存，以後⿰氵幽湶又降生，分為混沌十六路，包羅萬象在裏頭，好像雞蛋未孵出。⿰氵幽湶傳浦湜，浦湜變滇汝，二路傳江泡，三路傳玄滇，四路傳泥沽，五路傳澤沸……江沽出世造水土」。

這裏，先天之根「⿰氵幽湶祖」生活在「⿰氵幽湶池」中，「混沌十六路」的名字幾乎都帶上了水。「人從水中生」之說明顯成立。水為萬物之源，人類的產生當然也離不開水。這段唱詞中其原生形態的神話內容保存較好，但經過道教、佛教加工的痕跡也很明顯，如⿰氵幽湶池卻安排清華山下，清華山應該與道教有關。道教的三十六種唱腔中有一種叫「清華告」，而歌師的唱詞又是在喪禮上演唱。⿰氵幽湶口含菩提籽，「菩提」卻為佛教用語。

3.蛋生人神話

原始初民關於人從蛋生的信仰，源於他們對鳥類和其他動物蛋如龜蛋、蛇蛋等的一種直觀聯想。其實上述「母子兩個成婚配，生下一圓物，包羅萬象在裏頭，好像一個雞蛋沒孵出」已具備蛋生人的一些形態特徵，是水生型和蛋生型的複合形式。

《黑暗傳・彭本》中還有一個人從蛋生的例子。三番洪水泡天以後，一切都已毀滅，靈山昊天聖母吞下龍蛋，生下管天、管地、管人的三個兒子，故事中這樣描述：「黃龍洛（落）在靈山上，思念聖母大恩人，放下三個龍蛋子，一陣雲霧不見形。聖母是（見）蛋心歡喜，將蛋吞在肚腹中，吃了三個龍蛋子，腹中有孕在其身，不覺懷胎三十載，正月初七降下生，一胎生下人三個。」「昊天聖母」幫助黃龍戰勝黑龍，幫助正義戰勝邪惡，因此才有黃龍產蛋相謝，聖母吞蛋生子的故事。像這類蛋生人的故事古籍記載中是有其原型的。《山海經・大荒南經》中說：「有卵民之國，其民皆卵生。」這是原始初民相信人自卵中生的直接記載。《詩・玄鳥》：「天命玄鳥，降而生商。」《呂氏春秋・音初篇》：「燕遺二卵，北飛，遂不反。」《史記・殷本紀》：「玄鳥墮其卵，簡狄取吞之，因孕生契。」三子降生的那一天，正好是正月初七，南朝宗懍《荊楚歲時記》曰：「正月七日為人日。」湖北雲夢睡虎地出土的秦簡《日書》是當時人們選時擇日的占卜用書，書中直書「人日」，饒宗頤先生指出「人日之名，已起於先秦時」。又據李文瀾先生考證，六朝荊楚「人日」專指正月初七，「不再像先秦西漢那樣是排除奴隸的幾個吉日選擇，它通過東漢創世神話和道教的影響，演變成新型的節日——一個瀰漫道教色彩的貴人、重生、出新的祈福節」。由此可以推出，《黑暗傳》正式形成肯定在六朝以後，上述引文雖有蛋生人之原始自然形態，但已具備後世道教和佛教色彩，尤其是龍蛋產子還要借道教中的聖母之腹，生下來的三子又是佛道兩家的人物，其神話的變異色彩更濃。

《黑暗傳・彭本》能看到大量遠古神話的影子，如崑崙神話、蛋生人神話古籍記載中已有原型，而洪水神話又是多民族共有的神話，尤其在南方少數民族中流傳甚廣，下文另做論證。

（二）神魔小說特徵坦露無遺

神話在《黑暗傳・彭本》中的影子已顯得有些模糊，相反，神魔小說的特徵卻坦露無遺。四川大學的苟波通過分析大量的神魔小說，已從神魔小說的主題、結構、人物形象等方面歸納出這類小說的共同特徵。他認為與道教有緊密聯繫的神魔小說普遍採用「天—地—天」的結構形式，通過神仙鬥魔治妖的故事，來表達「濟世救人」和「修道成仙」兩重互相契合又密切相關的主題，最後得出結論：神魔小說是「作家宣傳世俗倫理道德的通俗文學」。我很贊同他的觀點，對《黑暗傳・彭本》的分析就是以此為理論基礎進行分析論證的。

1.《黑暗傳・彭本》具備完整的神魔人物系統，其人物分為兩大對立的陣營

以昊天聖母為源頭的神仙系列，是代表著正義、忠誠、善良的一方，他們除妖滅魔，傳道渡人，甚至捨己為人，造福萬民。如聖母最後化為三卷天書，幫助娑婆修成古佛；定光吞下定天珠，「化為九重大青天，化成三十三天界，兩邊十萬八千呈（程），中間空有十萬里，接連四海似鍋形，周圍八十三萬里，四海相交地連天」，身雖化，氣永存，這正是道教中所宣揚的修身成道觀的體現，人體小宇宙與天地大宇宙合二為一，還有什麼比這更能永恆的呢？

妖魔集團以黑龍五弟兄為首，是代表著邪惡、奸詐的一方。他們興風作浪，害民自利，破壞綱常倫理。作品中對黑龍的描寫：「可恨黑龍無道理，踏翻洪波水連天，聚起黑雲成妖怪，害了眾生真可憐，他把東土來踏滅，五湖四海不能行，萬國九洲在水裏，黑水漫天不見形，黑暗無度無世界，唯有眾生活遭瘟」，黑龍被描寫成自然災害的製造者。

然而「正義」與「邪惡」的對立，還不是神、魔形象的全部內涵。「魔」一旦被制服，驅除了內心惡之源，同樣可以回歸仙界。《黑暗傳・彭本》中黑龍五弟兄被打人地獄，被幽冥制服，最後都封官進職。這是儒佛道三家「心性」觀在通俗文學中的體現。

2.《黑暗傳・彭本》具備神魔小說神魔互鬥，神仙戰勝妖魔、正義戰勝邪惡的基本情節特徵

故事情節一開始，便引出了「神」「魔」對立的兩大陣營。「神仙」系列的主要人物昊天聖母救下黃龍，黃龍產蛋相謝，聖母吞下龍蛋，三個主要神仙降生。仙人要降臨塵世，所以上天藉黃龍賜「龍蛋」，仙人出世，並要在塵世擔負起非凡的使命。「降生」這一情節推動了整個故事向前發展，也是小說情節由「天界」進入「地界」的轉捩點。

在天界，黃龍道人引領長子定光坐上了太虛宮中太虛殿的寶座，於是在這仙宮裏又演繹了一場神魔爭鬥的戲。定光派遣黃龍道人召來崑崙山修行的鷹雷五弟兄，與踏翻洪水泡天、聚集黑雲成精、製造自然災害的妖魔「黑龍五兄弟」展開了一場惡戰，結果自然是黑龍被斬，魂魄逃往豐都地府。

下面的故事便轉到豐都地府，次子幽冥利用手中法器（劍與印），施法術闖過五道鬼門關，收服黑龍五弟兄，當上了東土地府閻羅殿裏的閻羅王。地府裏各路妖魔鬼怪，有的送往靈山去脫生，有的打發到崑崙修行，有的成為西天佛徒，更多的是暫時緊閉地獄中受苦刑，等時候一到就能到凡間脫生。

正因為有了閻羅的一系列渡人超生的行才為，會出現由三子娑婆化身而成的古佛統領下的各路神仙降臨凡間而組成的複雜世界。

3.「神魔小說」宣傳「救世濟人」的道德倫理觀念和「修道成仙」的主體追求目標這兩大主題在《黑暗傳・彭本》中表現得很鮮明

聖母救黃龍：中國人救世濟人的道德觀中往往表現出扶持正義，懲治邪惡的鬥爭精神，如昊天聖母靈山觀看二龍相鬥好一陣，分清善惡之後才決定幫助黃龍打敗黑龍，而黃龍的產蛋相謝則透露出善有善報、惡有惡果的因果報應思想。

定光濟蒼生：定光是在「萬里九洲在水裏，黑水漫天不見形，黑暗無度無世界」這樣一個「眾生活遭瘟」的環境下以天下救世主的身份出現的。他下聖旨，調神將，果斷斬殺洪水黑龍精，營救天下蒼生。定光已不僅僅是一個濟世渡人者的形象，而且是自古以來中華民族皇權崇拜的一種象徵。

金龜捨身勸婚：葫蘆兄妹是世上唯一的人種根，童女以「哥哥與我共娘養，哪有姊妹結為婚」為由拒婚。人皇勸婚，童女說除非殿上金龜開口說話才成親。金龜真的說了話，童女氣怒，「將石就把金龜打，打成八塊命歸陰」。童男用尿救金龜，金龜再次開口把話說。「生也勸你為夫婦，死也勸你為婚姻。」這種精神已超出一般救世濟人的層次。

至於修道成仙，《黑暗傳・彭本》中無時無處不體現出這一主題。實實在在的靈山，有些虛幻的崑崙山、蓬萊山、須彌山，都是各路人神修身養性、得道成仙的仙山，也是他們的必去之地。而「濟世渡人」與「修道成仙」的兩重主題又互相契合，密切相關。

根據以上分析，筆者斷定：《黑暗傳・彭本》已具備神魔小說的基本特徵。

（三）漢民族與少數民族神話互滲交融

「人類再傳神話，除了個別的特例，都同洪水滔天神話連接在一起。」這類神話是許多民族共有的。據董珞研究，

「漢藏語系的苗瑤、壯侗、藏緬三個語族的各民族是人類再傳神話的淵藪」，「漢族本來沒有人類再傳神話，後來受南方少數民族薰陶，才也有了這樣的神話」。上述關於「先天之根」——滋淥祖的神話中，史光裕說，滋淥就是青蛙，口含菩提子。也許因為青蛙產卵很多，而人類總是祈求多子多福，所以很多民族都留下了青蛙崇拜的痕跡。西安驪山至今還有青蛙崇拜的痕跡，在姜寨遺址出土的彩陶盆壁上畫的蛙紋，與鳥紋、魚紋、鹿紋號稱仰韶文化時期四大圖騰形象。另據梁廷望考證，壯族古代曾以蛙為圖騰，民間流傳有〈青蛙皇帝〉傳說。因此，這則神話可能與南方少數民族有關聯。

《黑暗傳・彭本》中的葫蘆兄妹神話，講的是洪水泡天以後，人類遭遇滅頂之災，兄妹二人靠葫蘆得以逃生，在金龜撮合之下兄妹成親，再生人類的故事。其源頭應該是在南方少數民族中。這裏，葫蘆用作避水的工具。在我國，葫蘆神話起源於漢藏語系的苗瑤、壯侗語族，金龜或烏龜的故事也在苗瑤、壯侗語族中流傳很廣。少數民族的葫蘆兄妹神話傳到漢族地區，就被漢化了。首先，《黑暗傳・彭本》中出現的這則神話與華夏神話傳說結合為一體，如葫蘆兄妹成親是華夏的人皇為媒，生下的男女九人也全都是華夏族，如伏羲氏、神農氏、祝融氏、軒轅氏等。其次，這則少數民族神話與漢族神魔鬥法故事情節相結合，如鴻均老祖「只見海中紅水現，五龍捧起葫蘆行，老祖當作妖魔怪，手執寶劍罕（喊）一聲，五龍聽得老祖罕（喊），丟了葫蘆不見形」，「龍」在《黑暗傳・彭本》中的形象非常鮮明，從動物形象的黑龍、黃龍到人神化的黑龍弟兄、黃龍道人、黃龍天師，到黃龍產蛋借腹生下的三位龍子，再到真龍天子的後代葫蘆兄妹（稱為五龍夫妻），可以看出，這與華夏族自古以來崇龍、愛龍，並把龍看作是一種權威、一種力量的象徵有關。

《黑暗傳》的發現地——神農架及周邊縣市正是多民族交界地區，漢族的神話和南方少數民族的神話在這裏雜糅，形成了《黑暗傳》中葫蘆兄妹在金龜撮合下成親的多民族混合型神話，此類神話又依賴這裏特殊的地理環境得以保存下來。被稱為「華中屋脊」的神農架，位於我國地勢第二階梯的東緣和第三階梯的西緣，由大巴山東延的餘脈組成。它是長江、漢水間的第一級分水嶺，南坡水系如香溪、神農溪直接匯入長江三峽，北坡水系有堵河、南河等均匯入漢江。由於其處於第二、第三階梯的過渡地帶，因此在地層表面有較多的地層斷裂，形成了這裏連山疊嶺、險峽急流的地理環境。正是這種自然地理環境，使得這裏地僻民貧，易守難攻，歷史的節拍比東面的大平原和西面的大盆地要舒緩得多。張正明認為，這裏是我國一條又長又寬的文化沉積帶，它「北起大巴山，中經巫山，南過武陵山，止於五嶺，歷來是逋逃的淵藪。漢藏語系的四個語族相互穿插，這裏是它們交會的中心。古代的許多文化事象，在大平原和大盆地上早就被滾滾滔滔的歷史大潮沖淡甚至淹滅了，在這裏卻還有遺蹤可尋。」《黑暗傳》在這個文化沉積帶的保存就是一個典型的例證。

（四）儒釋道三教共演一臺戲

1. 靈山：儒釋道三教共同的活動舞臺

《黑暗傳‧彭本》的故事是從「靈山西彌洞」開始。靈山是佛教神山，《傳燈錄》中記載：「靈山法會，世尊拈花微笑，迦葉獨會其意，何也？」可見靈山為佛祖講經說法之處。「西彌洞」應是從「須彌山」而來。

須彌山是佛教中的一座神山。清代吳任臣《山海經廣注》卷十六引《竺乾書》：「阿來辱山即崑崙山也，一名須彌，訛呼蘇彌。在於闐國西一千三百餘里。」這裏被正式承認為「須彌」山的「阿來辱山」既然被訛呼為「蘇彌」山，那麼也就有可能被訛呼為「西彌」山，因為「須」與「西」鄂西方言音同。因此「須彌山」可能被誤稱為「西彌山」。《黑暗傳‧彭本》中「西彌洞」可能是從佛教中「須彌山」演變而來。

在《黑暗傳‧彭本》整個故事演繹的過程中，靈山被當作一個很現實的人物活動舞臺。「靈山」似乎是介於道教仙界崑崙山和蓬萊山與人間地獄之間的中轉之地，也是自然災害的避難地，是神仙們預言人間災難、俯視人間眾生及苦難的最高處，是神仙們離開仙界來到人間實施其濟世渡人行為的報到處，也是神仙們最終回轉仙界的必經之地。甚至可以說，是一切神魔之鬥的濫觴地，因為幾乎所有的鬥爭號令都來自這裏。活動在這裏的神人們既有道教中各種被稱為聖母、天師、道人的人物，有民間道教流傳中的鴻均老祖，有老百姓家喻戶曉的太上老君，有孫開、唐末日月二神，也有佛教裏的人物如來佛、閻羅王等，最後還有由混元老祖臨凡的儒教聖人孔子。這麼龐雜的一個人物系統，作者就把他們活動的主要舞臺安排在靈山，再由靈山發散開去。

靈山不僅具備崑崙山、蓬萊山、須彌山之仙風、仙韻，而且有可以看得清清楚楚的類似現實人間的殘酷鬥爭，因此它更為世俗化，更為具體化。相反，抄本中崑崙山、蓬萊山、須彌山的形象卻顯得更為模糊，更為抽象，也更為理想化。

2. 人物關係：儒釋道三教混雜交錯

上述靈山龐雜的人物系統已經能夠反映出儒釋道三教合一在通俗文學中的體現。

先天黑暗時期
- 三　老　祖：黑暗老祖（濱氾）、混沌老祖（混沌）、洪均老祖（洪均）
- 五　老　祖：淄淚老母、石龍老母、昊天老母、鐵腳老母、白及老母
- 先天三老太：如來佛祖
- 先天三教主：鴻均老祖
- 東土道教主：太上老君

（先天三老太、先天三教主、東土道教主）——洪水中喪生，後天黑暗時期又轉生

後天黑暗時期　昊天聖母（道）
- 母子　定光（太虛皇）
- 母子　幽冥（五閻君）（佛道）
- 母子　婆娑（靈山古佛）
  - 師徒　如來佛祖（佛）——師徒　盤古（道）→ 元始天尊（道）
  - 師徒　枯蓮道人（道）　鴻均老祖（道）
    - 師徒　太上老君（道）
    - 師徒　混元老祖（道）→ 孔聖人（儒）

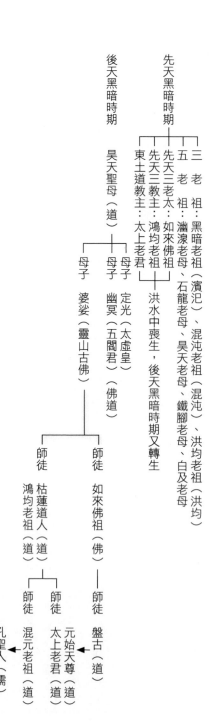

從圖中可以看出，作者把修道成仙的昊天聖母列為靈山之祖，儒釋道三教的人物均由此發源，他們相鄰的二者之間，或為母子關係，或為師徒關係，而「聖母」之說似乎又是道教所獨有，由此不難想見作者把道教凌駕於諸教之上，可謂匠心獨具。而從三教人物在譜系圖中的位置，又能看出儒釋道三教已處於一種「我中有你，你中有我」的混融狀態[9]。

3. 東土地府：儒釋道三教合一

《黑暗傳・彭本》中有一段關於幽冥掌管的地獄的描寫，提到地獄所在地有「東土地府」和「豐都」兩個地方，為什麼會有這種說法？其實這兩個詞蘊含著豐富的文化內涵。中國古代很早就有人死後到「鬼國」相聚的思想，《山海經》說：「北方有鬼國——滄海之中，有度朔之山，上有大桃木，其屈蟠三千里，其枝間東北叫鬼門，萬鬼所出入也。」人死後赴鬼國，這裏可以看到原始巫文化的影子。魏晉志怪小說《搜神記》中有「胡母班死，往見泰山君」之說，《三國志・管輅傳》也稱：「但恐至泰山治鬼，不得治生人。」可見，東漢以後，人們已經普遍把泰山看成是人死後靈魂的歸宿了。那麼《黑暗傳・彭本》中的「東土地府」無疑是指東嶽泰山。道教產生後，既保留了傳統的「泰山治鬼」等思想，又吸收了佛教的「地獄」說的許多因素，並加以改造，從而形成了自己的地獄學說。在佛道二教不斷融合的過程中，道教逐漸形成了以豐都為中心的地獄所在地。《黑暗傳・彭本》中反覆出現的「豐都城」應該是從這裏而來。

文中提到的「幽冥」卻是佛道二家的混血兒。據顧頡剛先生考證，東嶽大帝原是齊國的上帝，後來道教將其封為道教地獄之上帝，名為泰山府君、天都府君等。之後漢族地區都建有東嶽廟，東嶽大帝成了地獄之王。《封神演義》小說末尾所封神中就有東嶽大帝。而從五鬼的話「我王辭我往西天」，可知，幽冥在《黑暗傳》這本神魔小說中為道教中東

9　「主要人物關係圖」中，先天黑暗時期的「三老祖」、「五老母」根據民間歌師史光裕的講述和唱詞歸納，「先天三太老」、「先天三教主」、「東士道教主」在《黑暗傳・彭宗衛收藏本》「地府」部分中出現，他們因先天時期的大洪水而喪生，所以把他們歸入「先天黑暗時期」。他們在「後天黑暗時期」分別已轉生為「如來佛祖」、「鴻均老祖」、「太上老君」。後天黑暗時期人物關係圖的依據是《黑暗傳・彭宗衛收藏本》。

嶽大帝的接位者，這位道教中的地獄之王——東嶽大帝又搖身一變，成了佛教中的地獄上帝——五殿閻羅王，而閻羅殿裏的君君臣臣之關係卻又基本上是儒教占主導地位的現實社會的翻版，這樣眾所周知的十八層地獄和十殿閻王的冥界領域漸漸地由儒、釋、道等教的幽冥觀念混雜而成。而神農架龍溪村道士史光裕說，做法事時遵循的是「聖（儒）教的文、佛教的法事、道教的板」，及已故道士莊有朋遺物「儒釋道寶」印章，都正是民間「三教合一」觀念的最好證明。

《黑暗傳‧彭本》中，不同文化因素互動，多元文化特徵突顯。在這裏，遠古神話的影子僅依稀可辨，近代神魔小說的特徵卻坦露無遺，漢民族神話與少數民族神話互滲交融，儒釋道三教在靈山這一活動舞臺上共演一臺戲。可以說，它是我國多元文化碰撞交流過程中出現的一個奇胎。

二、文化形式：喪鼓歌—演唱底本—神魔小說

自一九八三年發現《黑暗傳》以來的近二十年間，雖有新聞媒體的大力宣傳，也有少數專家學者的研究成果，但人們對它本來的面貌仍然不甚瞭解。筆者根據實地調查所見，在此疏理出其在民間呈現出的三種表現形式。

（一）《黑暗傳》是流傳民間的一種喪鼓歌

喪鼓歌，作為民間祭祀活動中的儀式歌，至今仍活在民間，邊遠山區尤甚。神農架喪鼓歌有坐喪和轉喪兩種。但不管採用哪種形式，參加儀式的任何人都可以充當歌手。歌手們盤唱歷史故事時，都是從最近的朝代開始，一個朝代一個朝代往前唱，比如我唱了清朝歷史，你必接著唱明朝歷史，他再接唱元朝歷史，依次往前盤。越往前盤，唱起來就越

難，盤到最後，必然要涉及到的就是天地怎麼形成，晝夜怎麼分開，陰陽如何形成，人類如何誕生的問題。這最後一部分內容就是《黑暗傳》的主要內容。

喪葬儀式中，歌手唱《黑暗傳》講究較多，頗為奇特。首先，因為《黑暗傳》講黑暗混沌時期洪水泡天，神戰勝魔而創世治世。主題嚴肅而重大，一般是最後才唱，也只有那些歌場中的勝利者才能唱。因此，一般歌手都不願意唱《黑暗傳》。歌手如果要唱《黑暗傳》，必須事先通知眾歌手，否則，眾歌手會認為他「巴大」（即稱大），而不願意一起唱下去，有的甚至因而發生糾紛。其次。因為《黑暗傳》是最古老最大的根古歌，因此只有在那些有身份、功勞大的死者的葬禮上才有可能演唱，而且它也只有在大型的喪事活動中才能充分展開，據民間老歌師講，以前大型的喪事活動可以連續唱上七七四十九個晚上。正是這種民間喪事風俗的盛行，使《黑暗傳》獲得了長久傳承的途徑。

（二）《黑暗傳》是由民間歌師對已成型作品進行改編並手抄傳承下來的一種演唱底本

民間喪鼓歌與鄂西流傳的薅草鑼鼓歌一樣，大多都是民間歌師為配合鼓點演唱的需要，對歷史或小說進行改編和創作的結果。在神農架林區的調查中，我重點調查的七位歌師（其中三個是道士，四個是民間歌手），不但家中藏書豐富，而且個個都是把小說和歷史改編成以七言為主的歌詞的能手。但他們的藏書中，除歷史綱鑑及道士收藏的經書外，大部分以明代及明以前的通俗小說為主，如《三國演義》、《封神演義》、《西遊記》、《隋唐演義》、《水滸傳》、《征東征西全傳》、《說岳全傳》、《英烈傳》、《西廂記》等等，而清以後的小說則很少見，也很少演唱。民間歌手們就是把這些小說或歷史的內容改編成歌，在田間「薅草」時、在喪禮的晚上，配合鑼鼓演唱。《黑暗傳》也是在這樣一個文化背景下演唱的，它不會直接產生於喪禮中，因為民間歌師們有改編加工小說、歷史的能力，但要直接創作出這樣人物繁雜、情節完整、主題鮮明的作品，如果沒有上層文人的參與，那是不可能的。因此，歌師演唱的詩歌體《黑暗傳》一定也像其他唱段一樣，有其已成型的母本。現在所看到的《黑暗傳》手抄演唱底本，是民間歌師根據當時流行的文人作品依演唱需要和個人的喜好擇取部分章節改編而成，採用的是極其通俗的適合於演唱的白話詩體。

正因為有這成型的母本，所以流傳在神農架周邊縣市的各種手抄本內容大同小異；又因為歌師喜好不同，個人素質和文化差異較大，因此現今所發現的《黑暗傳》手抄本在書寫面貌、文字通順、內容選編等方面有一定的差別，也是現今有多種演唱底本流傳於世的原因。

（三）《黑暗傳》是民間歌師據此改編成唱本的、曾經刊刻於世的、但現已失傳的同名神魔小說

神農架林區龍溪村現年六十九歲的歌師、道士史光裕向我們介紹說：其太祖父（大約生活於清乾隆年間）曾傳下一本書，書名叫《先天黑暗傳》[10]，該書為上下兩本，每本三指厚，封面為布殼子，上面豎寫著「先天黑暗傳」五個字，第一頁畫有標注著陰陽八卦的太極圖，第二頁是一幅大圖，畫上是「黑暗老祖像」，怪怪的，似人非人，寫有一行字「黑暗老祖滇汜」，封底是陰陽魚太極圖。裏面的文字是刻板印刷，採用非文言文又非白話文的形式寫成，類似於《三國演義》的文風。每一標題為兩個七字句，史光裕記得第一回的標題是「吹仙道人吹黑氣，敖龍妖精起波濤」。在書結尾處，附有「最後」二字，緊接其後是三皇和五帝，「伏羲畫八卦，神農嘗百草、治五穀，軒轅製衣襟，八卦為神龜，龜背上有陰陽，據此製成八卦圖」。同村的歌師楊友才、毛文芳都曾見過這本書。又前述民間歌師藏書以小說為主，因此我初步推斷：目前流行於神農架林區的喪鼓歌《黑暗傳》之原型是採用章回體、白話散文句法的小說體形式寫作而成的小說。

10 史光裕記憶中《先天黑暗傳》有上下兩冊，上冊封面寫有「先天黑暗傳」，而他所唱和所講述的內容卻包括了民間唱本中先天黑暗和後天黑暗時期的內容，因此，我推測，其家傳藏本的下冊很有可能就是《後天黑暗傳》，此謎底還有待揭開。

從明清時期的文學大環境來看，這兩個時代的文學主流是神魔小說和世情小說；從神農架這個小環境來看，這裏地僻民貧，落後封閉，文化的傳承主要依靠民間歌師及說書人的口耳相傳，直到今天，在許多偏僻的山村，這種現象仍能看到。因此，通俗易懂的小說就成為鄉民精神文化不可缺少的一部分。《黑暗傳・彭本》中關於三皇五帝的內容涉及很少，只在其中穿插幾句，最後有一個四十二句的總結。因此，筆者認為，《黑暗傳・彭本》中涉及到的歷史事件只是神魔人物活動的一個背景，並非主要故事情節。它著力渲染的是通過神人戰勝妖魔而創世治世、救濟人類的內容，其故事情節發生的背景是黑暗混沌，洪水泡天，無天無地無日月星辰時的狀態，故事情節的展開是在仙界—地界—仙界的場景變換中展開。

因為在上一章節已分析確定，《黑暗傳》已具備神魔小說基本特徵，筆者進一步斷定：《黑暗傳・彭本》之原型一定是與《西遊記》等類似的神魔小說。

通過把史光裕的唱詞和講述與《黑暗傳・彭本》的有關內容進行對比研究，筆者認為，《黑暗傳》最初成型的文學母本極有可能是史光裕家傳的刻本神魔小說《先天黑暗傳》。

據史光裕回憶，小說體《先天黑暗傳》有系列的神魔人物、完整的故事情節、鮮明的主題思想。據他回憶：先天黑暗時期有三次洪水泡天。在第一次洪水泡天期間，「三老祖」（黑暗老祖、混沌老祖、洪水老祖）及「五老母」（幽淥老母、石龍老母、昊天聖母、鐵腳老母、白及老母）出世，同時，每一人物出場都有一個整頁的似人非人的畫像。第一次洪水過後，四十八老祖和四十八老母出世了。

下面史光裕唱詞，講到了石龍老母和鐵腳老母的來歷：「一個老母是黑天祖，那是石龍變化成，石龍老母是他的號，神通廣大無比能。他知道天地有難來，洪水要來泡天庭，將身來到華山上，看見一個紅花女仙神。紅花仙女開言問，你是哪方來的人，姓叫名誰說我聽，來到華山為何因？石龍老母忙答言：我是先天來的人，我知道天地有難，洪水要來泡天庭，你今快快隨我走，若不是你的性命都難存。紅花仙女開言聽，師父連連口內稱。石龍老母忙起身，便把徒弟稱一聲，我今與你取個號，鐵腳老母就是你的名，叫我一聲洪水侵，你要緊閉雙眼後邊行。鐵腳老母一聽言，雙目閉得緊沉沉。石龍老母吹仙氣，師傅兩個不見形。將身來到靈山頂，天崩地裂洪水生。」石龍老母在《黑暗傳・彭本》一開頭便出現，靈山「石人得道稱聖母，名喚昊天是他身」，「將身來到靈山地，洪水滔滔怕殺（煞）人」，這與史光裕所唱相同。

第三次洪水過後，一切都已毀滅，只留下兩個人種躲在葫蘆內，五龍捧著，隨風飄蕩，洪水消退，鴻均用斬龍劍劈開葫蘆，五龍嚇退，葫蘆裏跳出童男童女。這一關於葫蘆兄妹的故事，在《黑暗傳・彭本》中有同樣的情節。而史光裕講述的人物，在神農架周邊縣市搜集的各種《黑暗傳》唱本中大都分散出現，各個版本中出場的人物有同也有異，故事情節往往比較單一，但不完整。

根據以上內容可以做出如下推斷：

《黑暗傳・彭本》之原型極有可能是史老先生家藏的神魔小說《先天黑暗傳》。只可惜該書已毀於那場史無前例的文化大革命。但我們相信，既然是木刻本，就不會只有這被燒的一本，神魔小說《先天黑暗傳》的木刻本遲早會露出其廬山真面目的。

至此，一直顯得頗為神祕與奇特的神農架《黑暗傳》其表現形式已有一個初步的結論。其最初成型的文學母體神魔小說《先天黑暗傳》已經失傳，今天所能見到的只是一些民間歌師改編後的手抄本，而其依託的載體卻是正日漸消亡的喪鼓歌，其最終從人們的視野中消失的日子已不遠了。如今，只有神農架一些極為偏僻的小山村（如陽日鎮龍溪村等）還偶爾可聽到這空谷的絕音，而能唱《黑暗傳》片段的人都已很少，能唱全本的人則更是寥若晨星。

三、結果與討論

綜上所述，筆者認為：

《黑暗傳》不是創世史詩或神話史詩，更不是漢民族創世史詩或神話史詩。一是其形成時間太晚，原生形態的創世之說難以成立，原始神話也只能見到它們依稀的影子，而且大都見諸《山海經》等古籍記載中；二是明清時期的社會和文化氛圍已不適合於產生史詩這一文學體裁，因為這兩個時代幾乎是神魔小說和世情小說的天下；三是「漢民族」之說不能成立，因為南方少數民族神話和漢民族神話已在這裏交融互滲；四是三教共鳴這一歷史主題占據著主導地位，無論從人物形象的塑造，還是人物活動舞臺的安排，或者故事情節的展開，都體現出這一鮮明的時代特色，「漢民族神話或創世史詩」不可能體現這樣的主題。

假如換一個角度看問題，我們承認它是一部漢民族神話史詩或創世史詩，那麼我們應該可以還其原始本來面貌。第一步工作便是正本清源，剝離後人給它穿上的一層層外衣，如分離出儒釋道巫的所有內容，去掉南方少數民族傳入的神話，則剩下的還有些什麼？結果已不言而喻。

但與此同時，我們也必須肯定《黑暗傳》的存在價值。

第一，它在神農架這一文化沉積帶出現並保存完好，並非偶然。一是因為這裏地僻民貧，易守難攻，古代文化事象不易被歷史大潮沖淡或淹滅；二是官方主流文化影響較小，山民白娛自樂為孕育這種文化雜交的奇胎提供了溫床；三是神農架地處東西南北各民族文化交匯的中心地帶，各種文化因素的互動催動了這一奇胎的誕生。

第二，它從宇宙生成、天地開闢、人類誕生唱到三皇五帝，歷史脈絡清晰。它既吸收了上古文化中的一些神話因子，如崑崙神話、蛋生人神話，又受到了「信鬼而好祠」的楚巫文化的影響；它既有魏晉神鬼志怪之書的痕跡，又具備明清神魔小說之本質特徵；它既吸收了南方少數民族的神話內核，又融人了華夏民族的神話精神；它既留下了秦始皇以後神仙方士集團人可以長生不死之觀念的流風，又深深地打上了道教教理教義的印痕，還讓已由對抗走向合流的儒釋道三教在同一舞臺上共唱一臺戲。可以說，它是我國歷史變遷、民族融合、文化交流的一個縮影，是在不同文化互動交融過程中孕育的一個奇胎。

致謝：本文是在張正明先生指導下完成的，作者特向張正明先生致謝。

神農架《黑暗傳》與漢民族史詩文化[1]

潘世東

一、《黑暗傳》是否可以被視為「漢民族神話史詩」

關於《黑暗傳》是否為漢民族「神話史詩」，是至今以來人們仍然在爭議的焦點問題，也是一個無法迴避的話題。自二十世紀八十年代中期起，一代神話研究權威袁珂和劉守華先生在閱讀胡崇峻擁有的全部資料並瞭解到它流傳的文化背景之後，就認為它可作為「漢民族廣義神話史詩」來看待。後來雖有人發表文章提出異議，甚至用刻薄的語言嘲諷兩位專家是出於對中外「史詩」的無知而妄加評判，但他們仍堅持《黑暗傳》的「史詩」說。袁珂先生不幸已於二〇〇一年去世，但他至死也未改初衷。在病中，他給劉守華先生寫的信裏堅稱：「至於我從前神話史詩的提法，至今檢討，尚無異議。」

對於《黑暗傳》是否為漢民族「神話史詩」的爭議，事實上都源於傳統史詩的標準和定義。「史詩」（epic）本是出自希臘文的外來語，其傳統定義和標準從《伊利亞特》和《奧德賽》這樣的希臘英雄史詩中引申而來。其基本定義為：史詩是指具有史的概括性、詩的感染力和思的深刻性，並具有莊重崇高風格和一定規模的長篇敘事作品。從這個定義出發，人們進一步引申歸納出了史詩的創作原則：第一，作歷史的書記官——寫出歷史和時代的本質和主流，豐富、

1 本文節選自潘世東，《漢水文化論綱》（湖北人民出版社，二〇〇八年）。

補充、糾正、具體化歷史；第二，把歷史審美道德化，並付諸言語表達；第三，以公正、客觀、權威的面貌和方式敘說；第四，重現歷史的原初面貌，力求寫出歷史的原初真實；第五，採用莊嚴崇高的敘事風格，體現為一種宏大敘事、偉大敘事、堂皇敘事。

史詩也有其自身的傳統，而且有人將這種傳統概括為史詩情結，即史詩原則在史詩中的具體化和形象化。它是在史詩中所沉澱下來的一種顯著的民族感情傾向。它主要體現為四個方面：第一，注重英雄改變歷史的作用，其歷史觀是英雄創造歷史。在史詩的視野下是英雄開天闢地、移山倒海，是英雄創造和拯救人類。史詩中的凸現的英雄是頂天立地、創造世界、主宰世界的巨人，人民在其中沒有位置。對於這種傾向的客觀解釋是：它不是一種唯心史觀，而是先民對祖先的崇拜、自豪感的一種反映——這裏的英雄不僅只是個體，而是整個民族的象徵。歌頌英雄的偉大、英明、智慧，恰恰是對民族本身的歌頌。因為，史詩中的英雄正是民族的代表。第二，史詩注重超人行為的描寫，將英雄神祕化、神聖化。史詩中的超人行為描寫順著兩個方向發展：一是天降斯人、受命於天。如簡狄生商、后稷的神異、黃帝諸人的降生等。二是天賦靈異，如后稷的農業天才、契的商業天才等。剔除這些描寫中的荒誕神祕乃至迷信色彩，就會發現，其中沉澱著先民對自己民族的自豪感、自信心和神聖感。這種感覺讓先民喜不自勝、讚歎不已。如《詩經．生民》中的歎詞「誕」的大量運用，足見先民對祖宗的驚異、崇拜、讚歎和嚮往之掩抑不住。第三，史詩的背景雄闊、規模宏大、情節跨度大、歷時時間長，特別強調人與世界的聯繫。前蘇聯文學理論家謝皮洛娃在《文藝學概論》中說：「史詩描寫的對象是不久前的人民歷史中發生的全民事件，這事件在當代全體人民心目中有著巨大的意義，它被人民看作是光榮、英勇、威力的不朽標誌。」[2]卡頓在《文學術語詞典》「史詩」條中說：「史詩（epic）指在大範圍內描述武士和英雄們的功績的長篇敘述詩，是多方面的加以表現的英雄故事，包括神話傳說、民間故事歷史。」[3]正因為注重超人行為的描

2 謝皮洛娃，《文藝學概論》（人民出版社，一九九二年）。
3 卡頓，《文學術語詞典》（上海文藝出版社，一九九八年）。

寫，所以史詩在虛構和想像上尤其發達。第四，用質樸、平實、莊重的語言敘述，追求崇高的風格。葉舒憲言，創作史詩的目的在於「宗教性的稽古溯源，從英雄祖先的偉大時代和光榮業績中汲取力量，尋找典範，獲得某種現存秩序的神聖證明」[4]。從史詩的內容來看，其中沉澱著民族的歷史經驗和教訓，民族對祖先開天闢地、發育民族的感激和追念、民族對英雄祖先的豐功偉績的自豪和崇敬、民族對生存和發展的動力與信心的追尋。就其作用而言，史詩起著在感情上縱向溝通和傳播現存人與祖先之間的關係，強化民族自尊自信自豪感，成為民族團結認同的凝聚力。這個目的和作用決定了史詩的莊嚴、崇高的風格，使它與幽默滑稽無緣，更與鬧劇、譏刺遠離，它的語言是質樸、平實的，又是莊重典雅的，其間蘊含著一種本色而虔誠的情感。

千百年來學人沿用這一傳統定義去圈定各民族的史詩，不敢越雷池一步，於是弄得許多國家因為其獨特的歷史文化地理條件與希臘不同，而導致沒有這類「史詩」，於是便在文化創造力上遭到貶抑。

二十世紀八十年代以來，隨著文化思想的大解放，「中國民間文藝學家開始打破這個洋教條，除肯定藏族的《格薩爾》，蒙古族的《江格爾》和柯爾克孜族的《瑪納斯》為傑出的英雄史詩之外，還提出西南許多少數民族中間，流傳著古樸神奇的『神話史詩』或『創世史詩』，它們是一個『神話史詩群』。我正是受到了這一發現的啟示，才將《黑暗傳》和它們捆綁在一起予以評說。因為不論就其內容、形式、文體特徵以及存活的民俗文化背景來看，這些作品都十分接近，顯而易見屬於同一類型的口頭文學。如果無法從根本上否定中國學者的『神話史詩』說，以及被公認的西南少數民族的眾多『神話史詩』作品，那麼，同它們在這個『神話史詩地帶』上連體共生的《黑暗傳》所具有的『神話史詩』特徵，也就難以被否定」[5]。

[4] 葉舒憲，《〈詩經〉的文化闡釋》（湖北人民出版社，一九九七年）。
[5] 劉守華，《黑暗傳・序》（長江文藝出版社，二〇〇二年）。

二、《黑暗傳》就是漢民族的史詩

《民族文學研究》二〇〇一年第二期上發表了芬蘭著名學者勞里・航柯的〈史詩與認同表達〉一文，創造性地闡釋了史詩的全新理念。原來以希臘史詩為唯一標準的傳統「史詩」概念，早就被一些西方學者視為「陳腐解釋」和「僵死的傳統」扔在一旁了。請看他的精彩論述：史詩是「一種風格高雅的長篇口頭詩歌，詳細敘述了一個傳統中或歷史上的英雄的業績。」這種陳腐解釋帶來的問題是，與它發生關係的總是特殊的英雄史詩，以致忽視了相當多的傳統史詩種類。近些年中，西方學者倍感「荷馬樣板」是束縛，而不是鼓舞人心的源頭活水。在史詩的比較研究中這種態度更為突出，其中包括那些非歐洲口頭史詩的研究著作，這些是建立在活態傳統調查經驗之上的成果。對此，約翰・威連慕・約森講過多次，他說：「我希望希臘史詩刻板的模式，一種在現實行為裏再也看不到的僵死的傳統，不該繼續統治學者的思想。希臘傳統只是許多傳統之一。在非洲和其他許多地區，人們可以在自然語境中去觀察活態史詩傳統。在表演和養育史詩的許多地區，我們還有工作要做。」[6]事實上正是如此。一旦突破傳統藩籬，直面民族歷史文化實際，就會有很多全新的思想和發現產生，同時，也就會有許多已有的結論受到置疑和挑戰。

在該篇論文中，勞里・航柯引用約翰・威連慕・約森的觀點，特別強調了史詩的三個特徵：一是對超故事的宏大敘述，在傳統社會或接受史詩的群體中具有認同表達源泉的功能，「史詩是關於範例的偉大敘事，作為超故事是被專門的歌手最初表演的，它在篇幅長度、表現力與內容的重要性上超過其他的敘事，在傳統社會或接受史詩的群體中具有認同

[6] 同上。

表達源泉的功能」。二是要有某些群體至少是一部分的欣賞和熱情，在特殊群體成員的記憶中通過他們對史詩特徵和事件的認同達到崇高輝煌。「對外來的耳朵來說這種冗長無味的、重複的敘事，都在特殊群體成員的記憶中通過他們對史詩特徵和事件的認同達到崇高輝煌。對史詩的接受也是它存在的基本因素。如果沒有某些群體至少是一部分的欣賞和熱情，一個敘事便不能輕易地被劃為史詩。」三是要有永恆的價值和鮮活的生命力，史詩所表達的價值觀念、文化符號和情感被一定範圍之內的群體所接受和認同，乃至成為他們自我辨識的寄託。「史詩就是表達認同的超級故事，所謂認同即史詩所表達的價值觀念、文化符號和情感被一定範圍之內的群體所接受和認同，乃至成為他們自我辨識的寄託。」[7]

勞里・航柯上述論斷，為確立許多民族至今依然存活於口頭的「活念史詩」的史詩地位提供了重要的理論依據，因而上述論斷也就自然地被世界民間文學界引據為判斷史詩的三大標準。這三大標準顯然是著重從文化功能上來界定史詩的。功能的發揮雖然同史詩的長度、內容的重要性、藝術表現力及專門歌手的演唱等特徵密切相關，並且與以希臘史詩所謂「風格高雅的敘述」為樣板「僵死傳統」相去甚遠，但它與眾多民族的史詩群的實際存在狀態更相吻合。

事實上，上述論斷對我們判斷、回答《黑暗傳》是否是史詩的問題是再合適不過的了。按照上述標準，我們不僅可以說《黑暗傳》是一部活態史詩，而且可以理直氣壯地說《黑暗傳》就是一部典型的漢民族史詩。理由有四：

第一，從文體學的角度看，史詩是一種介於神話和傳說之間的文體，亦史亦思亦詩、亦實亦虛亦幻，是歷史和神話交融匯合的產物。從這個觀點出發，我們可以將所有的史詩都定義為神話史詩。既然能夠將《黑暗傳》定義為「廣義的漢民族神話史詩」，那麼，其史詩性質已經鐵定無疑，中間冠以「神話」為定語，恐怕只是說神話是其主要內容構成而已。

第二，《黑暗傳》採取多種口頭與書面文本世代相傳，作為「孝歌」、「喪鼓歌」由大歌師以隆重形式演唱，至今廣布眾口，深受民眾喜愛和認同。

7 劉守華，《黑暗傳・序》（長江文藝出版社，二〇〇二年）。

第三，《黑暗傳》是對超故事的宏大敘述，它在篇幅長度、表現力與內容的重要性上超過其他的敘事。它以有關盤古氏開天闢地結束混沌黑暗，人們崇敬的許多文化英雄在洪荒時代艱難創世的一系列神話傳說為敘說中心，以「三開天地，九番洪水」為特色內容，時空背景廣闊，敘事結構宏大，內容博大深奧，風格古樸神奇，有力地激發著人們對中華歷史文化的認同感、自豪感和文化自信心，完全具備史詩的特質。如果說在那些因受流傳條件的限制而變得殘缺不全的文本中還感受不到史詩的魅力，那麼，在胡崇峻整理的這部長達五千多行的詩篇中，史詩的形態就展現得更為充分了。

第四，《黑暗傳》具有永恆的價值和鮮活的生命力，史詩所表達的價值觀念、文化符號和情感被一定範圍之內的群體所接受和認同，乃至成為他們自我辨識的寄託。據劉守華先生研究，《黑暗傳》形成於明代，並同明代敘述神話、歷史的通俗小說有關聯。但這是就長篇歌本的構成來說的，至於其中的神話傳說故事，以及在喪葬儀式中把這些神話傳說作為「喪鼓歌」來詠唱的習俗，顯然有著更久遠的歷史。《黑暗傳》的保存，是神農架先民崇敬上古開天闢地的英雄而歌唱的結果。他們把神話當作真有其事的歷史知識，代代往下傳唱。一些老歌手把《黑暗傳》手抄本奉為經典，當作傳家寶加以珍藏，從不輕易示人。在神農架，把《黑暗傳》帶進棺材做陪葬或死前埋在地下不為子孫所知的事屢見不鮮。

基於上述理由，我們以為無論說《黑暗傳》是「廣義的漢民族神話史詩」也好，還是說《黑暗傳》是「漢民族活態史詩」也好，都是不徹底的《黑暗傳》史詩論者，不是過多保留，就是過多保守。其實，在這個問題上，保留和保守都是不必要的。因為我們有充足的理由證明：《黑暗傳》就是漢民族史詩！

《黑暗傳》：遺失在神農架的漢民族創世史詩

——胡崇峻與《黑暗傳》的生死情緣[1]

許蒴

早在二百多年前，德國偉大的哲學家黑格爾就曾斷言：「中國人沒有自己的史詩。」二十世紀，學術界相繼發現了中國少數民族三大史詩：藏族史詩《格薩爾》、蒙古族史詩《江格爾》、柯爾克孜族史詩《瑪納斯》。但中外學術界仍然認為漢民族沒有自己的史詩，連文化巨擘胡適、魯迅等也為此感到遺憾和困惑。難道占中國人口絕大多數的漢族，真的沒有自己的史詩？

在莽莽蒼蒼的神農架，一位叫胡崇峻的民間文化工作者，二十多年來皓首窮經、焚膏繼晷，終於將一直流傳在民間的漢族史詩《黑暗傳》整理出來，讓一個命運多舛的民族終於結束了沒有自己的「神話創世史詩」的歷史。

一

在神農架林區，胡崇峻早就是一個婦孺皆知的人物，他和他的《黑暗傳》現在已經成了林區的一大傳奇。而在我的

1 原載《中國鄉土地理》二〇〇五年六月號

想像中，這位享受國家有突出貢獻專家津貼的民俗學家應該具有那種讀萬卷書、行萬里路的典型的學者風範。所以，當林區宣傳部的同志將一位乾瘦而「邋遢」的老頭介紹給我們時，我還真有點不敢相信自己的眼睛，這跟我們一路上所見到的那些身揹竹簍，在山道上踽踽穿行的山民並無二樣。他很侷促地跟我們握手，表情顯得極不自然，除了幾句禮節性的問候，他自始至終都沒有多說一句話。早就聽朋友說他是一個十分靦腆的人，但他給我的感覺不僅僅只是靦腆，而是近乎木訥。我頓時感到了一種無形的壓力，做這樣的訪問，有時真比踢一場足球比賽還要累。

我們的談話圍繞著《黑暗傳》展開。我原以為，只要一提到《黑暗傳》，他的話匣子就會噴湧而出，滔滔不絕，誰料到他還是一副寵辱不驚的表現，三言兩語就將我的提問「搪塞」過去。武漢作家陳應松曾說胡崇峻只要談及《黑暗傳》就會神采飛揚，文詞斐然，看來完全不是那回事。胡崇峻出生在一個官宦世家，祖籍浙江定海，祖上做過清政府的遊擊官，家庭裏先後出過兩個舉人。後來家道中落，在四川一帶販賣騾馬的祖輩便在神農架定居下來，到了胡崇峻這一輩，就已經完全融入了當地人的生活。他年輕時先後做過大隊會計和鄉村教師，業餘時間喜歡舞文弄墨，他說這是家庭的遺傳，他們老胡家在這方圓幾百公里的大山裏也算得上書香門第。二十多歲的他開始在一些小報上發表作品，全是一些上不了臺面的豆腐塊。那時候胡崇峻滿腦子都是作家夢，他什麼都寫，小說、散文、詩歌，甚至搜集整理一些民間傳說和鬼怪故事，這也許就為他後來把一生的心血都交付給《黑暗傳》埋下了伏筆。這段經歷對於胡崇峻來說是至關重要的，他在一九八一年能夠順利調到林區文化館工作，這段經歷似乎起了決定性的作用。

一個擁有五千年悠久歷史和燦爛文明的偉大民族，其最早的血脈與記憶竟然隱匿在這塊偏僻而荒蠻的土地上，這本身就讓人百思不得其解。談到這一點，胡崇峻好像顯得特別興奮，蠟黃的臉上終於有了幾絲血色。他說，無論從自然地理還是從文化地理上來看，神農架顯然都不具備《黑暗傳》起源與發祥的種種條件，但它特殊的自然地理條件卻使它成了《黑暗傳》最後的庇護地，就像那些珍稀的野生動植物一樣，只有荒涼與沉寂才是它們生命的最後屏障。神農架現在是國家級自然保護區、國家級森林公園，她還是國際「人與生物圈」保護網成員。這裏不僅是各種珍稀野生動植物的王國；而且是悠久輝煌的楚文化與巴文化的交匯區，它同時還是自新石器時代以來黃河流域文明與長江流域文明交相輝映的契合之地。文化的傳承往往具有不可預測的複雜性，只有原生態的文化和地理環境，才可能保存一個民族最原始的血脈記憶。《黑暗傳》的橫空出世，讓一個命運多舛的民族終於結束了沒有自己的「神話創世史詩」的歷史。在我看來，胡崇峻現在與神農架、與《黑暗傳》已經不可分割，三者之間已經融為一體。他自己也說，作為一個神農架人，他從來沒有像現在這樣為自己的故鄉感到驕傲和自豪。而作為一個民族文化的探寶人，他甚至為自己能夠擁有如此豐富多彩的民間文化礦脈而自鳴得意。

我們的談話地點是林區宣傳部安排的一間很狹小的辦公室，整個下午走廊上一直人來人往，還不時有人進進出出，向我們投來好奇的目光，所以我們之間的談話一直進行得斷斷續續。儘管如此，他二十多年來與「黑暗」打交道的跌宕起伏人生，我還是能夠理出一個清晰而完整的脈絡。

二

胡崇峻與《黑暗傳》的結緣純屬偶然。一九八三年，由他和其他人搜集、整理和彙編的《黑暗傳》第一個節錄文本一經問世便引起了專家、學者們的廣泛關注和高度重視。特別是中國神話學的泰斗袁珂先生簡直如獲至寶，認為《黑暗傳》是一塊亟待雕琢的璞玉，它很可能與漢民族最早的血脈和記憶有關，胡崇峻這才意識到自己無意之中闖入了一座博大精深的文化富礦，從此他的生活就進入了另外一種他自己都無法駕馭的軌道。

對於我的這種觀點，胡崇峻好像並不認同。他說他十幾歲時就從那些終年遊走在崇山峻嶺之間的老歌師那裏知道了在民間保存著《黑暗傳》這本奇書，他這一輩子與《黑暗傳》的種種聯繫似乎在前世就已經註定。他至今還對少年時代鄉村挖田薅草時的鑼鼓唱詩以及喪鼓場上老歌師們優美的歌演唱記憶猶新，一個民族最初的記憶也許就深藏在這些口口相傳的韻律與節奏之中，只不過讓他萬萬沒有想到的是，他自己最後竟然成了復活這些記憶的人。胡崇峻從小就對那些迴蕩在田間地頭婚慶喪葬等場會的古老歌謠、神話故事和民間傳說情有獨鍾，這得益於家族的傳統和神農架淳樸的民風民俗的浸染和薰陶，他的祖父就是一個講故事的高手。在十幾年的鄉村教師生活中，胡崇峻就常常深入到鄉村農戶，與許多民間老藝人建立起了一種親密無間的關係，忠實地記錄下了許多珍貴的民歌唱本、神話故事以及民間傳說，早期的這些經歷成了他終身受用的巨大財富，他能最終與《黑暗傳》結下這生死不渝的風雨情緣，就絕不是偶然的了。

「你是在什麼時候意識到《黑暗傳》的史詩價值的呢？」這是我此次神農架之行必須弄清楚的幾個主要疑問之一。從常理上講，一個鄉村文化工作者，是不太可能首先設定一個漢民族史詩的框架，再去按圖索驥進行材料與證據上的搜尋和填充的。

「這是袁珂教授早最提出來的觀點，華中師範大學的劉守華教授對此進行了多方論證，發表了很多有價值的論文。我最早意識到這一點應該是在一九八三年。」胡崇峻後面的話更實在，向我們展示了一個山裏人特有的淳樸與胸襟：「我這輩子算是很幸運的了，剛剛接觸民間文化的挖掘整理和編輯工作，就遇上了像袁珂教授這樣值得尊敬的師長，如果沒有他們，《黑暗傳》很有可能會遺珠山野不為世界所知，我也會和其他默默無聞的民間文化工作者一樣，最後勞碌一生而終老山林。」他的話有些讓我震驚，他現在在網上的點擊率已經遠遠超過了許多著名作家，也許這是山裏人天生的性格使然，他唯獨忽略了自身的價值。廟堂之高，江湖之遠，兩者本來不可相提並論，但在范仲淹的憂患意識之中卻能找到共同的聯結點，民間文學與宮廷文學往往各具畛域，《黑暗傳》本身就融匯了民間智慧和精英文化的精華，它在散落民間的同時，也註定了它最終的發現者只會是像胡崇峻這樣來自民間的孤獨的探寶人！

《黑暗傳》真正引起學術界矚目和爭論應該是在一九八六年。那一年，由胡崇峻搜集、整理並編輯的《神農架〈黑暗傳〉原始版本彙編》由湖北省民間文藝家協會編印成內部資料在國內民間文藝界廣泛交流。袁珂教授將《黑暗傳》定義為「漢民族廣義上的神話史詩」的觀點引起了中外學術界的廣泛爭議，餘波至今未消。倒是身處這場風波中心的胡崇峻顯示出了作為一個學者的嚴謹和冷靜，他認為以《黑暗傳》當時僅有的文本資料及地域限制，它離真正的「漢民族史詩」還有相當的距離，但他始終相信，在古代確有一部史詩在荊楚廣大地區流傳，屈賦楚辭就是最好的證據。一次偶然的機會，他在一部清同治年間刻印的《保康縣誌》上讀到了「唯有農夫最辛苦、唱罷三皇唱盤古」的詩句，這與他在神農架林區搜集整理的那些抄本上的唱詞如出一轍，由此可見，《黑暗傳》的流傳久遠，範圍之廣，已經大大超越了整個神農架林區。果然數年後，在巴、楚文化交匯的西門峽等地也相繼發現了類似《黑暗傳》的抄本，這便有了胡崇峻後來的九赴興山，三到房縣、秭歸，八下保康進行挖掘采風的風雨行程，也印證了屈子的那句「亦余心之所善兮，雖九死其猶未悔」。二〇〇二年當胡崇峻將二十年來積累的三萬多行原始抄本資料與口頭唱詞經過精雕細刻，反覆甄別、推敲，最終以五千多行的規模，相繼由長江文藝出版社和臺灣出版界隆重推出後，這部將神話傳說與歷史事實有機整合，前伸及混沌誕生，後延至三皇五帝，上下億年，縱橫八荒，囊括萬物，自然流暢，渾然一體的漢民族創世史詩再一次引起了海內外學術界的轟動。然而讀者和學術界不知道的是，胡崇峻九死一生為漢民族打撈出了曠世史詩《黑暗傳》，但他自己的生活卻陷入了始料未及的黑暗之中！

三

讓胡崇峻陷入黑暗的首先是他的兩次婚姻。

一九八一年，胡崇峻進入神農架林區文化館工作，成了一名吃皇糧的人，在那個年代，能夠端上國家的鐵飯碗，是一個十分令人羨慕的事，這在人煙稀少的神農架林區，尤其讓人垂涎。可這份鐵飯碗卻沒能留住胡崇峻的結髮妻子——

一個很平常的山村農婦。也許是受不了胡崇峻常年累月讓她獨守空房，也許是拖著兩個孩子的她看不到生活的任何希望，她出走了。這一下子就讓胡崇峻陷入了困境，兒子胡德軍那一年只有九歲，女兒胡玉萍也僅僅十一歲。更讓胡崇峻想不通的是，誘惑前妻下決心出走的僅僅只是一位雲遊四方、來自河南的小木匠。這也是許多鄉土知識份子的悲哀，在一個物資相對匱乏的年代，一袋大米甚至幾袋土豆（馬鈴薯）和包穀（玉米）就可以讓你斯文掃地、尊嚴全無，填飽肚子往往比文化、知識這些形而上的東西更有誘惑力。

那時候的胡崇峻剛剛開始搜集整理《黑暗傳》的抄本和民間唱詞，對民間文化的癡迷已使他到了欲罷不能的境地，婚姻的不幸索性讓他將全身心都投了進去。在世人的眼中，他簡直成了一個游離於世俗生活之外的怪人。最苦的是兩個孩子，那時候留給他們最深刻的記憶就是饑餓。胡崇峻每個月只有二十七斤糧食定量，兩個孩子還是農村戶口，他是如何將姊弟倆帶大的，他自己到現在也沒弄清楚，好在幾年之後女兒招工到沙市上班，家裏的境況才稍稍有了好轉。現在已經做了鄉親的胡玉萍對於那幾年發生在他們姊弟倆身上的很多事情記憶猶新。那年弟弟剛上小學三年級，大冬天，神農架早已冰天雪地。中午時父親帶回來一件新棉襖，她想也沒想就高高興興地給弟弟穿上了，誰知父親看見後狠狠地將她訓斥了一頓，接著又哄弟弟脫下新棉襖，然後小心翼翼地疊好，鎖在了櫃子裏。原來這是父親給興山縣一農民家的孩子買的。就因為這位農民給他帶來了自己抄寫的幾頁《黑暗傳》的殘句，就讓他興奮不已、視若珍寶。以後這位農民又來了幾回，每次都是父親給他報銷往返路費，最多一次竟然給了那農民二千多元錢，千叮嚀萬囑咐，要他幫忙搜集《黑暗傳》的殘本。現在十多年過去了，但這件事仍然令胡玉萍無法釋懷，她有時候還真無法理解自己的父親。

胡崇峻的第二次婚姻頗具傳奇性。那是一九八六年，他到武漢修改《黑暗傳》，在省文聯招待所認識了一位陝西作家。這位陝西作家在得知胡崇峻的有關情況後，決定將自己的侄女介紹給他當老婆。胡崇峻當時只是淡然一笑，並沒有放在心上，那時候占據他心靈的全是《黑暗傳》。誰知這位陝西作家卻當了真，沒過多久便親自將侄女送到神農架來了。架不住親朋好友的一陣勸說，第二年元旦胡崇峻將第二任妻子娶進了門。然而第二次婚姻也僅僅只維持了三年，一九九〇年十一月，這位遠道而來的陝西女子也永遠離開了他。

兩次婚姻對胡崇峻的傷害可想而知，他曾一度陷入了深深的痛苦之中，他是一個感情豐富而細膩的人，可他把感情更多地投入到了他這輩子為之魂牽夢繞的《黑暗傳》中，他沒有更多的空間和時間來經營自己的婚姻生活，這是一個鄉村文化工作者的個人悲劇。在一次酩酊大醉之後，胡崇峻突然頓悟到，他自己的整個生命都已經與《黑暗傳》融為一體，如此癡迷沉溺而不能自拔的男人，又怎麼能夠得到女人的溫暖和愛呢？此番大徹大悟之後，胡崇峻向所有的女性關閉了情感的閘門，而那些在明月清風之中遊蕩了幾千年的《黑暗傳》殘片將成為他一生相守的伴侶。

四

二〇〇二年四月《黑暗傳》正式出版後，贏來了海內外的一片讚譽之聲，特別是在互聯網上，「遠古文化的活化石」、「活態史詩」、「漢民族最早的『家譜』」等不絕於耳，好評如潮。胡崇峻還如願拿到了兩萬元的稿酬，這也是他平生見到的最大的一筆款項，他陰鬱的生活似乎露出了一絲光亮。可兒子胡德軍卻十分失望，只有他知道父親這些年來所付出的心血和代價，他說在挖掘整理那些即將消失的民間文化瑰寶上，父親是一個典型的殉道者。二十年來，胡崇峻的足跡幾乎踏遍了神農架及周邊縣市所有有人煙的地方，受騙、上當、忍饑挨餓，有時甚至冒著死亡的威脅，所有的這一切，胡德軍可以說是辛苦備嘗。

二〇〇二年初春，神農架仍然是天寒地凍，胡崇峻獨自一人趕往一百公里外的馬良搜集《黑暗傳》，在一個只有三四戶人家的小山村裏，他差一點就命喪黃泉。他投宿的這家房東老漢的侄兒見財起心，幸虧房東老人及時推醒他快逃，他才撿回了一條命。還有二〇〇三年深秋，胡德軍怕父親出事，陪父親到保康縣搜尋《黑暗傳》殘本，父子倆懷揣著東拼西湊的二千元錢，坐車一百多公里，下車後又走了幾十公里崎嶇的山路，才找到那戶漫天要價的農民家。這位農民說書被親戚借走了，讓他們父子等著，他去取回來。誰知一直等到下午三四點鐘，這位農民才夾著一本用破布包裹著的書回來，要胡崇峻給了錢再看書。幸虧胡德軍多了個心眼，堅持看完書再付錢，對方無奈之下，只好打開破布包著的書，胡崇峻不由得倒吸一口冷氣，竟然是一本二十世紀九十年代出版的《聖經》。這次因為有兒子陪同，胡崇峻算是躲過了一劫。

二十多年來，胡崇峻微薄的工資除了維持全家人最基本的溫飽，幾乎全部花在了搜集《黑暗傳》的殘本上。女兒胡玉萍小時候印象最深的就是經常到商店去賒賬，以至於她長大後見到開商店的人就有一種恐懼感。作家高霜木在神農架時曾有幾年與胡崇峻比鄰而居，他從來就敢讓一對雙胞胎女兒隨便吃胡崇峻家做的東西。胡崇峻有一個習慣，每天總是趕在菜販們收攤之前去買東西，因為那時候的東西最便宜，有時候攤主還白送，反正要作為垃圾處理掉的，送給胡崇峻還落了一個人情。一來二往，那些菜販們沒有不認識胡崇峻的，可他們哪裏知道，他是一位享受國務院專家津貼的學者呢！

在所有認識和拜訪過胡崇峻的作家和名人當中，只有十堰本地作家高霜木對胡崇峻的評價最為生動和形象，他說胡崇峻是一個被生活遺忘的人。在胡崇峻的生活中，除了《黑暗傳》，他對外部世界的一切似乎都不感興趣。諾貝爾文學獎獲得者高行健是這樣描寫胡崇峻及他蝸居的小屋的：「這位蟄居神農架深山的《黑暗傳》的搜集整理者極其樸實，廉價的香煙一根接一根地抽，腳下的皮鞋髒兮兮，鞋底幾乎磨平。而緊閉門窗的小房，發霉的空氣令人窒息，沒有玻璃的碗櫃裏跑著老鼠……」高行健是在一九九四年初夏到神農架體驗生活的，他後來在他創作的話劇《野山》、長篇小說《靈山》中大量引用過《黑暗傳》的詩句。高行健所描述的那間漏雨的小屋，是二十世紀七十年代的建築，這間屋子後來在陳應松、劉益善等人的作品中都曾出現過。看來，它和胡崇峻一起不知引發了多少文人墨客的唏噓與感歎！然而，就是在這間太過簡陋，冬天陰冷潮濕、夏天蚊蟲肆虐的小屋裏，胡崇峻養大了一雙兒女，用二十多年的光陰為漢民族打撈出一部沉甸甸的創世史詩。當然，我們只是後來者，並沒有見到這間保留有太多文化氤氳的小屋——它在一九九九年的一場大雨中坍塌，後來者肯定就無蹤可尋了。

五

現在正是四月底，神農架馬上又將面臨新的旅遊高峰。每年的這個季節都是林區黨委、政府各部門最忙碌的時候。帶胡崇峻與我們見面的宣傳部的同志早已不知去向，我們只好自作主張，提出到胡崇峻的新居去看看。

高霜木和胡崇峻是老朋友了，我早就從他的口中知道胡崇峻分到了一套新房，現在他與兒子、媳婦住在一起，聽說這套房子還是林區政府獎給他的。看來，他的境況正在發生變化，所有關心他的朋友應該感到高興了。

胡崇峻的新居就在林區計畫發展委員會的院子裏。一樓，房子的面積不算小，足足有一百二十多個平方。雖說是新房，但沒經過任何裝修，屋子的整個擺設也很亂，並沒什麼值錢的東西，看來，他的經濟狀況仍然不令人樂觀。他還是顯得有點緊張，好像我們才是這屋子的主人，待我們圍著沙發坐下，他又忙不迭地到他的工作間搬來一大堆書籍和資料。其中最引人注目的是二〇〇二年那兩個版本的《黑暗傳》，臺灣的版本明顯要比長江文藝出版社的那本精美，而且用的是繁體字，顯得古樸而精緻。他給我介紹那些經過千辛萬苦才得來的《黑暗傳》殘本，最早的一本好像是清朝道光年間的，紙張早已發黃，字跡倒能看清楚；還有些抄本明顯跟《黑暗傳》無關，我甚至還在其中發現了一冊《七俠五義》的稿本。他一邊給我看他的這些寶貝，一邊談他將來的計畫，準備在兩三年後將《黑暗傳》的規模擴展到一萬行以上，讓《黑暗傳》真正具有史詩的規模。他說他現在最大的壓力就是沒有發現新的線索，找不到新的資料來源，這直接影響了他的工作進程。他談得比較瑣細，彷彿在跟我們拉家常。看來，他並不是天生的木訥，只要能找到他擅長的話題，他還是很能說的。畢竟，他年輕時曾做過十多年鄉村教師，他後來的寡言少語，肯定還是跟他的人生經歷有關，過度的壓抑讓他變得沉默了。

「《黑暗傳》的那些唱段你都會唱嗎？」整個下午我都在琢磨怎樣讓他開口為我們唱上幾句。

「大部分都會唱，只是我的嗓子太啞了，唱不出那種味道來。」他雖然這麼說，但還是找出其中的一個抄本，為我們即興演唱起來。

「水有源，歌有頭／句句喪歌有根由／歌師得知天根由／請你給我講清楚／要講清，說不完／天地奧妙玄又玄／下至泉壤九重天／問混沌，說黑暗／或問日月怎團圓／才有人苗出世間／玄黃老祖傳混沌／混沌傳盤古／九番洪水三開天／才有日月星光現／……」

他唱得很投入，雖然聲音太弱了，又略顯嘶啞，有些吐字還含混不清，但感覺得出他想儘量唱出歌詞的原汁原味，應該是那種高亢、蒼涼、節奏感極強且極富感染力和韻律美的輝煌之音，而正是這聲音讓我們一下子觸摸到了漢民族最初的記憶！

西陵峽《黑暗傳》的發現、整理及其價值[1]

[臺灣]陳益源

一、《黑暗傳》的背景說明

什麼是《黑暗傳》呢？《黑暗傳》是二十世紀八十年代在大陸湖北新發現的一種民間「喪鼓詞」。這種打「喪鼓」時用的歌本，以演唱天地起源、盤古開天闢地、洪水泡天、人類再造的神話傳說為主要內容，至遲自明清時期起，便已廣泛流傳在鄂西的神農架林區和長江三峽一帶。不過，隨著時代的流轉和社會的變遷，傳聞中長達三萬多行的全本《黑暗傳》已不復可見，僅餘十幾種長短不一的版本，散佚在湖北省西部的山區與江邊。

一九八三年，中國民間文藝研究會湖北分會在搜集神農架民間歌謠時，任職於神農架林區文化館的胡崇峻先生，發現了一部三千多行的民間歌手張忠臣藏抄本《黑暗傳》。這部《黑暗傳》抄本，實際上是《黑暗大盤頭》、《黑暗綱鑑》、《史記綱鑑》等三個不同內容的孝歌的合訂本，經胡崇峻節選五百餘行，作為「長篇歷史神話敘事長詩」，收入《神農架民間歌謠集》[2]，引起各界的矚目。

1 原載《保定師範專科學校學報》二〇〇三年第六期。
2 《神農架民間歌謠集》，胡崇峻擔任責任編輯，一九八三年八月由神農架林區文化館出版。《黑暗傳》（長篇歷史神話敘事長詩，節選），收在頁一九五至二〇六。

一九八六年，胡崇峻、何夥合編《神農架《黑暗傳》多種版本彙編》[3]，進一步披露了「《黑暗傳》歌頭」和「《黑暗傳》原始資料」（八種），以及「《黑暗傳》原始資料附錄」（八種），其中「《黑暗傳》原始資料之七」即張忠臣藏抄本《黑暗傳》中《黑暗大盤頭》的全文，長一千一百多行。這部《神農架〈黑暗傳〉多種版本彙編》雖然只是內部出版資料，但經一九八六年十二月十八日《人民日報》以〈我國漢民族第一部創世紀史詩《黑暗傳》在神農架發現〉為題加以報導之後，學者專家或視之為「漢族長篇創世紀史詩」，或稱之為「漢民族神話史詩」、「廣義神話史詩」，但也有持反對意見者，指《黑暗傳》徒有神話，沒有英雄歷劫征戰，不能稱為史詩，而僅可視作「長篇神話故事民歌」，隨後又有針對此說提出商榷者，一時爭議不斷，討論熱烈，《黑暗傳》的知名度也隨之大幅揚升[4]。

二〇〇二年，長期投入《黑暗傳》搜集工作的胡崇峻先生，不以《神農架〈黑暗傳〉多種版本彙編》為滿足，特意將他十多年來所搜集的十幾份抄本資料和口頭資料三萬餘行，綜合整理，提煉出「五千餘行的精萃資料」，冠以「開場歌」、「歌頭」，殿以「歌尾」，成為一本包含「天地玄黃」、「黑暗混沌」、「日月合明」、「人祖創世」四大部分的新《黑暗傳》，正式在大陸出版[5]，並且很快又由出版社授權臺灣，印行了繁體字本[6]。上述關於《黑暗傳》發現、

3 《神農架〈黑暗傳〉多種版本彙編》，胡崇峻、何夥主編，一九八六年七月由中國民間文藝研究會湖北分會內部發行，頁四七。

4 關於《黑暗傳》與中國「神話史詩」的討論，可以參考以下幾篇文章：劉守華〈鄂西古神話的新發現——神農架歷史敘事長詩《黑暗傳》初評〉（《江漢論壇》一九八四年第十二期，頁四二至四六）、袁珂〈喜讀神農架《黑暗傳》〉（北京《中國文化報》一九八七年二月四日）、鄭樹森〈《黑暗傳》是不是漢族長篇史詩〉（《上海師範大學學報（哲學社會科學版）》一九九〇年第一期，頁一二八至一三八轉頁一二七）、尹筍君〈神農架《黑暗傳》之研究——兼與鄭樹森教授商榷〉（《上海師範大學學報（哲學社會科學版）》一九九二年第四期，頁一二一至一二五）、劉守華《〈黑暗傳〉追蹤》（臺北：《漢學研究》第十九卷第一期（二〇〇一年六月），頁三〇九至三二六）。

5 《黑暗傳》，胡崇峻搜集整理（武漢：長江文藝出版社，二〇〇二年），頁二七五。前有劉守華教授二〇〇一年新序，後有袁珂〈喜讀神農架《黑暗傳》〉和王海峰、周彬慧等〈從《黑暗傳》看神農架的文化位置〉（原載於《華中師範大學學報》一九九〇年第六期，頁三九至四六）兩篇文章做附錄，以及胡崇峻本人的《後記》。

6 《黑暗傳》，胡崇峻搜集整理（臺北：雲龍出版社，二〇〇二年），頁二六四。增附陳益源〈導言：高行健與《黑暗傳》〉、劉守華〈《黑暗傳》追蹤〉。

整理、出版的背景說明，無一不和神農架林區文化館胡崇峻先生有關。不過，《黑暗傳》的流傳既然不限於神農架，歷來收藏、發現、整理《黑暗傳》者又不只胡崇峻一人」[7]，那麼，尋找神農架地區以外的《黑暗傳》傳本，探索它們的發現、整理及其價值，乃是我們有心全面認識《黑暗傳》不可或缺的過程。

本文選擇西陵峽《黑暗傳》作為研究的對象，正是基於這樣的考量。

二、西陵峽《黑暗傳》的發現

所謂西陵峽《黑暗傳》，是專指世居在湖北省宜昌縣小溪塔鎮神坪村的民間藝人劉定鄉的家傳抄本《黑暗傳》。神坪村，位於長江西陵峽口南津關北岸兩二公里處；劉定鄉先生，男，一九三二年四月三日生，漢族人。據劉定鄉自述，他手中的《黑暗傳》歌本，是他祖父劉國才在清末光緒年間抄錄下來的：

> 我的祖父劉國才是個民間藝人，會坐夜打喪歌，唱孝歌。他手抄有不少唱本，還買了一套鑼鼓家業，都傳到了我們。解放初期反「封建文化」，大躍進搬家，文化革命「掃四舊」，祖父的那些東西大都散失了，中間倖存的又被燒了。我認為講歷史，唱孝道，不會錯的。只是那時管得嚴，沒有人唱。一九七九年後，慢慢管得鬆了，為亡人唱喪鼓的風氣又興起了。我就把《黑暗傳》傳出讓人們做喪鼓詞。我也會唱喪鼓調，但記不全，只能照著本子

[7] 例如在宜昌市從事新聞工作的彭宗衛先生，一九九二年於任職保康縣文化館期間，在百峰鄉搜集到「一本保存完好的清朝光緒元年的手抄本」，二千餘行的《黑暗傳》，詳參彭宗衛〈我收集和見證的神話長詩《黑暗傳》〉，載於《今日湖北》二〇〇一年第七期，頁三二至三三。

連說帶唱，讓青年人聽，成了民間藝人。[8]

一九九八年九月，劉定鄉以民間藝人的身份應邀參加宜昌縣文代會，成為宜昌縣民間藝術家協會會員，在開會期間，他把《黑暗傳》唱給縣文聯主席、作家黃世堂聽。黃世堂先生肯定《黑暗傳》是個寶，並就劉定鄉提供的複印本加以整理評注，在縣文聯主辦的文學刊物《新三峽》一九九九年第四期上全文發表[9]，這是西陵峽《黑暗傳》首度公諸於世。之後，二〇〇〇年一月十二日，《湖北日報》記者覃萬鍾訪問劉守華教授，做出了〈三峽地區發現《黑暗傳》手抄本〉的報導，說：「與以前的抄本相比，最近發現的這個本子結構完整，但內容比較單純，神奇色彩淡化，增強了歷史性、知識性和文學性。」[10]

筆者把劉教授提供的西陵峽《黑暗傳》抄本影本，拿來跟一九八六年胡崇峻、何夥合編的《神農架〈黑暗傳〉多種版本彙編》進行比較，也證實這個新版本確實具有比較強的文學性、知識性與歷史性。按西陵峽《黑暗傳》抄本，存七頁，每頁十行，每行四句，每句以七言為主（偶有三言、四言或八言的句式），全傳約三千六百字，篇幅並不長。它的內容大概可區分為三部分：第一部分，從黑暗混沌之際，二龍相爭於靈山講起，主要講述昊天聖母的事蹟，說她吞下三顆黃龍蛋，生了三位龍太子，母子走出西彌洞，遊觀靈山諸景，描寫細膩，中間言及日月二神孫開與唐末藏身丹桂店的稀見說法；第二部分，以盤古開天闢地為重心，歷數天地、日月、星宿、風雲等天文地理知識；第三部分，從三皇一路講到五帝的歷史發展，有巢氏樹上搭架、燧人氏鑽木取火、伏羲畫八卦、女媧補天庭、神農嘗百草、黃帝戰蚩尤等神話

8 引自劉定鄉，《三峽〈黑暗傳〉承傳人劉定鄉自傳》（打印稿，未刊），一九九九年十二月二十四日。
9 《黑暗傳》，劉定鄉傳承，黃世堂整理評注，宜昌：《新三峽》一九九九年第四期，頁四至八。
10 二〇〇〇年一月十三日，《楚天都市報》又有覃萬鍾〈西陵峽口發現手抄《黑暗傳》〉的報導，內容跟一月十二日《湖北日報》所載，大同小異。

傳說，依序穿插其間，最後以堯舜禪讓、大禹治水作結。跟流傳在神農架林區周圍的別本《黑暗傳》比較起來，西陵峽《黑暗傳》的第一部分，和《神農架〈黑暗傳〉多種版本彙編》原始資料之五——新華鄉黃承彥所藏清光緒十四年李德樊抄本的第一小節最為相似，又和《彙編》原始資料之四——秭歸縣青灘鄉人熊映橋所藏抄本有少許雷同；除此之外，西陵峽《黑暗傳》絕大部分的唱詞都是神農架多種《黑暗傳》所沒有的。再者，西陵峽《黑暗傳》在開頭、結尾以及每個細節的轉換處，都有質樸生動的鑼鼓唱師盤歌套語（如「鼓打三震把歌敘，別的閒言丟開去。黑暗傳上唱幾句，從頭一二往前題」、「提起丹桂根由事，我有一事說分明。此處有件稀奇事，慢慢打鼓敘寒溫」、「歌不安本人不怕，仁臺莫要打枝椏，聽我來唱根由話」、「非是學生扯的謊，唱得不全請原諒」、……「歌師傅，老先生，《黑暗傳》唱完成，不周不全莫談論」等等），靈活運用，有效地彰顯了它作為歌本的說唱本質。

新發現的西陵峽《黑暗傳》，篇幅固然不長，但整體看來，它的內容仍是頗具自已鮮明特色的。

三、西陵峽《黑暗傳》的整理

被專家譽為「增強了歷史性、知識性和文學性」的西陵峽《黑暗傳》，多虧傳承人劉定鄉先生的用心保存與無私奉獻，廣大讀者才有機會在一九九九年第四期的《新三峽》雜誌上一睹它的風采。不過遺憾的是，由黃世堂先生整理評注的這個排印本，卻有所缺漏，又存在頗多錯字和妄改之處，並不能十分忠實地反映出西陵峽《黑暗傳》歌本的盧山真面目。

其明顯缺漏者，例如它在昊天聖母靈山觀景「雪花洞中走過去，臘梅花開又一春」句下，直接就接上「鼓打三陣把歌論，再唱盤古來出世」，而漏掉了一段重要的原文：

若問此書何人作，問起此書那雷根？楚國有個山金山，金山有個周天官。萬里叫他去和番，一去和番三千載。遊過崑崙十八春。回帶三卷真佛書，故此作下古書文。混沌初開，盤古出世，歌不安本人不怕。仁臺莫要打枝椏，聽我來唱根由話。別的事情我不敘，就講天地來出世，聽我從頭說幾句。子丑二會生天地，到了戌亥天地死。子丑寅卯，辰巳午未，申酉戌亥。卻是一小會為初會，一萬八千年，十二會，共計二十萬一千六百年。天地生死為一轉，日月相轉一周全。[11]

這段原文在唱師盤歌套語之前，言及楚國金山周天官作《黑暗傳》的傳說，是別的《黑暗傳》版本所沒有的說法；盤歌套語之後，講起了「天地來出世」，倒是有來歷可查的[12]。

至於它與原文不相符的錯字、妄改者亦多，茲但舉二處為例。

例一，黃世堂評注本在燧人氏鑽木取火一節是這樣寫的：

一翻不了又一翻，燧人取火談一談。說起鑽木取火事，聽我從頭來唱起。四季火各異木，圖的大吉又大利。春取榆柳木之火，夏取棗杏木之火，秋取柞柚木之火，冬取槐檀木之火，季季改火不差錯。[13]

---

11 此段引文，「帶」原作「代」，「的」原作「裏」，「就講天地來出世」原作「就講日月來出世」，詳參本文附錄「西陵峽《黑暗傳》全文校錄」的校記。

12 《盤古至唐虞傳》開卷便講：「話說自有天地以來，到得天地混沌時，叫做一元。一元有十二會，一會共有一萬八千年。十二會，即子丑寅卯，辰巳午未，申酉戌亥，十二個時辰是也。子會生天，丑會生地，寅會生人。至戌會，天地之氣漸漸消耗，人物漸閉，故不生而消滅。至亥會，則消天而消地，卻不是混沌了。到亥末交子會，則又生出天來，而循環無窮矣。……」（上海古籍出版社《古本小說集》影明書林余季嶽刊本），頁一至二。

13 引自劉定鄉傳承、黃世堂整理評注《黑暗傳》，宜昌：《新三峽》一九九九年第四期，頁七。

今核對劉定鄉家傳抄本，引文中的「說起」原作「說其」，「四季火各異木，圖的大吉又大利」二句原無，「棗杏」原作「桑柘」，「柞柚」乃「柞楢」之誤，「季季改火」則原作「四樣木色」，易動幅度不可謂不大。雖然黃世堂評注本把「夏取桑柘木之火」改成「夏取棗杏木之火」並非毫無根據[14]，但仍應以尊重原書為宜[15]。

例二，黃世堂評注本在軒轅斬蚩尤一節說黃帝軒轅氏：

排下一個握機陣，捉住蚩尤一個人。他把蚩尤來捉到，一刀兩斷就斬了，頸項鮮血往上冒。頸項鮮血從頭起，招來鹽販熬成汁，後人將地叫鹽池，熬出鹽來傳後世。[16]

經持與劉定鄉家傳抄本互相對照，引文中的「捉到」原作「捉倒」，「冒」原作「茂」（音近而訛），「招來鹽販熬成汁」原作「招鹽板，成鹹汁」，「將地叫鹽池」原作「將來作鹽池」，改動的地方也不算少。其中，抄本「招鹽板，成鹹汁」一句的「招」字乃是「結」字的筆誤，黃世堂評注本不察，卻將之臆改為「招來鹽販熬成汁」，使得神話世界中赫然出現了後世才有的商業買賣行為，此處妄改，弄巧成拙，蚩尤血化作山西解州鹽的神話傳說因而走樣[17]。

14 《盤古至唐虞傳》上卷提到燧人氏：「教民鑽木燧以取火，果然學那鳥啄木樣，向燧上一鑽，火光並出。這五木，是榆柳、棗杏、桑柘、柞楢、槐檀之樣木。榆柳，木之青者，故春取之；棗杏赤，故夏取之；桑柘黃，故季夏取之；柞楢白，故秋取之；槐檀黑，故冬取之；順四時也。」（上海古籍出版社《古本小說集成》影明書林余季嶽刊本），頁四四至四五。

15 別本《黑暗傳》另見不同唱法：「春楊夏柘來取火，秋杏冬檀取火星。」（《神農架〈黑暗傳〉多種版本彙編》原始資料之四（武漢：中國民間文藝研究會湖北分會，一九八六年），頁六四，此處西陵峽《黑暗傳》原抄本既已改五木為四木。自然得在桑柘、棗杏之間擇其一，所以實在沒有必要硬把「夏取桑柘木之火」改成「夏取棗杏木之火」。）

16 引自劉定鄉傳承、黃世堂整理評注《黑暗傳》，宜昌：《新三峽》一九九九年第四期，頁七。

17 蚩尤血化作山西解州鹽的神話傳說，較早見於宋人沈括《夢溪筆談》卷三：「解州鹽澤，方百二十里。久雨，四川之水，悉注其中，未嘗溢；大旱，未嘗涸。鹵色正赤，在版泉之下，俚俗謂之蚩尤血。」（引自袁珂、周明編《中國神話資料萃編》（四川省學院出版社，一九八五年），頁據粗略統計，西陵峽《黑暗傳》抄本全傳不過才五百多句，但《新三峽》排印本的缺漏、錯字和妄改，竟然超過一百五十處之多，嚴重失真，遮蔽了它原有的風采，簡直令人不忍卒讀。

實際上，西陵峽《黑暗傳》抄本雖然抄寫水準不高，但如果仔細辨認，加上懂得利用其他《黑暗傳》版本，以及明代小說《盤古至唐虞傳》來協助校勘的話，絕對可以整理出一個更好的讀本。

神農架《黑暗傳》多種版本有助於西陵峽《黑暗傳》抄本的整理，這點容易理解；不過，何以能篤定地說明代小說《盤古至唐虞傳》可以協助校勘西陵峽《黑暗傳》呢？其實這是得諸劉守華教授重要的發現：

> 此書共七回，分上下兩卷，從「盤古氏開天闢地，定日月星辰風雨」開始，敘述到舜帝南巡，崩於蒼梧之野結束。中間按三皇（天皇、地皇、人皇）、五帝（伏羲、神農、黃帝、堯、舜）系統敘說中華文明的肇始，穿插著女媧煉天、神農嘗百草、黃帝戰蚩尤、顓頊捉鬼、堯舜禪讓帝位等神話傳說。將《黑暗傳》抄本和這部小說相對照，立刻發現了一系列相同之處。且不說三皇五帝這個大的歷史序列相吻合，還有好些出自想像虛構的生動情節乃至細節渲染也驚人地相似。[18]

劉教授在拿西陵峽《黑暗傳》與《盤古至唐虞傳》相比較時，曾為我們指出關於盤古開天闢地、黃帝戰蚩尤和日月風雨生成，歌本和小說血肉相連的三個明顯例證。現在，我們還可以再進一步舉出關於天地出世、日月出世、五黃出世、燧

五六至五七）明代小說《盤古至唐虞傳》下卷亦載：「只見殺蚩尤時，頸血一帶，沖天而起，飛向解州地方一大池內，其池周旋有八十里寬，蚩尤之血落在其中，便將池水化而成鹵。自後到六月炎熱時候，池上結成鹽版，今解州鹽池是也。」（上海古籍出版社《古本小說集成》影明書林余季嶽刊本），頁九六。

18 語見劉守華〈《黑暗傳》追蹤〉，臺北：《漢學研究》第十九卷第一期（二〇〇一年六月），頁三一七。

人取火等多處，小說和歌本之間同樣若合符節，可供參校之用。例如關於日月出世一段節，西陵峽《黑暗傳》抄本寫道：

> 盤古曉得是太陽，幾斧劈開響叮噹，現出紅日高萬丈。日光□□在中央，出在東方扶桑國，落在西方紅柳鄉。

抄本模糊的兩個字，黃世堂評注本誤認作「照得」，實當以《盤古至唐虞傳》小說所載「日中有天子宮殿，日光『菩薩』住在其中」[19]中的「菩薩」為是；又抄本「紅柳」二字，亦可據《盤古至唐虞傳》小說云「日出於扶桑，入於『細柳』」[20]加以訂正。

有關《盤古至唐虞傳》小說在整理校勘西陵峽《黑暗傳》抄本上的作用，請詳參本文所附「西陵峽《黑暗傳》全文校錄」的校記，此處就不再贅言了。

四、西陵峽《黑暗傳》的價值

由於我們在整理校勘西陵峽《黑暗傳》時，留意到這個歌本不僅跟若干版本的《黑暗傳》一脈相承，十分特殊的是，它又跟明代演義小說《盤古至唐虞傳》息息相關，這是判斷《黑暗傳》成立年代的一項有力證據。

在《神農架民間歌謠集》裏有一首〈四遊八傳神仙歌〉，說四遊是《東遊》、《西遊》、《南遊》、《北遊》，八傳是《黑暗傳》、《封神傳》、《雙鳳奇緣》、《火龍傳》、《說唐傳》、《飛龍傳》、《精忠傳》、《英烈

19 上海古籍出版社，《古本小說集成》影明書林余季嶽刊本，頁八。
20 上海古籍出版社，《古本小說集成》影明書林余季嶽刊本，頁九。

傳》[21]，其中描寫「盤古開砍無人煙」的《黑暗傳》，跟大批明代成書的通俗演義與神怪小說並列，說明《黑暗傳》歌本的前身，極可能正是一部同名為《黑暗傳》的明代演義小說，「以產生於明代的可能性最大」[22]；而在神農架最早被發現的張忠臣藏抄本《黑暗傳》，其中講唱三卷故事的《黑暗大盤頭》，在唱到第三卷故事時曾說：

> 高辛在位七十載，頓丘山上葬其身。
> 至今大明清平縣，還有遺蹟看得清。[23]

這應該也是過去《黑暗傳》被判定「產生於明代」[24]的重要根據。

現在，西陵峽《黑暗傳》歌本經證實跟明代演義小說《盤古至唐虞傳》，無論大的歷史序列，或者小的細節渲染，都有驚人的吻合之處，那麼《黑暗傳》的成立絕不可能早於明代，這是可以確信的了。明乎此，則漢族《黑暗傳》歌本與中國「神話史詩」的關係，也可以重新找到一個討論的焦點，這個焦點，劉守華教授掌握得最是精準，他說：

> 《黑暗傳》和兄弟民族的神話史詩的主要相異之處，是它有文人直接和間接參與創作，從漢族深厚的書面史傳文化（包括神話歷史小說）中間吸取了滋養，歷史序列和正史相一致，神話歷史化色彩較為濃重。
>
> 它是一種次生態而非原生態文本。這一鮮明特徵既表現出它的優越性，也有它的局限性。因而把它作為「廣

---

21 〈四遊八傳神仙歌〉，載於《神農架民間歌謠集》（神農架林區文化館，一九八三年），頁一八一至一八二。

22 語見劉守華，〈鄂西古神話的新發現—神農架歷史敘事長詩《黑暗傳》初評〉，《江漢論壇》一九八四年第十二期，頁四二。

23 胡崇峻、何夥主編，《神農架〈黑暗傳〉多種版本彙編》原始資料之七（武漢：中國民間文藝研究會湖北分會（內部發行），一九八六年），頁一二六至一二七。

24 語見《湖北省民間敘事長詩・唱本總目提要・第一集》（內部發行）之《黑暗傳》提要（中國民間文藝研究會湖北分會編，一九八六年），頁五。

義神話史詩」而不是典範的神話史詩來看更切合實際。[25]

此外，藉由西陵峽《黑暗傳》歌本與明代小說《盤古至唐虞傳》的比較，我們也再一次驗證書面文學與口傳文學的水乳交融，這對明清小說的影響、研究與民間文學的變異探索，都是彌足珍貴的重要案例。[26]

當然，西陵峽《黑暗傳》歌本更加重要的價值，還是在於它的那塊土地、那個民俗傳統的不可分離，長期孕育出來的一種文化內涵，因此莊孔韶先生十分肯定地說：

> 三峽民間盛行「喊山歌」，田間勞作與唱民歌，樂器多用「響器」，叫「打鑼鼓」，有「薅草鑼鼓」、「栽秧鑼鼓」等。故明人有謂：不問男女，不問老幼良賤，人人習之，其譜不知從何而來，真可駭歎。三峽作為「無時不歌，無事不歌，無處不歌」的歌鄉，民間音樂、歌舞文化尤為發達。與山音樂體系及所謂「漢族」創世史詩《黑暗傳》的發現，已向世人昭示了「大三峽文化」的無窮魅力。[27]

劉定鄉先生的「傳家寶」——西陵峽《黑暗傳》歌本，即使篇幅不長，又沒有出現像神農架《黑暗傳》特有的江沽造水神話題材，和漢族的伏羲、女媧兄妹成婚故事情節，但它那富有文學性、知識性與歷史性的文化特徵，依舊使得它能在鄂西《黑暗傳》群中獨樹一格，一同在民間文學、藝術的園地裏透顯出璀璨的光芒。

---

25 語見《湖北省民間敘事長詩・唱本總目提要・第一集》（內部發行）之《黑暗傳》提要（中國民間文藝研究會湖北分會編，一九八六年），頁五。

26 值得注意的是，《黑暗傳》歌本又影響了當代文學的創作，二〇〇〇年諾貝爾文學獎得主高行健的劇本《野人》、小說《靈山》，就都曾受惠於《黑暗傳》的發現，詳參見臺灣版《黑暗傳》陳益源〈導言：高行健與〈黑暗傳〉〉（臺北：雲龍出版社，二〇〇二年），頁一三至三六。

27 語見莊孔韶，〈長江三峽民族民俗文物保護及其實踐——兼談人類學、民族學之角色呈現〉，北京：《中央民族大學學報（社會科學版）》一九九九年第五期，頁一三一。

論《黑暗傳》的口承敘事文化現象
——以八種傳抄本為主要探討對象[1]

[臺灣]陳嘉琪

一、《黑暗傳》的價值與定位

《黑暗傳》是一部保存著漢族的神話與歷史，傳唱於喪葬儀式的民間敘事長詩，大致流傳於湖北省神農架林區附近，也就是古鄂西一帶。這一部敘事長詩的流傳，是在一九八〇年代大陸田野採錄風氣盛行的時期，由地方文化工作者採錄下來的。最先輯錄於《神農架民間歌謠集》[1]之中，而後受到學界的關注，採錄者胡崇峻先生通過陸續搜集，整理了其他的流傳唱本，集結為《神農架〈黑暗傳〉多種版本彙編》。《彙編》刊錄了八種目前仍然傳唱於口頭的抄本資料，其中篇幅最長的抄本達一千一百餘行[2]。

1 原載《民俗研究》二〇〇六年第四期。《黑暗傳》第一個節錄本，首見於一九八三年由胡崇峻採集，神農架林區文化館所出版的《神農架民間歌謠集》。其中有關《黑暗傳》的內容乃節選自神農架敬老院歌手張忠臣的藏抄本。其抄本原文長達一千一百餘行，但歌謠集僅節錄部分片段，原標題為《黑暗傳大盤頭》。

2 《神農架〈黑暗傳〉多種版本彙編》於一九八六年由中國民間文藝研究會湖北分會編印，但其發行屬內部資料，流通有限。自一九八〇年代學界開始關注《黑暗傳》流傳，往後至少長達十餘年的時間，胡崇峻先生繼續致力於搜集《黑暗傳》的流傳，曾在神農架周遭的保康、興山、秭歸、房縣等古鄂西一發現類似的傳唱內容。然而，關於《黑暗傳》所流傳問世的版本，從來沒有一部完整的全傳本，所搜集到的大都是寫於清代至民國間的殘缺抄本。至於臺北雲龍出版社於二〇〇二年所出版的五千餘行《黑暗傳》內容，乃是胡崇峻先生以七份手抄本，以及十幾位歌手的口述文本為基礎，所接拼完成的新文本。然而這種透過編輯者的意志所輯錄的完整版本，對讀者或許是一個美意；但是對於研究者而言，反而會因此

這一部保存於喪葬儀式的民間敘事長詩，以七言的詩句形式[3]為主，內容包含著漢族的神話、傳說與歷史。綜觀全詩，從天地混沌、黑暗不明，而到盤古開天、女媧造人，一直到三皇五帝。其行文唱述，不論句式的工整、用詞的雅致，或者是別出的神話、歷史典故，都令人相信經過文人的加工與潤飾。但是不可否認，這樣的神話傳說與歷史內容，確實以口頭的方式在當地流傳，而且和百姓所重視的喪葬儀典有著密切的結合。同時，長詩如同其他地區所流傳的民歌問答形式，透過對於天地起源的種種疑問，突顯出《黑暗傳》所擁有的民間色彩，而脫離了知識典籍的書面意涵。

於此，我們可以進一步追問的是，應該對於《黑暗傳》的流傳賦予什麼樣的定位與價值判斷？以其形式及傳唱的場合觀之，《黑暗傳》當然是一部民間敘事長詩及孝歌。但這是《黑暗傳》所僅有的價值與定位嗎？對此，劉守華先生站在民間文學史及神話學的角度，率先將《黑暗傳》的流傳定位於「漢民族的神話史詩」。劉守華先生以其他少數民族的創世史詩作為輔證，認為：「它表明了在漢族地區也有神話史詩一類作品在民間口頭流傳。五十年代以來在我國南方許多少數民族地區，發掘出一系列神話史詩（或稱創世史詩、原始性史詩）。如苗族的《金銀歌》、《古楓歌》和《洪水滔天》，瑤族的《密洛陀》，彝族的《梅葛》，彝族阿細人的《阿細的先基》，納西族的《創世紀》，白族的《開天闢地》……過去人們以為在漢族地區，已經沒有遠古神話，更沒有神話史詩在民間口頭流傳。神農架《黑暗傳》的發現便填補了這一空白。」[4]

然而，「史詩」一詞的徵引，確實引起學界的諸多爭議，如鄭樹森先生即以《黑暗傳》的內容沒有英雄歷劫的征戰，而認為《黑暗傳》「不能稱為史詩，而僅可視作長篇神話故事民歌」[5]。這當中的爭議，主要是源自於對「史詩」

而喪失原始資料的保存意義與研究價值。因此，本文對於《黑暗傳》的內文討論，將暫且擱置胡崇峻先生最新編整出版的採錄資料，而以早期所搜集的八種手抄資料本，作為本文主要的探討對象。

3 《黑暗傳》的內容多以七言詩句的形式呈現，但有些地方為了配合孝歌曲調的板式，因此穿插著四言、六言、八言……不等的句式。

4 劉守華，〈鄂西古神話的新發現——神農架歷史敘事長詩〈黑暗傳〉初評〉，《江漢論壇》一九八四年第十二期。

5 鄭樹森，〈《黑暗傳》是不是漢族長篇史詩〉，轉引自劉守華《〈黑暗傳〉追蹤》，《漢學研究》第十九卷第期（二〇〇一年）。

概念的理解不一。「史詩」一詞的概念原本來自於西方，專指荷馬（Homeros）時代的《尹利亞特》（*Iliad*）與《奧德賽》（*Odyssey*）這兩部希臘征戰的英雄故事。然而，如同「神話」一詞本源自西方的困擾一般，面對中國神話原典的殘破與零散，外國學者也一度認為中國是沒有神話的[6]。於此來看，中國的史詩範疇確實也有著相類似的困擾。袁珂先生即藉鑑於中國神話研究的前車之鑑，對於神話史詩的爭議以廣、狹義持平之，並進一步深刻地指出了《黑暗傳》在中國神話研究上的價值與地位，認為「說《黑暗傳》是漢民族的神話史詩也不錯，不過毋寧說它是廣義的神話史詩更為妥切。廣義神話史詩，還是應該列入神話研究考察範圍。我看這當中有古老的風格獨特的民間傳說，也有農村知識份子（三家村學究）根據古籍記載串聯而成的藝術加工，這是兩者結合體。但也極為珍貴，貴在數百年前就有人將神話、傳說、歷史聯為一氣，做了初步的鎔鑄整理」[7]。袁珂先生精闢地指出了《黑暗傳》的研究價值，應放置在神話流傳變異的角度來看。

無可諱言，《黑暗傳》所流傳的神話與歷史，乃源自於知識份子對民間的介入與影響，已不屬於原出於民間的「原生態神話」，而是一種「次生態」、「再生態」的神話傳播[8]。然而，作為一種非原生態的神話流傳，我們更應該進一步探究這種變異性神話的傳播特點及其文化內涵。

6 白川靜先生認為，世界各民族神話一般都是以空間性橫面的結合為組織形態，日本神話是以時間性縱向的結合為組織形態，而中國神話不屬於這兩者，所以稱為「第三類神話」。詳見白川靜，王孝廉譯，《中國神話》（臺北：長安出版社，一九八三年），頁一至二。

7 此段文字是一九八四年袁珂先生寄予劉守華先生的書信內容，收錄於劉守華《〈黑暗傳〉追蹤》，頁三二二。

8 蕭兵先生以歷時性、時態性的縱向角度，將神話的傳播內容區分為四大區塊：一、原生態神話：典型的神話內容（原始神話）。二、次生態神話：集體／口傳的非原始神話。三、再生態神話：改作神話、擬作神話。四、新生態神話：近世孳生的準神話。蕭兵，《神話學引論》（臺北：文津出版社有限公司，二〇〇一年），頁九二。

二、《黑暗傳》傳說圈的民俗地理背景

《黑暗傳》的主要流傳地「神農架」位於今日湖北省房縣及興山縣一帶，屬古代楚文化的發源地[9]。因其地勢高峻、人口稀少，並保有一大片原始林區，所以該地流傳著許多令人望而生懼的傳說，例如野人擄婦人生子的傳言或者是九頭鳥食人子，在當地都是非常的有名。九頭鳥又名「專攝人魂」的鬼鳥，於古代民間曾有流傳並多見於古籍的記載[10]。至今，神農架還流傳著關於九頭鳥的傳說：「聽老人們說，九頭鳥曾在神農架叼走過小孩。九頭鳥有一個弱點，既怕火又怕燈光，常在天陰、黃昏或夜晚外出活動。至今，神農架山民晚上習慣生火或點燈，就是為了防九頭鳥騷擾。」[11]從九頭鳥的例子我們可以發現，「神農架」或因其林區原始、人口稀少的地理特點，確實有著保存古籍中神話、傳說的現象。

關於「神農架」此一地名並不見諸古籍方志的記載，其地名起源於何時已不得而知，但相傳神農架是因炎帝神農氏曾在此搭架採藥，開創農業而得名，而該地正是炎帝神農氏三大遺址傳說圈的其中之一[12]。而有關神農架由來的傳說，於一九八〇年代，曾在當地採錄到一位九十歲高齡的盲人所講述的內容：

9 《史記・本紀第六》正義引《括地志》云：「房陵即今房州房陵縣，古楚漢中郡地也。是巴蜀之境。」楊家駱，《新校本史記三家注》（臺北：鼎文書局，一九七八年），頁二九九。

10 於《玄中記》或者是段成式《酉陽雜俎・羽篇》、周密《齊東野語・卷十九・鬼車鳥》中多有相關記載。

11 參見馬昌儀，《中國靈魂信仰》（臺北：漢忠文化事業股份有限公司，一九九六年），頁一六〇。

12 其餘兩處乃為湖北隨州厲山與湖南酃縣，詳見鍾宗憲，《炎帝神農信仰》（北京：學苑出版社，一九九四年），頁一〇三。

上古時代，蒼天降下了一場大瘟疫。一夜之間，人畜死亡過半，原本熙和安樂的南土哀聲不絕……受到上蒼的啟迪，炎帝帶著徒弟炎妊、炎生奔向荒無人煙的崇山峻嶺，遍嘗百草，一日而遇七十毒，尋找良藥不得，絕望中忽見遠山絕頂粲然閃現一株神藥，於是他們砍樹截枝，搭起三十六架天梯，足足爬了十二個時辰，終登崖頂，採得寶藥，救活了南土百姓。後來，搭架的樹木落地生根，吐枝發葉，長成了一片茂密的原始森林。[13]

若配合上述傳說，則能證成《黑暗傳》中的「山林」，正意指著「神農架」，進而與「神農架的由來」共同形成一種風物傳說內容的延伸：

當時天下瘟疫廣，村村戶戶死無人，神農治病嘗百草，勞心費力進山林。神農嘗草遇毒藥，腹中疼痛不安寧，急速嘗服解毒藥，識破七十二毒神。……神農採回救黎民，毒神逃進深山林。[14]

雖然神農嘗百草僅屬《黑暗傳》中的部分內容，且不屬於混沌創世的核心講述，但神農傳說與神農架的依存關係，卻加深了《黑暗傳》能夠持續在當地廣為流傳的重要因素。關於這一點，烏丙安先生曾有進一步的論述：「風物傳說和它的實物標誌之間的血肉聯繫便成為十分重要的因素。風物傳說藝術構思的最具體的依據，正是那些作為『可信物』的實物標誌，這是風物傳說和其他任何種類的傳說的根本區別點。這種區別決定了風物傳說的講述與傳播總是圍繞著『可信物』這個特定的中心進行的。」[15]在這個基礎點上，烏丙安先生所進一步論述的，正是這樣的風物傳說如何藉由「可

13 曾凡華、李德祿，《神農架之野》（北京：解放軍文藝出版社，一九九二年），頁四至五。
14 《黑暗傳》第一個節錄本，首見於一九八三年由胡崇峻採集，神農架林區文化館所出版（一九八六年），頁一一三。
15 烏丙安，〈論中國風物傳說圈〉，《民間文學論壇》一九八五年二月，頁一三。

信物」與當地的習俗信仰相結合，透過儀式行為及信仰的力量，維持當地居民對此一傳說的深信，進而擴大傳播範圍，形成了「人文特徵很強的民族傳說圈」[16]。

我們若由上述「風物傳說」的觀點，進而來看《黑暗傳》流傳的問題，相信是可以得到新的啟發。首先，這樣的觀點為我們提供了一個可能的解答，解釋了講述漢民族的神話、傳說與歷史的內容為何主要流傳於「神農架」一帶？於今，我們確實無從得知，這一大部創世史詩是否也曾經在別的地方廣泛流傳過？但風物傳說圈的觀點卻提供給我們一個可能性：或許正是「神農架」這一塊地域，透過神農傳說與神農架的互依性，進而也連帶將《黑暗傳》的內容保存在民俗信仰中，而使「神農架」逐漸成為了《黑暗傳》的傳說圈。

另外，從文化地域背景的角度來考慮，我們可以發現《黑暗傳》的流傳地帶，不僅是古代楚文化的發源地，同時也歸屬於房陵文化圈的涵蓋範圍下。位處鄂西北的房縣，或因其地理位置的特殊，在地域文化上乃逐漸擬構出神農文化、巴山文化、《詩經》文化和流放文化，進而擴散形成一種文化圈的分布[17]。另外值得注意的是，含括神農架一帶，位處鄂西北的房陵文化圈，於今還保存著一種活躍的民歌唱和風俗。關於這樣的風俗於清朝的《同治房縣誌》中就有相關記載：

> 房渚多山林，少原隰，厥民刀耕火種，厥性剛烈躁急……故俗至今，多獵山伐木，有賓渝風，厥聲近秦，厥歌好楚……立春……農夫擊社鼓，鳴大鑼，唱秧歌數闋。[18]

16 烏丙安先生進而補充：「值得注意的是因民族信仰而構成的風物傳說圈往往與民族的民俗活動及其範圍相互聯繫，使風物傳說呈現出十分具有生命力的活潑狀態，迅速向更廣遠的區域傳播，形成了人文特徵很強的民族傳說圈。」同前注，頁一六。

17 詳見傅廣典，〈論房陵文化的構成、價值及其圈層〉，《民間文化論壇》二〇〇五年第一期。

18 （清）楊廷烈編修《同治房縣忠》（清同治四年刻本影印），收錄於江蘇古籍出版社編輯：《中國地方忠集成．湖北府縣誌輯》（南京：江蘇古籍出版社，二〇〇一年），頁五三六至五三八。

縣誌中所記載的「農夫擊社鼓，鳴大鑼，唱秧歌數闋」，正是一種古老的田歌形式，又稱之為「山鑼鼓」或「薅草鑼鼓」。這種田歌演唱的進行，對於大面積的田間勞動而言，其實具備著消除勞動者的疲勞、以增加生產效率的民俗功能。於五六十年代，這樣的風俗在神農架地區依舊十分盛行，當地還將這批唱田歌以助生產的人稱之為「唐將班子」，認為該風俗起源於唐朝薛剛反唐屯兵於神農架大九湖時，動員部下集體開荒種地時所形成[19]。直到近年，因政策導致田地分散承包，迫使當地居民改變了以往的生產方式，才使得這樣的風俗沒落。由此我們可以發現，薅草鑼鼓的農耕民俗正是保存田歌流傳的關鍵因素。這使我們相信，神農架地區能夠保存《黑暗傳》的流傳，或許正是和當地古老民俗的生活維持，有著密切的關聯性。

於今我們還可以觀察得到，於鄂西、武當山一帶，至今仍保存著「伍家溝」故事村與「呂家河」民歌村，其民歌、故事的唱述之風在當地依舊十分盛行[20]。興盛的民歌唱和風氣，往往和民眾日常生產、生活的習俗有著密切的結合，進而融入於百姓的生活。辦喜事、過年時有唱花名及情歌之屬的陽歌，辦喪事有唱古人古事、歷史演義之屬的陰歌。

以此反觀神農架地區，故事與民歌的流傳風氣也是十分盛行。除了《黑暗傳》以外，在神農架還流傳著「四遊」與「八傳」的故事。其中有一首〈四遊八傳神仙歌〉即介紹著這十二部敘事長詩的內容及梗概：

> 第一傳，《黑暗傳》，盤古開砍無人煙；第二傳，《封神傳》，姜子牙釣魚在渭水邊，春秋列國不上算；《雙風奇緣》第三傳，說的昭君去和番；第四傳，《火龍傳》，伍子胥領兵過昭關；第五傳《說唐傳》，秦瓊保

---

19 曾凡華、李德祿，《神農架之野》，頁二四八。

20 以呂家河為例，全村共有一百八十二戶人家，在七百四十九人中會唱兩小時以上民歌的即高達八十五人。村裏著名的四位歌師，每人都能唱上千首民歌。而像大部頭的敘事長詩，如〈梁山伯與祝英臺〉、〈楊吉蓮探監〉……等，呂家河就流傳有十幾部。詳見於劉守華，〈武當山下民村歌〉，〈民俗研究〉二〇〇〇年三期。

駕臨潼山；第六傳，《飛龍傳》，存孝領兵定江山；第七傳，《精忠傳》，大鵬金翅鳥臨了兒；第八傳，《英烈傳》，朱洪武登基往後轉。

這八傳數出頭，車轉身來說四遊。第一遊，是《東遊》，王母娘娘把行修，張果老騎驢橋上走……第二遊，是《南遊》，觀音老母把行修……第三遊，是《西遊》，唐僧取經多辛苦……第四遊，是《北遊》，祖師老爺把行修。[21]

整體說來，這十二部民間敘事長詩的內容，雖然都屬於古人古事、歷史演義之屬的陰歌，也都適於喪葬儀式中的演唱。[22]但在喪葬儀式的場合上，就屬《黑暗傳》的演唱最為重要，演唱禁忌也特別多，而傳唱者的身份也最為德高望重。關於這一點，從小生長於神農架，也是《黑暗傳》的主要搜集人，胡崇峻先生說：

> 筆者通過調查發現，唱《黑暗傳》也有一條俗規，即在喪鼓唱中歌手不得首先唱《黑暗傳》，唱了會壓制眾位歌手，只能在夜靜更深時，客人大都走了以後，才可以唱《黑暗傳》。同時也不得在凶亡或夭壽者的喪事上唱，因為不配，只能在古稀老者的喪鼓場上唱……歌手們聞訊奔赴歌場，爭著唱喪鼓歌，不要報酬。所以喪鼓歌手們深得人們的尊敬，被稱為「有知識有學問」的人。[23]

---

21 胡崇峻，《神農架民間歌謠集》（湖北：湖北省神農架林區文化館，一九八三年），頁一八一至一八二。轉引自胡崇峻，《黑暗傳》（臺北：雲龍出版社，二〇〇二年），頁二〇二。
22 曾凡華、李德祿，《神農架之野》，頁二二三。
23 胡崇峻，《黑暗傳》，頁二六〇。

於此我們可以發現，演唱喪鼓歌的歌手們普遍深得人們的尊敬。而於喪葬儀典中雖然也傳唱其他歷史演義的故事，但屬「歌中之王」的《黑暗傳》，只有資格老、才學高、受人景仰的大歌師才具備演唱的資格。演唱的歌師或繞著靈柩唱，或坐著唱，有些也會邊跳邊唱。因為演唱的時間常常是通宵達旦，往往必須由好幾位歌師來輪流才得以勝任。而《黑暗傳》從開天闢地到三皇五帝的內容唱述，正是由歌師問彼此盤問對答的方式來進行展演。在喪葬儀式中，以如此慎重的態度來進行演唱，除了對演唱內容的一種重視外，也充分表現著一種對於世界與人類文明起源所懷抱的慎終與追遠。另外，值得我們注意的是，《黑暗傳》於神農架地區所受到的重視，不僅反映在演唱場合的肅穆與演唱歌師的受人景仰，也表現在民間對於演唱歌本的精心傳抄，並視作傳家寶以世代珍藏。其特殊處不僅在於《黑暗傳》的流傳乃突破了口頭流傳的限制，而進入了文字的書寫脈絡。另外一層面的意義也在於，抄本的內容是透過流傳者、敘述者本身自動自發的書寫傳抄，而不是採錄者、詮釋者的書寫紀錄。這樣的文本呈現方式，對《黑暗傳》的文化內涵而言，無疑是一種關鍵性的影響力。

三、《黑暗傳》的來歷及其內容特點

不可否認，關於《黑暗傳》的內容大致上皆可於典籍中找到來歷。而民間稱呼《黑暗傳》的演唱者為：有知識有學問的「大歌師」，也透漏了《黑暗傳》雖然流傳於民間，其內容卻源自文人書面知識的性質。誠如《房縣誌》所載，於房縣確實不乏自學於民間的知識份子：「男子燒佘為田，婦人績麻為布，衣食舟車不通，專事負擔，俗尚醇樸，士亦向學。」[24]

[24] 清朝楊廷烈編修，《同治房縣誌》，頁五三六。

這樣的向學風氣，或許和房縣古為流放地的文化背景有關。自秦始皇親政之初，長信侯嫪毒因起兵叛亂，曾被「奪爵遷蜀四千餘家，家房陵」[25]。在漢代也多有王公貴族貶於房陵[26]，至唐中宗李顯流放於房陵的時間，更長達了十四年之久[27]。我們相信，因流放所帶來的人口徙入，也必然造成了宮廷文化的植入與知識份子對民間文化的影響。而這也是《黑暗傳》形成的主要背景因素之一[28]。另外，關於古代知識份子與民間文化的互動關係，蒲慕州先生有一段闡述論說，是非常值得我們參考的：

> 到了漢代，所謂的「知識份子」並不等於「上層階級」，而所謂的「平民」（commoners）也不等於「非知識份子」……因為有許多知識份子生活在民間，他們的思想和行為應對民眾產生一定的影響，是上層社會和平民社會之間傳遞的媒介。Benjamin Schwartz曾指出，上層社會大傳統中的一些概念，如天人相應的宇宙觀或者儒家的天命觀，會逐漸地滲入民間一般人的生活和習俗之中，這滲入的方式，應該是藉知識份子的媒介而進行的。但反過來說，平民也可能在他們學習的過程之中注入了原本在民間的一些信仰的因素。[29]

藉由蒲慕州先生的觀點，我們對於《黑暗傳》的來歷與性質，或許就有了一種清晰的定位：傳唱於喪葬儀式的《黑

25 參見楊家駱，《新校本史記三家注・本紀第六》，頁二二七。

26 參見《漢書・本紀第六》：「常山王舜薨。子悖嗣立，有罪，廢徙房陵。」《宣帝紀第八》：「十二月，清河王年有罪，廢遷房陵。」《宣帝紀第九》「四年夏，廣川王海陽有罪，廢遷房陵。」楊家駱，《新校本漢書》（臺北：鼎文書局，一九七八年），頁一八三、二五三、二七二。

27 參見楊家駱，《新校本新唐書》（臺北：鼎文書局，一九八〇年），頁一〇五。

28 《黑暗傳》的主要流傳地雖集中於神農架，但於房縣其實也有類似的傳唱。胡崇峻所搜集的八種傳抄本中，原始資料一的抄本來歷，就為藏書者曾啟明抄自於房縣西蒿坪。因此《黑暗傳》的流傳地，應以房陵文化圈的角度視察含攝。參見附錄一。

29 蒲慕州，《追尋一己之福——中國古代的信仰世界》（臺北：麥田山版社，二〇〇四年），頁二三三。

暗傳》文本，確實源自於古代典籍的書面知識，透過生活於民間的知識份子作為媒介而傳入民間。但書面性的知識內容轉換成口頭性的儀式傳唱後，也逐漸吸收了民間本有的信仰與傳說，形成一種與古史系統相銜接，教育性濃厚的民間敘事性講述與民族文化記憶的傳承。關於這一點，我們透過《黑暗傳》的歌頭也可以發現，民間對於《黑暗傳》所擁有的典籍知識與文化教育性的傳承，並沒有絲毫的迴避：

> 歌是前朝張郎作，孔子刪詩書，定歌本……當年孔子刪下的書，丟在荒郊野外處，被人撿了去，才傳世上人……一本吹到天空去，天空才有牛郎歌，二本吹到海中去，漁翁撿到唱漁歌，三本吹到廟堂去，和尚道士唱神歌，四本落到村巷去，女子唱的是情歌，五本唱到田中去，農夫唱的是山歌，六本就是《黑暗傳》，歌師撿來唱孝歌。[30]

時至今日，能夠演唱《黑暗傳》的歌師們，依舊被稱做「有知識、有學問」的人，並且深得人們的尊敬。然而，我們得進一步追溯的是，《黑暗傳》的流傳究竟起源於何時？如果我們將《黑暗傳》與「四遊與八傳」的內容等齊看待，會發現除了《黑暗傳》與《火龍傳》、《飛龍傳》以外，其餘的九部敘事長詩，皆可於明代中晚期至清代，找到同名的歷史小說相互對映[31]。而劉守華先生據此找到兩部產生於明代中晚期的《盤古傳》與《開闢演義》[32]，發現當中的諸多情節皆與《黑暗傳》的流傳內容雷同[33]。劉守華先生經過仔細對比與推敲，認為《黑暗傳》的流傳年代至少可以上推至

30 胡崇峻主編，《神農架〈黑暗傳〉多種版本彙編》，頁四至五。

31 本文以江蘇省社科院明清小說研究中心、文學研究所編《中國小說總目提要》（北京：中國文聯出版公司，一九九一年）為對照資料來源。又，《中國小說總日提要》頁五三〇有《飛龍全傳》，係趙匡胤故事，非唐李存孝、十三太保故事。

32 《盤古傳》的全稱為《盤古至唐虞傳》，編輯者署名為竟陵人鍾惺。《開闢演義》的全稱為《開闢演義通俗忠傳》，編輯者署名為周游。

33 《開闢演義》與《黑暗傳》的明顯聯繫是關於盤古出世、日月升天的特殊情節。相較之下《盤古傳》與《黑暗傳》間有著更多的雷同情節，全書

明代[34]。透過明代通俗小說的對比與印證，我們可以證實《黑暗傳》於民間的流傳年代確實具有一定的歷史深度。而這樣的歷史深度也為《黑暗傳》書面史傳文化的內涵，與民間本有的傳說與信仰進行了一種鎔鑄與銜接，成為《黑暗傳》作為漢民族的神話史詩流傳所異於其他民族神話史詩的特殊處。

如果我們針對胡崇峻先生所搜錄的八種《黑暗傳》流傳抄本，逐一來進行細部的情節分類[35]，可以進一步將《黑暗傳》的內容，以來源性的角度區分為四大區塊：一為古籍中的神話傳說來源。二為古籍文獻中不受彰顯，但疑屬古代文人知識範疇的來源。三為古籍中找不到相關記載，疑似民間神話與傳說的來源。四為佛、道或民間宗教信仰的滲透與影響。以下將細部討論此四大區塊的內容，來對八種《黑暗傳》的原始資料本進行初步的釐清與瞭解[36]：

（一）《黑暗傳》源於古籍中神話與傳說的內容部分

此部分的內容來源，構築了《黑暗傳》的主體架構。盤古的開天闢地與死後化生的情節內容，可以說是原始資料的共同情節。只是在各個抄本中，開天闢地者或為洪鈞[37]，化生者或為浪蕩子[38]，皆對盤古神話進行了某種程度的改造，

共分七回，當中所講述的女媧補天、神農嘗百草、黃帝戰蚩尤與顓頊抓鬼等神話傳說，則多雷同於《黑暗傳》的敘述順序。且當中出自想像的生動情節與《黑暗傳》乃有驚人的吻合。

34 劉守華先生認為：「《黑暗傳》歌本中的有關內容，可以斷定是受小說影響所致，看不出存在相反的情況。因小說的內容和形式更完整充實，當時刊刻成書影響也更為廣泛。從『四遊八傳』的構成來看，將小說內容簡化和通俗化，改編成便於口頭歌唱的長篇敘事歌本，在明清時期已蔚成風氣，《黑暗傳》也未能例外。」劉守華，〈《黑暗傳》追蹤〉，輯錄於胡崇峻《黑暗傳》（臺北：雲龍出版社，二〇〇二年），頁二一一。

35 參見附錄一，《黑暗傳》八種傳抄唱本的情節單元大要。整理於胡崇峻主編《神農架〈黑暗傳〉多種版本彙編》。

36 下列的分類與列舉僅是一種初步性的工作，其用意主要在於突顯《黑暗傳》的內容特點與研究價值，因此例子的列舉僅舉其要。

37 見附錄一，抄本六之情節大要三。

38 見附錄一，抄本一之情節大要四、抄本二之情節大要七。

而所傳述的篇幅長度也不一而足。整體說來於八種原始資料本中，只有原始資料七，原名為《黑暗大盤頭》的抄本內容，對於古籍中的神話傳說較具有完整的保存。除了盤古開天，尚保存了女媧造笙、補天、積灰以止洪水，以及伏羲、燧人、神農、黃帝、少昊、顓頊、堯、舜、大禹於古籍文獻上的神話、傳說記載[39]。

《黑暗大盤頭》的特色價值即在於，以時間為脈絡，有系統地聯繫、演義了古籍文獻中的神話傳說，並以口頭的方式流傳於民間。

（二）於古籍文獻中不受彰顯，但疑屬透過古代文人知識範疇所傳承下來的古代神話、民俗

《黑暗傳》的抄本七，詳細保存了顓頊治鬼的內容，並補充說明了顓頊絕地天通的原因：

> 顓項高陽把位登，多少鬼怪亂乾坤，顓項人君多善念，齋戒沐浴祭上神。東村有個小兒鬼，每日家家要乳吞，東村人人用棍打，打得骨碎丟江心……將一大樹挖空了，放在空樹裏面存。上面用牛皮來蓋緊，銅釘釘得緊騰騰，又將酒飯來祭奠，這時小鬼才安寧……顓項之時有天梯……人神雜亂鬼出世，鬧得天下不太平。顓項砍斷上天梯，從此天下得安寧。[40]

關於顓頊於文獻上的記載，雖然主要載其絕地天通，為北方幽冥之神的神格特性。然而早在魏晉時期的《搜神記》裏，其實就有著一種顓頊子為鬼疫的說法：「顓頊有三小子，生而亡去為疫鬼，一居江水，一居若水，是為魍魎鬼疫。

39 見附錄一，抄本七。
40 胡崇峻主編，《神農架〈黑暗傳〉多種版本彙編》，頁一二一至一二四。

一居人宮室，善驚小兒。」[41]這樣的說法一直到明代文人的筆記中，還有相關的記載。《天中記》卷四引《歲時記》云：「高陽氏（顓頊）子瘦約，好衣弊食糜，正月晦日巷死。世作糜，棄破衣，是日祀於巷，曰送窮鬼。」[42]這使我們相信，古代文人的類書筆記，其實發揮了一種非主流的知識傳承，當中保存著許多屬於古代的神話與民俗。

《黑暗傳》抄本七所載打小兒鬼、以酒飯祭奠小鬼的民俗信仰，應源自民間。但顓頊時出鬼、治鬼的說法，卻能上承魏晉時期干寶的載錄，不禁令我們懷疑該說法源出於神農架的可能性有多高？我們或許可以做以下另一種來源可能的推測：這或許正是生活於民間的文人，將他們從書本記載中所得知的古代民俗帶入民間，進而為民間所接受，又再度成為一種民間信仰，而保存於《黑暗傳》的流傳之中[43]。

（三）於古籍中找不大到相關記載，疑似民間神話與傳說的內容部分

於八種抄本資料中，主要出現了下列幾項情節內容，較不見於古籍記載，我們懷疑它們或是流傳於當地的神話與傳說：

1. 江沽是一位造水之神，為混沌的第十六代子。水土為江沽所造[44]。
2. 浪蕩子誤吞了生天根的露珠，被屍分五塊扔於大海，形成崑崙之屬的五座高山或五形與五方[45]。

41 干寶，《搜神記》卷十六，轉引自袁珂《中國神話大辭典》（成都：四川辭書出版社，一九九八年），頁五九六。
42 轉引自袁珂，《中國神話大辭典》，頁五九六。
43 於此只是一種可能性的提出，或待更多的證據以補充說明。
44 見附錄一，抄本資料一。
45 見附錄一，抄本資料一、二、三。

3. 洪水滔天，兄妹婚配繁衍後代[46]。
4. 日神孫開與月神唐末為兩夫妻，不願意分離普照天地，因此天上本無日月[47]。
5. 神農識破七十二毒神，將毒神趕進深山林[48]。

江沽與浪蕩子的神話內容乃是一種新穎的情節內容，當中對於水上起源的詮釋與吞天之說，都有一種以水為尊的思維存在。關於它們所流傳的情節內容反覆出現於傳抄本一至三，使我們相信這樣的流傳內容並非一時之造說，很有可能是一種產生於當地的神話與傳說。再者，關於洪水滔天，兄妹婚配以傳後代的內容。於抄本五，甚至還有著金龜復活的占卜、神喻性情節：「若要兄妹成婚配，要你金龜把話應。忽然金龜來說話，叫聲童女你是聽。」[49]此一流傳印證了洪水後兄妹婚配以傳後代的神話母題，並不局限於少數民族的口頭流傳，也存在於漢民族的口頭流傳。另外關於神農識破七十二毒神與日神孫開、月神唐末的流傳，我們甚至可以在明代曾流傳一時的通俗小說裏，即《盤古傳》與《開闢演義》當中找到相類似的內容。這再次證明著《黑暗傳》並不僅限於典籍知識的影響，也反映著一定深度的民間文化內涵。

（四）佛、道教與民間宗教的滲透與影響

佛教對《黑暗傳》的影響，除了表現在崩婆、濕婆……等人物的佛名化外，最主要的影響乃在於《黑暗傳》所呈現

46 見附錄一，抄本資料五、七。
47 見附錄一，抄本資料四、五、六、七。
48 見附錄一，抄本資料七。
49 胡崇峻主編《神農架〈黑暗傳〉多種版本彙編》，頁七六。

的世界觀。於抄本四，在盤古開天闢地之餘，也有著「萬國九州」、「四大部州」等空間概念。再者，值得我們關注的是「洪鈞老祖」於《黑暗傳》的出現。此一名不見經傳也非道教三清之屬的人物，卻頻繁出現在《黑暗傳》抄本四、五、六當中。其所居的角色往往是神話傳說的要角，或代替盤古成為開天者[50]，或為神喻者以命兄妹結婚繁衍後代[51]。而透過神話人物角色的變換，我們可以看出民間對洪鈞老祖的重視程度。關於洪鈞老祖的由來，於《黑暗傳》抄本六有清楚的交代：

> 混沌一炁降世起，生在青梅山前地。青梅山上把道傳……度下徒弟把道傳，差了洪鈞去開天……洪鈞洪蒙二道主，出洞不見天地式。[52]
>
> 紫霄宮中洪鈞主，他是開天闢地首，曾將一炁傳三友，崑崙山上誠修練，他在山上四十九萬年，置下乾坤到如今。帶領十萬八千子弟孫，帶到東土立人倫，那時還讓他為尊。[53]

這樣的記載，或實或虛地反映了「洪鈞老祖」於民間的傳教，也呈現了民間對於洪鈞老祖的神化與崇拜。而這一個例子不僅說明了民間宗教對於《黑暗傳》的影響與滲透，也呈現了《黑暗傳》流傳文本的開放性。而上述所列舉的四大面向，也說明了透過口傳的開放性，《黑暗傳》口承敘事文化來源的多種可能性。

50 參見附錄一，抄本資料六之情節大要三。
51 參見附錄一，抄本資料五之情節大要八。
52 胡崇峻主編，《神農架〈黑暗傳〉多種版本彙編》，頁八二至八三。
53 同前註，頁八四。

四、《黑暗傳》口承文本的獨特性

於《黑暗傳》的流傳地神農架一帶，相傳曾經存在著一本長達三萬多行的《黑暗傳》全傳本。但於今所能搜集到的多是殘缺不全的抄本資料，最長且最完整的一個本子，是由歌師張忠臣所藏，內容為一千一百餘行的《黑暗大盤頭》。如果我們將胡崇峻先生於《神農架〈黑暗傳〉多種版本彙編》中所搜錄的八種抄本資料，做進一步的情節分析與交叉對比的工作，會發現八種抄本資料的共同情節，嚴格說來就只有開頭的混沌講述與崑崙山的形成」[54]。此八種抄本資料，雖然都依循著天地黑暗的開天闢地以致人皇誕生的講述脈絡，但每一個本子都存有它自身的特色及其講述重點，所忽略及所強調的情節也都不太一樣。胡崇峻先生針對這樣的整理難題，但還是從七份抄本及十幾位歌手的口述資料中，匯整了一本情節較完備的《黑暗傳》全傳本。

陳益源先生卻在本書的《導言》提醒讀者：「擺在諸位眼前的這本《黑暗傳》，跟傳聞中曾經存在過的《黑暗傳》全本的原貌，是存有相當距離的。」[55]陳益源先生此處的提醒，並非從情節完備與否的角度出發，而是針對口頭文本的流傳特性，一語道破了「口承文本」與「書面文本」間所存在的一道無法跨越、並且等同的鴻溝。因為這一大部存在於《黑暗傳》的「漢族神話史詩」，所形成的養分正源自於口頭文本的變異性與開放性。因此《黑暗傳》的內容才可能相容：古籍中神話傳說的來源、民間文人知識範疇的來源與民間文化自身的發顯。如果我們不能認清民間口承敘事與書面文學的根本差異，對於瞭解歌本《黑暗傳》的文化內涵，相信將會大大的受阻。

54 參見附錄一：《黑暗傳》八種傳抄唱本的來歷及情節大要。
55 胡崇峻，《黑暗傳》（臺北：雲龍出版社，二〇〇二年），頁三五至三六。

作為一種歌本流傳的《黑暗傳》本形成於口頭展演的場域，其內容往往隨著語境的變化，而產生高度不穩定的文本狀態。這樣的不穩定，乃源自於《黑暗傳》的生命力正是靠著「傳播」，不斷地在民俗場域展演及延續。這也是為什麼曾經影響《黑暗傳》形成的話本、小說已不再流傳，而《黑暗傳》仍依舊傳唱於民間的主要因素。因為只要展演的民俗場域不滅，歌本《黑暗傳》就得以延續傳播。關於《黑暗傳》的存在形態及其變異的發生，我們可以借鑑鍾宗憲先生在看待中國神話的流變問題時，所徵引的SMCR傳播模式[56]：

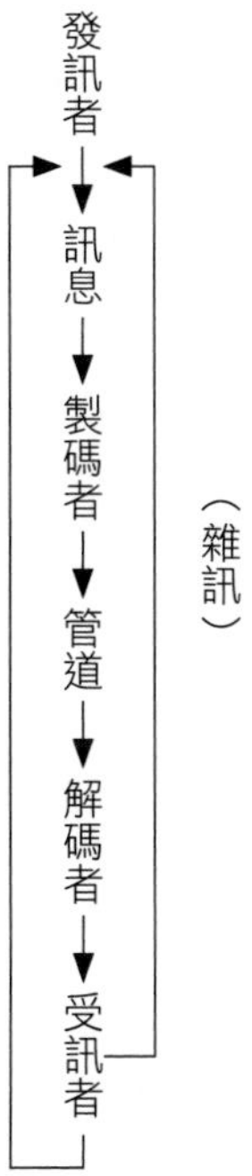

這個傳播模式基本上也能用來詮釋民間口承文學的傳播管道，並且進一步含括口頭文學的創作、傳播、接受、評價及記憶、流變等方面的問題，對於呈現歌本《黑暗傳》的存在形態及其變異的發生，可以提供莫大的幫助。首先，如果將這個傳播模式徵引於神農架文化圈的喪禮場域中，SMCR傳播模式將會呈現如下的運用：

發訊者（source）：代表了演唱《黑暗傳》的歌師。

訊息（message）：為所要傳唱的《黑暗傳》內容，但僅是一種意念的存在，尚未付諸於任何的語言、文字。

56 鍾宗憲，《黃帝研究——黃帝神話傳說之嬗變與有關黃帝學術源流問題之辯證》（臺北：輔仁大學中國文學系博士論文，一九九九年），頁二三。

製碼者（encoder）：於此處可用歌師的嘴巴來代稱。

管道（channel）：為神農架文化圈所通行的語言。

解碼者（decoder）：瞭解此種語言的接收能力。

受訊者（receiver）：參與這場喪禮的人。

回饋（feedback）：可解讀為喪禮場域中的人，對演唱《黑暗傳》場域語境的掌控，例如強烈認為某段的內容情節應為何。而語境的塑形會影響歌師對演唱內容的調整。再者，也可以代表著當時所流行的某樣文化思想或小說，例如佛、道思想與民間信仰，以及《開闢演義》和《盤古傳》對《黑暗傳》的滲透。

雜訊（noise）：歌師演唱過程中，所造成的失誤，或者是聽眾解讀、認知上的誤解。

如果我們對上述的傳播過程進行簡單的歸納，演唱《黑暗傳》的歌師乃兼具發訊者、訊息與製碼者三項任務。管道就是構成《黑暗傳》的口承文本，即為語言。而參與演唱《黑暗傳》的聽眾，則同時兼具解碼者、受訊者的身份。至於回饋及雜訊則為各種外加因素對《黑暗傳》所造成的影響及改變。

由這個角度來看，相信我們就可以理解八種原始資料本的《黑暗傳》，為何各自有著不同的內容特點與講述核心。這是為了配合每個演唱場合的需求，所做的調整與改變。它們各自呈現了《黑暗傳》文化內涵的一部分，但並不表示將它們集合在一起，就呈現了《黑暗傳》總體的文化內涵。因為在每一個《黑暗傳》原始資料本的背後，都有著一種取捨標準的意義存在。這樣的意義或為原始資料一，所欲突顯於對水的來源的詮釋[57]；或為原始資料六所欲彰顯的佛教色彩，以及對洪鈞老祖的神化[58]；也或為原始資料七，力求古籍上神話傳說的連綴與演義，而明顯褪除宗教色

57 參見附錄一，抄本資料一。

58 參見附錄一，抄本資料六。

彩的影響[59]。

透過這個傳播模式，我們也可以清楚的發現，很多屬於「回饋」性的外在因素，都會對《黑暗傳》的形成、構擬造成影響。而依據歌師的特性、認知，以及種種的附加條件，也導致《黑暗傳》每一次的展演都有可能產生不一樣的內容。然而，這就是《黑暗傳》的生命來源，也是異於書面文學最大的差別處。

於此，劉宗迪先生對於口承文學於意義的保存方式，及其與書面文學的差異點，乃有清晰的論述說明：

> 口頭文本是一種和書面紀錄文本迥然不同的文本，它不像書面文本那樣，是在空中展現、由文字編製的界限分明的文章，而是在時間中綿延、借藉聲音傳播的言語……在時間中綿延不絕、方生方死的語音之流要能夠成為有意義的口頭文本，就必須有穩定的、可以被重複和理解的結構。這種結構自然不會是像書面文本那樣在書頁上用文字符號架構的空間結構，而只能是在時間中由聲音的重複、旋律、抑揚、節奏等勾連的時間結構。[60]

雖然，這種在時間中綿延不絕，複唱重遝的語言結構，也可說是所有口傳歌謠的共同特色。然而，歌本《黑暗傳》卻能在口承的基礎下使用七言歌體，進行創世內容的歷史性敘述，則是一件非常特別的事情。我們知道，從宏觀的歷史角度看來，中國文學史一直有著以韻文來抒情，以散文來敘事的文學傳統。因此中國的詩歌發展，從詩三百以降騷、賦、樂府、律詩及詞曲，大體上皆展現著抒情的文學內容。而中國的敘事傳統，則因為歷史敘事的發達，從《左傳》以降《史記》再到宋元明的說書講史，歷史與散體敘事幾乎形成了密不可分的關係，進而也形成了一種以散體來進行敘事的文學傳統。因此表現在講唱或者是戲曲文學中，即便是韻散結合的文學範式，也多呈現著以散文講述的部分來敘事，

59 參見附錄一，抄本資料七。
60 劉宗迪，《從書面範式到口頭範式：論民間文藝學的範式轉換與學科獨立》，頁四九至五〇。

以韻文唱詞的部分來抒情。然而，在這樣的文學脈絡中，《黑暗傳》卻能以一種七言歌體的方式來進行敘事，則是一件很值得注意的事情。

如果我們將「講故事」此一文化活動的普遍性[61]納入考慮，其實就能瞭解民間敘事本質與韻文形式的密切關聯，而這樣的聯繫是迥異於書面文學中的美文押韻。正如傅修延先生所說：

> 對聲音傳播的倚重和對音樂的愛好，構成了歌謠在社會各層而普遍流行的基礎……音樂雖然可聞而不可見，但與「韻語偶文」相比，它的信息運載與輔助記憶功能要強大得多。人們都有這樣的經驗：對於稍長一點的詩歌，倘不刻意加以反覆背誦，很容易便會忘記，而合樂之歌往往使人在不經意之間記住它的歌詞內容。因此，歌唱是一種較少遺失信息的聲音傳播，世界上許多民族的史詩之所以能夠世代相傳，音樂在其中起了很重要的助記作用。[62]

如上所言，音樂以及「韻語偶文」往往能輔助講述者的記憶，確保敘事內容於故事講述此一口頭傳播中的穩定性。就功能性的角度而言，音樂以及韻文的表現形式，對於口頭傳播敘事內容的流傳，其實正扮演著一種不可或缺的角色，而不僅僅是文學美感的追求。韻語偶文於口頭傳播中乃具有輔助記憶的實際功能作用，而這樣的功能性是與書面文學中展示作者才氣的美文押韻有所區別的。

61 於此，浦安迪曾肯定：「講故事是敘事這種文化活動的一個核心功能。」浦安迪講演，《中國敘事學》（北京：北京大學出版社，一九九八年），頁五。

62 傅修延，《先秦敘事研究——關於中國敘事傳統的形成》（北京：東方出版社，一九九九年），頁九七。

然而《黑暗傳》的價值即在於：以「韻體敘事」的方式來呈現中國神話的內容，形成一種創世史詩的獨特呈現。這對中國神話研究來說無疑是一種重大的發現。我們知道，中國神話的呈現往往因為原典的殘破與零散，而引起研究上很大的困難。然而《黑暗傳》的發現卻展示了漢族神話於古代典籍之外，另一種形式的呈現。而這個口頭敘事、創世文本的流傳，更證成了中國神話於原典上的殘破，並不代表中國沒有神話的流傳。因此透過《黑暗傳》口承韻體的敘事文本，我們至少可以得到這樣的啟迪：案頭文本只是文學的一種呈現載體，它也僅代表了一方觀察的視角，如果我們能輔以同一文學內涵其他口頭文本的載體呈現，往往會找到更準確的研究視野。對中原神話於古籍及《黑暗傳》中的表現而言，就是一個很好的例子。

五、結語

本文對於《黑暗傳》的論述，乃試圖透過幾個面項的角度來說明《黑暗傳》的口承敘事文化內涵。其一是透過文化地理學的角度，進而探究《黑暗傳》流傳於神農架的背景因素。這樣的探究使我們相信《黑暗傳》的流傳，與當地古老民俗文化的保留有著密切的關聯性。其二則進一步針對房陵文化圈的流放背景，延伸探究民間文人與民間文化的互動，及其對《黑暗傳》的內容所造成的影響。此外，由本文所延伸，我們可以進一步來討論中國民間敘事詩的流傳問題。我們已知道《黑暗傳》多以七言歌體的形態出現。然而從中國詩歌流變史的角度來看，七言歌體的形態固定，要等到初唐以後才漸趨成熟穩定；而在敦煌變文中，我們已可以看到許多七言形式（三、七雜言）的出現。於此我們要問的是：《黑暗傳》七言形式的形成與變文三、七雜言的講唱是否有關？還是另有所承？而其七言形態與音樂的結合性又如何？而由這方面形式的探討，相信有益於幫助我們推斷歌本《黑暗傳》的形成年代。

再者，近年來，由於《格薩爾》、《江格爾》以及《瑪納斯》等民間史詩陸續被發現，也令我們不禁懷疑，中國古代民間敘事詩的流傳是否如我們想像中的不普及？而經由採詩、獻詩後所編定而成的《詩經》是否能真實反映古代民間歌詩的流傳情形？而透過人類學的視角，進一步深入觀察《黑暗傳》與神農架文化圈的互動，以及該地的民族播遷、融合情形，相信是可以為《黑暗傳》的敘事形態找到來源，也能依此進一步反省中國古代民間敘事詩的流傳情形。

附錄一：《黑暗傳》八種傳抄唱本的來歷及情節大要

【本附錄整理自胡崇峻主編《神農架〈黑暗傳〉多種版本彙編》（武漢：中國民間文藝研究會湖北分會，一九八六年），頁七至一四〇所刊錄的八種《黑暗傳》原始資料本。】

抄本	抄本的來歷	情節大要
一	藏書者曾啟明六十三歲，為神農架林區松柏鎮堂房村人，是一位農村山歌手，上過兩年私塾。其唱本乃約於一九四六年時，抄自房縣西蒿坪。	1. 天地之初有混沌父、混沌母，混沌與其母；母子婚配生出十六代。 2. 水土由第十六代生出的江沽所造。 3. 黑暗之中有黑暗老祖，奇妙與浪蕩為其二徒。 4. 浪蕩子誤吞了生天根的露珠，被黑暗老祖屍分五塊扔於人海，形成崑崙之屬的五座高山。 5. 盤古藉由浪蕩子的血水所聚化的陰陽五行，於五山的地中央孕育生成。始分開了清濁而有陰陽。
二	此歌本內容流傳在神農架林區朝陽鄉水果園村，採錄者唐義清二十五歲，初中程度。	1. 未有大地萬物之初，黑暗之中有個老母黑天坐，號為石龍老母，而後始出玄黃老祖。 2. 崑崙山由青雲落下形成，嶺脈延伸出五條嶺，形成五個龍形的深潭，盤古生長其中。 3. 一神人子義奉其師玄黃老祖之命，赴崑崙山取珍寶，卻遇浪蕩子與其爭寶。浪蕩子盛怒之下誤食珍寶吞了天。 4. 浪蕩子因吞天一事被玄黃老祖分斬了五塊，形成了五形與五方，但大地尚未分離。 5. 盤古以斧劈開了接粘大地的正身，從此輕濁二氣相分。

三	四
此歌本流傳在神農架林區新華鄉、苗豐鄉。藏書人黃承彥，三十歲，為公安特派員。該抄本為清同治七年五月二十日甘入朝轉錄抄留。	此歌本在神農架林區新華鄉、長坊鄉均有類似的流傳。藏書者熊映橋，家住秭歸縣清灘鄉龍江村，該抄本為已故父親所傳。
1. 青龍山與崑崙山相感生出赤、黃、黑三氣。 2. 一神人將黃氣中的黃石變成自己的蓮臺座，並無意間於兩山之間發現【玄黃】二字，將之作為自己的姓名。 3. 玄黃遇二炁的化身，收為徒弟取名作奇妙子。 4. 玄黃師徒二人，於一座有三層門的洞府中住下，修身養性練真身。 5. 師徒無意間發現地眼與滑塘二處，並有光芒發出。玄黃看出這是天欲出世的徵兆，便喚徒弟到山頂去找一圓形珍物（天的化身）。 6. 在奇妙子要取珍物時，有個紅面黑鬚黃眼睛，為一氣化身的浪蕩子來搶奪珍寶。 7. 浪蕩子吞珍寶，玄黃怒而將之屍斬五塊，又以甘露水度化，化為五人，成為五形之神。 8. 形似猛獸的混沌與玄黃老祖鬥法激戰數回，最後玄黃降服了混沌，封之為【驢兒神】。 9. 媧神女生下兩個元物肉球，裏面分別為十男十二女，玄黃將十男配為天干，十二女配為地支。 10. 最後玄黃以鐵筆三枝傳徒弟，畫天畫地與畫人。	1. 海蛟滅天，洪水泡天，大地滅時，僅存立引子與蓬萊、崑崙、太荒與泰山四大名山。 2. 荷葉上水泡化形成人，立引子將之取名為末葉。隨即陰山流水漂來一浮屍，生下弘儒、弘浩與弘鈞三神人。 3. 弘儒、弘浩出世時，乃頂頭葫蘆放洪水泡天地。弘鈞出世時卻為女身，由立引子作媒，與末葉婚配傳人類。 4. 立引子也具有塑土造人的能力。 5. 當時萬國九州島無日月，日月住在咸池、陷陽海裏。日名孫開，月名唐末，為恩情難分的一對男女，因此不肯出咸池，分離以照乾坤。 6. 世尊派地神出請日月失敗後，再派崩婆以法術拐騙日月納入手中，帶出咸池。 7. 崩婆完成任務後，東行於太荒山腳下，先變為仙桃，再變為盤古，手持斧頭分天地。 8. 佛祖交給弘鈞一個石匣子，交代行於東土打開。裏面分別是三支能安天、安地與畫盤古闢大地的神筆。 9. 日月二神與星辰也分別被安置於東土，由盤古所分的天地也形成了四大部州。 10. 盤古闢完天地後，乃被收入世尊的淨瓶中，其雙眼付與了日月，毛髮付與了山林。 11. 此後乃出天皇、地皇定四時節候。以及人皇、有巢、燧人、伏羲、女媧、神農、黃帝……等至夏桀昏君。

五	此歌本流傳於神農架林區新華鄉，為清光緒十四年李德樊的手抄本。藏書人同為抄本三的黃承彥。	1.天地開闢前，黑暗中，靈山須彌洞有一石人化生的昊天聖母。 2.時洪水滔滔，有黑黃兩龍相鬥，黃龍因感念聖母相助得勝，生下三個龍子蛋以報答聖母。 3.聖母吞龍子蛋，生下三子，分別為定光（日神）、后土（冥府）與娑婆（又叫濕婆，意指人間）。 4.混沌於太荒山中得了開天斧，便改名盤古，開闢天地。 5.盤古劈開混元石，天地厚度才形成，也救出了石洞裏的太陽星孫開，與太陰星唐末，使天地有了光明。 6.東洋人海裏，洪鈞老祖於五龍相擁的葫蘆內，發現一男一女。 7.此葫蘆乃生長於崑崙山。因洪水滔天，葫蘆開口要兄妹躲進，以避洪水。 8.洪鈞老祖命兄妹結婚，以繁衍後代。童女不願意，除非金龜開口說話。 9.金龜開口勸兄妹成親，童女反怒而將金龜砸成八塊。 10.童子以尿淋金龜而活其命。金龜再度相勸，童女始答應與兄成親，生下男女十人，分別為伏羲、神農、祝融……等人皇。 11.後有軒轅黃帝登位，蚩尤爭位與黃帝戰，敗而血飛三千里，飛在山西鹽田城。
六	此歌本為神農架區松柏鎮敬老院一位著名歌師張忠臣所藏。該抄本乃於一九六三年抄自於林區一名築路工人的手抄本。	1.混沌未分時，有一山藏有天心地膽，麥芽老祖於山中度下古佛與禪專後，洪水才泡天。 2.四十八母於不周山上動干戈，折斷了天柱，元古老母開天河，洪水泡天地。 3.混沌一炁降在青梅山上，傳道於徒弟彌利仙，並派洪鈞以三花天斧把天劈開。 4.混沌祖鎮守中央戊己土，本無七竅，依人形以筆畫之，混沌始成人形。 5.蓬萊人仙以仙丹十二顆授予弟子於東土立人倫。此十二顆仙丹乃化生成人祖與鳥獸、萬物。 6.佛祖將開天斧與三十二字文賜予盤古，以助其開闢天地。 7.盤古開天後，又被佛祖派於咸池，請日月二神上天庭。 8.日神孫開與月神唐末兩夫妻，分別住在咸池大洋中的日宮與月殿。 9.日月二神不願意上天庭。最後盤古以觀音所賜的「心經七字」咒語，將日月二神帶上天庭，普照乾坤。

七	八
該歌本是林區流傳最廣泛的一個抄本。如松柏鎮、楊日鎮、盤水鄉、古水鄉等地皆有流傳。同時也是此八個傳抄本中，內容最長的一個歌本，內容長達一千一百餘行。原名為《黑暗大盤頭》，同為張忠臣所藏。	同為抄本一的藏書者，松柏鎮堂房村的曾啟明所藏。原名為《混天記》。這裏只是一個開頭的片段。
1. 黑暗中，盤古化生於五行交雜的混沌中，並於崑崙山上長成人形。 2. 時天地來分，空間的狹隘使得盤古無法伸展自如。 3. 盤古以西方覓得的金星石斧，砍斷了崑崙山上連接天地的石柱，分開了天與地。 4. 時大地雖分，但仍黑暗不明。盤古見東方高山上發出微光，又以石斧劈開了太陽洞與太陰洞，請出了日月二神夫婦，其子女也跟隨上天，變成了滿天星斗。 5. 盤古開闢天地後，也化生成大地的一部分。以目配日月，血成江河，四肢五體成山林。 6. 大地開闢後，有三皇出。天皇出世有兄弟十三人，創立了天干與地支，訂定了一年的年歲節候。 7. 地皇出世，有同姓十一人，區分了晝夜，使大地有了年、月、日的時間秩序。 8. 人皇出世，有兄弟九人於九處治理天下。天地間雖有君臣區別，但男女交歡無別，使人只認其母，而無父尊。 9. 昔洪水泡大，海中五龍捧一葫蘆，內藏兄妹二人，兄妹成婚生出肉蛋百人，世上才有了百姓。 10. 而後有巢教人築巢，燧人教人取火，倉頡造字。女媧以蘆造笙而開教化，伏羲觀象畫卦而制嫁娶。 11. 伏羲後，有昏君共工撞倒了不周山，使天地崩裂，洪水氾濫。 12. 女媧取彩石補天，斷鼇足以立四極，積灰止洪水。 13. 女媧後，姜姓神農氏，為少典、嶠氏之子。尋五穀以教民耕稼，嘗七十二毒以治百病。 14. 神農後，有軒轅出。時蚩尤作亂，軒轅訪得良將風后與力牧，斬蚩尤而為黃帝定天下。 15. 少昊時，民間出鬼怪。顓頊斷天梯以絕人鬼神的雜糅。 16. 顓頊後，高辛氏以五色犬殺房王而賜美女，生下五男六女人身犬面成為狗頭國。 17. 堯登帝位時，羿射九日以除民害。 18. 堯以二女娥皇、女英賜予舜為妻，舜不以瞽叟、繼母以及象弟的殘害為念，而繼帝位。 19. 舜登位後，有大禹出。禹父鯀為止淫水而盜息壤，被斬於羽山，後生大禹一人。禹以疏通治洪水，辛勤治水，三過家門而不入。	1. 黑暗中獨母娘娘生下混元老祖，混元老祖將徒弟混沌化為無極。 2. 無極生兩儀，兩儀生四象，四象生八卦，八卦分陰陽，而後有天地人三皇。

《黑暗傳》：映照一個民族遠去的背影[1]

毛俊玉

一九八〇年代初，湖北的民間文化人發現了《黑暗傳》，他們詩意地說道，在深山老林裏採擷到一朵民間文學奇葩。一九八四年，湖北學者劉守華首次將《黑暗傳》定性為「漢民族的神話史詩」。這一定性將《黑暗傳》推上了風口浪尖。漢民族有沒有神話史詩？《黑暗傳》是不是漢民族的神話史詩？隨之而來的爭議，或明或暗，或熱或冷，持續了近三十年。

瀕臨失傳的《黑暗傳》亟待國家政策的扶持，但是在申請國家級非物質文化遺產的道路上卻歷經曲折，兩次被排斥在名錄之外。是是非非的爭論之外，《黑暗傳》的保護和傳承讓人擔憂。

二〇一〇年五月十八日，文化部公布了第三批國家級非物質文化遺產推薦名錄，湖北省保康縣、神農架林區兩地聯合打包申報的《黑暗傳》歷經一波三折終於塵埃落定。但本刊記者在申報文本中注意到，《黑暗傳》被定性為「神話歷史敘事長詩」。從最初被發現到二〇一〇年入選國家級非物質文化遺產名錄，《黑暗傳》唱了一曲只有少數人才能聽懂的心靈之歌。

1 原載《文化月刊・遺產》二〇〇一年第一期，作者時任該刊記者。

一、發自靈魂的歌

蒼茫的神農架被稱為華中屋脊，是「野人」出沒的地方。以前人們進不去，現在道路修通了。如詩如畫的風景讓這片神奇的土地成為旅遊勝地。曾經被稱為「漢民族神話史詩」的《黑暗傳》便是在以神農架為中心的鄂西地區發現的。神農架林區群藝館退休幹部吳承清說：「神農架林區本身就是由興山、巴東、房縣的邊沿地區組合建置的。神農架是以華夏始祖炎帝神農氏的名字而命名的，在神農搭架採藥的地方最早發現一部漢民族創世神話史詩，也許是天意吧！」

二十多年前，《黑暗傳》被認為是漢民族最早的血脈和記憶。在世人的眼裏，楚人信鬼而好祀，親鬼而好巫。老人逝世後，「生之以禮，葬之以禮」，孝家要請歌師「打喪鼓」和「唱夜歌子」。歌師在靈堂裏邊唱邊跳，以此種類似宗教行為的方式紀念逝去的人。《黑暗傳》就是在這種場合下作為「喪歌」來演唱從而流傳下來的。

《黑暗傳》的內容是以盤古開天闢地結束混沌黑暗，諸多文化英雄在原始洪荒時代艱難創世等一系列神話傳說為敘述中心的長篇詩歌，包括「先天」、「後天」「泡天」、「治世」等四大部分。《黑暗傳》的內容很莊重宏大，歷史上便形成了一個傳統，即由具有很高水準的人來演唱，一般人唱《黑暗傳》則很難得到認可。

二、遭遇「神話史詩」的魔咒

一九八三年十二月，華中師範大學教授劉守華讀到了長篇歷史神話敘事詩《黑暗傳》。他感到它的內容和形式都較為獨特，如同神農架的珍稀動物一樣，不同凡響。一九八四年，劉守華發表了第一篇研究《黑暗傳》的論文。他也是第一個提出「《黑暗傳》是漢民族神話史詩」這一觀點的學者。他認為：《黑暗傳》的發現填補了漢民族沒有神話史詩的空白。而這一觀點基本得到了中國神話學會原主席袁珂先生的認同。袁珂先生則認為，稱《黑暗傳》是否為「漢民族的神話史詩」的爭論幾乎達到白熱化程度，波及海內外，劉守華也被置於輿論的漩渦，來自海內外的反對聲音非常強大。

《黑暗傳》的遭遇再次映射了漢民族神話史詩的尷尬。一百多年前，黑格爾斷言：「中國人沒有自己的史詩，因為他們的觀察方式基本上是散文性的。」中華民族沒有史詩的事實曾經讓國人感到疑惑與迷茫。但是二十世紀以來，我國相繼發現了少數民族的三大史詩：藏族的《格薩爾王傳》，蒙古族的《江格爾》，柯爾克孜族的《瑪納斯》。而令人遺憾的是，漢民族依舊沒有史詩。因此《黑暗傳》就像一塊罕見的璞玉，它的發現意味著將填補漢民族無神話史詩的空白。

希臘史詩已經為世人樹立了標竿。傳統的史詩定義為「一種風格高雅的長篇口頭詩歌，詳細敘述了一個傳統中或歷史上的英雄業績」。「史詩一定要長篇敘事，且主角必為英雄豪傑，出生入死，轉戰沙場。」因此有人用刻薄的語言嘲諷袁珂和劉守華出於對中外「史詩」的無知而妄加評判，認為《黑暗傳》徒有神話，沒有英雄，不能稱為「史詩」。

芬蘭著名學者勞里・航柯曾擔任國際民間敘事文學學會主席。他在〈史詩與認同表達〉一文中將以希臘史詩為標準的史詩傳統稱為「荷馬樣板」和「僵死的傳統」。荷馬樣板忽視了相當多的傳統史詩種類，希臘傳統只是許多傳統之一。他指出，史詩就是表達認同的超級故事，所謂認同即史詩所表達的價值觀念、文化符號和情感被一定範圍之內的群體所接受和認同，乃至成為他們自我辨識的寄託。

西方的某些觀點和斷言不利於中國學術的進步，也不利於中國非遺的保護。中國文聯書記處書記白庚勝曾經力挺《黑暗傳》、《郭丁香》和《華山抱》為「漢民族三大史詩」。他說，我們迷失在熟讀希臘神話、羅馬史詩之際，忘卻了自己的《公劉》、《生民》，在埋頭於搶救少數民族史詩之際忘記關懷漢民族的史詩遺存。

二〇〇二年，《黑暗傳》（胡崇峻整理本）由長江文藝出版社出版，三個月後即第二次印刷，兩次印刷共發行了八千冊。《黑暗傳》的出版引起了全球華人學者的極大興趣。臺灣雲龍出版社隨後出版了繁體字版。

但是《黑暗傳》的出版再次引發了爭論。復旦大學博士生導師陳思和對《黑暗傳》是「漢民族的神話史詩」的說法表示很懷疑。他認為，史詩是比較遠古的，而《黑暗傳》從開天闢地、三皇五帝一直講到明清時代，因此給人的感覺不過是一個內容雜糅、版本可疑的漢民族「民間史」。

目前，《黑暗傳》形成的時間只能追溯到明清時代，而青年學者張春香認為，明清時期的社會和文化氛圍已經不適合產生「史詩」這一體裁。「漢民族神話史詩」一說更不能成立，因為當時少數民族神話與漢民族神話已經在神農架地區相互交融。

面對爭議，劉守華曾表示，《黑暗傳》生動地敘說中國古代神話和歷史，並同神農架的宗教信仰、民間習俗融為一體，從這些方面看，它都不失為一件內容和形式都頗為奇特的民間文化珍品。

三、「我一直堅信《黑暗傳》是漢民族的神話史詩」

二十多年前，為了搜集《黑暗傳》流傳於世的各種手抄本，神農架林區群眾藝術館的幹部吳承清與胡崇峻一起踏遍了神農架林區、保康縣、房縣、興山縣、重慶巫山縣等地。如今，為《黑暗傳》的搜集和整理付出一生心血的胡崇峻已雙目失明、半身不遂。吳承清退休後，任神農架林區文聯主席。

二〇一〇年五月，《黑暗傳》入選國家級非物質文化遺產推薦名錄對吳承清來說一個夢魘，他說自己有一種羞恥感。他無法接受這一現實。針對部分學者認為漢族沒有神話史詩的觀點，吳承清激動地說：「我一直堅信《黑暗傳》是漢民族的神話史詩，我的觀點是不會改變的。《黑暗傳》的發現是整個漢民族的驕傲。」

二〇〇七年，在湖北省非物質文化遺產普查的培訓班上，武漢大學教授李惠芳發表了對《黑暗傳》體裁認定的看法。她認為，《黑暗傳》淵源於明清的通俗小說《開闢衍繹通俗志傳》。相對於有三千年文字史的漢民族來說，僅有三百年歷史的《黑暗傳》是不能稱為漢民族的史詩的，而且《黑暗傳》只在神農架等地有發現。所以無論從時間和地點上，都不能把它作為漢民族共同的史詩。可以把《黑暗傳》譽為「史詩式的作品」，但說它是漢民族的創世史詩是不被學術界認可的。

對於李惠芳教授的觀點，吳承清頗為不解，甚至產生了偏激的情緒。吳承清反問道：史詩要歷經多少年後才能算史詩呢？在他心裏，史詩就是史詩，將《黑暗傳》譽為「史詩式的作品」是自欺欺人。一九九一年，時任神農架民俗文化研究學會會長的吳承清根據《黑暗傳》的原始資料編纂出了第一個整理本來。十幾年的研究，讓他堅信《黑暗傳》絕不是淵源於明清小說《開闢衍繹通俗志傳》。《黑暗傳》所敘述的人物，如黑暗老祖、混沌老祖、玄黃老祖……吞天的浪蕩子，斬浪蕩子的奇妙子，造水土的江沽……是這些創世英雄用血肉之軀造就了天地日月和人間萬物，這些在《開闢衍繹通俗志傳》中找不到半點影子，而且在中國有史的文獻資料中都尋不到蹤跡。

「《黑暗傳》不僅是神農架的，而且是整個漢民族的神話史詩，只不過是在神農架最早發現的，而且神農架至今還在傳唱而已。」吳承清說道。

四、申遺的無奈與尷尬

二〇〇七年，《黑暗傳》被湖北省列為湖北省省級非物質文化遺產名錄第一位，但是在其後兩次申請國家級非物質文化遺產時都被排斥在外。神農架林區非物質文化遺產保護中心辦公室主任田思通過對本刊記者說，非遺保護中心的經費非常有限，光申報《黑暗傳》就花去三萬多元。《黑暗傳》的保護和傳承工作曾一度陷入進退兩難的境地。

二〇〇七年年底，通過文化部專家組初審的《黑暗傳》最終未能進入國家級非物質文化遺產推薦名錄。本刊記者瞭解到，《黑暗傳》名稱中的「黑暗」一詞成為其申遺的障礙。國家非物質文化遺產評審委員會委員、專家組成員劉錫誠指出，這樣的以手抄歌冊和活態傳唱兩種形式存世的神話敘事長詩，有什麼理由將其從國家級名錄中刪除呢？這裏暴露出來的分明是站在非學術的立場上來看古神話的長篇敘事詩的問題。

二〇〇七年，在《黑暗傳》評審遭遇挫折的時候，有關方面曾打電話給華中師範大學教授劉守華，建議更改《黑暗傳》的名稱，比如改作《創世紀》或《開天闢地歌》之類。湖北方面都不贊同更改其名稱，因此，《黑暗傳》的申報就此擱淺。

劉守華先生搜集了二十本《黑暗傳》手抄本。他向本刊記者展示了一本清代的《黑暗傳》手抄本，記者在泛黃的典籍裏看到了古人所定下的《黑暗傳》名稱。劉守華說，《黑暗傳》的名稱不是現代人臨時強加的，而是古人的叫法，在當地的民間流傳了三百多年，白紙黑字的歷史記載無法更改。如果隨意改名，不但容易張冠李戴，也是對這件民間文學作品的損害。

湖北學者左尚鴻對《黑暗傳》兩次申遺被排斥在外，非常明確地發表了自己的看法。他認為，以當代詞彙的象徵意義來理解《黑暗傳》的名稱，從政治方面考慮可能是謹慎的，但從文藝方面理解就顯得過於狹隘。「黑暗」代表一種混沌創世觀，反映著人類認識世界的初始水準。「黑暗」也代表一種民間的祭祀觀，具有鮮明的民間宗教色彩，《黑暗傳》是作為喪歌演唱的。另外，「黑暗」其實是一種社會人生觀。黑暗並不等於邪惡、恐怖、骯髒和混濁，很多時候它寓意著平靜、安寧、純潔和充實。

「『真實性』是保護工作的先決條件。」劉守華說，「如果覺得『黑暗』一詞礙眼而否定它，就違反了國務院通知中所確定的真實性原則。」

有人從《黑暗傳》裏看出了政治問題，並且認為《黑暗傳》宣揚迷信，因此否決了《黑暗傳》的申報。「上下不非遺名是專家說了算，還是其他什麼人說了算？」二〇〇八年，國家非物質文化遺產評審委員會委員、民俗專家宋兆麟在「中日非物質文化遺產保護・鄞州論壇」上表達了自己的憂慮。作為國家級非物質文化遺產名錄的評審專家之一，他經歷了《黑暗傳》申遺的起起落落。他表示：「遠古的傳說能有什麼政治問題？能有什麼迷信？對非物質文化遺產價值的認定，是一項科學。」

兩次申請，兩次被拒。二〇一〇年申報工作展開後，湖北方面並沒有改變《黑暗傳》的名稱，但一個重大的改變是將《黑暗傳》按照「神話歷史敘事長詩」進行申報。按照當前的普遍觀點，《黑暗傳》並不屬於史詩類別，它是一部敘事龐大雜糅的長篇敘事詩。但《黑暗傳》的價值仍然得到了學界的普遍認可。湖北方面採納了相關學者建議，先申報，保護《黑暗傳》更重要，至於爭議的焦點可日後再做討論。

五、民間文學珍品的生與死

二〇〇三年，青年導演毛晨雨前往湖北神農架拍攝紀錄片《靈山》。深山裏，爺爺和兒子、兒媳、孫子過著簡單的日子。兒子楊福新是個道士，以為死者超渡亡靈為副業。爺爺身體的衰朽、飲食上的擔憂、媳婦的排擠，使得他無地自容，沒有一個所謂的「靈山」能夠藏身，他無非是指望著能吃點什麼而已。人一個一個死，兒子把靈魂一個一個帶入他所謂的天堂。而爺爺卻注視著靈山，一手抓住那尚未成熟的石榴……作為「孝歌」的《黑暗傳》貫穿其中。

當毛晨雨將片子寄給老人時，他已經離開人世。喪歌唱了一曲又一曲，不知楊福新有沒有給他的父親唱一段《黑暗傳》。

二〇〇四年，一部與《黑暗傳》同名的電影《黑暗傳》三部曲系列開始由一群獨立的電影人拍攝。這個項目獲得二〇〇四年鹿特丹電影節的Hubert Bals Fund獎和二〇〇五年美國The Global Film Initiative獎。紀錄片《黑暗傳》的背景取自民間文學《黑暗傳》。導演章明的家鄉是重慶巫山，那裏和鄂西北地方相連，也流傳《黑暗傳》為民風民俗。在他的家鄉，「至今仍會在葬禮上看見唱名為《黑暗傳》的喪歌。人們不盡然瞭解生命為何消亡，又為何誕生，如此綿延不絕；古人便以幻想演繹，把這種在黑暗中的摸索和想像唱了出來，流傳至今」。

電影《黑暗傳》劇本並不是關於史詩《黑暗傳》本身的。章明意識到給死者唱《黑暗傳》的民間風俗有可能在不久後消失，就像三峽大壩建成後永遠沉入江底的長江的眾多文物古蹟和文化遺產一樣式。所以他一直希望把這個背景和電影結合起來，並引用其名。

當現代文明的曙光覆蓋了鄂西北的原始森林時，為逝者唱《黑暗傳》的民俗民風已經在消逝的路上。由於民間文學的特徵，《黑暗傳》的保護難上加難。湖北學者左尚鴻表示，歷史上，《黑暗傳》便屢遭劫難。據記載，清同治年間就曾被禁。「文革」期間，民間流傳的手抄本被當作落後的封建文化被成箱燒毀。由於《黑暗傳》題材宏大，敘事複雜，能唱全篇的歌師鳳毛麟角。現代年輕人學唱《黑暗傳》的極少，致使民間傳承人出現嚴重的斷層。此外《黑暗傳》仍有許多未解之謎等待關注者去研究和挖掘。

第三輯

鄂西北《黑暗傳》的傳承現狀及策略研究[1]

林佳煥

第一節　《黑暗傳》的多種異文和敘事母題

《黑暗傳》是一部在鄂西北民間活態傳承的漢族神話歷史敘事長詩，它講述了從黑暗混沌到盤古開天闢地，再到人類文明誕生這一漫長的過程，主要包括天地混沌、洪水泡天、盤古開天闢地、女媧造人、人皇治世、三皇五帝的出現等內容。《黑暗傳》的內容就來源性的角度可分為四大方面：一為古籍中的神話來源；二為古籍文獻中不受彰顯，但疑屬於古代文人知識範疇的來源；三為古籍中找不到相關記載，疑似民間神話與傳說的來源；四為佛、道或民間宗教的滲透與影響[2]。本文在共時的基礎上對《黑暗傳》十一個異文進行分析，意圖對《黑暗傳》的內容進行解讀。

一、創世母題

創世是各國神話中出現頻率很高的一個母題。《黑暗傳》作為漢民族神話歷史敘事長詩，也有遠古先民對世界起源追問的母題，《黑暗傳》對宇宙世界的來源有獨特的認知。在漢族傳統神話中，世界最早起源於盤古開天闢地，但《黑

1 林佳煥，華中師範大學民間文學碩士研究生，本文為二〇一二年三月完成的碩士學位論文。
2 陳嘉琪，〈論《黑暗傳》的口承敘事文化現象──以八種傳抄本為主要探討對象〉，《民俗研究》二〇〇六年第四期。

暗傳》中對宇宙歷史的追述更為久遠，《黑暗傳》記載了神人兩次開天闢地的壯舉。

(一)第一次開天闢地

在《黑暗傳》所構築的神話世界中，曾有上天皇和立引子不見於歷代典籍中的兩位神人開天闢地，第一位是上天皇，但文中對其事蹟記載簡略，其所開創的天地不知因何原因滅亡，在洪水泡天八千年之後，盤古再次把天開[3]。書中另一位神人是立引子，與上天皇相比較，《黑暗傳》中對立引子的敘述相對詳細，立引子開天闢地後在無人世界裏遊行，收末葉為徒，能捏土造人，但立引子並沒有擔當創造人類的重任，在他所創造的世界裏沒有人類的出現，而且立引子也事先意識到他所創造的天地該滅亡[4]。

(二)盤古開天闢地

盤古神話最早見於《三五歷記》，徐整在《三五歷記》中記述了盤古的誕生和盤古開天闢地：

> 天地混沌如雞子，盤古生其中。萬八千歲，天地開闢，陽清為天，陰濁為地。盤古生其中，一日九變，神於天，聖於地。天日高一丈，地日厚一丈，盤古日長一丈。如此萬八千歲，天數極高，地數極深，盤古極長。[5]

《黑暗傳》中所記載的盤古神話並不只是《三五歷記》中寥寥數語，盤古神話是《黑暗傳》中創世母題的核心講

3 胡崇峻、何夥，《神農架〈黑暗傳〉多種版本彙編》（中國民間文藝研究會湖北分會編，一九八七年），頁七〇。
4 同前註，頁四八。
5 袁珂，《古神話選釋》（人民文學出版社，一九七九年），頁一。

述，也是《黑暗傳》的核心主題，盤古開天闢地是八篇《黑暗傳》異文中共有的情節。不同的是各個文本都對盤古開天闢地神話做了一定程度地改造，篇幅也長短不一。除了開天闢地這個核心母題，《黑暗傳》還對盤古的出世、幫助日月升天等事蹟進行了詳細的敘述。

1. 盤古的出世

徐整的《三五歷記》中盤古生長在像雞蛋的混沌天地中，自此以後，歷代典籍大都繼承了這一說法。《黑暗傳》記載了民間群眾對盤古這一創世巨人出世的多種神奇的想像，說法非常新穎。按照《黑暗傳》的說法盤古出世的方式有以下四種：

（表一）

出世的方式	主要情節
宇宙之卵	說起盤古有根痕，當時乾坤未成形，清赤二氣不分明，一片黑暗與混沌，金木水火土，五行未成形。乾坤暗暗如雞蛋，密密匝匝幾千層，不知過了幾千年，二氣相交產萬靈。盤古懷在混沌內，此時天地產育精。混沌裏面是包羅，包羅吐青氣，崑崙才形成。天心地膽在中心，出生盤古一個人。[6]
仙胎說	崑崙山上出五嶺，生成一個五龍形，曲曲彎彎多古怪，五龍口中流紅水，聚在深潭內面存，就在此處結仙胎，盤古從中長出來。[7]
混沌改名為盤古	混沌得了開天斧，改名盤古把天分，盤古來到山頂上，一斧劈開混元石，清氣浮而九霄去，重濁落在地上沉，天高地厚才形成。[8]

6 胡崇峻，《黑暗傳》（長江文藝出版社），頁一〇一。
7 胡崇峻、何夥，《神農架〈黑暗傳〉多種版本彙編》（中國民間文藝研究會湖北分會編，一九八七年），頁一五。
8 劉定鄉，《黑暗傳》藏抄本。

佛祖讓皮羅崩婆變成仙桃，盤古借像託生	皮羅崩婆是世尊的徒弟，世尊讓皮羅崩婆去開天闢地，皮羅崩婆到咸池將日月納入手中後，往東行至太荒山腳下化為仙桃，埋入土內托生為盤古。[9]

第一種盤古出世的說法與《三五歷記》中記載相似，援引了宇宙之卵母題，盤古生長於雞蛋似的混沌天地中，只是《黑暗傳》中的想像更為神奇，敘述更加生動，而且其中摻雜了陰陽五行觀念。而另外三種說法在繼承神奇出世的基礎之上吸取民間文化因素對盤古的誕生做了另外一番敘述。

2. 開天闢地

盤古出世後立即開始了開天闢地的偉業。《黑暗傳》中對盤古開天闢地進行了生動的構想：

> 丟下盤古出生事，再表夫子把子根。你看庚辛金是西方，盤古來到西方上。見一金石放毫光，重有九斤零四兩。要重就重，要輕就輕，好似斧頭一般樣。又見山窩放毫光，見一根鐵樹丈二長。要長就長，要短就短，要方就方，要圓就圓，好似把子一般樣。金斧鐵把自相當，劈開天地分陰陽。非是學生扯的謊，唱得不全請原諒。[10]

3. 助日月升天

《黑暗傳》中提到日和月在盤古開天闢地之前就已經存在，同時日月二神也出現人格化傾向。因此盤古在完成開天

9 胡崇峻、何夥，《神農架〈黑暗傳〉多種版本彙編》（中國民間文藝研究會湖北分會編，一九八七年），頁四八。

10 劉定鄉，《黑暗傳》藏抄本。

劈地的偉業後，就請日月升天，讓日月照耀大地，給世界帶來光明。

盤古用斧來砍破，一輪紅日現出形，裏面有個太陽洞，洞裏有棵扶桑樹，太陽樹上安其身；太陽相對有一山，劈開也有一洞門，洞中有棵娑羅樹，樹下住的是太陰。二神見了盤古面，連忙上忙把禮行。「天地既分海水清，缺少光明照乾坤。」盤古一聽心歡喜。「請了，請了我先請，要請二神上天庭。」太陽、太陰子女多，跟著母親上了天，從此又有滿天星。[11]

在此種說法中，日月是一對夫妻，他們自願上天，並將自己的子女一同帶上天庭。在其他的異文中，日和月也是一對夫妻，名字叫孫開和唐末，他們分別居住在咸池底的日宮和月殿，在盤古前來請他們上天時，日月不願上天，盤古唸咒語使日月不得不上天，一月才見一次面。或日月在上天過程中遇到阻礙，盤古保護日月二神順利上天庭。

（三）萬物起源

在創世母題中還包括了對萬物起源的描述，《黑暗傳》中關於萬物起源有以下兩種說法：

1. 盤古化生萬物

《黑暗傳》繼承了傳統神話中的觀點，盤古在完成開天闢地的壯舉後化生萬物。

---

11 胡崇峻、何夥，《神農架〈黑暗傳〉多種版本彙編》（中國民間文藝研究會湖北分會編，一九八七年），頁九八。

盤古已把天地分，世上獨有他一人，死於太荒有誰問，橫身配與天地形。頭配五嶽巍巍相，目配日月晃晃明。頭東腳西好驚人，頭是東嶽泰山頂，腳在西嶽華山嶺，肚挺嵩山半天雲。左臂南嶽衡山林，右膀北嶽恆山嶺，三山五嶽才形成。毫毛配著草木枝枝秀，血配江水蕩蕩流，江河湖海有根由。[12]

2. 神筆畫萬物

《黑暗傳》中有些異文擺脫了中國傳統神話的影響，它完全吸取民間文化的因子。在《黑暗傳》中鐵筆既能安天，又能安地，一支神筆創造了萬物。玄黃老祖傳與泥隱子鐵筆三杆，一支叫做畫天筆，能夠畫出日月和星辰，第二支叫做畫地筆能夠畫出江河和山林[13]。

二、洪水神話與人類再生母題

（一）洪水神話

洪水神話的世界性反映了在遠古時期的某個階段，人類可能經歷了一次重大的洪水之劫，對洪水的記憶通過洪水神話一代代地留存下來。《黑暗傳》作為漢民族神話歷史敘事長詩，其中也有洪水神話的母題。《黑暗傳》中所記錄的洪水神話不僅與世界其他各民族的洪水神話不同，而且與我國其他少數民族的同類神話也有不同之處，《黑暗傳》中的洪

12 趙發明，《黑暗傳》藏抄本。
13 胡崇峻、何夥，《神農架〈黑暗傳〉多種版本彙編》（中國民間文藝研究會湖北分會編，一九八七年），頁四三。

水神話是自然的洪水神話。

1. 洪水的成因

首先，從《黑暗傳》中洪水神話的成因來看，洪水的出現都是由神人製造的，而並非一種單純的自然災害。在《黑暗傳》中，洪水的起因有三種：第一，先天立引子知道天地已該滅亡，於是任由海蛟來滅天，使洪水泡天。第二，在同一文本中也提到了洪水的另一種成因：陰山上一具浮屍生下三個孩兒，老大弘儒頭頂一葫蘆，放出洪水泡天地。先天立引子知道天地該滅亡而任由洪水泡天。二弟弘浩頭頂一葫蘆放出黑水，「黑水淹地無有人」[14]。然後立引子的徒弟末葉頭頂一葫蘆放出的是綠水，這一綠水使世界變得青山綠水。這一綠水不帶有毀滅的功能而是帶有再造的功能。第三，洪水的成因是神界的爭鬥。「不周山上來講教，四十八母齊來到，窘天聖母不知道。四十八母動干戈，不周山上起風波，觸斷天柱萬丈多，遠古老母開天河。洪水泡了天和地。」[15]

2. 洪水泡天的時間

其次，從洪水泡天的時間來看，有的文本上說洪水泡天有一萬八千春，有的文本是洪水三番泡天地，其中一異文說的是八千年，從中可以看出洪水泡天的時間非常之長，經過幾千年或幾萬年洪水才慢慢退去。

（二）人類再生

人們總是對人從何處來展開追問，在《黑暗傳》中關於人類再生有以下兩種說法：

14 胡崇峻、何夥，《神農架〈黑暗傳〉多種版本彙編》（中國民間文藝研究會湖北分會編，一九八七年），頁五〇。
15 同前註，頁四二。

1.兄妹成婚育人苗

我國許多民族都有與葫蘆有關的兄妹婚神話，葫蘆崇拜非常廣泛。葫蘆在許多兄妹婚神話中充當避水逃難的工具，許多兄妹都靠躲入葫蘆逃過洪水，進而實現人類的再造。聞一多曾說過：「正如造人是整個故事的核心，葫蘆又是造人故事的核心。」[16]《黑暗傳》中兩兄妹正是躲在葫蘆中逃過一劫。崑崙山上一岩石縫長出一個葫蘆藤，結了一個大葫蘆，有一天大葫蘆對兩兄妹說洪水馬上要泡天了，只有躲入葫蘆的肚內才能避難。兄妹在躲過災難後，他們並不是自覺主動結為夫妻。鴻鈞老祖救下兄妹倆並要求他們結為夫妻繁衍後代，但女童認為兄妹成婚破壞人倫，除非金龜說話她才同意與兄長成婚。而金龜正好開口說話勸解女童，但是這個勸解過程十分周折，金龜因勸說女童而遭受折磨。女童聽到金龜說話後非常憤怒，用石頭將金龜打成八塊，男童將八塊湊在一起並在龜殼上撒尿才將烏龜救活，烏龜被救活後仍然繼續勸解女童。最終女童答應與兄長成親並生下男女共十人，這十名子女分別管理天下各州[17]。

《黑暗傳》所記載的兄妹婚神話，表現了在遭遇洪水災難後人類滅絕的情況下，一對有著血緣關係的兄妹為了人類的延續而違反常規結為夫妻，這與其他民族的兄妹婚神話在母題、主旨和情節上都有相似之處，可以看出在民族交流過程中產生了文化共生現象。但《黑暗傳》中的兄妹婚神話也有顯著的特點：其一，葫蘆是先民躲避洪水的場所，是避難的工具。其二，從葫蘆出現在蓬萊山腳下的大海，從五龍護衛葫蘆到出現鴻鈞老祖這個人物都表現了民間宗教文化對《黑暗傳》的滲透等等。

16 轉引自宋兆麟，〈洪水神話與葫蘆崇拜〉，《民族文學研究》一九八八年第三期。

17 胡崇峻、何夥，《神農架〈黑暗傳〉多種版本彙編》（中國民間文藝研究會湖北分會編，一九八七年），頁七三。

2. 神奇鐵筆畫人形

《黑暗傳》的一些異文多次出現了神筆的蹤跡，這支神筆具有神奇的功用。它的其中一個功用就是畫人。佛祖送給鴻鈞老祖三支鐵筆，其中的第三支鐵筆就具有畫人的功用，鴻鈞老祖就用它畫出了盤古的眉毛、骨節、眼睛、汗毛，讓盤古成人形[18]。鴻鈞老祖發現世界上沒有人形，就畫出三毛七孔，畫成人形[19]。玄黃老祖傳與其徒弟泥隱子三桿鐵筆，其中的第三桿鐵筆就是用來畫人。泥隱子用鐵筆畫出了許多人形：

一畫盤古來出世，
二畫女媧傳世人，
三畫天皇十二個，
四畫地皇十一人，
五畫人皇人九個，
六畫伏羲八卦身，
七畫神農嘗百草，
十畫軒轅治乾坤，
先畫眉毛並七孔，

18 胡崇峻、何夥，《神農架〈黑暗傳〉多種版本彙編》（中國民間文藝研究會湖北分會編，一九八七年），頁五七。
19 同前註，頁八五。

五臟六腑畫完成，
畫上三百六十人骨節，
又畫血脈身上存，
然後又把三清畫，
金木水火土畫人形。[20]

三、人祖治世母題

《黑暗傳》人祖治世這一主題中的神話傳說多來源於古籍文獻，中國古籍文獻中零散的神話傳說在《黑暗傳》中被整合成完整連貫的長詩，多個神話傳說連貫起來演繹了遠古的歷史。《黑暗傳》中的治世主題主要講述從三皇五帝到大禹治水這段時期的神話傳說，記載了中華民族每一位祖先神的歷史功績，表現了人們駕馭自然的願望。根據《黑暗傳》中的表現內容，主要可以劃分為文化起源神話、戰爭神話與災難神話三類。

（一）文化起源神話

文化起源神話和人類早期文化起源有關，中國歷代典籍中對這些發明文明的聖賢記載頗多，在《黑暗傳》中，食物、工具、制度的發明者是帶有神人性質的文化英雄和傳說中的遠古祖先。在《黑暗傳》中記載最詳細、篇幅最長的

[20] 胡崇峻、何夥，《神農架〈黑暗傳〉多種版本彙編》（中國民間文藝研究會湖北分會編，一九八七年），頁四四。

文化起源神話是神農神話傳說。《黑暗傳》中神農為少典所生，牛首人身，神農成為一方帝君後，天下瘟疫流行，神農嘗百草，驅走瘟疫，將七十二毒神趕入山林。天下太平後，神農又進入七十二山尋找粟、稻等五穀，教人互相貿易，斬木為耒來耕地[21]。神農的發明確立了中國以農耕為主的自然經濟形態，在以農業為本的古代社會，神農一直備受崇敬。

除此之外，天皇兄弟十二人制定了天干地支。地皇兄弟十一人區分晝夜和二十四節氣，制定了四時八節。人皇兄弟九人治綱常，定人倫。有巢氏教人為巢，五丁氏教人挖坑避雨。燧人氏發明了鑽木取火，史皇氏倉頡造字，鉅靈氏造車船，伏羲發明八卦。《黑暗傳》中與音樂有關的發明神話有多則：女媧氏用葫蘆製笙，伏羲氏削樹製琴，祝融氏聽鳥音作樂。在《黑暗傳》中，婚姻制度是由軒轅、伏羲或燧人氏制定。

（二）戰爭神話

在中國傳統神話中，黃帝與蚩尤之間的戰爭是兩個部族之間為爭奪土地和權力而展開的戰爭。《黑暗傳》中的黃帝與蚩尤之戰沿襲了正統道德觀，將蚩尤定義為一個反面人物。但不同的是一篇異文中的蚩尤是一個反臣而並非部落首領，神農死後，愉罔代替神農治理天下；愉罔無道，反臣蚩尤就起兵作亂，軒轅出世後在涿鹿之野將蚩尤斬殺[22]。而另一篇中的蚩尤兄弟九人為了和黃帝爭位而殘害百姓，蚩尤被打敗時血飛三千里落在山西鹽田城[23]。

21 胡崇峻、何夥，《神農架〈黑暗傳〉多種版本彙編》（中國民間文藝研究會湖北分會編，一九八七年），頁一一三。
22 同前註，頁一一六。
23 同註21，頁七七。

（三）災難神話

大禹治水是與洪水有關的災難神話。大禹為治水，三過家門而不入，最終治水成功。大禹治水神話中洪水是自然形成的，大禹治水的成功表現了遠古先民為了生存戰勝自然的偉大力量，大禹治水神話的廣泛流傳表現了遠古先民直面災難的勇氣和不屈不撓的精神。

在原始社會，人們從自然中取得生存所需要的食物，但由於生產力的低下，人類對自然也存在畏懼心理，他們看到了自然災難對生命的威脅，但在強大生存願望的驅使下先民開始了對自然的抗爭。先民努力與自然災害做鬥爭，發明了工具，發現了食物，克服生活中所遇到的阻礙。通過部落戰爭，部落之間不斷融合。總之，通過神農、黃帝、大禹等遠古祖先和文化英雄的鬥爭，確立了人類文明的開端。

第二節 《黑暗傳》研究現狀

一、《黑暗傳》的性質研究

自《黑暗傳》進入學者們的視野後，就《黑暗傳》屬於何種體裁展開了一場學術爭鳴。以袁珂、劉守華為代表的學者主張將《黑暗傳》稱做廣義神話史詩。劉守華在閱讀了《神農架民間歌謠集》後撰寫了〈鄂西古神話的新發現——神農架神話歷史敘事長歌《黑暗傳》初評〉一文，劉守華提出了《黑暗傳》為神話史詩的觀點，並將此文寄給了中國神話學會原會長袁珂。袁珂審閱了這篇文章後給予了以下回覆：「說《黑暗傳》是漢民族的神話史詩也不錯，不過毋寧說它是廣義的神話史詩更為妥帖」。學術界圍繞《黑暗傳》是否為「史詩」展開了持久的討論。

有學者質疑《黑暗傳》是否能稱做漢民族長篇史詩。鄭樹森認為《黑暗傳》「徒有神話，沒有英雄的歷劫征戰，是不能稱為史詩，而僅可視作長篇神話故事歌」[24]。張春香在〈文化奇胎〉一文中以彭宗衛收藏的《黑暗傳》為研究底本，將《黑暗傳》稱做「文化奇胎」。二〇〇七年，《黑暗傳》被列入了湖北省第一批非物質文化遺產名錄之後，對《黑暗傳》體裁的討論進入了新的階段。因為學界對《黑暗傳》屬於何種體裁的觀點不一致，致使《黑暗傳》幾次申報國家非物質文化遺產未果。二〇一一年，由保康縣和神農架林區共同申報的《黑暗傳》被列入第三批國家非遺代表作名錄，專家委員會認定：

> 作為「孝歌」、「喪鼓歌」演唱的《黑暗傳》這部神話歷史敘事長詩，以盤古開天闢地結束混沌黑暗，諸多文化英雄在原始洪荒時代艱難創世等一系列神話傳說為敘說中心。它時空背景廣闊，敘事結構宏大，內容古樸神奇，能有力地激發人們對中華歷史文化的認同感，是一部難得的民間文學作品[25]。

雖然各位學者針對《黑暗傳》的體裁各抒己見，但他們一致承認《黑暗傳》在中國文化史上具有重大價值。陳益源的〈西陵峽《黑暗傳》的發現、整理及其價值〉討論了湖北宜昌民間藝人劉定鄉收藏的《黑暗傳》，對其發現整理過程與其價值予以研究，認為這一抄本的內容具有鮮明的特性，它富有文學性、知識性和歷史性的文化特徵使它在所有《黑暗傳》抄本中獨樹一幟。冰客在〈《黑暗傳》的漢水文化歷史價值探析〉中回顧了神農架《黑暗傳》的發現經過和內容梗概，提出漢水文化的研究與《黑暗傳》具有相輔相成、互為依託共生關係的觀點。潘世東的《文化哲學視野下的〈黑暗傳〉終極價值闡釋》認為，《黑暗傳》涵蓋了人類最主要的價值訴求，文中闡述了《黑暗傳》的三個終極價值。潘

24 鄭樹森，〈《黑暗傳》是不是漢族長篇史詩〉，《上海師範大學學報》一九九〇年第一期。

25 見劉守華，〈我與《黑暗傳》〉，《長江大學學報》第三十四卷第一期（二〇一一年）。

世東、李洪、葛慧在〈漢水文化視野下的《黑暗傳》之歷史文化價值〉中認為，《黑暗傳》具有不可估量的歷史文化價值。張春香在〈《黑暗傳》與中華民族精神傳承〉一文中認為《黑暗傳》開闢了一條民間互動傳承的有效途徑。

二、《黑暗傳》的起源與流變研究

對《黑暗傳》的溯源也成為學者研究的一個重點。據劉守華考證，《黑暗傳》「其最初的形成時間難以斷定，但產生於明代的可能性最大」[26]。劉守華在研究時發現，《黑暗傳》的一些內容與署名竟陵人鍾惺的《盤古至唐虞傳》和署名周游的《開闢演義通俗志傳》相契合，《婁敬書》也可以視為《黑暗傳》的根基之一。後來劉守華又找到了敦煌文獻《天地開闢已來帝王紀》一書在整體結構和敘說方式上與《黑暗傳》契合一致，在敦煌寫本中找到了更為古老的關於神農傳說的記述，而且《黑暗傳》中的伏羲、女媧兄妹婚也與敦煌寫本中的伏羲、女媧故事有明顯的對應傳承關係[27]，這對於《黑暗傳》起源於明以前提供了佐證。

學人們主要從文化地域、地理、歷史三個方面對《黑暗傳》的產生和流傳背景進行論述。

第一，在文化地域上—陳嘉琪在〈論《黑暗傳》的口承敘事文化現象—以八種傳抄本為主要探討對象〉一文中提到神農架保存著一種活躍的民間唱和風俗，《黑暗傳》之所以流傳於神農架地區，與當地人民的唱和民俗分不開，陳嘉琪還根據烏丙安先生的風物傳說圈觀點提出了另一個可能性：透過神農傳說與神農架的互依性，進而也連帶將《黑暗傳》的內容保存在民俗信仰中，而使神農架逐漸成為了《黑暗傳》的傳說圈。

26 劉守華，〈《黑暗傳》與明代通俗小說〉，《鄖陽師範高等專科學校學報》第二十一卷第二期（二〇一一年）。

27 劉守華，〈再論《黑暗傳》—〈黑暗傳〉與敦煌寫本《天地開闢已來帝王記》〉，《「中國神話研究的當代走向」學術研討會論文集》，頁一二。

第二，神農架地區有著獨特的地理背景。尹筍君在〈神農架《黑暗傳》之研究——兼與鄭樹森教授商榷〉一文中提到神農架特殊的地理環境使神農架地區保存了許多古籍中的神話傳說。

第三，神農架地區屬於房陵文化圈，流放文化帶來了古代典籍的植入[28]。移民文化將各種民俗文化帶入神農架，神農架成為了巴楚文化的交匯區域，這也可能是《黑暗傳》得以保存與流傳的一個原因[29]。

三、《黑暗傳》的內容研究

（一）《黑暗傳》中的盤古神話分析

在〈《黑暗傳》中的盤古神話及其傳承特點〉一文中劉守華採用民間文藝學的母題分析法，以十一個原始資料為基礎，分別評說了《黑暗傳》中盤古神話中的盤古出生、開天闢地、盤古殺霧神、設置日月、化生萬物四個母題，總結了盤古神話構成演變的特點，充分肯定了盤古神話的巨大價值。張春香在〈《黑暗傳》看盤古形象的文化內涵〉一文中對盤古的文化內涵進行分析，她認為盤古的前身是混沌，盤古是由盤瓠演變而來的，盤古與道教共生共長。

（二）《黑暗傳》與宗教的關係分析

〈從《黑暗傳》看神農架的文化位置〉一文中提到《黑暗傳》中「佛道雙峰對峙，外來宗教與本土宗教並存」。在〈《黑暗傳》追蹤〉一文中劉守華提到「《黑暗傳》有些文本雜著佛教和道教影響，但沒有占據主導地位」。而且經劉

---

28 劉守華，〈《黑暗傳》整理本序〉，《民間文學：魅力與價值》（大眾文藝出版社），頁二一八。

29 胡崇峻，〈《黑暗傳》搜集與整理〉，《黑暗傳》（長江文藝出版社），頁二六六。

守華考證《黑暗傳》並不是白蓮教支派魔公教的《佛說黑暗經》。張春香在〈文化奇胎〉一文中提到《黑暗傳》中「儒釋道三教共演一臺戲」。陳嘉琪在〈論《黑暗傳》的口承敘事文化現象——以八種傳抄本為主要探討對象〉中認為《黑暗傳》中崩婆、濕婆、元始天尊、鴻鈞老祖等人物和「萬國九州」「四大部洲」等空間概念在《黑暗傳》中的出現，表現了佛道二教與民間宗教對《黑暗傳》的滲透。蔣顯福在〈《黑暗傳》與道的創世觀比較研究〉一文中提到《黑暗傳》與中國傳統的「道家」和「道教」有著密切聯繫。

阿正在〈漢語創世史詩《黑暗傳》語言風格個性〉一文中提到《黑暗傳》的風格是雅俗結合。陳嘉琪在〈論《黑暗傳》的口承敘事文化現象——以八種傳抄本為主要探討對象〉中認為《黑暗傳》採用七言歌體的方式進行敘事，七言形態與音樂的結合性，對於探討《黑暗傳》七言形式的形成是否與敦煌變文三七雜言的講唱關係具有重要價值，有助於推斷《黑暗傳》的形成年代。

羅興萍〈《黑暗傳》與《聖天門口》的互文性研究〉一文探討了劉醒龍的長篇小說《聖天門口》對《黑暗傳》的採集和利用，因為其文本內容龐雜，其中的一部分為作家自己所虛構，羅興萍根據其內容認為，《聖天門口》中說唱歷代的文本只可籠統稱為《黑暗傳》文本，而《黑暗傳》作為互文第二文本，它與第一文本內容首尾銜接，時間概念上互相照應，而且作為第二文本的《黑暗傳》唱詞具有寓言的性質。

（三）關於《黑暗傳》的田野調查方法與文本研究

縱觀近三十年來學者們對《黑暗傳》的整理研究狀況可以看出學術界對《黑暗傳》的重視，學者積極搜集《黑暗傳》文本，挖掘《黑暗傳》的內涵，對《黑暗傳》的源流、價值、文化內涵的研究已經取得較多的成果。雖然學者們的某些學術觀點主觀性較強，但在基本問題上學者們的意見已逐漸趨於一致，而且《黑暗傳》研究的多角度趨勢明顯。但在研究方法上，多趨向於研究《黑暗傳》敘事文本，過多地關注文本而忽略了在民間作為一首喪鼓歌的生存狀況和傳承方式。《黑暗傳》以口頭演唱方式流傳於喪葬儀式上，它以喪鼓歌這種特殊民歌形式存在於人們的日常生活中，在提倡非物質文化遺產保護的背景下，將《黑暗傳》傳承與非物質文化遺產保護實踐相結合進行討論既具有較強的理論價值，也具有直接的現實意義。

本文採用田野調查的方法，通過與演唱《黑暗傳》的歌師和流傳地群眾的接觸，筆者瞭解了以孝歌形式存在於民間的《黑暗傳》當前的生存狀況。本文意圖反映的是《黑暗傳》的傳承現狀和在非物質文化遺產保護的背景下《黑暗傳》的變遷，本文結合田野調查和書面文本資料對《黑暗傳》的傳承進行個案研究。在田野調查過程中通過民眾訪談和參與觀察來搜集資料，同時也參閱前人研究成果、考察報告等文字資料。田野調查訪談的對象有傳承人、普通群眾、政府文化工作者，同時對被訪談者所提供的書面資料進行抄錄。

1. 田野調查資料

自確定《黑暗傳》為研究對象後，因為近三十年來學者對神農架的《黑暗傳》關注頗多，所以筆者將田野調查的地點定在了湖北省保康縣，二〇一一年七月二日到二〇一一年七月九日，二〇一一年十月九日到二〇一一年十月十六日，筆者曾兩次到湖北省保康縣進行田野調查。在到達保康縣後，筆者認真瞭解了《黑暗傳》在保康縣的分布狀況和《黑暗傳》傳承人所在，最後確定以保康縣歇馬鎮為調查地點，四次對《黑暗傳》縣級傳承人湯國英進行了重點訪談，採錄了與《黑暗傳》有關的訪談資料和《黑暗傳》抄本。

2. 書面文本資料

相關文本資料包括《黑暗傳》的申遺材料，保康縣當地出版的《傳統文化》一書。一九八六年由湖北省民間文藝家協會內部出版的《神農架《黑暗傳》多種版本彙編》一書中共收錄的八個《黑暗傳》手抄本。湖北省宜昌市小溪塔鎮神坪村的民間藝人劉定鄉家傳的《黑暗傳》抄本，保康縣署名趙發明演唱的，共四千多字的《黑暗傳》手抄本，保康縣湯國英保存共四千多字的《黑暗傳》手抄本，胡崇峻《黑暗傳》整理本。

第三節　鄂西北《黑暗傳》的生成環境

任何一種民俗事項都產生於特定的時空之中，正是由於獨特的地域特色和文化傳統使民俗事項得以產生並不斷傳承。神農架是《黑暗傳》的重要流傳地，《黑暗傳》被發掘出來後，許多學者也對《黑暗傳》的流傳地神農架進行了深入研究。在與神農架林區臨近的保康、房縣、興山等地也存在喪禮上演唱《黑暗傳》的風俗。在保康縣也發現了許多《黑暗傳》的文本，有學者認為在保康縣發現的《黑暗傳》文本極具代表性[30]，保康無疑也是《黑暗傳》的一個重要流傳地。二〇一一年六月，神農架林區與保康縣聯合申報的專案《黑暗傳》被列為國家第三批非物質文化遺產。《黑暗傳》能在神農架林區和保康縣兩地廣泛流傳說明兩地必然存在某些共同要素有利於《黑暗傳》的產生和傳承。雖然在湖北宜昌和重慶等其他地區都發現了《黑暗傳》的唱本並存在在喪禮上演唱《黑暗傳》的習俗，但本文主要論述的是保康縣和神農架林區這兩個《黑暗傳》的文化生存空間，其他地方不在論述範圍之內。

30 左尚鴻，〈《黑暗傳》「非遺」定性爭議及其價值重審〉，《文化遺產》二〇一〇年第四期。

一、相對封閉的地理環境

（一）保康縣的文化生存空間

從地理位置上看，保康縣位於湖北省西北部，東鄰南漳，北接谷城，西與神農架、房縣交接，南與興山、夷陵、遠安相鄰。全縣總面積三千二百二十五平方千米，平均海拔一千米左右，境內山脈眾多，地勢起伏多變，荊山主脈橫貫中部，素有「八山一水一分田」之稱，境內地貌複雜，各地氣候差異較大[31]。

從行政規劃上看，保康縣始建於一四九八年，春秋戰國時期屬於楚國，秦漢時期，縣域南部屬臨沮縣管轄，東北部為荊州南郡房縣管轄。三國時魏置祁東縣，西晉置沮陽縣，北魏置潼陽縣，西魏先後置大洪縣和重陽縣。北周改大洪縣為永清縣，宋開寶元年（西元九六八年）廢縣入房陵。明弘治十一年（一四九八年）鑑於房縣轄境遼闊，不便管治，將房陵東境宜陽、修文置為保康縣，取保民安居康樂之意。明清時期屬鄖陽府。據清同治丙寅年《保康縣誌新纂》記載：「邑歸屬房，宋雍熙三年置保康軍，邑名始此。」一九四九年後隸屬襄陽地區。一九八三年八月，襄陽地區與襄樊市合併，保康屬襄樊市轄。保康下轄十一個鎮，五個鄉：城關鎮、寺坪鎮、過渡灣鎮、馬橋鎮、後坪鎮、黃堡鎮、龍坪鎮、歐店鎮、歇馬鎮、馬良鎮、店埡鎮、金斗鄉、大灣鎮、兩峪鄉、重陽鄉、百峰鄉[32]。

---

31 資料來源：保康縣政府網站http://www.bk.gov.cn/bkgk/201112/7607.html 查閱時間：二〇一一年十二月三日。

32 同前註。

（二）神農架的文化生存空間

神農架位於湖北省西部，東與保康縣相鄰，西與重慶市接壤，北靠房縣，南倚興山、巴東二縣。神農架林區總面積三千二百五十三平方公里，境內山體高大，地勢複雜多樣，全區以林地為主，林地占百分之九十點八，平均海拔一千七百米，當地立體氣候明顯，氣候隨著海拔的升高而垂直變化[33]。

從行政規劃上看，神農架因相傳為中華始祖神農氏在此搭架採藥而得名，但作為行政區域出現較晚，一九七〇年五月，國務院將房縣、興山、巴東的二十四個公社和二個藥材場、一個農場劃為由省直接管轄的神農架林區，一九七一年歸宜昌地區革命委員會管轄，一九七二年三月復歸省管轄，一九七六年五月歸鄖陽地區革命委員會管轄，一九八三年八月再次由省管轄。一九八〇年十一月，湖北省政府批准成立神農架林區人民政府，撤銷神農架革命委員會。一九八五年將巴東縣代管的下谷坪、石磨、板橋河三地移交神農架林區管轄，至此神農架林區轄五鎮三鄉，即松柏鎮、陽日鎮、木魚鎮、紅坪鎮、新華鎮、宋洛鄉、九胡鄉、下谷坪土家族鄉。

從地理特徵上看，神農架和保康山地眾多，自然地理特徵極為相似，而且兩地相鄰，同屬於山地文化圈。首先，正是由於山脈阻隔，兩地交通不便，較為封閉，外來文化對本土文化的衝擊相對較小，從而較多地保留了一系列古老的神話與傳說。其次，由於兩地相對封閉的環境，外來文化進入後也相對容易保留下來。第三，兩地山脈眾多，森林茂密，人口相對稀少，充滿了神祕的氣息，從而產生了一系列獨特的傳說故事。

33 資料來源：神農架政府網站http://www.snj.gov.cn/gov/snjgk/jbqk/ 查閱時間：二〇一一年十二月四日。

二、多元交匯的歷史文化語境

《黑暗傳》作為一部漢民族神話歷史敘事長詩，在神農架和保康兩地廣為流傳，正是由於流傳地特有的文化淵源和相同的文化根基使《黑暗傳》廣為流傳，延續至今。

（一）多元性和交融性

神農架和保康是楚文化的發源地，兩地先民在此創造了不朽的文化。一九九五年，神農架紅坪犀牛洞遺址的發現證明了二十萬年前神農架就有了古人類的活動，這些早期人類創造了原始文明。保康縣境內出土了戰國時期的青銅鼎，發現了三國時期的古戰場遺蹟。這些發現說明神農架和保康這兩個地域的文化脈絡未曾間斷，具有深厚的文化底蘊。

中國傳統文化的風格屬於和諧型[34]。每個地域都有自己獨特的文化，但各種文化在歷史發展過程中相互交流、滲透。神農架林區和保康縣所處的鄂西北地方由於其特殊的地理位置而成為了一個多元文化交匯的區域。這一地區位於大巴山東端，地處荊楚、巴蜀、中原的接壤地，秦文化、中原文化、巴蜀文化、荊楚文化在這一地區相互碰撞和交融。

鄂西北地方是楚文化的發源地，《左傳》記載：「昔我先王熊繹，辟在荊山。」熊繹建都丹陽，據考證丹陽的舊址應在湖北南漳縣[35]，在這裏保留了許多楚文化傳統。楚人對先祖的崇敬使楚地巫風興盛，影響深遠，至今鄂西北地方許多風俗就保留有楚地巫風的痕跡，《黑暗傳》中唸咒、降妖的情節就表現了當地崇巫的傳統。而且在漫長的歷史中，鄂西北地方就曾是通往巴蜀的要道之一，巴人能歌善舞，巴蜀的歌曲也曾傳入楚地，「客有歌於郢都者，其始曰〈下

34 王會昌，《中國文化地理》（華中師範大學出版社，一九九二年），頁二〇八。
35 蔣寶德、李鑫生，《中國地域文化》（山東美術出版社，一九九七年），頁七七。

里〉、〈巴人〉，國中屬而和者數千人」[36]。鄂西北地方當地居民有打薅草鑼鼓、唱喪歌的習俗，他們將這種好歌傳統延續至今。

有學者認為：「從楚文化的起源、發生、發展、衰退，直至它作為一個整體的消失，始終受到中原文化的影響。」[37]作為楚文化發源地的鄂西北，一直以來就是楚文化和中原文化相契合的地區。仰韶文化向南延伸到鄂西北地方，相對較晚的龍山文化也伸展到鄂西北，在湖北鄖縣發現的青龍泉遺址疊壓著仰韶文化、具有龍山文化特徵的石家河文化，這一考古發現證明中原文化和楚文化曾在鄂西北地方交流和融合。

同時，鄂西北地方與西南地區相鄰，周圍土家族、苗族等少數民族眾多，通過與少數民族之間的日常交流，其他少數民族的文化也融入了鄂西北地方的文化之中。多個地域文化和民族文化在鄂西北地域發生碰撞，在文化碰撞之中鄂西北地方能積極吸收整合外來文化的精華，從而使當地文化具有了多元性和交融性。

（二）房陵文化的影響

湖北房縣古稱房陵，自古以來，房陵轄境範圍多變，幅員廣闊，神農架與保康古屬房陵地界，因此兩地涵蓋在房陵文化圈內。房陵文化主要由巴山文化、神農文化、《詩經》文化和流放文化這四個部分構成[38]。其中神農文化、《詩經》文化和流放文化在《黑暗傳》的產生和傳承過程中發揮了積極作用。

---

36 《文選・宋玉《對楚王問》》，引自馮天瑜、何曉明、周積明，《中華文化史》（上海人民出版社，一九九〇年），頁四一六。

37 馬世之，《中原楚文化研究》（湖北教育出版社，一九九五年），頁二三九。轉引自陳紹輝，〈楚文化與中原文化關係略論〉，《長白學刊》二〇一〇年第二期。

38 傅廣典，〈論房陵文化的構成、價值及其圈層〉，《民間文化論壇》二〇〇五年第一期。

1.神農文化

神農架是神農傳說的三個主要流傳地之一，神農架之名就來源於神農在此地搭架採藥，神農傳說與神農架的依存關係，是《黑暗傳》能夠在當地廣為流傳的重要因素[39]。

2.《詩經》文化與民歌

《詩經》是我國第一部詩歌總集，早在西周時期，就有派官員到民間「採詩」的制度。由於房陵與西周的王都相隔較近，而且房陵當地就有好歌的傳統，房陵就成為《詩經》採錄地。同時房陵還是採錄人尹吉甫的故鄉，尹吉甫是周朝的太師，房縣青峰鎮人，周宣王對他十分器重。在神農架與保康人民的日常生活中，至今還流傳著演唱民歌的傳統，兩地將民歌分為陽歌和陰歌兩類，辦喜事唱陽歌，在喪禮上打喪鼓，唱陰歌。

在神農架地區，曾流傳著十二部被稱做「四遊八轉」的長篇山歌。「四遊」為《東遊記》、《西遊記》、《南遊記》和《北遊記》。「八傳」是《黑暗傳》、《雙鳳奇緣傳》、《封神傳》、《火龍傳》、《飛龍傳》、《說唐傳》、《精忠傳》和《英烈傳》，這十二部長篇山歌由民間歌師演唱。

人們在日常勞作時還打「薅草鑼鼓」，清代一首〈光遷竹枝詞〉曾寫道：「薅草人誇某處長，一聲鑼鼓一聲歌，三皇唱罷唱盤古，哪管驕陽汗滴禾。」這種唱歌形式曾在兩地非常盛行，人們借薅草鑼鼓振奮精神，消除勞作時的疲勞，提高勞動效率，同時也傳承了內容豐富的敘事歌。二十世紀五六十年代，打薅草鑼鼓這種習俗在神農架地區仍十分盛行，當地人還將演唱者稱做「唐將班子」，認為打薅草鑼鼓這種風俗源於唐朝時薛剛反唐。薛剛將軍隊駐紮在神農架大

39 陳嘉琪，〈論《黑暗傳》的口承敘事文化現象——以八種傳抄本為主要探討對象〉，《民俗研究》二〇〇六年第四期。

九湖，動員部下集體開荒種地時才形成打薅草鑼鼓此種風俗[40]。長久以來薅草鑼鼓是《黑暗傳》演唱的一個平臺，《黑暗傳》也藉此得以保存和傳承下來。直到改革開放後，家庭聯產承包責任制的推行和勞動工具的改進，這種民間習俗才漸漸消失。

3. 流放文化

在封建社會，由於政治原因，房陵成了歷史上一個有名的流放地，秦朝以來就曾出現四次大規模的流放活動，據史書上記載被流放到當地的帝王就有十四位。秦朝時，長信侯嫪毐起兵謀反被殺，其家眷、門客等有四千多戶被流放到房陵。呂不韋死後，其家眷、黨羽有一萬多戶被貶至房陵。西漢時期的張敖，常山王劉悖、清河王劉年、廣川王劉海陽、濟川王劉明、濟東王劉彭離、河間王劉元等人因罪被流放到房陵。唐朝時梁王李忠、廣武王李承宏、廬陵王李顯被貶房陵。五代和宋朝時，後周恭帝、後梁惠王朱友能被貶至房陵。與流放伴隨而來的是外來人口和外來文化的進入，宮廷文化開始浸潤本土文化，被流放的一些知識份子開始了與民間文化之間的互動，宮廷文化、精英文化與當地的民間文化開始融合。

除此之外，在古代，由於神農架和保康境內山地眾多，地理環境的相對封閉性使兩地成為人民躲避戰亂和苛捐雜稅的場所。歷史上無數移民的遷入給兩地帶來了多種外來文化和民俗活動，多個文化在此地相匯交融，從而使當地文化具有豐富性和多樣性的特徵。

40 曾凡華、李德祿，《神農架之野》，頁二四八。轉引自陳嘉琪，〈論《黑暗傳》的口承敘事文化現象——以八種傳抄本為主要探討對象〉，《民俗研究》二〇〇六年第四期。

第四節　鄂西北《黑暗傳》的傳承現狀與危機

通過瞭解和調查，保康縣《黑暗傳》主要分布在保康南部，荊山以南，與神農架相隔較近的馬橋鎮、歇馬鎮、馬良鎮等地。在神農架林區《黑暗傳》主要分布在東北部的松柏鎮、陽日鎮、新華鎮、盤水、朝陽等地。

一、以喪禮為載體的傳承模式

（一）喪禮的生命儀式

在人類漫長的歷史中，喪俗被穩定地傳承下來。在人類社會早期，一開始人們並沒有安葬死者的習慣，《孟子・滕文公》中記載：「蓋世上嘗有不葬其親者，其親死，則舉而委之於壑。」但在原始社會，由於社會生產力水準和科技水準低下，人們對自身和世界的認識有限，他們相信萬物都是有靈魂的，靈魂獨立於身體而存在，一個人的肉體雖然消亡但靈魂卻能永久存在，而且人的靈魂具有強大的力量。靈魂不滅的觀念使人類產生了靈魂崇拜和祖先崇拜，他們開始舉行一系列儀式來安葬死者，喪葬儀式開始出現。

喪葬儀式是人生禮儀的一部分，人們舉行喪禮是為了表達對逝者的哀悼，而喪歌就是由歌師在喪禮上演唱，用來哀悼逝者的歌。最早的挽歌見於《左傳》：「吳子伐齊，將戰齊將，公孫夏命其徒歌〈虞殯〉。」杜預曾作注：「〈虞殯〉，送葬歌曲。」[41]從以上記載可以看出至少在春秋戰國時期民間就產生了在喪禮上演唱喪歌的習俗。經過歷代的加工發展，在喪禮上演唱喪歌已經成為一項穩定的民俗活動並流傳廣泛，至今在中國大部分地區都可以發現在葬禮上唱喪的風俗。

據《竹溪縣誌》記載：「細民家親朋或醵錢擊鼓賽歌，謂之『守夜』，猶是挽唱之俗。」[42]在神農架和保康，如果有人逝世，孝家必定會請歌師打喪鼓鬧喪。在這兩地，唱喪歌這種風俗來源已久，喪鼓歌又叫「孝歌」、「打喪歌」、「陰鑼鼓」、「打代思（代屍）」等。當地對喪鼓的起源主要有四種說法：一是說喪鼓歌源於莊子，莊子的妻子死了，莊子鼓盆而歌；第二種說法是秦始皇時修長城死了太多的人，終於聰明的人化悲哀為狂歡；第三種說法是唐朝一個目蓮和尚喪母，擊鼓以悼亡；第四種說法認為打喪鼓源自楚俗，因為怕野獸糟蹋死者的屍骨，所以點起篝火，集眾敲鼓唱歌，徹夜達旦[43]。沒有歌師打喪鼓就沒有真正的喪禮，在喪禮上，歌師會打喪鼓鬧夜，在鬧夜時，一般有三四個歌師圍著棺木邊轉邊唱喪歌，除了中途會停下吃「攔喪飯」，歌師們會一直唱到天明。

歌師在喪禮上演唱的喪歌內容十分豐富，既有唱死者生平一類的喪歌，又有唱歷史類的盤歌或生活類的民歌用來娛樂賓客。有時歌師也會即興編唱，隨景創作。在歌師開始唱喪歌時，通常要唱開頭歌：「走進門來抬頭望，一盞明燈掛在孝場上，兩邊坐著唱歌郎，眾位歌師唱一聲，一夜不覺到天明。」歌師們在喪禮上演唱喪歌的主要目的是超渡亡魂，撫慰孝家親屬，沖淡悲哀的氣氛。

《黑暗傳》作為一部神話歷史敘事長詩，由民間歌師在喪禮上演唱，屬於歷史歌或盤歌。《黑暗傳》依附於喪禮，以喪禮為載體，通過歌師在喪禮上的演唱，一代代地活態傳承下來。《黑暗傳》以從混沌初開到大禹治水這一漫長歷史

---

41 申士垚、傅美琳編著《中國風俗大辭典》（中國和平出版社，一九九一年），頁一六四。

42 丁世良、趙放，《中國地方誌民俗資料彙編中南卷（上）》（北京：書目文獻出版社，一九九一年），頁四五五。

43 阮班嵐、劉大華，《傳統文化》（湖北省保康方正印務有限公司印製，二〇〇九年），頁二〇〇。

中的神話傳說為敘事中心，其篇幅宏大、內容莊重肅穆。《黑暗傳》作為一首喪歌並不具有悲哀的一面，它在喪禮上的演唱表現了人們對死亡觀念的達觀，在喪禮上演唱《黑暗傳》正體現了人們樂觀、豁達的生命意識。

在喪禮上，歌師演唱《黑暗傳》是對民族歷史的吟唱、對祖先偉大業績的讚頌，歌師在喪禮上演唱《黑暗傳》是對民族集體記憶的傳承，是對祖先百折不撓創業精神的讚頌，在喪禮上演唱《黑暗傳》早已超越了悼亡的層面，它是民族集體意識和精神的傳承。

唱喪是一種取悅生者的習俗，《黑暗傳》等喪歌的演唱使喪禮熱鬧隆重，改變了喪禮悲涼淒苦的氣氛，歌師們通過唱喪送走逝者。喪禮也是自我安慰，放鬆精神的場所。歌師們在喪禮上演唱《黑暗傳》，歌師之間互相鬥歌、比拚技藝具有娛樂功能。雖然死亡是人生必經的一個階段，但人們通過演唱《黑暗傳》之類的喪歌送走逝者，幫助生者走出死亡的陰影，重新獲得生存的勇氣，因此在喪禮上演唱《黑暗傳》表現了人們對生命的熱愛、對生的執著。

（二）歌師群體與村落群體的傳承功能

喪禮是由歌師、孝家和孝家親朋好友三方參與的人生儀式，本質上這三方主要包括兩個群體：一是歌師群體；一是由孝家及其親朋好友組成的村落群體。在《黑暗傳》的演唱過程中，歌師群體和村落群體分別扮演了兩種不同的角色，歌師群體是《黑暗傳》的表演者，而村落群體是歌師演唱的受眾。對這兩者而言，在喪禮上演唱《黑暗傳》都具有重大的意義。

民間歌師是《黑暗傳》的演唱者，他們在喪葬儀式上演唱《黑暗傳》。一方面來說，喪葬儀式是《黑暗傳》的演唱空間，是《黑暗傳》活態傳承的場所。另一方面喪葬儀式是也歌師學習《黑暗傳》並進行演唱練習的場所。許多民俗文化事象就是通過口傳心授的方式實現傳承，《黑暗傳》也不例外，喪禮就是《黑暗傳》進行文化傳承的場所。在一些資歷深、輩分高的民間歌師演唱《黑暗傳》時，其他的民間歌師必定會耳濡目染，漸漸能夠熟記一些《黑暗傳》的唱詞。

但是由於《黑暗傳》篇幅太長，而且歷代《黑暗傳》傳承中唱本一直是由歌師個人占有，從不輕易示人，所以民間歌師要通過拜師等方式方才能獲得《黑暗傳》唱本。只有掌握了準確唱腔和唱法的歌師才是優秀的歌師，而歌師在掌握《黑暗傳》唱本後，喪葬儀式就是民間歌師學習《黑暗傳》的場所。民間歌師可以在喪禮上聆聽其他優秀歌師演唱《黑暗傳》的節奏和韻律，也可以向其他歌師學唱並得到其他歌師的指點，歌師通過喪禮上的學習和試唱得以完整熟練地演唱《黑暗傳》。

歌師的傳承功能既有面向孝家及其親友的公共傳承功能，也具有職業傳承的內部功能。公共傳承功能是顯性的，內部傳承功能是隱性的。

村落群體是《黑暗傳》的潛在受眾，只要有喪葬儀式舉行，參加喪禮的孝家和孝家的親朋好友才有可能聽到《黑暗傳》的演唱並與民間歌師進行交流。村落群體是民間歌師在《黑暗傳》演唱過程的信息接收者，通過歌師演唱《黑暗傳》，普通群眾能夠瞭解到一些古老的神話傳說，同時也能夠使群眾對《黑暗傳》有一些基本的文化認同。但村落群體並不僅僅是《黑暗傳》的受眾，有時他們也可能實現從簡單的受眾向《黑暗傳》傳承者的轉化。民間歌師也來自於村落群體，當普通群眾在喪禮上接觸到《黑暗傳》並聆聽到《黑暗傳》的演唱，那些對民間文藝感興趣的民眾因對《黑暗傳》產生興趣，從而學唱《黑暗傳》並成為傳承《黑暗傳》的歌師。

孝家除了作為《黑暗傳》的受眾外，孝家的個人選擇或多或少也制約著《黑暗傳》能否被有效傳唱。孝家的經濟實力對《黑暗傳》演唱會產生較大影響。一定程度上，民間歌師為孝家打喪鼓能夠獲取額外的經濟收入，除了為人情關係自發參加打喪鼓外，民間歌師去打喪鼓必須獲得一定的報酬，這些報酬成為歌師家庭收入的一個來源。保康縣一個《黑暗傳》手抄本的封面就寫有：「此書名黑暗，看得好賺飯，鑼鼓打得好，只求工客看。」群眾依習慣請歌師唱孝歌，歌師去打喪鼓是他們之間達成雙方都能獲益的交易。而演唱《黑暗傳》對民間歌師而言是一個展示同時也是比拼自身演唱技藝的機會，參加的歌師少則兩人，多則數十人。而過多的歌師參加就意味著孝家必須付出多份報酬。家庭較為富裕的百姓為了喪禮熱鬧，體現自己的孝道，就會請到更多的歌師來打喪鼓。而一些經濟條件較弱的家庭就會慎重考慮歌師的數量。保康縣一位民間歌師陳長維在被邀請到當地一戶人家打喪鼓時，這位歌師就想組個班子去演唱《黑暗傳》，但由於這個班子人數較多、費用大，因此被孝家拒絕。

隨著《黑暗傳》被列入非物質文化遺產名錄，政府的力量也介入到了《黑暗傳》的傳承中來，只要哪裏有喪禮，保康縣文化館知道後就會組織幾個歌師去孝家演唱《黑暗傳》。許多普通群眾對這個舉措並不認同，他們拒絕歌師去自家喪禮上演唱《黑暗傳》。

「像農村裏哪兒死了人了，需要打喪鼓的話，就通知他們（指縣文化館），他們來組織一班人唱那個《黑暗傳》。但是咱們地方上沒得人能接受這個事，你想這個喪葬人家，這個家屬他們不同意，對組織唱這個不同意。他們（指縣文化館）是組織我們去唱，比如說，在我們當地出了喪葬事，喪事，就給他們打個電話，他們直接到這兒來，組織我們哪幾個去唱《黑暗傳》。但是他們通知來了之後，地方的人不認同，不接受，這也不知道有啥忌諱的，這有幾家子，像山裏，都是我們村邊的，家裏有喪事，我們問需不需要通知一下縣文化館的人來組織唱《黑暗傳》，他們不願意，不接受。」[44]

政府組織民間歌師在喪禮上演唱《黑暗傳》是為保護《黑暗傳》傳承而採取的一種手段，這種手段可以提倡和推廣。但對孝家而言，政府此種舉動介入了他們正常的喪事活動，也是對他們日常生活的一種干預，所以在實施過程中應該尊重普通民眾的意願，不可帶有強制性。

---

44 訪談對象：湯國英；訪談人：林佳煥；訪談時間：二〇一一年七月六日；訪談時間：二〇一一年七月六日，地點：保康縣後園村湯國英家中。

村落群體是《黑暗傳》傳承不可缺少的一個環節。村落群體中的孝家為《黑暗傳》的傳唱提供了喪禮這個文化空間，村落群體為舉行喪禮而邀請民間歌師唱喪並付給一定的報酬可以說是歌師學唱《黑暗傳》的一個直接動力。而且村落群體是歌師演唱《黑暗傳》的受眾，通過歌師的演唱，他們對《黑暗傳》也有了一定的文化認同。

二、以歌師為中心的傳承特色

（一）歌師的形成及其在傳承中的地位

1. 歌師的形成條件

演唱《黑暗傳》的歌師大都是當地農民，他們都是業餘的，平時與一般農民沒有什麼區別。這些歌師們有什麼特殊之處？他們是怎樣成為一名優秀的民間歌師並學會演唱《黑暗傳》？值得我們去探尋。筆者在保康縣調查期間曾拜訪一位能全篇演唱《黑暗傳》的民間歌師湯國英老人，在此以湯國英老人為例來介紹民間歌師的形成條件。

保康縣民間老歌師湯國英，一九三七年生，歇馬鎮後園村一組人，老人沒讀過多少書，小學肄業，是一名普通的農民。但老人熱愛讀書，熱衷於探索新的事物，他三十九歲開始學中醫，從醫二十八年。湯國英老人有四個女兒，他與二女兒一家住在歇馬鎮後園村。但是家中四口人外出打工，家中只有三人留在歇馬鎮後園村，除了湯國英老人外還有一個兩歲多的曾孫，老人的女兒留在家裏照顧老人和小孩。

當地一直有唱民歌的傳統。湯國英老人生活在一個民歌氛圍濃郁的地域，據湯國英老人講述，他小時候時常聽到人們唱民歌，幹活時要打薅草鑼鼓。湯國英老人十三歲開始唱喪歌，打薅草鑼鼓。在他十幾歲的時候拜同村一位名叫蔡略征的老歌師為師，向他學唱《黑暗傳》。

驚人的記憶力和高超的演唱技藝是歌師的共同特點。這些普通的農民能夠得到「歌師傳」這個稱號就意味著掌握並熟記大量的民歌，能將《黑暗傳》這樣的大部頭記下並完整地唱出來，《黑暗傳》也只是他們所掌握的所有喪歌中的一部分。而且歌師們演唱技巧十分精湛，能夠演唱《黑暗傳》的民間歌師一般都是資歷比較老的歌師，只要開始唱民歌，他們就技驚四座。

天生的好嗓子也是成為歌師的重要條件。民間歌師從來沒有接受過專業的聲樂訓練，他們唱歌的品質很大程度上依靠自身嗓音的好壞。湯國英老人因為有明亮的嗓子和高超的演唱技藝而在後園村小有名氣。湯國英老人雖然現在年逾七十，仍中氣十足，唱起歌來聲音響亮。湯國英老人正是依靠自己的好嗓子而成為一名優秀的民間歌師。

性格開朗隨和、易於打交道是歌師被認可、被孝家邀請的重要因素。早在筆者接觸民間歌師湯國英老人之前，歇馬鎮文化站張文喜站長就說過，湯國英老人隨和，熱情，樂於助人，比較容易打交道，而且他也很樂意接待進行採訪調查的學者和領導。在筆者拜訪時，老人毫不猶豫地唱了一小段《黑暗傳》和民歌《頂缸》。家裏有領導來訪時，叫他唱《黑暗傳》他也唱。老人唱起歌來不拘場合，有機會就唱。而且湯國英老人認為自己唱的《黑暗傳》是最好的，老人曾說別的歌師知道的《黑暗傳》都不全，不知道三番黑暗。正是老人的這個優點使他得到前代歌師的青睞，受到很多孝家的尊重與邀請，被當地有名的蔡略征老歌師收為弟子，從而得到《黑暗傳》的文本並學會演唱《黑暗傳》。

湯：「那時候很多人不識字，書太少，也弄不到《黑暗傳》，人家還不給你看，別人不開就看不到，都有保守思想，小時候會唱的人都不多，一百個難找三個。」

筆者：「那您是怎樣接觸到《黑暗傳》的？」

湯：「我經常和那些人一起玩，愛好這個東西，經常和他們走得近，我這個人也容易打交道，天生聰明，那些老人喜歡過來，那些小伢子也很喜歡我。」[45]

喜愛民間文藝是歌師不斷提高演唱技藝、豐富生活經驗的成長因素。湯國英老人從小就對民間文藝很感興趣。老人在「文革」前就曾搜集過很多書籍，有時還找別人借來書籍晚上抄書，據說老人收藏的書曾將書櫃堆滿，可惜的是老人所搜集的書籍在「文革」時期都被焚毀了。老人學唱《黑暗傳》是因為曾聽當時的民間歌師提到過一些《黑暗傳》中的神話傳說，於是他就對《黑暗傳》產生了深厚的興趣。在湯國英老人看來，《黑暗傳》是非常神聖的，社會應對《黑暗傳》的保護工作予以高度重視。

「《黑暗傳》是祖先流傳下來的，都是有名堂的東西，不全是封建。像浪蕩子吞天，玄黃老祖和奇妙子，盤古都是人類的根本。《黑暗傳》裏講了三番黑暗，先天黑暗、二番黑暗有玄黃老祖，三番天地後盤古開天，還有陸地被水淹沒，沒有人煙，神仙們都呆在西彌山、西彌洞。現在不是搞文化保護嗎？《黑暗傳》就要保護。」[46]

湯國英老人十三歲就開始唱喪歌，和別人一起打薅草鑼鼓。同時老人還會唱許多民歌，並將其中一些曲調名稱和歌詞記錄保存下來（見下表），老人也意識到了民間文藝即將失傳的危機，在採訪時就曾感歎會唱這些民歌的人越來越少，而且隨著老人年紀的增長，他有些歌詞也記不太全了，感歎民歌也要失傳了。

45 訪談對象：湯國英；訪談人：林佳煥；訪時間：二〇一一年七月四日，地點：保康縣後園村湯國英家中。
46 訪談對象：湯國英；訪談人：林佳煥；訪時間：二〇一一年七月五日，地點：保康縣後園村湯國英家中。

（表二）

歌調名稱	歌詞
雙蝶萃	雪花飄……
鬧龍燈	正月裏喲喲是新春呵嗨，北京城內呀喂子喲，鬧新春呀。
貨郎辦貨（平腔）	貨郎本性□□□，家鄉在□□□，拎起包袱四鄉轉。
貨郎辦貨（花鼓戲調）	一不上高山，二不下低山，一心要至王家灣。
（桃腔）	正月裏來是新春，家家戶戶掛紅燈，這紅燈那紅燈，紅紅綠綠數不清。
十繡（拉花腔）	一繡廣東城，城生把大營，繡一個曹操冠三軍。……，跑出大門外。羅裙帶，鵨子翻，撿起來。
（蘭腔）	太陽一出招山邊，繡房間裏出了藍玉蓮，搬把交椅攔門坐，奴把□□表一番。
打龍燈	正月裏有多那新年，多賣那的武啊稱些掛麵，一來做生二拜年。
對對花（高音）	一人一，誰對一，什麼要在□□裏，高地□□高對也妙，三朵蓮花，四朵蓮花鬧，雪花飄飄。
對對花（低音）	誰也誰□一，誰也誰對一，什麼開花喂呀喂呀在水裏，奴的哥哥。
五更	一更鼓幾咚重，手端煙盤子走進繡房中，叫聲么姑娘，住把大煙拳。
（漢腔）	清早起開財門，烏鴉飛過，這喜鵲門的前所為何，這喜鵲門的前聲聲道喜，國家太平家和順，人民安樂。
花鼓戲調	□□風站大街，思前想後思父母想骨肉，悔不到在家□，一場爭鬥，悔不到□，自春來鬥。
四平（小溝鑼漢調）	五湖四海行賓朋，教□□的自袍將，文王渭水訪太公。
（鑾腔）	閒下老子家中坐，兩個貨郎來約我，花鼓打得笑哈哈，叫□唱個繡得囉。
雙歎妹	正月歎妹鬧元宵，看妹妹長得多白飄，長打你行前走，妹子知道不知道，常把洋煙叼。
正月天連天	正月裏來天連天，是新春呀，呀呵嗨，呀呵嗨，呀呵嗨，是新春，呀呵嗨，呀呵嗨。
頂缸（滿洲）	王大娘來頂缸，打破你舊缸贈新缸，舊缸冒得新缸好，新缸冒得舊缸光。

備註：此表是對湯國英歌本的直接抄錄，有刪減，標記□處字無法辨識。

歌師成長於保留有好歌傳統的地域，天生的好嗓子是成為一名歌師的重要條件。但是在相同的文化背景下，正是出於對民歌的熱愛讓當地極少數人成為了民間歌師，而且他們學會演唱《黑暗傳》也是源於對《黑暗傳》的喜愛與尊崇。

2. 歌師的傳承方式

《黑暗傳》的傳承並不像《江格爾》、《格薩爾》那樣存在所謂「神授」、「託夢」的傳承方式，演唱《黑暗傳》的歌師基本上都有一定的傳承關係。《黑暗傳》的傳承，一般有兩種形式：一種是業緣傳承，另一種是血緣傳承。但是由於年代久遠，目前瞭解到的《黑暗傳》的傳承譜系最多只有八代，更早的傳承譜系無法得知。

（1）業緣傳承——是指歌師作為一種生存的手段傳授徒弟的方式。在舊社會，擁有《黑暗傳》的歌師從不將歌本輕易示人，《黑暗傳》的書面文本主要由歌師個人占有。為了將《黑暗傳》傳承下去，歌師一般都會收徒，將《黑暗傳》文本傳承給所收之徒的方式屬於師徒傳承型。在民間，歌師要想能夠接觸到《黑暗傳》的文本，可以選擇拜師，《黑暗傳》依靠歌師拜師收徒一代代傳承下來。這種傳承方式在《黑暗傳》的傳承中最為普遍。年輕的歌師要想學唱《黑暗傳》就必須拜師學藝。由於《黑暗傳》沒有固定的曲調，徒弟首先從師傅那兒得到的是《黑暗傳》的文本紀錄，其次徒弟要學習的是師傅的唱法與唱腔。在過去，這種拜師學藝是一件非常嚴肅的事情，老歌師並不會隨意地收徒，民間歌師一般只有一位正式的師傅。

保康民間歌師湯國英老人在十幾歲的時候拜同村一位名叫蔡略征的老歌師為師，向他學唱《黑暗傳》。這位老歌師既是農民也是木匠，能識字，是當地一位比較有名的歌師。他歌唱得特別好，唱腔非常準確，音調引人注目，前後曾收過十幾個徒弟，一九六二年夏天去世。但湯國英老人已不記得他的師傅是向誰學唱《黑暗傳》。而保康縣另一位民間歌師陳長維，一九四三年生，歇馬鎮盤龍村人，三十歲開始學打夜鑼鼓。參與唱喪歌，曾拜一位名叫丁家洪的民間歌師為師，並從他的師父手中得到一本毛藍布包裝的《黑暗傳》唱本。

（2）血緣傳承——是指歌師將自身演唱技藝傳授給與他有血緣關係的人的一種傳承方式。除了師徒傳承方式外，民間歌師還通過家族傳承這種方式來實現《黑暗傳》的傳承。有些歌師依靠血緣傳承接觸到《黑暗傳》，並學會了演唱《黑暗傳》從而將《黑暗傳》傳承下來。保康另一位民間歌師萬祖德老人，生於一九四一年六月，農民，小學文化程度，漢族人，五歲時開始向他祖父學習喪鼓歌，七歲時正式登場，隨祖父做白事，唱薅草鑼鼓。神農架大九湖有一位年輕民間歌師陳切松，陳切松的外祖父王昌海是下谷土家族自治鄉有名的老歌師，陳切松的嗓子好而且天生聰慧，他深受其外祖父喜愛，其外祖父去世時將自己收藏的《黑暗傳》文本傳給了陳切松。陳切松小小年紀就已經熟記《黑暗傳》，十九歲時在重慶巫山與七個五十來歲的老歌師輪番賽歌，最後那幾位老歌師啞口無言，敗下陣來。湖北宜昌市小溪塔村的民間歌師劉定鄉，生於一九三二年四月，漢族人，他所保存的《黑暗傳》文本就是他祖父劉國才在清光緒年間抄寫下來的：

> 「我的祖父劉國才是個民間藝人，會坐夜打喪鼓，唱孝歌。他手抄有不少唱本，還買了一套鑼鼓家業，都傳到了我們。解放初年，反『封建文化』，大躍進搬家，文化大革命『掃四舊』，祖父的那些東西大都喪失了，中間倖存的又被燒了。我只認為講歷史，唱孝道，不會錯的。只是那時管得嚴，沒有人唱。一九七九年後，慢慢管得鬆了，為亡人唱喪鼓的風氣又興起來了。我就把《黑暗傳》傳出讓人們作喪鼓詞。我也會唱喪鼓調，但記不全，只能照著本子連說帶唱，讓青年人聽，成了民間藝人。」[47]

[47] 引自劉定鄉，《三峽黑暗傳承傳人劉定鄉自傳》（列印稿，未刊）。

（表三）民間歌師萬祖德的傳承譜系

傳承人	姓名	性別	出生年月	文化程度	傳承方式	學藝時間	地址
第一代	萬長□	男	不詳	不詳	不詳	不詳	馬橋鎮桃坪河村
第二代	萬全金	男	不詳	不詳	不詳	不詳	馬橋鎮桃坪河村
第三代	萬家友	男	不詳	不詳	不詳	不詳	馬橋鎮桃坪河村
第四代	萬景淮	男	1871	私塾	師傳	1877	馬橋鎮桃坪河村
第五代	萬向新	男	1891	私塾	師傳	1898	馬橋鎮桃坪河村
第六代	萬承才	男	1922	私塾	師傳	1930	馬橋鎮桃坪河村
第七代	萬祖德	男	1941	小學	師傳	1946	馬橋鎮桃坪河村
第八代	萬自雲	男	1963	高中			馬橋鎮桃坪河村
	萬自華	男	1966	高中	師傳	1973	馬橋鎮桃坪河村
	萬自清	男	1966	高中			馬橋鎮桃坪河村

以上就是《黑暗傳》傳承的兩種基本方式，民間歌師正是依靠業緣和血緣一代代將《黑暗傳》傳承下來。但無論是業緣傳承還是血緣傳承，其傳承對象範圍狹窄，《黑暗傳》文本一直由歌師這個群體占有，普通人一般很難接觸到《黑暗傳》的文本並學會演唱《黑暗傳》，《黑暗傳》傳承範圍狹窄也成為影響《黑暗傳》傳承的一個不利因素。

（二）歌師的演唱特色

《黑暗傳》作為一首喪歌，主要由歌師在喪禮上演唱，它與其他喪歌演唱有一些共同的特徵，但由於《黑暗傳》內容莊嚴、篇幅宏偉，它的獨特性使它在神農架和保康的喪歌體系中處於一個特殊的地位。歌師演唱《黑暗傳》並沒有固定的曲調，《黑暗傳》的唱腔是以當地的山歌腔為核心腔，歌唱時「依字行腔」進行表演，與近代戲曲音樂「板腔」結構特徵相似，主要有「高腔」、「平腔」、「悲腔」三種唱腔。要想成功地演唱《黑暗傳》，歌師必須熟記《黑暗傳》的唱詞，有準確的唱腔和洪亮的嗓音。有時民間歌師坐著演唱或圍繞靈柩轉著演唱。總體來說，歌師對《黑暗傳》的演唱有以下特點：

1.鑼鼓伴奏

鑼與鼓是中國最常見的兩種民間樂器，中國許多民間藝術形式都離不開鑼與鼓。在神農架和保康，鑼與鼓是演唱喪歌常用的伴奏樂器，當地將唱孝歌又叫做打喪鼓，由此可見，鑼與鼓在演唱喪歌時的重要性。《黑暗傳》作為當地的一首孝歌，民間歌師在演唱時同樣以鑼鼓伴奏。由於鑼與鼓簡單易學，隨手可得，所以在保康縣許多歌師都有自己的鑼與鼓，他們都學會了敲鑼與打鼓，在演唱喪歌時歌師既是歌手也是鼓手。如果當地有人去世，歌師們就會帶著自己的鑼與鼓前去打喪鼓。對歌師而言，鑼與鼓是他們在唱孝歌時不可缺少的演唱道具，湯國英老人雖然因為年齡較大的關係已很少外出打喪鼓，在當地有喪禮時，他的鑼與鼓有時就會被其他歌師借走用去打喪鼓。鑼和鼓對歌師不可或缺，在演唱《黑暗傳》時，唱歌和打鼓是輪流進行的，打喪鼓講究三節段，三節打一場，整段唱完了打一場或打兩場。在歌師演唱《黑暗傳》時鑼鼓聲停，在演唱完一小段之後，歌師停止演唱，開始敲響鑼鼓伴奏。而且演唱的歌師正好可以利用這段鑼鼓伴奏暫時休息或思考接下來將要演唱的歌詞。

2.不可隨意演唱

神農架和保康，對於《黑暗傳》的演唱，長久以來形成了兩條約定俗成的規矩，歌師在喪禮上不能隨意演唱《黑暗傳》，只有壽終正寢的老者的喪禮上才能演唱，凶亡和夭亡的喪禮上不能演唱。而且不是任何歌師都能唱《黑暗傳》，只有資歷深、輩分高的大歌師才能唱《黑暗傳》，而且就算要在喪禮上演唱《黑暗傳》也要先與其他歌師進行溝通。陳長維、吳克崇等老歌師曾說：

「《黑暗傳》是在葬禮上唱的陰歌。我們一般只唱『勸世文』以及思念親人的喪歌。因為能唱《黑暗傳》的人極少，所以我們有一個約定俗成的規矩，不能隨便唱《黑暗傳》，否則會被認為在同行面前『抖狠』，易引發衝突。」[48]湯國英老人也曾說道：「要是隨便唱就是欺負人，拿輩數壓人，在不懂的人面前也不能再唱。」[49]

歷代歌師都嚴格遵從這兩條俗規。在神農架有些地方甚至規定，只有在夜深人靜、大部分客人都走了的時候才可以唱《黑暗傳》。不過據筆者瞭解，許多地方並沒有嚴格限制必須在深夜演唱《黑暗傳》，湯國英歌師曾向筆者介紹說：「我們這兒唱《黑暗傳》，時間不是絕對的。就像你說神農架他們唱，在深夜唱，我們不一定在那時候，和他們（指其他歌師）先商量，只要兩人互相不影響，不管什麼時候都可以唱。」[50]從這可見，除了各地歌師這兩條約定俗成的規矩外，在不同地區存在不同的演唱規矩。

3.娛樂性較強

在神農架和保康，勞作時打薅草鑼鼓明顯帶有娛樂功能，而在喪禮上演唱《黑暗傳》這樣特別的民俗活動也同樣具有娛樂功能，娛人娛神是民間歌師之所以演唱《黑暗傳》的一個重要原因。《黑暗傳》的演唱所帶有的娛樂功能主要表現在三個方面：

48 劉文生，〈從遠古走來的《黑暗傳》〉，來源於漢江傳媒網 http://www.hj.cn/。
49 訪談對象：湯國英；訪談人：林佳煥；訪談時間：二〇一一年七月八日；訪談地點：保康縣後園村湯國英家中。
50 訪談對象：湯國英；訪談人：林佳煥；訪談時間：二〇一一年七月六日；訪談地點：保康縣後園村湯國英家中。

（1）演唱《黑暗傳》是為安慰孝家親人——通過演唱《黑暗傳》幫助孝家親人排解哀思，緩解他們的沉痛之情，表達對孝家的良好祝願。同時也通過唱歌讚揚親屬為亡者舉行隆重的喪禮，盡孝盡責，這通過《黑暗傳》的歌頭和歌尾的唱詞可以看出：

歌鼓堂前好風景，
好比天堂玉殿形。
錦幛上面繡海馬，
海馬之下繡乾坤，
乾坤之上繡日月，
日月旁邊繡彩雲，
彩雲旁邊繡花朵，
花朵旁邊繡鵪鴣。[51]

鑼鼓打出一重門，
一重門迎來東方，
還陽童子，接引仙女，作鼓樂，
騎青馬打青騎，打一把清涼傘，

[51] 胡崇峻，《黑暗傳》（長江文藝出版社，二〇〇五年），頁四。

遮天蓋地，奏宮樂，撒梅花，
願主東，家業興，普降禎祥。[52]

（2）歌師的自我娛樂——歌師在喪葬儀式上演唱《黑暗傳》不僅是幾百年來唱喪歌傳統的延續，而且也是自我需求的實現。在葬禮上，歌師需要打喪鼓鬧夜，除了深夜吃「攔喪飯」外，歌師徹夜演唱喪歌，通宵達旦，因此他們需要演唱大部頭的作品以度過這漫漫長夜。《黑暗傳》的演唱依附於喪葬儀式，而喪禮已成為演唱《黑暗傳》的歌場。《黑暗傳》的演唱採取一問一答的方式，至少是兩個歌師參與演唱，孝家一般會請多個歌師打喪鼓，這些歌師在演唱《黑暗傳》時也開展了同臺競技，看誰的唱腔比較準，誰掌握的內容多。《黑暗傳》的歌頭就寫到：

今天會著歌師傅，
不講文來不講武，
今晚唱的是《黑暗傳》，
不知歌師記得熟不熟？

參與打喪鼓的民間歌師們為了顯現自己的才學，不僅努力地學習優秀的唱腔，而且為了在歌場上將其他歌師戰勝，民間歌師們別出心裁地對《黑暗傳》進行個人創造，這也是《黑暗傳》存在多個異文的原因。正是由於民間歌師們在喪禮上積極地同臺競技，這樣的鬥歌方式也使歌師在夜晚時不至於冷清無聊，能夠比較有精神地度過陪靈的夜晚。

52 胡崇峻，《黑暗傳》（長江文藝出版社，二〇〇五年），頁二三六。

（3）對所有參與者的娛樂教化功能——對參與喪禮的普通群眾而言，在陪靈伴夜時聽歌師演唱《黑暗傳》可以消除疲勞、振奮精神，而聽歌師演唱《黑暗傳》也是他們獲取知識的一個手段。外部世界複雜神祕，在生產力與科技水準極為低下的情況下，人總會對世界的產生、天地萬物的起源和人類如何誕生產生疑問。而《黑暗傳》正是祖先對這些問題的回答，在民間歌師看來，《黑暗傳》中的內容是真實的歷史。《黑暗傳》的出現滿足了人們的求知欲，彌補了人們的精神空虛，對他們的疑問做出了正確的解答。在舊社會大多數群眾是沒有機會讀書識字的，而民間歌師會演唱許多民歌，知道他們所不知道的歷史知識，因此在他們眼中民間歌師是有知識有學問，值得尊敬的人，聽民間歌師演唱《黑暗傳》也是他們獲取知識的一種途徑。據湯國英老歌師講，由於以前民間娛樂形式的缺乏，在演唱《黑暗傳》時，來聽歌師演唱的群眾非常多。通過歌師演唱，普通群眾可以瞭解到宇宙的形成、遠古賢人的功績、朝代的更替這一類的知識。而且《黑暗傳》的一些唱詞也宣揚了一些社會基本道德準則，如「自古一報還一報，勸人行善莫作惡」，在《黑暗傳》中有這樣一則神話：舜是一個孝子，他的孝行感動了帝堯。帝堯將他封為都君，並將娥皇和女英嫁給舜做夫人，但家中的父母姑嫂和兄弟都不喜歡舜並意圖將他害死。但舜不計前嫌，最終用孝行感動了家人。與舜有關的神話傳說宣揚了尊敬父母、遵守孝道、家庭和睦的道德準則。這些神話傳說和唱詞表現了社會基本的道德準則，也有利於維護社會秩序。

（4）交流溝通的手段——由於山脈眾多，人們散居於大山之中，在固定電話、手機等現代通訊工具未普及之前，走親訪友有時要翻好幾個山頭，鄉親朋友之間聚會的機會很少。如果當地有人辭世，鄰里鄉親都會自發去弔唁，而歌師也會被請去打喪鼓，喪禮成為歌師相聚的一個場合。在喪禮上，歌師們輪流演唱《黑暗傳》，他們之間互相較量，互拚歌藝，雙方互相交流。喪禮上的演唱是民間歌師們一次次的練習，經過多次練習交流，歌師能提高自身的演唱技巧。

三、《黑暗傳》在文化變遷中的傳承危機

以上對《黑暗傳》的傳承現狀和演唱進行了分析，揭示了當前《黑暗傳》的生存狀況。但隨著全國非物質文化遺產保護工作的開展，我國非物質文化遺產的搶救和保護上升為「政府主導、社會參與」的國家行為[53]，《黑暗傳》的傳承正遭受外來力量的強勢干預，外來力量的干預是《黑暗傳》的演唱和傳承出現變遷的主要原因。

（一）外來力量的干預

1. 政治的力量

政治是對《黑暗傳》傳承和發展影響最大的一個因素。清朝同治年間神農架地區就禁止山民打鼓鬧夜，在喪禮上演唱《黑暗傳》的風俗也漸漸地沉寂。自從上個世紀五十年代開始，全國政治運動的不斷開展，在政府的宣傳下農村也開展破四舊和封建迷信的活動，打喪鼓鬧夜就被冠以迷信活動遭到封殺，無數的書籍和歌本被毀，唱喪歌這種風俗幾近絕跡。自改革開放後，國家政策的鬆動使民間打喪鼓鬧夜這種習俗慢慢復甦，許多歌師也重新拿起了自己的鑼和鼓，重新開始了打喪鼓，唱喪歌。但是由於整個社會環境的轉變，《黑暗傳》的傳承卻還是走向了逐漸沒落的境地。

隨著全國各地非物質文化遺產保護工作的火熱開展，在政府的主導下，各地紛紛開始申報和保護本地的非物質文化遺產。在這種背景下，《黑暗傳》也被賦予了新的定義，它不僅僅是流傳於民間的一部孝歌，《黑暗傳》進入了非物質

53 劉錫誠，《非物質文化遺產：理論與實踐》（學苑出版社，二〇〇九年），頁二八一。

文化遺產名錄中的民間文學類 。我國非物質文化遺產名錄對《黑暗傳》做了以下介紹：民間歌謠唱本，被稱為漢族首部創世史詩，從明清時代開始流傳。它生動形象地描述了世界形成、人類起源的歷程，融匯了混沌、浪蕩子、盤古、女媧、伏羲、炎帝神農氏、黃帝軒轅氏等許多歷史神話人物事件，並且與我國現存史書記載的有關內容不盡相同，顯得十分珍貴；它作為遠古文化的「活化石」，對於研究我國古代神話、歷史、考古、文藝、宗教、民俗等都具有重要價值[54]。從以上可以看出，一個多世紀以來，《黑暗傳》的傳承和發展深受國家政策的影響。

2. 媒體、學者的力量

學者和媒體在《黑暗傳》的保護工作中作用重大，他們和政府都是《黑暗傳》的保護主體。學者們最先發現《黑暗傳》並對其加以研究，並對《黑暗傳》的價值有了正確的認識，學者的重視極大地鼓勵了《黑暗傳》唱本搜集整理工作的進行，也正是學者的論爭使《黑暗傳》廣為人知。而媒體在《黑暗傳》的傳播過程中起了積極作用。現代媒體技術的發展使人們瞭解資訊更加便捷、快速，而且各種報紙和媒體對《黑暗傳》的大肆報導擴大了《黑暗傳》的影響和受眾範圍。

雖然《黑暗傳》已經上升為國家非物質文化遺產，但是在民間的生存狀況不容樂觀。作為社會的主體，普通民眾的選擇決定了事物自然保留或淘汰。在保康當地，民眾認同流傳已久的孝歌習俗，但是卻沒有形成對《黑暗傳》價值的普遍認同。當地人都知道如果家中有人逝世需要請歌師傅來家中打鼓鬧夜，但是一般對於歌師演唱的具體內容並沒有確定的要求。筆者針對保康縣當地民眾對《黑暗傳》的瞭解程度隨意抽查了當地二十一人，調查對象根據其年齡可以分為五個階段，調查結果如下：

[54] 資料來源：中國非物質文化遺產名錄資料庫系統/http://fy.folkw.com/ 查閱時間：二〇一二年二月二十三日。

（表四）

年齡段	人數	知道	不知道
40年代出生	3	2	1
50年代出生	5	1	4
70年代出生	8	2	6
80年代出生	3	1	2
90年代出生	2	1	1

從以上圖表可以看出當地民眾對《黑暗傳》的瞭解較少，筆者在保康縣進行調查時瞭解到在普通群眾眼中，《黑暗傳》只是孝歌，是「死了人時唱的東西」[55]，有些群眾甚至不知道《黑暗傳》是什麼，大部分民眾對《黑暗傳》的傳承完全保持旁觀者的立場。在現代除了在喪禮上能見到《黑暗傳》的演唱外，民眾很少能接觸到《黑暗傳》，而對普通民眾而言，他們也不會主動地去瞭解《黑暗傳》，普通群眾並沒有形成對《黑暗傳》的普遍認同。

現在《黑暗傳》的保護和活態傳承主要是由政府、學者、民間歌師三方力量共同推動的。政府和學者為主的社會群體作為《黑暗傳》的保護主體，在目前的《黑暗傳》保護工作中起著主導的作用，政府制定了一系列措施來實施保護計畫。而學者對《黑暗傳》加以研究也對《黑暗傳》的持續傳承有著促進作用。但目前普通群眾在《黑暗傳》的保護進程中發揮的作用卻不大，普通群眾作為《黑暗傳》演唱的受眾，但他們對《黑暗傳》不瞭解甚至不以為意，這種現象對《黑暗傳》的保護工作極為不利。

55 訪談對象：張玲；訪談人：林佳煥；採訪時間：二〇一一年七月五；訪談地點：保康縣一中辦公室。

（二）《黑暗傳》傳承的變遷

民間歌師是《黑暗傳》的傳承人，在外來力量的影響下，民間歌師一方面表現出對《黑暗傳》傳承和演唱規則的嚴格尊崇，一方面為了適應時代和社會環境的轉變，在《黑暗傳》的演唱和傳承上又表現出了變通的特徵。

《黑暗傳》演唱盛行於民間，在傳統語境下，《黑暗傳》帶有些許神祕色彩，歌師個人占有《黑暗傳》的文本，從不外傳。有的歌師在死後也將《黑暗傳》放入棺木中，埋入地下。而且《黑暗傳》主要在喪葬儀式上演唱，它從某種程度上來說只屬於歌師這一特定群體。但隨著《黑暗傳》逐漸得到社會的關注與發掘，不僅《黑暗傳》的傳承發生了轉變，最晚在改革開放之後，《黑暗傳》的傳承方式已經在默默地改變。民間歌師並沒有固守不將歌本輕易示人的傳承準則，拜師和血緣傳承這兩種傳承方式被打破。胡崇峻當時作為一個不是民間歌師的外行人而能得到《黑暗傳》的文本就是一個證明，而且劉定鄉在改革開放後自動將《黑暗傳》文本拿出來給別人傳唱。隨著非物質文化遺產保護工作的開展，《黑暗傳》逐漸進入了大眾的視野，政府、學者在對《黑暗傳》進行保護，大力搜集《黑暗傳》的文本，現在人人都可以得到《黑暗傳》的文本，《黑暗傳》的內容已不是一個祕密。而且由於《黑暗傳》沒有固定的曲調，就算是那些想要學習《黑暗傳》的民間歌師不必通過拜師便可以得到《黑暗傳》文本。

隨著《黑暗傳》被納入非物質文化遺產名錄，人們不只能在喪禮上聽到《黑暗傳》，在政府與學者等外來力量的介入下，《黑暗傳》的表演場域從喪葬儀式走向了喪葬儀式與舞臺表演共存的突變。

二〇〇八年四月二十九日，保康縣政府在保康人民廣場舉行了民間民俗文化展演。在展演會上，縣級傳承人湯國英和吳克崇獲得了六分鐘的表演時間，向近萬名觀眾演唱了《黑暗傳》選段。而且，據筆者拿到的資料來看，為了保證《黑暗傳》的傳承和擴大《黑暗傳》的影響，保康縣政府曾做出一系列《黑暗傳》的表演活動計畫。如每年組織一次《黑暗傳》的民間展演；與襄樊學院合作，請歌師走進校園；組織歌師樂班參加國家、省、市重大民間文化交流演出；

組織《黑暗傳》「歌師王」擂臺賽；邀請專家觀摩等。雖然筆者瞭解以上計畫雖未實施，但是它說明在政治權力的引導下《黑暗傳》一個新的表演場域正在形成。據湯國英老人講，自《黑暗傳》成為非物質文化遺產後，經常有領導來到他家，要求他演唱《黑暗傳》，還有一些大學生也曾採訪過他，他都主動配合。在這些演唱中，歌師們都是被動地表演，他們的演唱已不帶有儀式的功能，而且這種演唱不再反映歌師的精神訴求。

《黑暗傳》是通過歌師在喪禮上的演唱，拜師收徒和家族傳承的方式實現自然傳承。但經過報紙、網路等現代媒體的宣傳，《黑暗傳》得到了主流群體的關注，與其他一些非物質文化遺產項目一樣，《黑暗傳》從儀式走向舞臺表演。不同的是，由於《黑暗傳》喪歌的特殊性質，現如今《黑暗傳》的傳承較多地受政治力量的干預，經濟力量的干預較少。《黑暗傳》參加各種民俗展演就是政治權力的影響，是民間力量向官方的一種遵從。《黑暗傳》的演唱已走出了儀式，在舞臺表演時，歌師們面對的是無數對《黑暗傳》不太瞭解的、充滿好奇心理的本地人與外鄉人。《黑暗傳》舞臺表演場域的出現是對《黑暗傳》原有傳承方式的一種補充，從某種意義上來說，歌師在民俗展演上演唱《黑暗傳》擴充了《黑暗傳》的表演場域，擴大了《黑暗傳》的受眾範圍，向更多的群眾展示了《黑暗傳》的價值，擴大了《黑暗傳》的影響，加深了民眾對《黑暗傳》的認識。《黑暗傳》的觀眾從參加喪禮的人員擴大到只要能接觸到現代媒體的人都能接觸到《黑暗傳》，而且在當代社會《黑暗傳》的文本已失去原有的神祕性，任何人都可以得到《黑暗傳》的文本，瞭解其內容。《黑暗傳》開始走向世俗人群。

但《黑暗傳》表演場域的擴充只是順應社會環境和文化語境變化的結果，民間歌師在民俗展演上演唱《黑暗傳》也只是政府偶爾為之的一種保護舉措，是《黑暗傳》傳統傳承方式的一種補充，《黑暗傳》的傳承和表演仍保留其本真性，《黑暗傳》仍以喪俗為載體進行原生態傳承。

（三）傳承危機

1.《黑暗傳》自身的局限性給其傳承帶來了不利影響

首先在體裁上，《黑暗傳》是一種喪歌，主要在喪禮上演唱，和其他民歌相比，《黑暗傳》就喪失了許多能被人演唱的機會。其次，與其他喪歌不同，《黑暗傳》的演唱形成了兩條約定俗成的規則，就算在喪禮上也不能隨便演唱《黑暗傳》，只有壽終正寢的老者的喪禮上才能演唱《黑暗傳》，凶亡和夭亡的喪禮上則不能演唱。而且歌手也不能隨便唱《黑暗傳》。湯國英老人曾說：「要是隨便唱就是欺負人，拿輩數壓人，在不懂的人面前也不能再唱。」而在神農架，歌手們也不得隨意唱《黑暗傳》，唱了就壓了眾位歌師[56]。同時也只有資歷深、輩分大的歌師才能唱《黑暗傳》。第三，《黑暗傳》傳承對象範圍狹窄。一般而言，在當今社會，只有民間歌師才可能學習並演唱《黑暗傳》，其他普通群眾並不會隨意學習並演唱。而且《黑暗傳》也只限於男性演唱，雖然保康縣的歌師湯國英老人曾說過繼承遺產不限男女，但女性參與《黑暗傳》傳承的幾率不大。

2.社會環境的演變也給《黑暗傳》的傳承帶來了不利影響

雖然《黑暗傳》一直依靠師徒傳承和家族傳承這兩種傳統的傳承方式流傳下來，但解放後，破四舊和文化大革命的開展，許多喪葬儀式被認為是迷信而遭到封殺，許多《黑暗傳》歌本被搜出燒毀，據湯國英老人講述，「文革」時期不能再唱《黑暗傳》，他所收藏的包括《黑暗傳》在內的許多書都被搜出全燒了，現在保有的抄本是「文革」後重新找回

56 胡崇峻，〈《黑暗傳》搜集整理代後記〉，見《黑暗傳》（長江文藝出版社，二〇〇五年），頁二七一。

的。歌師萬祖德老人家的許多歌本都在「文革」時期被燒毀，他現在手中保存的《黑暗傳》是他爺爺藏在油眼子裏，他偷偷抄下來的。改革開放後，在喪禮上唱喪歌這種風俗漸漸恢復，但是許多的《黑暗傳》文本被毀，現有的一些文本是歌師根據回憶記錄下來的，所以有些歌本不太完整，而有些文本可能永遠地失去。

當代文化轉型的大潮對整個社會產生了深遠影響，對於《黑暗傳》的傳承也不例外。城鎮化進程和殯葬制度的改革使《黑暗傳》的演唱範圍逐漸縮小，現在《黑暗傳》的演唱主要集中在山區農村，在城鎮地區已經較為少見。

3.娛樂形式的多樣性和獲取知識的多途徑對《黑暗傳》的傳承產生不利影響

電視、互聯網等現代娛樂工具的普及，特別是流行音樂對青少年產生了廣泛影響，民間文藝受到很大的衝擊。在過去民間歌師認為《黑暗傳》所記載的神話傳說是真實的歷史，但是廣播、電視、媒體的普及，人們獲得知識資訊的途徑越來越廣，對世界的認識水準不斷提高，民間歌師這種將《黑暗傳》看成真實歷史的認知可能被打破，而隨著民眾獲取知識的途徑增加和受教育水準的提高，民眾對《黑暗傳》等民間文藝的關注度降低。

人口的流動導致《黑暗傳》受眾流失和銳減。改革開放也帶來人們思想觀念的轉變，追求物質利益的意識不斷增強，而學唱《黑暗傳》無法給人帶來很好的經濟效益，對人們的吸引力減弱。《黑暗傳》主要在農村被演唱，而許多年輕人都離開故土，外出打工謀生，接觸到《黑暗傳》演唱的機會較少，更不可能有機會參與學習《黑暗傳》。留在農村務農的青壯年越來越少，而且由於民間歌師職業的特殊性，學唱喪鼓歌的人也變少，《黑暗傳》的傳承人年齡多在六十以上，《黑暗傳》和其他喪鼓歌的傳承出現了斷層。隨著時間的流逝，知道與瞭解《黑暗傳》的人越來越少，許多能演唱《黑暗傳》的歌師日益老去或已經故去，《黑暗傳》的傳承出現危機，保護傳承《黑暗傳》的任務極其艱巨。

第五節　鄂西北《黑暗傳》的傳承策略

《黑暗傳》是目前少有的以原生態形式傳承的一項非物質文化遺產。從《黑暗傳》目前的傳承現狀來看，民間與官方，外來力量與歌師正共同推進《黑暗傳》的傳承。從學術界最早開始研究《黑暗傳》和呼籲保護《黑暗傳》，媒體對《黑暗傳》的廣泛關注，到政府將《黑暗傳》納入非物質文化遺產名錄，以政府、學者和媒體為代表的保護主體在《黑暗傳》的保護工作中發揮著積極作用。傳承人是非物質文化遺產的擁有者，是《黑暗傳》得以傳承的根本因素，而以傳承人為代表的傳承主體卻失去了自覺傳承的動力。筆者從目前的傳承現狀提出了以下傳承策略，以供探討。

一：共性傳承策略——落實〈非物質文化遺產法〉的相關措施，儘快建立《黑暗傳》的傳承機制

二〇一一年二月，第十一屆全國人民代表大會常務委員會第十九次會議通過了〈非物質文化遺產法〉，此法於二〇一一年六月一日開始正式實施。制定〈非遺法〉的目標是繼承和弘揚中華民族優秀傳統文化，促進社會主義精神文明建設，加強非物質文化遺產保護。在〈非遺法〉中規定了非物質文化遺產的調查、代表性名錄、傳承和傳播三項制度，確立了真實性、整體性和傳承性三項非物質文化遺產保護工作所必須遵循的基本原則，〈非遺法〉的出臺為《黑暗傳》保護提供了理論指導和法律保證。當今社會，在〈非遺法〉的保障下，在現有的保護基礎之上加大《黑暗傳》的保護工作，更好地推動《黑暗傳》的持續傳承。

（一）以非遺保護機構為組織保證

非物質文化遺產的保護機構是非物質文化遺產保護工作的實施者和實踐者。在非物質文化遺產保護過程中保護機構的作用不可替代。許多非物質文化遺產正面臨著傳承斷代的困境，而這種困境的解決需要作為保護主體的非遺保護機構擔負起主導作用，改變過去非物質文化遺產傳承的自發保守狀態。

非物質文化遺產保護機構主要包括文化行政主管部門、負責非遺保護的文化館、群眾藝術館、文化站等公共文化機構和民間組織。文化行政主管部門和其他負責非遺保護的政府公共文化機構應發揮其主導作用。民間組織主要有兩類：一類是研究協會，一類是行業協會[57]。這些民間組織是由那些掌握了某種技藝的民間藝人或是對某種技藝有興趣的人組織建立的，它們的存在為民間非物質文化遺產的保護起了重要作用。這些協會立足於本土民間文化，而且參加者必定非常熱愛民間文化，有些參與者可能是某項非物質文化遺產的傳承人，他們本身就已經具有了較高的素養或掌握了某種技藝；再加上他們土生土長，更加熟悉某項非物質文化遺產的傳承規律和當地的傳承環境，而且民間組織在非物質文化遺產保護工作中起著聯絡協調的作用。在《黑暗傳》的保護工作中，以文化館和民間組織為代表的保護機構應該發揮其最大作用，為民間藝人和民間藝術家提供聚會、互相交流和較量的平臺，從而更有利於非物質文化遺產保護工作的開展。

湯國英被吸收為襄樊市民間藝術家協會的會員，雖然這是民間組織對傑出傳承人的一種認可，對民間歌師而言則是一種榮耀與激勵，他也成為了《黑暗傳》的縣級傳承人，但這種對歌師價值的認定卻在《黑暗傳》傳承和保護過程中沒有產生太多積極的作用。湯國英雖然成為了襄樊市民間藝術家協會的會員，但是他卻從來沒有參加過這個協會舉辦的任何活動。唱喪歌並不是那些民間歌師的專職，大多數民間歌師是農民，在沒有參加喪禮的時候，歌師們都散居於家中，

[57] 譚巨集，〈民間組織在非物質文化遺產中的保護作用〉，《民族藝術研究》二〇〇九年。

由於流傳地山脈眾多，居住更加分散。而且不同的民間歌師有不同的師承，有時所持有的《黑暗傳》唱本也不盡相同，他們之間誰也管不了誰，也不會互相監督。民間歌師存在各自為戰的狀況，他們雖然在葬禮上互相鬥歌、切磋技藝，但在平時除了正常的生活交流外，他們都沒有其他的機會或是固定的場合針對《黑暗傳》互相交流或進行練習。除了政府部門將民間歌師聚集在一起外，他們平時相聚的很少，更不論互相切磋或交流心得。雖然湯國英是《黑暗傳》的縣級傳承人，但他已經很少去打鼓鬧夜，據他回憶，他上次參加打喪鼓是在二〇一〇年，而且平時也沒有參加過什麼活動，因為他家所住的山坳只有四戶人家，而出門都是山路，他家沒有摩托車之類的代步工具，雖然鄉間有客運汽車通過，但一天只有兩趟，如果臨時要去歇馬鎮或保康縣城更遠的地方，有時還要叫輛摩托車下山送到白果樹坪，那兒經過的客運車輛較多，但對老人來說出去一趟也不容易。所以老人經常呆在家裏幹幹農活或含飴弄孫。

所以在整個《黑暗傳》的保護工作中，應該積極發揮保護機構的作用，為《黑暗傳》的活態傳承創造有利的機會，加強傳承人之間的聯繫，在不打擾傳承人的日常工作和生活的情況下，將《黑暗傳》的傳承人聚集起來，為這些傳承人提供一個互相交流和授徒的機會和平臺。

（二）以教育普及為重要的傳承、傳播手段

雖然早在二十世紀八十年代就已經開始搜集和研究《黑暗傳》，但是多年來，《黑暗傳》的研究與保護多限於學者層面，而對流傳區域的歌師和普通民眾教育宣傳不力。雖然《黑暗傳》是一部神聖嚴肅的作品，但其演唱有諸多的限制，而且對歌師而言它也只是他們掌握的諸多喪歌中的一部，甚至有些歌師根本不會演唱《黑暗傳》。而且隨著社會的發展，經濟的落後使許多人外出打工，學唱《黑暗傳》的潛在傳承人大大減少；再加上喪葬制度的改革使演唱《黑暗傳》的機會大大削減，演唱《黑暗傳》的習俗也逐漸走向消亡。因此對傳承人和流傳地的普通民眾進行教育引導勢在必行。

一方面，非物質文化遺產的傳承主體是傳承人，他們才是非物質文化遺產的真正主人，是溝通非物質文化遺產與民眾的媒介。《黑暗傳》生於民間，流傳於民間，《黑暗傳》的傳承過程一直以來依靠歷代民間歌師自發參與，民間歌師根植於民間，熟悉《黑暗傳》的演唱習俗與規律，他們都是《黑暗傳》的主人。歌師由於自身的需要而保存並演唱《黑暗傳》，可以說《黑暗傳》能否活態傳承下來取決於歌師是否願意學習並演唱《黑暗傳》，而且在喪禮上是否演唱《黑暗傳》很大程度上取決於歌師的個人因素。在《黑暗傳》的保護工作中，要增強歌師對《黑暗傳》的文化認同感和自覺進行傳承的意識，讓其自覺、自主、自發地參與《黑暗傳》的保護工作。從目前已開展的《黑暗傳》的保護工作來看，政府將《黑暗傳》申報成為非物質文化遺產，對《黑暗傳》加以宣傳，制定一系列的保護計畫。許多的學者對《黑暗傳》進行研究，媒體對《黑暗傳》進行大肆報導，這些外來力量發揮的作用已超過了作為傳承主體的傳承人的作用。而一些歌師雖然已進入政府所列入《黑暗傳》的傳承人名錄，卻沒有發揮其傳承人應有的積極作用，努力去收徒授徒，尋找一切有利於演唱和傳承《黑暗傳》的方法，培養更多的傳承人。

同時，政府所列入保護名單的傳承人只是演唱《黑暗傳》的傑出代表，《黑暗傳》還需要其他民間歌師共同傳承。因此，政府也需要通過教育手段，激發民間歌師的主動性，自發學習並傳承《黑暗傳》。

總之，通過教育引導來增強傳承人的自覺意識，讓傳承人自覺地培養《黑暗傳》的下代傳承人，使《黑暗傳》不至於傳承斷代。重要的是作為傳承人的民間歌師應主動自覺地進行《黑暗傳》的傳承，自發組織或參與一些與《黑暗傳》和非物質文化遺產相關的民間組織，充分調動民間歌師的積極性，實現《黑暗傳》的可持續傳承。

另一方面，民眾是《黑暗傳》的受眾，《黑暗傳》是否能活態傳承也依賴於民眾對《黑暗傳》的認同與民眾的文化自覺意識。以前，人們主要在喪禮上聽到《黑暗傳》，但大部分人都對《黑暗傳》不太在意，許多人認為《黑暗傳》與自己無關。當地百姓對演唱喪歌這個古老風俗存在普遍認同，但對《黑暗傳》缺乏認同感，有些民眾並不知道《黑暗傳》的存在，就算知道《黑暗傳》也不瞭解《黑暗傳》內容，並沒有意識到《黑暗傳》的價值。保康縣一中和二中曾聯合編寫了一本名為《傳統文化》的書，在書中下半部分介紹了保康當地的民風民俗，其中開篇就提到包括《黑暗傳》在內的保康縣非物質文化遺產項目，並有一篇介紹《黑暗傳》的文章，但本書只印一千冊，並且只在學校發行，影響不大。

在《黑暗傳》的流傳地，應該注意通過教育的方式培養普通群眾對《黑暗傳》的興趣，增強群眾對《黑暗傳》的認同感，廣泛印刷與《黑暗傳》有關的書籍材料，使群眾瞭解《黑暗傳》的文化意蘊和價值，普及最基本的非物質文化遺產保護知識，讓群眾尊重和支持《黑暗傳》的原生態傳承。

在學校開展與非物質文化遺產保護相關的教育也是一個重要手段，二〇一一年十月，保康縣文化館成立了專題展覽館，其中展出許多與《黑暗傳》有關的資料。《黑暗傳》專題展覽館就是保存與《黑暗傳》相關資料的一個場所，是群眾瞭解《黑暗傳》的一個窗口，也是在施行教育手段時組織學生參觀瞭解《黑暗傳》的重要場所。在當地民眾參與的民俗文化展演上進行《黑暗傳》的演唱，組織學生參觀專題展覽館，讓群眾形成對《黑暗傳》的深刻記憶，盡可能地使群眾擺脫旁觀者的立場，儘量吸引當地民眾參與《黑暗傳》的保護，努力消除群眾對《黑暗傳》的演唱與保護造成的阻礙，讓民眾支持和尊重《黑暗傳》的保護和傳承。筆者認為，通過教育引導，實現傳承主體的自覺傳承，政府在《黑暗傳》的保護工作中發揮主導作用，民眾與學者積極參與的保護局面。各種力量共同參與，實現《黑暗傳》的持續傳承。

（三）以代表性傳承人為傳承核心

民間歌師是《黑暗傳》的演唱者與傳承者，《黑暗傳》是依靠歌師演唱和保存文本而一代代傳承下來，在非物質文化遺產保護工作中，對傳承人的保護非常關鍵，保護《黑暗傳》傳承人是《黑暗傳》保護的重中之重。

1.政府首先進行非遺普查，認定《黑暗傳》的代表性傳承人

保康縣非物質文化遺產保護工程啟動後，政府工作人員通過普查發現民間歌師吳克崇、湯國英、萬祖德、陳長維、楊平發、鄒文芳、祝光天七位歌師能夠通篇演唱《黑暗傳》，並將吳克崇、陳長維、湯國英、萬祖德四位民間歌師列為縣級非物質文化遺產傳承人。自成為縣級傳承人後，襄樊市民間藝術家協會吸納湯國英老人為民間藝術家協會會員，這是社會機構對其身份與才能的認可。除此之外，老人還被評為縣級先進工作者並獲得獎金。

2.傳承人一旦被認定，就應該制定詳細周全的保護措施

如在生活方面每年定期給傳承人發放生活補助或對傳承人予以表彰，改善傳承人的生活條件和通信條件，為傳承人添置演唱《黑暗傳》所需的器具等物質獎勵，這些措施的實施能夠調動傳承人的積極性，為傳承人提供傳承《黑暗傳》的精神動力和物質支持。

據湯國英講述，他已連續幾年沒有收到政府給予的每年二百元補貼。在保康縣進行非物質文化遺產和民俗展演時，他與另外一位民間歌師吳克崇受邀參加卻沒有收到任何補助，更不論平常傳承人接受了參觀與考察者的訪問活動，這些活動擾亂了傳承人的日常生活與生產卻沒有任何的補貼，傳承人對此也有些怨言，長久以往勢必削弱傳承人傳承《黑暗傳》的積極性，對《黑暗傳》的傳承產生不利的影響。而解決這一問題的關鍵是政府能夠加大財政投入，吸納社會和企業贊助，廣開財源，為《黑暗傳》的保護提供充裕的資金保證。

（四）順應文化變遷，科學推動《黑暗傳》的多向傳承

〈保護非物質文化遺產公約〉在對非物質文化遺產進行定義時提到：「各個群體和團體隨著其所處環境、與自然界

的相互關係和歷史條件的變化不斷使這種代代相傳的非物質文化遺產得到創新，同時使他們自己具有一種認同感和歷史感，從而促進了文化多樣性和人類的創造力。」隨著社會文化的變遷，舊的文化事象只有進行革新才能得以傳承。在當今社會環境下，《黑暗傳》的傳承機制已明顯出現不足，《黑暗傳》的傳承遭遇困境，只有順應社會環境的變遷，對《黑暗傳》的傳承方式進行創新才能使《黑暗傳》得以持續傳承。

1.將《黑暗傳》打造成為文化品牌，應用於當地旅遊事業中，弘揚地域文化

非物質文化遺產是文化遺產的重要組成部分，在當今的非物質文化遺產保護工作中，許多地域的非物質文化遺產已經出現了商品化現象，經濟力量開始介入了非物質文化遺產保護。筆者認為，在尊重非物質文化遺產本真性的前提下，對《黑暗傳》進行適當的旅遊開發能夠為《黑暗傳》保護注入新的活力。《黑暗傳》一直以喪葬儀式為載體，是依附於特定時空的一種民俗活動，所以與舞蹈、戲曲等其他非物質文化遺產項目不同，如果《黑暗傳》的表演脫離了喪葬儀式，在特定時空所具有的文化內涵早已失真。在現今打造《黑暗傳》文化品牌時，主要採取通過靜態展示的方式，在民俗博物館將《黑暗傳》進行靜態展演和在當地政府網站旅遊資訊中大力宣傳《黑暗傳》也可成為打造《黑暗傳》文化品牌的手段。

2.改變《黑暗傳》的表現形式，將其製作成動畫藝術

民間傳統文藝與動漫藝術一直結下了不解之緣，中國許多的民間故事已經成為動漫藝術的素材。而《黑暗傳》作為漢民族神話歷史敘事長詩，它囊括許多想像奇特的神話故事和傳說，這些想像奇特的神話傳說就可以改寫成為動畫藝術的劇本。將《黑暗傳》改造成為動畫劇本並製作成動畫是對《黑暗傳》的一種加工和再創造，通過改編成動畫這種形式，《黑暗傳》的內容能夠被更多的人所知，而且《黑暗傳》記載了盤古開天闢地、女媧補天、三皇五帝治世等神話傳

說，它是民間世代相傳的文化遺產，承載了民族記憶，將其改編為動畫形式在擴大《黑暗傳》受眾的同時也豐富了人們的精神生活。

二、特性傳承策略——將《黑暗傳》引入當代喪儀

（一）《黑暗傳》的傳統生存環境——喪葬儀式已然發生變化

《黑暗傳》是一首喪歌，它依託於喪葬儀式，由歌師在喪禮上進行活態傳承，喪禮是《黑暗傳》的表演空間，也是歌師口頭傳承《黑暗傳》的場所。但隨著社會的巨大變遷，《黑暗傳》的生存環境已然遭受破壞。

1. 傳統受眾不斷流失

首先，城鎮化已經成為促進我國社會經濟發展的重要戰略，隨著中國城鎮化進程的加快，全國城鎮的規模越來越大，越來越多的人口向城市流動，根據二〇一〇年人口普查，我國居住在城市的人口數量已經達到了六億六千五百五十七萬人[58]。政府將農民送上高樓，越來越多的人進入了城市，農村人口數量正逐漸減少。在城鎮化進程的影響下，《黑暗傳》的受眾不斷流失，這對《黑暗傳》的傳承產生了不利影響。

58 趙錚、倪鵬飛，〈當前我國城鎮化發展的特徵、問題及政策建議〉，《戰略研究》二〇一二年第二期。

2.傳統哀樂不再

其次，自民國以來，整個社會開始移風易俗，我國開始出現了新式喪葬禮俗。特別是新中國成立以來，我國推行了新的喪葬儀式，在喪禮上演奏的儀式音樂也發生了變化，政府正式推出了官方喪葬儀式中使用的哀樂，官方喪葬儀式和普通民眾的喪禮都可以使用，此首哀樂家喻戶曉，使用也較為普遍。

3.傳統喪葬儀式日益簡化

與此同時，傳統喪葬儀式也被簡化，在城市，舉行追悼會和遺體告別儀式已成為主流，而廣大農村地區仍然保留著傳統喪葬儀式，但是早在上個世紀七十年代，農村已經開始實行喪葬改革。雖然政府尊重民間傳統習俗，但是中國的喪葬改革正逐步進行，在國家政策的影響下，許多地方包括一些農村地區已經改變了傳統的喪葬制度。《黑暗傳》以傳統喪俗為載體，一旦傳統喪葬儀式被取消，《黑暗傳》將無法實現活態傳承。

（二）將《黑暗傳》引入當代喪儀，擴大文化傳承

在非物質文化遺產保護過程中，必須遵循整體性原則，非遺保護的整體性原則要求在對某一具體事項進行保護時，不能只顧及該事項本身，而必須連同與它的生命休戚與共的生態環境一起加以保護[59]。在當前非物質文化遺產保護背景下，《黑暗傳》仍然以喪葬儀式為載體進行傳承。在積極保護當前《黑暗傳》傳承的生態環境的同時，為適應社會的不斷發展和變化，通過政府部門的組織與協調，嘗試將《黑暗傳》引入現代喪儀之中，組織歌師在殯儀館中演唱《黑暗

59 賀學君，〈關於非物質文化遺產保護的理論思考〉，《江西社會科學》二〇〇五年第二期。

傳》，這種舉措既能為《黑暗傳》的活態、持續傳承營造新的傳承環境，又能增加民間歌師的經濟收入，提高民間歌師學習和傳承《黑暗傳》的積極性。

喪禮是人生禮儀中的最終環節和最重要的生命儀式，中國的傳統喪葬儀式注重禮儀的演示，喪葬儀式的每個階段都蘊含了豐富的民間傳統文化。但是隨著喪葬儀式的簡化，我國城市的喪禮出現了千篇一律的模式，當代城市喪葬儀式流行的趨勢是舉行追悼會。在追悼會上，由於親人或朋友的去世，整個喪禮上瀰漫著悲痛的氣氛，人們或痛哭流涕，或面色凝重，當代標準的治喪樂曲節奏緩慢，在喪禮上的演奏更增強了悽楚悲痛的氣氛。但在鄂西北農村地區，喪禮上由民間歌師演唱喪歌，唱《黑暗傳》，歌師和民眾通過唱喪來表達對亡人的追思和哀悼，也是對生者的勉勵和讚頌。

1.在喪禮上演唱《黑暗傳》表現了樂觀、豁達的生命觀念

與標準喪樂僅增強悲痛氣氛不同，《黑暗傳》作為一首民間喪歌，講述了整個宇宙的來源和人類的起源，是對遠古先民和聖賢的追思和讚頌。《黑暗傳》雖是一首喪歌，但它表現的是一種樂觀的生命觀念和對死亡的瀟灑態度，當地人將喪事稱做白喜事，民間歌師所唱喪歌的內容十分豐富，已經淡化了悲哀的色彩。歌師們演唱《黑暗傳》，將死亡看作是人生的解脫，他們以唱歌的方式送走逝者，同時也撫慰了孝家親屬。將《黑暗傳》引入當代喪禮，在當代喪禮上演唱《黑暗傳》既表達了對逝者的哀悼之情，又能沖淡喪禮上的悲痛氣氛。

2.將《黑暗傳》引入當代喪儀之中是對《黑暗傳》傳承環境的革新

在當今社會，《黑暗傳》一般只見於鄂西北的山區農村，城鎮化和喪葬改革使《黑暗傳》的演唱範圍不斷地縮小，在喪禮上唱喪的習俗逐漸被現代喪葬儀式所取代。而將《黑暗傳》的演唱重新應用於喪禮之中能夠擴大《黑暗傳》的傳

承範圍，增加《黑暗傳》的受眾人數，讓更多的群眾能夠接觸到《黑暗傳》，增強群眾對《黑暗傳》的認同，讓《黑暗傳》從歌師的個體認同上升為社會群體對《黑暗傳》普遍認同。

3.將《黑暗傳》引入當代喪儀也具有文化傳承的功能

在當代喪儀上演唱《黑暗傳》，既通過喪俗將中國傳統文化和現代文明進行整合，同時也將中國傳統唱喪習俗和現代喪葬習俗進行整合，為中國傳統文化和習俗的持續傳承創造有利的條件。《黑暗傳》是一首喪歌，又是一部漢民族神話歷史敘事長詩，它將一系列神話和傳說編串起來，記載了宇宙、人類起源的歷史。《黑暗傳》保留了許多民眾的價值觀念和中國傳統文化，歌師在喪禮上演唱《黑暗傳》的過程就是《黑暗傳》傳播的過程，同時也是傳播傳統價值觀念和傳統文化的過程，在喪禮上演唱《黑暗傳》對於宣揚和維護漢民族歷史文化有著重要作用。

第六節　結語

《黑暗傳》作為一個民俗文化事項，是我國寶貴的民間文化遺產。它敘述了混沌創世、盤古開天闢地、人類起源、延至三皇五帝這段漫長歷史中的神話傳說，是漢民族的一部長篇神話敘事長詩。本文圍繞鄂西北地方《黑暗傳》的傳承，討論了《黑暗傳》的傳承語境，並對《黑暗傳》以喪俗為載體的傳承模式和以歌師為中心的傳承現狀進行了分析，當前《黑暗傳》的演唱特徵和制約因素、《黑暗傳》的傳承方式，外來壓力對《黑暗傳》傳承與發展的影響，探討了《黑暗傳》的傳承危機和在當前全國非物質文化遺產保護的語境下怎樣實現《黑暗傳》的持續傳承。

《黑暗傳》是先人留下來的一份文化遺產，它是中國傳統文化的一部分，人們的基本需求使其產生並傳承至今。它依附於喪葬儀式，歌師在喪禮上演唱《黑暗傳》是《黑暗傳》的原生態展演和活態傳承，而且歌師通過拜師收徒和家族傳承兩種方式，一代代將《黑暗傳》傳承下來。但隨著整個社會的移風易俗，《黑暗傳》的演唱和傳承被衝擊，在偏遠的山區才能見到《黑暗傳》的演唱。隨著全國非物質文化遺產保護工作的開展，《黑暗傳》被列入了非物質文化遺產的名錄，這一舉措的實施使《黑暗傳》的保護倍受重視，政府和學者作為保護主體參與了《黑暗傳》的保護。但外來力量的介入必然使《黑暗傳》的傳承發生一系列的轉變，這種轉變是一個傳統風俗為了適應自然環境和社會環境的改變而不斷變遷的過程。

現在《黑暗傳》的傳承和變遷主要依靠外來力量的干預，在整個《黑暗傳》的保護工作中，政府和學者是保護工作的主要參與主體，外來力量的調試是《黑暗傳》在整個非物質文化遺產保護過程中必須經歷的。《黑暗傳》的保護工作在這兩種外力的推動下取得了較大的成效，為《黑暗傳》的持續傳承提供了可能性。而且由於《黑暗傳》自身的特殊性質，商業資本介入較少，與其他一些非物質文化遺產項目相比，《黑暗傳》的演唱和傳承基本上保留了其原生態。

雖然外來力量的推動使《黑暗傳》的生存狀況得到一定好轉，但目前《黑暗傳》的傳承現狀不容樂觀。為保證《黑暗傳》的持續傳承，需要在〈非遺法〉的保障下，建立《黑暗傳》的傳承機制，發揮非遺保護機構的組織、聯絡和協調作用，為歌師傳承《黑暗傳》創造有利條件。通過教育普及，讓群眾瞭解更多的非物質文化遺產保護知識，增強群眾對《黑暗傳》的文化認同。將傳承人作為《黑暗傳》保護工作的重心，積極營造《黑暗傳》新的傳承環境。筆者認為，一個民俗事項要想持續不斷地傳承下去，必須是被需要，能夠為人們的生活服務，擁有足夠的內在張力。只要仍然能夠滿足歌師和村落群體的基本需求，在保持其本真性的前提下順應社會的轉變而有效地變遷，《黑暗傳》就能持續傳承下去。

《黑暗傳》異文選錄（共十一份）

異文號	傳承地區	藏抄者	採錄人	採錄時間	是否完整	內容
異文1	神農架林區松柏鎮	曾啟明	胡崇峻	不詳	否	主要講述淄汗浦湜母子婚配、江沽造水、浪蕩子吞天等情節。
異文2	神農架林區朝陽鄉水果園村	唐義清	胡崇峻	一九七四年七月	否	主要講述崑崙山長出盤古，浪蕩子吞天，子義殺死浪蕩子；屍體分為五塊，盤古劈開正身，上為天，下為地等情節。
異文3	神農架林區新華鄉、苗豐鄉	黃承彥	胡崇峻	一九八四年九月	否	玄黃老祖為中心人物，玄黃將浪蕩子分屍五塊，大戰混沌，傳給弟子三支鐵筆畫天、地、人，具有濃厚的道教色彩。
異文4	神農架林區新華鄉、長坊鄉	熊映橋	胡崇峻	不詳	是	主要講述立引子開天闢地，末葉後天傳世，皮羅崩婆化為盤古開天闢地等情節，異文具有濃厚的佛教色彩。
異文5	神農架林區新華鄉	黃承彥	胡崇峻	不詳	否	昊天聖母打敗黑龍，生下定光、後土、娑婆三神；混沌化為盤古開天闢地；躲在葫蘆中躲避洪水的兄妹成婚傳下人類。
異文6	神農架林區松柏鎮	張忠臣	胡崇峻	一九七三年五月	是	出現了麥芽老祖、混沌、佛祖、盤古等人物，整個抄本中的神話傳說被民間宗教加以改造，但保留了一些原始神話的影子。
異文7	神農架林區松柏鎮、新華鄉、宋洛鄉、陽日鎮、古水鄉、盤水鄉	張忠臣	胡崇峻	一九八三年五月	是	從盤古出講到大禹治水，比較連貫地演繹了中國傳統神話，宗教色彩淡薄。

異文8	神農架林區松柏鎮堂房村	曾啟明	胡崇峻	不詳	否	原名叫《混天記》，只是開頭的一個片段。
異文9	保康縣	趙發明	不詳	不詳	是	從盤古開天闢地講到大禹治水，內容與異文7類似。
異文10	保康縣歇馬鎮	湯國英	林佳煥	二〇一一年七月	是	主要講述幽（水字旁）汗浦湜母子婚配，浪蕩子吞天，玄黃斬殺浪蕩子，昊天聖母打敗黑龍等情節。
異文11	宜昌市小溪塔鎮	劉定鄉	黃世堂	一九九九年	是	講述了昊天聖母的事蹟，盤古開天闢地，三皇五帝的神話傳説，具有較強的文學性和知識性。

《黑暗傳》異文之一：神農架曾啟明藏抄本

唯有唱歌之人膽子大，火不燒山石不炸，歌不盤本人不怕。古來混沌有爹媽，然後它才分上下。為什麼分四分？為什麼分八卦？為什麼分陰陽？為什麼分造化？昔日草裏尋蛇打，歌師知得這根芽，好好對我說實話。

歌師提起混沌祖，我將混沌問根古，不知記得熟不熟？什麼是混沌父，什麼是混沌母，混沌出世哪時候，還有什麼在裏頭？歌師對我講清楚，我好拜你為師父。

當時有個[氵幽]汗祖，[氵幽]汗生浦湜，浦湜就是混沌父，[氵幽]汗就是混沌母，母子成婚配，生出一元物，泡□萬象在裏頭，好象（像）雞蛋未孵出。

汗清又出世，[氵幽]汗變滇汝，混沌從前十六路。一路[氵幽]汗，[氵幽]汗生浦湜，浦湜生滇汝，二路生江泡，三路生玄真，四路生泥沽，五路生汗水，六路生提沸，七路生雍泉，八路生泗流，九路生紅雨，十路生清氣，十一生浲沸，十二生重汗，十三生□伍，十四生丘□，十五生洞泬，十六生江沽，江沽他才造水土。（下缺）

油波湞汜消沸化，口含吐水放金霞，他比混沌十個大。波泥軋坤化雷電，清氣上浮成了天，赤氣下降為地元。九壘三磊十二焱，焱焱森森服，渴渴汆汆波潭。

下有赤氣降了地，內有泡口吐清氣，生出一子叫元提，唯有元提有一子，一子更名叫沙泥，沙泥傳沙湞，沙湞傳沙沸，沙沸傳紅雨，紅雨傳化極，化極傳苗青，苗青傳石玉。誰人知得這根基，你看稀奇不稀奇？

一聲閃電沙泥動，霹靂交加雷轟轟，分開混沌黑暗重。唯有黑暗根基深，哪位歌師他曉明？化得混沌有父母，化得黑暗無母生，黑暗出世有混沌，混沌之後黑暗明，才把兩儀化成形。兩儀之後有四象，四象之中天地分，然後才有日月星。非是愚下無學問，鼓上不敢亂彈琴。

提起黑暗一老祖，一無父來二無母，你看怪古不怪古？當日有個江沽皇，出世他在水中藏。原是水爬蟲修煉，修成龍形百丈長，他有兩個徒弟子，名叫奇妙和浪蕩，一天游到水上玩，見一物體放毫光。他倆來到跟前望，一匹荷葉無比大，一顆露珠葉裏蕩，浪蕩子一見甚可愛，一口吞下腹中藏。奇妙子忙去稟師父，一下氣惱江沽皇：「露珠原是生天根。」罵聲：「膽大小孽障，生天無根怎得了？」一下咬住浪蕩子，屍分五塊丟海洋。海洋裏長出崑崙山，一山長出五龍樣，五龍口裏吐血水，天精地靈裏頭藏，陰陽五形才聚化，盤古懷在地中央。懷了一萬八千歲，地上才有盤古皇，身長一尺，天高一丈，始分清濁有陰陽。

愚下一步到喪前，聽到歌師講黑暗，我今領教問根源。當日有個混沌祖，天地自然有根古。內中他還有一物，名曰泡羅生水土，土生金，金生水，水上之浮為天主，刺鑿其額名江渼，三爻五爻是乾象，飛龍化在羽毛毒，無天無日無星斗。糊裏糊塗說出口，哪個知得這根古？（下缺）

注：異文來源於《神農架《黑暗傳》多種版本彙編》

藏抄者：曾啟明，神農架林區松柏鎮堂房村人，農村山歌手，曾上過兩年私塾，其抄本約一九四六年抄自房縣西蒿坪。

《黑暗傳》異文之二：神農架唐義清家傳抄本

來到歌場上前站，聞聽歌師講黑暗，隨著歌師唱一番。講起黑暗這根基，那時哪有天和地，那時哪有日月星，人與萬物皆未有，到處都是黑沉沉。有個老母黑天坐，神通廣大無比倫，石龍老母是她的號，又收復元一門人。復元法術多妙哉，出才把仙根埋，長出玄黃老祖來。玄黃出世玄又玄，無有日月共九天，無山無水無星斗，更無火來又無風，也無人苗和萬物。講起玄黃他的根，還有四句好詩文：一塊黃石九丈高，周圍四方出仙苗，老祖坐在石臺上，放起霞光透九霄。

按下玄黃我不說，一朵青雲往下落，長出崑崙山一座。自從崑崙它長成，不知過了多少春。崑崙生出五條嶺，生出一個五龍形，曲曲彎彎多古怪，五龍口中流紅水，聚在深潭內面存，就在此處結仙胎，盤古從此長出來。

盤古出世多古怪，引出四句詩文來，歌師聽我唱開懷。盤古出世雷聲響，一股靈氣透天光，重開黑暗雲和霧，小小微亮在西方。盤古出世我不提，玄黃門下一徒弟，黑暗傳上有名的，姓為子名義人，他是玄黃一門生。玄黃坐在法臺上，喚來他的小徒弟：「為師叫你無別事，你上崑崙走一程，崑崙山上有寶珍，將它拿來交於我，快去快來莫消停。」義人遵了師傅的令，忙在崑崙山上行，來到崑崙四下尋，見一珠寶在此存，彎腰下去正要撿，忽見前面來一人，子義只顧將他看，不顧取得寶和珍。那人搶了那珠寶，將它拿在手中心。子義一見心大怒，叫聲：「來的是何人，怎敢搶我貴寶珍？」此人一聽心大怒：「怎麼這等無禮信！你要問我名和姓，聽我從頭說分明：我名就叫浪蕩子，專到此地取寶珍。」子義當時聽得清，又把浪蕩叫一聲：「此乃是我師父的寶，你敢拿去胡亂行！」浪蕩子一聽怒火起：「你若再說三不敢，我就把它一口吞！」子義一聽怒生嗔：「你不敢，不敢，真不敢，不敢吞我寶和珍！」三個不敢說完了，浪蕩子就把天來吞。

說起浪蕩吞天事，此處又有四句詩：一顆珍珠圓又圓，困在海中萬萬年，有朝一日珠復現，又吞日月又吞天。浪蕩他把天來吞，子義一見怒生嗔，把他拉住不放行。拉拉扯扯下崑崙，吵吵鬧鬧不留停，一齊來見玄黃祖，玄黃老祖開言問。子義上前來回稟，口裏連連叫師尊：「弟子奉了師父命，前去山上取寶珍，誰知來了浪蕩子，搶了師傅貴寶珍，弟子與他把理評，他就拿來下口吞。」玄黃一聽怒氣生，便把浪蕩罵一聲：「吞了天來了得成！」當時法臺傳下令，吩咐奇妙子一人，快把浪蕩拿下去，把他拿來問斬刑。奇妙領了玄黃令，斬了浪蕩小畜生，屍分五塊成五形，從此五方有了名。左手為東右手為西，左腳南來右腳北，東西南北有根痕。首級又把中央定，一個正身難得分，來了盤古到此地，手拿斧頭不留情，劈開兩半上下分，開天闢地有了名。

盤古來把天地劈，清濁二氣上下離，從此有了天和地。盤古他把天地分，此處還有好詩文，四句詩詞講得明，聽我唱給眾人聽：舉斧開天真奇異，兩指代剪卻為真，善能安排天和地，剪起繚繞霧沉沉。四句詩兒不打緊，多少歌師不知情。

注：異文來源於《神農架《黑暗傳》多種版本彙編》。

藏抄者：唐義清，初中文化程度，愛看民間雜書，其父唐文燦，民間老歌師。

《黑暗傳》異文之三：神農架黃承彥藏本，原件抄於清同治七年

青龍山，為陰地，崑崙乃是陽山林，從此陰陽來相感，配合陰陽二山林。且說崑崙山一座，一道赤氣起空中，左邊崑崙來接起，一道白氣透九重。中間黃氣往下降，山前黑氣往上升，五色瑞氣空中現，浩浩蕩蕩結成團。結成五色一圓物，一聲響亮落地平。又見一道紅氣起，空中結起五彩雲，五道光華空中現，崑崙山上亮通紅。此人又往黃處走，原是

黃石面前存，黃石高來有九丈，一十二丈為周圍，此人就在石上坐，一陣清風到來臨，哈氣黃石來變化，變成九色蓮臺身。此人坐在蓮臺上，心中歡喜有十分，自己細細來思想，要給自己取姓名，先看兩山之間有二孔，內藏「玄黃」二字文，一個玄字就為姓，一個黃字就為名。玄黃自己取了名，坐在蓮臺真歡心。

青龍山上白光起，左邊崑崙黃光生，結一圓物空中現，落在崑崙山中存，隨風一吹成人形，身子長來有九丈，胸闊五周有餘零。面白髮黑遍身黃，眉清目秀聖人形，忽然抬頭往下看，四周黑暗不分明，中間半山霞光起，照得山上放光明。此人直往亮處走，一座蓮臺面前存，看見一人臺上坐，遍體金光透虛空，頂上慶雲垂纓絡。此人看罷開口問：「蓮臺坐的是誰人？為何不言又不語？一人獨坐為何因？」玄黃老祖開言道：「吾今在此來修身，打坐修身煉無炁。」此人雙膝跪在地，口稱：「師父收我身，我今願做一門生。」玄黃睜眼將他看，看他形格是神人，此人後來大作為，原是二炁來化身。玄黃老祖開言問：「你今若無名和姓，就取奇妙是你名。」此人一聽心歡喜，手掌雙合拜師尊。玄黃忙把徒弟叫：「你我上山走一巡。」說罷下了蓮臺坐，二人遊玩看山林。師徒遊玩有幾日，看見一座石洞門，石門框來石門檻，就像黃金一般形。師徒來把二門進，舉目觀看喜十分。內有常開不謝花，一步一處好風景。師徒心中多歡喜，不覺又到三層門。當中寬闊又高大，無邊景致愛煞人。三層以內多熱鬧，正是一座洞府門。老祖來把徒弟叫：「你我洞中可安身，只是洞中無名字，我想立碑刻下名。」老祖走在洞門外，立下一碑在一門，此碑高有五丈三，寬約四丈有餘零。碑上刻著詩一首，題詩一首作證明：「西域地方獨生吾，能知變化長生衍，掌握皆歸內發出，能制天地玄機關。」又在頭門刻對子，一十八字表分明：「玄三三五炁化身萬萬，天六六无忌成劫七七。」頭門刻的「鴻濛洞」，玄黃走進二層門。二門刻的「波恩宮」，三層門上刻對聯：「一粒粟中歲世界，半邊鍋中煮乾坤。」三門取名「遊雲宮」，師徒宮中來住下，修身養性煉真身。

玄黃老祖洞中坐，不覺心中好煩悶，老祖叫聲奇妙子：「隨我出洞散精神。」玄黃抬頭來觀看，山下「地眼」放光明，青赤二氣團團轉，結成圓物囫圇形，一聲響亮落大地，落在玄黃山上存，山上一塊平坦地，落在「滑塘」亂滾滾，圓物亂滾不打緊，放出毫光怕煞人。毫光亂擾真古怪，玄黃仔細看分明。此時是天來出世，有詩一首做證明：「天生黍黍落滑塘，內藏五鳥接三光，中藏五山並八卦，玄黃頭髮分陰陽。」玄黃此時看分明，忙叫徒弟奇妙身：「你可去到山頂上，滑塘落下一寶珍，溜溜滾滾一圓物，快去撿來莫消停。」奇妙子當時領了令，來到山頂看分明，只見一塊大岩石，岩石百丈有餘零。當中一條深溪澗，名為「五行滑塘坑」，圓物落在壙中間，溜溜滾滾不住停。細看圓物不多大，不過三尺零五分。奇妙子看了多一會，正要伸手取寶珍。空中急忙一聲喊，天空飛下一個人。此人身長有五丈，紅面黑鬚黃眼睛。四個獠牙顛倒掛，眉如鋼刀眼如釘。落在滑塘不說話，伸手就要拿寶珍。奇妙子一見高聲罵：「休要撿起貴寶珍，此是我師玄黃寶，特派我來取寶珍。你今為何來撿寶？姓甚名誰何處人？」此人名叫浪蕩子，他是一氣為化身，正要伸手來撿寶，忽聽喊叫一聲驚。浪蕩子連忙抬頭看，看見奇妙子一人。浪蕩子開口把話問：「我今問你名和姓，為何到這裏搶寶珍？我今是來此取寶，看你把我怎麼行！」奇妙子說「你撈壞了。」「撈壞叫你一命傾。」浪蕩子說：「只要惹我發，一口鯨吞你寶珍。」奇妙子說：「你不敢！」浪蕩子開言把話論：「只要你說『三不敢』！」奇妙一聽氣沖沖：「量你不敢，真不敢，真的不敢吞寶珍。」浪蕩子伸手搶寶珍，就是一口肚內吞，呼嚕一聲來吞下，駭壞奇妙子一人。大叫一聲跳過去：「你好大膽子吞我寶，去見我師說分明！」奇妙子將他來拉住，拉拉扯扯見師尊。一氣拉到蓮臺下，奇妙子雙膝來跪下，連連來把師父稱：「那寶是他來吞了，只看師父怎施刑。」玄黃一見浪蕩子，大罵畜生不是人：「為何見我不跪稟，姓甚名誰說我聽！」浪蕩子這裏開言道：「你等在上聽原因，東海有個道法主，荷葉老祖是他名，我是他的一弟子，特派我來取寶珍。吾神安得給你跪？惹怒老祖不饒人！」「今若你要不屈跪，好生站住聽吾言。氣正萬化我為先，煉好萬化出先天，黑黑暗暗傳大法，威威武武出玄黃。」玄黃一遍說完了，浪蕩子微微笑幾聲：「你說你的威力大，吾神不信半毫分，到底把我怎麼辦？我卻不怕你逞能！」玄黃一聽心大怒，手挽劍訣制罰人，訣劍一挽喝聲「斬！」半空飛下劍一根，連把畜生罵幾聲了：「快把寶物交還我，萬事甘休不理論！」浪蕩子一聽心大怒，就罵玄黃老畜牲：「你那寶物我吞了，看你把我怎施行！」玄黃一聽手一指，「嘩」的一聲要斬人。一口飛劍如風快，一聲響亮頭落地，屍分五塊命歸陰。寶劍斬了浪蕩子，依然飛上半天雲，飄飄蕩蕩不落地，只在老祖頭上巡。玄黃靈章口中唸，寶劍「嗖嗖」落在身，此劍該歸玄黃祖，來做玄黃一護身。寶劍斬了浪蕩子，五塊屍體五下分，腸中流出那寶珍，那寶在地亂滾滾。玄黃一見不消停，開口便叫奇妙子：「此時二炁化紅青，它是天地產育精，青的三十三天界，黃的地獄十八層。」

玄黃開言把話明：「吾將葫蘆與你拎，拿到入得池邊去，取水一葫蘆見我身。」要知葫蘆玄妙處，有詩一首作證明：小小葫蘆半中腰，小小葫蘆三寸高，玄黃山上長成苗，裝進五湖四海水，不滿葫蘆半中腰。小小葫蘆三寸零，奇妙子忙將葫蘆拎，後將葫蘆放水中，打滿奉與老師尊。上前觀看浪蕩子，屍首五塊五下分。忙將葫蘆來洗身，名為甘露水渡人。每塊屍上吹口氣，死屍借炁化人形，頃刻五人來跪下，臉分五色五樣形。一人身高五丈五，面如窩底一般形；一人身長三丈五，面如胭脂來染紅；一人身長有九丈，面如藍靛一身青；一人身長有七丈，面如白霜似銀人；一人身長有一丈，面如黃金一樣形。五人抬頭四下看，四方黑暗不分明。一眼看見玄黃祖，一個葫蘆手中存，五人上前開口問：「尊聲你是什麼人？拿的一個什麼寶？萬道金光照眼睛。」玄黃微笑來答道：「西天未生吾在先，曾將玄妙煉真金，先生吾來後生天，黑暗未有日月星，若問老祖名和姓，『玄黃真一』，我的名。」五人一起跪在前，一齊來把師父稱：「望乞師父收留我，願拜師父做門人。」老祖說道：「好，好，好，我與你們取下名，註定金木水火土，先天五姓五個人。一人取名『知精準』，名曰星辰火德君；在天為雨又為雲，在地為水又為冰，歸在人身為血水，北方壬癸水為珍。一人姓孔名『明宴』，故名楚域星德君，在天為日又為閃，在地為火又為煙，歸在人心為心火，南方丙丁火為精。一人取名『人知孫』，故曰『攝提青龍星』，在天便為梭羅樹，在地便為木和林，歸在人身為肝木，東方甲乙木中金。一人取名『義長黃』，又名太白長庚星。在天為雷又為電，在地為銀又為金，歸在人身為肝經，西方庚辛金之精。一人取名『義厚戟』，故名中央匈陳星，在天為雨又為霧，在地為土又為塵，歸在人身為脾胃，中央戊己土之精。」老祖取名方才了，五人一齊來謝恩，屍分五塊變人形。

老祖出了鴻濛洞，後跟弟子眾門人，老祖帶領眾弟子，遊山觀景往前行，來到崑崙山一座，樓臺殿閣好風景，重殿九廳有九井，玉石欄杆兩邊分，鳳閣凌霄真華美，此地景致愛煞人。玄黃師徒正觀看，一陣狂風掃山林，吹起黑風遮天地，烏雲騰騰怕殺人。老祖滾過風頭去，抓住風尾把話論，開言便叫弟子道：「謹防惡獸到來臨！」一言未曾說完了，跳出一個猛獸禽。張牙舞爪多厲害，有詩一首做證明：頭黑身綠尾色黃，六足色白紅眼睛，毛似黃金色一樣，二角五尺頭上生。此獸高有四丈五，足長六尺有餘零。獠牙四個如鋼劍，張口似簸名混沌。眾位弟子來看見，各個嚇得戰兢兢。只有老祖他不怕，上前幾步喝一聲：「畜牲，快來歸順我，免得吾來費辛勤！」混沌開言來說話：「我有玄妙大神通；你不知我生何處，你且站住聽我云。」混沌吟出詩四句，詩中根由是真情：「吾神本是土中生，煉此全身無量神，借山元氣養吾身，黑暗獨生吾混沌。」玄黃聽得微微笑：「不過畜中你為尊，怎比吾神神通大！有詩一首做證明：『真一生花天未開，遇得五色寶蓮臺，煉此金身法無邊，天下獨一顯奇才。』」混沌聽言叫老祖：「任你怎麼我不順，你我口說不為憑，各顯神通定假真。」混沌把鼻吼三下，一道黑煙往上升，黑煙之中現一寶，身長一丈不差分。此寶能長又能短，能粗能細貴寶珍。此物名叫混天寶，金光閃閃怕煞人。混沌也有兩隻手，藏在頸項裏面存，混沌雙手來拿起，對準老祖下無情。玄黃將身來躲過，忙在耳邊取寶珍，就把耳朵拍一掌，放出白光往上升，白光之中現一寶，此寶名叫定天針。此針只有一丈長，老祖拿在手中存，招架混沌鎮天棍，一神一獸大相爭。交鋒幾合無勝敗，混沌又放寶和珍，用手朝天指一下，放出三個惡鳥身，一個叫做鳻嶋鳥，紅嘴黑身金眼睛；二個叫做鴉鳩鳥，三手六足綠眼睛；三個叫做鳩鵂鳥，六目三翅賽大鵬。玄黃一見取珍寶，陰陽錦囊祭空中，收了混沌三件寶。混沌又放寶和珍，眼睛朝上翻一下，大火熊熊空中騰，滿天火光高萬丈，要燒玄黃一個人。玄黃取出一件寶，雌雄化丹空中呈，大叫一聲「快，快變！」變成一鳥空中騰，此鳥名叫鳭鵌鳥，口吐大雨似傾盆，一日大火俱滅了，混沌一見吃一驚，搖身變成虓狸獸，搖頭擺尾要吃人。玄黃一見也變化，變只狻猊更威風。混沌一見來變化，拔下毫毛八十一根，變成八十一混沌，個個拿的鎮天棍。困住老祖大相爭。玄黃搖身也變化，變了一千玄黃身，個個手中拿兵器，拿的定天針一根，圍住混沌大交兵。混沌急駕祥雲去，大叫玄黃你且聽：「你今若有真手段，敢到空中定輸贏？」玄黃這時微微笑：「我何曾怕你畜生！」雙足一跌駕雲去，兩個空中又相爭，戰得混沌心煩惱，身上又取一寶珍。此寶名為蒙獸寶，能發狂風怕煞人。一切惡物並猛獸，一齊奔來助混沌。玄黃一見忙不住，取出葫蘆手中存，拿著葫蘆一拋去，惡物猛獸收乾淨。混沌一見破了法，大吼一聲如雷鳴，口中放出一寶劍。此劍名叫無形風，要說此風多厲害，無影無形又無蹤。看見人形它追趕，神仙遇著也遭凶。先從頂門來吹進，吹進五臟人無蹤。玄黃乃是五炁化，根本不怕無形風。東風吹來往西走，南風吹來往北行。吹得玄黃心煩惱，便把錦囊來拋起，收了混沌無形風。玄黃收了貴寶珍，大喝一聲叫畜生！混沌一驚抬頭看，心想此時難逃生，一聲響亮驚天地，混沌扒在地埃塵，六足伏地不能走。這時玄黃攏了身，銀鏈一響來落下，鎖住混沌兩骨榫，便把畜生罵幾聲：「到底歸順不歸順？不順叫你命難存！」

混沌兩眼雙流淚，望著銀鏈啞了聲。「只要你今歸順我，頭點三下饒性命。」混沌把頭點三下，俯首貼耳地埃塵。「吾今封你為驩兜神。」混沌點頭忙謝恩，六足站定立起身。玄黃一下來騎上，眾徒弟子隨後跟。

要問老祖收混沌，再講故事說你聽。玄黃騎上混沌獸，看見一個女佳人，老祖便把仙女問：「一人獨坐是何因？莫非你是媧神女？」仙女一聽著一驚：「你可知道吾名字？」玄黃說道：「早知音。」仙女一聽開言道：「你怎知道未來情？吾今身邊兩元物，看你知情不知情？」玄黃上前仔細看：「元物兩個分大小，內包二十二個人，一個大的是男子，弟兄一共十個人。個兒小的是女子，姊妹一十二個人。」女媧擺頭說：「不信，此話是假還是真？」「女媧若還不相信，待我砍開現原身。」玄黃對著肉球唸，唸著急章咒語文。兩個肉球溜溜滾，內包天干與地支。內包頃刻來離分，一聲響亮震耳鳴。十個男子十二女，跳出肉球兩離分，齊在女媧面前走，個個拍手笑吟吟。玄黃連忙吹口氣，生出七長八短人，個個相貌五色樣，青面獠牙古怪形。女媧嚇得魂不在，戰戰兢兢問一聲：「口稱玄黃老師尊，這是一些什麼人？」玄黃便對女媧講：「此是天干地支神，該你生他來出世，後來為神治乾坤。待給他們取下名，配合夫妻陰陽成。」玄黃手指十個男：「你們為天干十個人。按定甲乙和丙丁，戊己庚辛壬癸。」玄黃又指十二女：「十二地支是你們，子丑寅卯辰巳午，未申酉戌亥名。天干為男又為陽，地支為妻又為陰，封你天干為大必，地支為母十二人。」眾人謝恩來站起，玄黃吩咐轉回程。不表玄黃回洞府，再表西方泥隱子。說起西天泥隱子，打開鴻濛兩山門。玄黃便把徒弟叫：「吾今仙法傳你身，葫蘆一個傳與你，後收湖水葫中存，鐵筆三桿傳與你，聽我從頭說分明：「一支名叫畫天筆，後畫日月和星辰；二支名叫畫地筆，畫出江河和山林；三支名叫畫人筆，一畫盤古來出世，二畫女媧傳世人，三畫天皇十二個，四畫地皇十一人，五畫人皇人九個，六畫伏羲八卦身，七畫神農嘗百草，十畫軒轅治乾坤。先畫眉毛並七孔，五臟六腑畫完成。畫上三百六十人骨節，又畫血脈身上存，然後又把三清化，金木水火土畫人形。」（下缺）

注：異文來源於《神農架《黑暗傳》多種版本彙編》。

藏抄者：黃承彥，新華鄉公安特派員，抄本原在「文革」破四舊期間收繳而來，為清代同治七年五月二十日甘入朝抄。

《黑暗傳》異文之四：神農架熊映橋家傳抄本

書錄一本古今文，先有吾神後有天，聽我從頭說分明，先天唱起立引子，後天唱起末葉神。海蛟他把天來滅，洪水泡天無有人，只有先天立引子，他是先天開闢人。知道天地已該滅，蓬萊山上坐其身，天地俱無少世界，四座名山霧沉沉。崑崙、蓬萊山二座，太荒村對泰山林。四大名山無人住，只有立引子來遊行。

緊打鼓，慢逍遙，黑暗根源從頭道。崑崙山有萬丈高，二山相對真個好，兩水相連響潮潮，立引子歡看荷葉發，二水沖成一河泡。化為人形三尺八，荷葉上面起根苗。立引子，抬頭看，忽見水泡成人形，水淹成人真奇怪，隨時與他取個名，取名未葉一個人，無稱無極是他身。未葉得了名和姓，就問隱子名和姓，立引子來回言道：「我今一一說你聽，吾是先天立引子，故此給你取姓名。」正在說時抬頭看，陰山流水響沉沉，一具浮屍水上漂，生下孩兒人三個，弘儒、弘皓與弘鈞。三人出世亥交子，天翻地覆子會中。弘儒他把西方坐，頭頂掛著一葫蘆，放出洪水泡天地，子令一萬八千春，洪水泡天無世界，立引子，未動身。二弟弘皓來出世，頂上也掛一葫蘆，葫蘆放出是黑水，黑水淹地無有人。第三弘鈞來出世，她為人形是女人，立引子，把媒做，配合夫妻兩個人。二人低頭來下拜，謝了立引子做媒人。立引子，開言道，口稱未葉你是聽，今來無天又無地，先天世界傳你身，你傳後天世上人，說話將身只一變，隱入青山不見形。

未葉出世教孝順，不覺數代有餘零，頂上還掛一葫蘆，葫蘆放出是綠水，綠水青山到如今。

三人出世子會今，天翻地覆未生成，猶如雞蛋一個形，昏昏暗暗不得明。未葉對著引子說：「我今不拜你為尊。」引子聽了心中怒，口罵忘恩負義人：「你是西北一塊土，是我塑你一人形。」土人聽了全不信：「這些胡言我不聽，你今若是真手段，再塑一人我看看。」

引子當時塑二人，搖搖擺擺甚斯文，一口仙氣吹將去，土人睜眼笑吟吟。身長三丈零一尺，楞眉豎眼獠牙生，土人一見心歡喜，拜他二人為師尊。引子一見心歡喜，師徒三人上山林。唱到此處詩幾句，不知歌師喜不喜？聽我從頭說詳細。真空之中無一物，三道歸來全始終。空中一概無所立，圖名皎潔一輪迴。「我今無影本無形，無父無母本來人。」

捏不成圖法不開，看來看去又成胎。有人道我先天地，安麻六亂托仙胎。渺渺茫茫道為主，身居雷霆坐蓮臺。冷眼無邊看世界，黑暗憔悴怎得開？老祖眼觀一十八，一人跪在地塵埃，阿修羅王傍邊站，又有三千謁帝神。元始天尊奉寶劍，通天教主奉寶珍，准提道母長帆蓋，弘鈞老祖奉玉盆，燃燈、陸壓分左右，西天老母隨後跟，一十八人說不盡。三父八母誰人曉？幾人知得這根苗？三災八難來講起，大海九連窩一座，橫身叮的海螺丁，蚊蟲亂咬身不動，蘆根穿身災難盡，頭頂烏鴉不動身，隨來土長是真人。

無天無地無乾坤，又無日月兩邊分，天行國內是他父，蔡力國內他母親。他母懷他十六歲，四月初八午時生。一眼觀定乾坤界，身坐西方半邊天。崑崙大仙傍邊站，白蓮老母月臺前，左邊站定四十八老母，秦氏老母站右邊。又將世尊來表明，世尊坐在靈山嶺，天愁地慘實難忍，鬼哭神叱好傷心，開口便把阿鑾叫：「你上前來聽原因，恐怕皮羅崩婆到，叫她前來見我身。」阿鑾回言：「我知道，師父不必掛在心。」

再說皮羅崩婆到，走上前來稱弟子，來求師父慈悲心。萬國九洲無日月，切望開天西方明。世尊當時開言問：「姓甚名誰說我聽」，皮羅崩婆來施禮，「崩婆就是我的名。」世尊說給崩婆聽，日月出在咸池內，月姓唐來日姓孫。孫開唐末是他名。一個男來一個女，住在陷陽海中沉。忙差地神把他請，請來日月照乾坤。地神來到陷陽海，孫開、唐末遠來迎，地神坐下開言道：「來請日月照乾坤。」日月聽得心思想：恩情難捨兩離分。回答地神：「我不去。」轉奏西天佛世尊。世尊又把崩婆叫，日月化在手心內，唸動真言隨你行。崩婆二到陷陽海，就把真言唸七遍，日月赤氣入手心，回到靈山見世尊。世尊一見心歡喜，有勞弟子費辛勤。日月二君交給你，你隨吾靈山過幾春，差你快往東土去，天地從此要你分。崩婆又把師父拜，「弟子何處去脫生？」世尊當時來吩咐：「你往太荒山中行，闖入日月中間內，變作仙桃一樣形，七十四回並九轉，吾令弘鈞到此地，提筆畫出形容像，借像還魂你出身。我今賜你鏨與斧，執斧就把天地分。開天首君就是你，陽壽一萬八千春。」崩婆又把佛祖拜：「孤身一人怎劈分？」世尊又將神將賜，八百神將跟他行。往東行到太荒山腳下，化為仙桃一個形，行將一變入土內，盤古到此來託生。

不唱崩婆如混沌，再唱佛祖差弘鈞。開言便把弘鈞叫，叫聲弘鈞聽原因：「石匣一個交與你，你往東土走一程。」弘鈞把石匣接在手，合掌告別辭世尊。起身就往東土去，弱水上面亂紛紛，鵝毛落水飄不起，葫蘆落水沉到底。腳踏木魚來得快，漂洋過海往東行。收了木魚打一看，太荒山在面前存，我佛當日吩咐我，打開石匣看分明。三支鐵筆看分明，誰人知得先天事，鐵筆根由說你聽。一支鐵筆能安天，二支鐵筆能安地，三支鐵筆來拿起，有詩一首做證明：「三支鐵筆定乾坤，口中呵氣把筆潤，連呵九十一口氣，畫出盤古天地分。」弘鈞把筆來提起，口中吐出青煙氣，畫出盤古初出世，太荒山上出人形。一氣二氣來出世，三氣四氣出頂門，五氣六氣畫眉毛，八字峨眉兩邊分。七孔八竅安停當，五臟六腑畫得清。九十畫得四肢出，十一十二畫眼睛。二十六七從頭畫，畫了骨節三百六十零五根。三十二三又提起，汗毛十萬八千里根，三十八九四十二，頂平額角都畫盡，十指肝肺手連心。五十一氣停鐵筆，猶如天上定盤星。六十二三又提筆，湖海江河又費心，七十二氣從頭畫，五湖四海才安頓。八十四氣用筆點，五穀禾苗盡生根。左生毫毛二十九，合共三十單六根，兩目猶如太陽像，頭頂四萬頭髮青，轉身又畫九十氣，九十一氣畫完成。

西天發下白虎星，金剛菩薩安左右，青石板上現原形。佛祖睜開慧眼看，又把弘鈞叫一聲：「日月二宮交與你，滿天星宿要你分。」一起身又往東土去，漂洋過海往來行。日月二宮托在手，不覺來到太荒村，左手放下太陽星，轉身又到陰山下，右手放出太陰星，月中桂木安停當，無當相伴是月神。「你在此處且安下，只等盤古開天現原身。」

日月二宮都安了，又安巡更過天星，安下天宮九曜星，二十八宿輪流轉，紫微星君坐天庭。南極老人朝北斗，羅睺、季都兩星君，諸般星斗安停當，又安牛郎織女星，天河阻隔兩分離，周天三百六十五度整，要知天高地矮事，除非舜王才知情。璇璣玉珩貴寶珍，身長八尺孔一寸，周圍二丈五尺不差分。日月五星為七政，天包地外得知情。周天三百六十零五度，極地一百八十二度半，天有六天青黃赤白黑，又帶紫薇名。六天地有二地神，瀛洲、崑崙為二地。

不唱弘鈞安星辰，再唱盤古來出生，有詩一首做證明，盤古計天而出世，生於太荒有誰知？混沌世界怎開劈？鑿子鑿來斧頭劈。說盤古，講盤古，多虧弘鈞一老祖，九十一氣費盡心，五行方位安其身，渾身上下元氣足，崩婆借像才出生，一座高山來阻路，盤古開言把話論。此山像把斧子形，拿得不重也不輕，盤古得了寶和珍，一把斧子拿在手，此乃名叫「敲金坎」，開金氣，往東行，又有一山來阻路，他就拿起笑吟吟，一鑿一斧往前行，掄起斧子上下分，氣之輕清上浮者為天，氣之重濁下凝者為地，砍開天地分陰陽，現出太陽與太陰。日月五星照蒼穹，才分三光七二照四方，四大部洲在中央。東勝神州安東方，南贍部洲安南方，西牛賀州西方定，北方盤古定三光。盤古開了天和地，立一石碑三丈長：「亥子交始終，依然今似昔。」五言四句此碑立，此碑立於太荒地。

不唱盤古立碑事，世尊傳下一法旨，阿鑾領旨太荒去。盤古開言問分明：「手捧淨瓶為何因？」阿鑾說與盤古聽：「恐有嚴毒害你身，淨瓶甘露渾身洗。」盤古聽得心歡喜，阿鑾執瓶將他洗，題詩一首做證明：只因合掌知一笑，今乃一萬八千春，頂上悠悠失三魂，一滾化作仙桃形，阿鑾收入淨瓶內，收了崩婆見世尊。兩目付與日和月，毫毛付與山林管，壽高一萬八千春，又該天皇來出世，隱入青山不見形。

開天于生天皇氏，唱起天皇來出生，天皇一姓十二人，弟兄十三管乾坤。天皇名字叫天靈，出世就把干支配，十二地支造分明，河下又治十二塊，一生操了許多心，管了一萬八千春，又該地皇來出生，隱入青山不見形。

地辟子丑地皇君，地皇一姓十一人，弟兄十一管乾坤。生於陝西龍門縣，他的名字叫岳鏗，出世才把山神定，他今才把晝夜分，七十二候才來臨，二十四氣是他分，又把四時八節定，也管一萬八千春，又該人皇來出生，隱入青山不見形。人生於寅人皇主，人皇兄弟九個人，生於形馬提帝國，弟兄九人分區明。各管一區鎮乾坤，制綱常，立人倫，才有三黨共六親，天皇地皇人皇君，共管四萬五千八百春。

人皇弟兄為龍海，又該五龍來出生，一黃伯，二黃仲，三黃叔，四黃季，五黃五龍出世分，金木水火土中存。才有宮商角徵羽，五龍五帝五處分。有巢氏構木為巢教百姓。又出五丁氏，教百姓挖一坑，一個坑兒百丈深，躲水躲雨好安身。燧人氏，有道君，鑽木取火教萬民，春楊夏柘來取火，秋杏冬檀取火星。定婚姻，教嫁娶，男子三十取下親，女子二十嫁出門，百姓個個心歡喜，有父有母到如今。

燧人氏，把駕崩，倉頡黃帝把位登，看鳥獸，觀龍行，以後他把字來造，觀察萬物以象形，他今造字教百姓，在位一百一十春。倉頡先師過了世，唱起當日有皇氏，佰神氏，駕元龍，養出中皇氏，生於山東魯國地，曲阜縣有個大庭氏，出了六粟氏，他把叔里來殺了，幾個知得這段情？

唱個地名陝西城，太昊聖母出山林，一見神人面前走，太昊聖母隨後跟。陰人踏了燧人氣，懷孕一十四年春，才生伏羲一個人。三十歲上坐龍廷，畫出八卦知天文，削桐木，來造琴，作樂歌，傳後人。撞著共工亂乾坤，女媧娘娘駕祥雲，殺了共工坐龍廷，女媧娘娘她為神。

唱起神農來出世，生下三天能說話，五天之中能走行，七天牙齒俱長齊，置下方書山中行，嘗百草，救萬民，流毒躲在老山林，神農皇帝識流毒，不知流毒哪邊存。長沙茶陵把命傾，在位一百四十四年春。

軒轅黃帝立朝綱，置五穀與衣裳，造屋宇、造飲食，天下萬物造齊備，炎帝崩駕他為神，又出五帝把位登。少昊金天隨後跟，顓頊高陽氏，帝嚳是高辛，帝則帝舜把位登。九男二女他親生，傳至舜王君，又將二女配他身，又傳禹王把位登。唱起禹王管天下，八個將軍手段能，開九州，定九策，鑄九鼎，疏九河，禹王分下三支脈，三十六山才有名。開出龍門說分明，開出禹門三級浪，南月門，背鬼門，中曰人門埋人棺材陷人坑。

夏傳子，家天下，才出仲康把位登，其子又被後羿謀，又出韓浞亂乾坤。殺了后羿坐龍廷，紀舒太子起義兵，誅了韓浞一個人，傳至桀王是昏君。

注：異文來源於《神農架〈黑暗傳〉多種版本彙編》。

藏抄者：熊映橋，家住秭歸縣清灘鄉龍江村，此抄本為其父所傳。

《黑暗傳》異文之五：神農架黃承彥藏本，原件抄於清光緒十四年

先天出了上天皇，開天闢地手段強，相傳一十二萬載，洪水泡天八千年，後天盤古把天開，日月三光又轉來。乾坤一十二萬載，依然黑暗水連天，不表先天黑暗事，後天黑暗唱幾聲，三生卷土唱起來，不知記得清不清？

提起靈山須彌洞，昊天聖母一段情，聖母原是金石長，清水三番成人形。石人得道稱聖母，名喚昊天是她身。聖母坐在須彌洞，要到靈山走一程。站在靈山四下望，洪水滔滔怕煞人，兩條長龍在爭鬥，二龍相鬥氣騰騰，只見空中黑雲現，黃龍當時逞威武，抓得黑龍血淋淋。黑龍當時來聚會，弟兄五個顯威能，黃龍一時敗了陣，直奔靈山洞府門。聖母觀了多一會，定天珠在手中存，便把黑龍來打敗，七竅流血逃性命，漫天黑雲不見形。往西逃走不見了，這時洪水稍平靜。黃龍落在靈山上，思念聖母有恩人。生下三個龍蛋子，三個龍蛋放光明，聖母一見心歡喜，將蛋吞在腹中存。吃了三個龍蛋子，腹中有孕在其身，懷孕不覺三十載，正月初七將下身，一胎生下人三個，聖母一見甚歡心。長子取名叫定光，次子後土是他身，第三取名叫娑婆，須彌洞中生長成。（下缺）

混沌辭別師父去，太荒山前走一程，只見烏雲沉沉黑，不知南北與西東，混沌便把旗來繞，現出太荒一座山。轉身住在太荒地，不覺又是五百春。只見太荒金石現，石斧鐵錘現原身，混沌得了開天斧，改名盤古把天分。盤古來在山頂上，一斧劈開混元石，清氣浮而九霄去，重濁落在地下沉，天高地厚才形成。崑崙有個太陽洞，住著孫開是她名，她有兒子十二人。崑崙有個太陰洞，洞中唐末太陰星。盤古來到此處地，開天斧在手中存，只見紅光高萬丈，劈開崑崙見分明，忽聽一聲雷震響，現出東方太陽星，扶桑國內升上界，寶樹頂上金雞鳴。太陽星君把言開：「叫聲盤古你且聽：天地初開妖魔廣，只恐妖魔害我身。」盤古便把太陽叫：「你且升天照乾坤，我今來到崑崙地，去叫應龍保你身。」說罷一聲雷震響，太陽升上九重天。（下缺）

來到蓬萊山腳下，眼看東洋大海門，只見海中洪水現，五龍抱著葫蘆行，五龍聽得老祖叫，棄了葫蘆不見形，洪鈞當時來收住，帶回洞中看分明，忙將葫蘆來打破，現出兩個小孩童。一男一女人兩個，兄妹二人二八春，如何生在葫蘆內？二人如何海中行？老祖就把二人問，叫他二人說原因，二人上前講根由：「崑崙山中岩石縫，忽生一根葫蘆藤，藤子牽有千丈餘，無有葉子只有藤，結了一個大葫蘆，見了我倆把話明：叫我鑽進它肚內，裏面天寬地又平，馬上洪水要泡天，藏在裏頭躲難星。我倆鑽進葫蘆內，不知過了幾年春。當時天昏地也暗，洪水滔滔如雷鳴。」老祖便把男童叫：

「我今與你取個名，取名就叫五龍氏，如今世上無男女，怎傳後代眾黎民？我今與你把媒做，配合夫妻傳後人。」童女這時把話云：「哥哥與我同娘養，哪有兄妹結為婚？」老祖這時來勸說：「只因洪水泡天後，此上哪有女子身？世上雖有人無數，卻非父母賦人形。也有金石為身體，也有樹木成人形，也有水蟲成人像，也有鳥獸成人形。只有你們人兩個，一男一女正相因，你們都有肉身體，有血有肉是真人。勸你們二人成婚事，生男育女傳後人。」童女便來將言說：「請聽我來說原因，若要兄妹成婚配，要你的金龜把話言。」忽然金龜來說話：「叫聲童女你是聽：混沌初開有男子，世上哪有女子身？一來不絕洪水後，二來不絕世上人。」童女一聽怒生嗔，石頭拿在手中心，將石就把金龜打，打成八塊命歸陰。童男又把金龜渡，八塊合攏用尿淋，金龜頓時又說了，開口又把話來明：「叫聲童女姑娘聽：生也勸你為夫妻，死也勸你為婚姻。」童女這時心思量，難得推脫這婚姻。二人成親三十載，生下男女九個人。長子取名伏羲氏，姬仙女紀管中州。第二取名神農氏，姬趙女紀管湖州。第三取名雲陽氏，姬錢女紀管江州。第四取名祝融氏，姬孫女紀管海州。第五取名葛天氏，姬李女紀管福州。第六取名人皇氏，姬周女紀管遼州。第七取名燧人氏，姬吳女紀管山州。第八取名軒轅氏，姬鄭女紀管鄱州。第九取名有巢氏，姬王女紀管雲州。（下缺）

女媧一百六十載，出了公孫軒轅君。軒轅黃帝登龍位，蚩尤爭位害黎民。蚩尤兄弟人九個，困住軒轅難脫身。軒轅當時慌張了，即往大澤去搬兵。風后力牧為大將，握機八門陣法全，卻與蚩尤交兵戰，斬了蚩尤退賊兵。蚩尤血飛三千里，飛在陝西鹽田城。軒轅一見太平了，返駕登位教黎民。……

光緒十四年孟騰錄抄寫，李德樊，字醜見笑。此本人傳下常常看，清閒自在有精神。

注：異文來源於《神農架〈黑暗傳〉多種版本彙編》。

藏收者：黃承彥，新華鄉公安特派員。

《黑暗傳》異文之六：神農架張忠臣藏抄本

混沌無有天和地，古祖靈山出世起，寒陽洞裏修行去。乾坤混沌幾萬秋，渡下開天闢地斧。古佛祖，彌勒佛，勸山講根由：說起混沌無天地，古佛老祖出世起，三花聚頂降真炁，寒陽洞裏來修煉，崑崙山上講根由，乾坤黑暗亥子邊，傳下徒弟混沌仙。

歌師聽我說與你，方才把你當徒弟。混沌未分有一山，天心地膽在中間，麥芽老祖他在先，他在山中十萬八千年，渡下古佛與禪尊，那時洪水才泡天。講起混沌有根基，我有一句來問你：洪水泡天有根源，叫聲歌師聽我談，洪水泡天有幾番？自從洪水泡了天，混沌黑暗誰在先？清水泡天有幾番？從頭至尾講根源，那時才算你為先。

混沌之時你不曉，莫在鼓上胡打攪，凡事需要問三老，聽我從頭說根源。自從洪水泡了天，只有麥芽老祖他在先，洪水泡天有三番，三五老祖他在先，清水泡天出古祖，才有古祖在彌山。清水泡天有幾番，清濁相連無有天，《黑暗傳》上仔細觀，糊裏糊塗莫亂談。

不周山上來講教，四十八母齊來到，窖天聖母不知道，四十八母動干戈，不周山上起風波，觸斷天柱萬丈多，元古老母開天河。洪水泡了天和地，混沌一炁降世起，生在青梅山前地。青梅山上把道傳，度下徒弟彌利仙，講道德，說根源，混沌還讓你為先。

說起古佛根痕遠，無天無地他在先，萬里乾坤不自然。渡下徒弟把道傳，差了弘鈞去開天，洪水滾滾滿山川，弘鈞崑崙自修煉，三花門斧劈開天。鴻濛老祖降世起，出洞不見天和地，乾坤暗暗混二炁。

老祖抬頭把眼睜，清濁二氣不分明，轉身回到古洞門。忙差徒弟下山林，蓬萊口上開天門。弘鈞、鴻濛二道主，出洞不見天地式，慘慘乾坤將何治？二仙上山同遊玩，遇著亞鉔古祖仙。講道德，說根源，混沌還讓你為先。

我把天地談一談，乾坤暗暗如雞蛋，誰人知得這根源？密密濛濛幾千層，二炁相交看不清，聽我一一說混沌。混沌山上十八祖，崑崙嶺上崑崙山，崑崙山上起青煙，三千七百岩廟洞，八百洞中降真仙，聽我一一說根源，混沌只有他在先。

紫霄宮中弘鈞主，他是開天闢地首，曾將一炁傳三友，崑崙山上誠修煉，他在山上四十九萬年，置下乾坤到如今。帶領十萬八千子弟孫，帶到東土立人倫，那時還讓他為尊。

金鼓一停我接住，提起黑暗一段古，歌師聽我從頭數。無有乾坤無有天，只有古祖他在先，自從洪水泡了天，渺渺茫茫無自然，山中十萬八千年，才出古祖得道仙。講起古祖來出世，原來生在天古寺，我今說與歌師知。

三花聚頂來至氣，五氣朝元他在先，聚龍三百六十員，寒陽洞裏講神仙。無底道法永無邊，乾坤黑暗得自然。混沌老祖初出世，無有天地無形勢，一炁三化將人治。站住仔細四下觀，舉目抬頭看一看，四方都是黑暗暗，清濁二炁上下連，無有人形將世傳。

心中思想多一會，畫成人形都齊備，眉毛七孔成雙對。當時有個混沌祖，他鎮中央戊己土，無鼻無眼又無口，活像一個大葫蘆。老祖這裏顯神通，畫出三毛並七孔，照定人形來畫成，一口仙氣往上沖，混沌這時成人形。

蓬萊大仙來出世，聽我從頭說根痕，他有仙丹十二顆，一一傳與弟子身，你到東土立人倫。便叫弟子你且聽：你把彈子帶在身，去到東土立人倫。給你彈子二十顆，一一從頭說分明：一顆便是如來佛，二顆便是小弘鈞，三顆便是太陽像，四顆便是太陰星，五顆天皇氏，六顆地皇君，七顆人皇氏，八至十二是五帝，剩下化鳥獸，天下萬物都化成。

三皇出世無地人，走馬山前這條根，元始祖，李老君，通天教主化三清，只有十二不分明，將來凡間化眾生，後出盤古立乾坤。混沌初開出盤古，身長一十二丈五，手執開天闢地斧。佛祖差他下山林，來到太荒山前存，觀音大士到來臨，金盤放在地埃塵，仙丹一顆裏面存，四十九轉畫人形，點化盤古下山林。

點化盤古下山林，佛祖賜他三十二字文，哪個知道這根痕？

叫聲列位聽分明：三十二字講原因，咒曰：賜你斧，開天地自開，你成功，金聖通，是不將入世世，今一代，二萬八千歸自在。三十二字講分明，歌師你看真不真。

臘子奔索領了命，一路行程須小心。正行舉目觀分明，見一浮石面前存，能大能小像斧形，盤古一見喜十分，不滿功果不回程。盤古來到東土山，黑黑暗暗四下連。不覺來到高山嶺，霧氣騰騰怕煞人，不見天地怎麼分？手執開天斧一把，心經咒語唸分明，劈開天地上下分，又無日月照乾坤。

盤古開了天和地，功果圓滿轉回去，留下頭尾再後敘。盤古來到太荒嶺，此處卻要立碑文，碑上刻了二十字，萬古流傳到如今。詩曰：吾乃盤古氏，開天闢地基，亥子重交媾，依然出人世。題詩句轉回程，俯伏蓮臺見師尊，回稟開天一段情。佛祖說與觀音聽，再令盤古下山林，不知功果如何論？

二神商議天地情，不見盤古轉回程，佛祖一見喜十分，叫聲盤古你是聽：「你功果圓滿轉回程，差你後山去修行。」盤古後山修行去，觀音佛祖來商議：「盤古開了天和地，卻少日月照乾坤，誰個出去立功勳？」後山又把盤古請，佛祖開口把話云：「叫聲盤古你是聽，你今開了天和地，差你咸池走一程，相請日月上天庭。」盤古聽了心納悶，道行淺來根不深，難請日月上天庭。

盤古無奈往前行，一路逍遙喜歡心，紅光滿面好驚人。霧氣騰騰看不清，摸到咸池把話論。說到咸池有根痕，咸池是個大海洋，寬有九丈有餘零，深有萬丈不見底，裏有日宮和月殿，住著日月一尊神。盤古來到把話論：「我今領了佛祖令，相請二神上天庭。」

孫開、唐末日月名，陰陽配合成夫妻，海中金子配水精。叫聲盤古你是聽：「我們不肯上天庭！」盤古拜別轉回程，來到蓮臺見師尊。觀音大士把話論，叫聲「臘子」你且聽：「你請日月上天庭，功果可滿轉回程？」盤古回答尊一聲：「我到咸池枉費心，日月不肯上天庭。」觀音大士把話論：「咸池再把日月請，又賜心經七個字，還有一件寶和珍，心驚七字保你身。」盤古一聽心歡喜，再到咸池走一程。

「日神、月神尊一聲，我今領了佛祖令，要請二神上天庭。」日月不理半毫分，盤古一見怒生嗔，心經七字唸分明。咒曰：「暗夕姐多撥達羅。」真言咒語唸得真。孫開、唐末無計生，夫妻只得上天庭，一月夫妻會一面，普照乾坤世上人。

注：異文來源於《神農架〈黑暗傳〉多種版本彙編》。

藏抄者：張忠臣，神農架林區松柏鎮蔬菜村人，敬老院院長，當地有名的民歌手。此抄本於一九六三年從一位築路工人手中所抄。

《黑暗傳》異文之七：《神農架》張忠臣藏抄本

混沌初開分天地，盤古出世此時起，誰人知得這根底？兩手舉斧安日月，開天闢地定乾坤，盤古知道地理與天文，陰陽二氣攪一團，二氣不分成混沌。二氣來分開，才成天地形，氣之清濁往上升，氣之重濁往下沉，方才成個天地樣，才算開天第一人。

歌師你請慢消停，我把仁兄稱一聲，盤古怎麼來出身？提起盤古問分明，盤古怎麼來出世，怎麼來把天地分，盤古他在哪裏走，哪裏行，怎麼得的開天斧，那斧是寶還是精，或是木頭來砍就，還是銅鐵來打成？你把根源說我聽，才算歌中第一人。

歌師聽我說分明，我把根由說你聽，今日鼓上遇知音。混沌之時出盤古，鴻濛之中出了世，說起盤古有根痕。當時乾坤未成形，青赤二氣不分明，一片黑暗與混沌，金木水火土，五行未成形，乾坤暗暗如雞蛋，迷迷濛濛幾千層，不知過了多少年，二氣相交產萬靈，金木水火是盤古父，土是盤古他母親。盤古懷在混沌內，此是天地產育精。

混沌裏面是泡灑，泡灑吐青氣，崑崙才形成，天心地膾在中心，長成盤古一個人。盤古昏昏如夢醒，伸腿伸腰出地心，睜開眼睛抬頭看，四面黑暗悶沉沉，站起身來把腰伸，一頭碰得腦殼疼。盤古心中好納悶，定要把天地來劈分。這時盤古四下尋，天為鍋來地為盆，青絲嚴縫扣得緊，用頭頂，頂不開，用腳蹬，蹬不成，天無縫來地無門，看來天地不好分。

盤古奔波一路行，往東方東不明，往北方看不清，往南方霧沉沉，往西方有顆星。盤古摘來星星看，西方金星來變化，變一石斧面前存。盤古一見喜十分，不像金來不像銀，也不像鐵匠來打成，原是西方庚辛金，金精一點化斧形。盤古連忙用手拎，喜在眉頭笑在心，拎起斧子上崑崙。

黑暗混沌一盤古，身高一百二十五（丈），好似一根撐天柱。盤古來到崑崙山，舉目抬頭四下觀，四下茫茫盡黑暗，看是哪裏連著天。原是連天是石柱，不砍石柱難開天。手舉斧上下砍，東邊砍，西邊砍，南邊砍，北邊砍，聲如炸雷冒火星，累得盤古出大汗。眼看清氣往上升，那就成了天，濁氣往下墜，那就成地元，天地空清風雲會，陰陽兩合雨淋淋。盤古斧石化雷電，千秋萬代鎮天庭。盤古根痕說你聽，不知知情不知情？

歌師唱得可是真？我今還要問幾聲，不知仁兄聽不聽？盤古既然把天地分，還是天黑地不清，還要什麼照乾坤。太陽、太陰怎麼出？盤古見了怎麼行？天有日月來相照，怎麼又有滿天星？怎麼又有風雲會，怎麼又有雨淋淋？你把根由說我聽，才算歌中一能人。

歌師你且慢消停，我把根由說你聽，看我說得真不真？盤古分了天和地，天地依然是混沌，還是天黑地不明。盤古想得心納悶，要找日月種星辰，來在東方看分明，見座高山毫光現，壅塞阻攔不通行。盤古用斧來砍破，一輪紅日現出形，裏面有個太陽洞，洞裏有棵扶桑樹，太陽樹上安其身；太陽相對有一山，劈開也有一洞門，洞中有棵梭羅樹，樹下住的是太陰。二神見了盤古的面，連忙上前把禮行：「天地既分海水清，缺少光明照乾坤，你今來意我曉得，要叫我們照乾坤。」盤古聽了心歡喜：「請了，請了，我相請，要請二神上天庭。」太陽、太陰兒女多，跟著母親上了天，從此又有滿天星。夫妻二神相交合，陰陽相合雨淋淋。我今一一說你聽，不知說得真不真？

歌師唱歌莫消停，再把盤古問一聲，方才算你有學問。盤古分開天和地，又有何人來出生？盤古還是歸天界？還是人界了終身？盤古過世一首詩，七言四句正相因，你把詩句說我聽，我今拜你為師尊。

歌師聽我說分明，我把根由說你聽，不知說得真不真？盤古分成天和地，又有天皇出世根。盤古得知天皇出，有了天皇治乾坤，盤古隱匿而不見，渾身配與天地形，頭配五嶽巍巍相，目配日月晃晃明，毫毛配著草木枝枝秀，血配江河蕩蕩流。頭東腳西好驚人，頭是東嶽泰山頂，腳在西嶽華山嶺，肚挺嵩山半天雲，左臂南嶽衡山林，右膀北嶽恆山嶺，三山五嶽才形成。盤古過身詩一首，七言四句果是真，詩曰：盤古先天而出世，生於混沌有誰知？黑暗節候應開闢，御世三皇軒重熙。

歌師這話果是真，又把三皇問一聲，不知記得清不清？天皇出世人多少？弟兄共有幾個人？怎麼來把天下治？又是怎麼治乾坤？天皇過後幾多歲？弟兄共有幾多春？又有何人來出世？何人出世治乾坤？你把根由說我聽，才算歌場高明人。

金鼓一住暫消停，我把歌師尊一聲，慢慢聽我講根痕。你問天皇來出世，弟兄共有十三人，天皇出世人民少，淡淡泊泊過光陰。又無歲數和年歲，又無春夏與秋冬。天皇那時來商議，商議弟兄十三人，創立天干定年歲，又立地支十二名，那時方才定年歲，暑往寒來一年春。天皇弟兄一萬八千歲，又有地皇出了身，天皇隱匿不見行。我把天皇說你聽，你說地皇行不行？地皇出於什麼地？一姓共有幾多人，地皇怎麼治天下，什麼方法定乾坤？地皇過後幾多歲？你把根由說我聽，歌場才算你為能。

歌師聽我說分明，我把根由說你聽，看我講得明不明？地皇雄耳龍門出了世，一姓共有十一人，他以太陽把日定，又以太陰把夜分，三十日為一月，十二月為一春，那時才有年和月，晝夜才能得分明。地皇過後一萬八千歲，又有人皇來出生。歌師傅老先生，又把人皇問一聲，仁兄是否記得清？人皇出於什麼地？一姓共有幾多人？幾人幾處治天下？他在何處教黎民？人皇怎麼觀天象？黎明光景如何樣？幾處太平不太平？人皇共有幾多春？你把根源說我聽？才算歌場人上人。

歌師唱歌本有名，我講人皇一段文，不是行家莫談論。行馬山前來出世，弟兄一姓有九人，九人九處治天下，他在中央管萬民。九人九處都太平，選才德，作用人，那時才有君臣分。駕雲車，觀地象，東南西北才摸清。渴有清泉飲，饑摘樹葉吞，寒有木葉遮其身，男女交歡無分別，只認其母無父尊。人皇過後一萬五千五百春。看我講得真不真？

歌師傅，老先生，果然書文記得清，還有幾句問一聲。說起三皇到堯舜，共有八十女皇君，哪一氏生禽獸？哪一氏修平水旱道路行？旱地有車，水有舟，人才能遠行。哪一氏出鳳凰？幾隻鳳凰一路行？哪一氏，人多人吃獸？哪一氏，獸多獸吃人？哪一氏，架雀巢，蔽雨晴，百姓專打鳥獸吞？哪一氏，鑽木取火星，生冷燥濕得烤蒸？哪一氏，造字文，萬物各色都有名？哪一氏，聽鳥聲，作樂歌，神聽和平人氣和？哪一氏，造出五弦琴，陰陽調和天下平？哪一氏，用葫蘆來造笙，開化愚昧人聰明？八十餘氏問不盡，略叫歌師答幾聲。洪水泡天怎麼起，怎麼平？誰又傳下後代根？

歌師問得有學問，講起三皇到堯舜，八十餘氏果是真。講古還要講根痕，前後才能說得清。當日海中有五龍，青黃赤白黑五色形，捧一葫蘆水上行，葫蘆藏著兩兄妹，以後兄妹成了婚。兄妹成婚三十載，生出肉蛋裏面有百人。此是人苗來出世，才有世上眾百姓。五龍氏，生禽獸，豺狼虎豹遍地行。鉅靈氏，開險處，修平水旱道路平，造車船，才遠行。皇覃氏，出鳳凰，六隻鳳凰一同行，後分六處傳子孫。有巢氏，人吃獸，獸多獸吃人，架雀巢，蔽雨晴，百姓專打鳥獸吞。燧人氏，鑽木來取火，食物得烹飪。史皇氏，有倉頡，看鳥獸，仿腳印，觀天象，察人形，造下文字記事物，萬物各色都取名。祝融氏，聽鳥音，作樂歌，神聽和平人氣和，能引天神和地靈。女媧氏，她用葫蘆造成笙，開教化，育子孫，百姓聽了開智化愚都聰明。伏羲氏，山中聽風聲，風吹木葉美聲音，就削樹木來製琴，畫圓底平天地形，五條琴弦相五行，長有七尺三寸零，上可通天達地神，又修人身調氣平。你問我，說你聽，快快拜我為師尊。

說得是來道聲真，又把伏羲問一聲，歌師你可記得清？伏羲怎樣來出世，生於何方何地名？怎樣來把天下治？怎樣作為定乾坤？怎樣來把百姓教？人倫禮儀到如今。

金鼓一住又唱起，歌師又來問伏羲，聽我從頭說與你。他是五帝開首君，說起太昊他母親，華胥地方坐其身。華胥地方也不遠，陝西藍田縣地名。太昊聖母閒遊走，見一大人腳跡形，聖母忽然春意動，天上虹霓繞其身。聖母忽然身有孕，成紀地方生聖君。成紀地方在何處？甘肅鞏昌岷州城。伏羲仁君觀天象，日月星辰山川形，才畫八卦成六爻，六十四卦達神明。教人來嫁娶，治起婚姻禮，女兒嫁與男為妻。五帝首君說分明，可算歌場一能人。

歌師講得真有趣，又把伏羲問幾句，不知仁兄喜不喜？伏羲出世出龍馬，不知出在何地名？龍馬生得什麼樣？高有幾尺幾寸零？背上又有何物現？不知是吉還是凶？他今又把何物治？修身理性答神明。伏羲在位年多少？又有何人治乾坤？你把根由說我聽，歌場裏面你為君。

歌師又把伏羲問，伏羲乃是仁德君，禮儀人倫從他興。孟河一日祥雲起，一匹龍馬來出世，生得滿身有甲鱗，高有八尺五寸零，背上又有河圖現，天降祥瑞吉兆臨。在位一百一十五年春，又出共工亂乾坤。

又把歌師問一聲，說起共工一段文。共工怎麼亂乾坤？他與何人來交戰，不知誰輸誰是贏？何人輸了氣不過，一頭撞倒什麼山？當時倒了什麼柱？何人一見怒生嗔？何人又把天來補？天補滿了誅誰人？何人一見氣不過，湧起洪水亂乾坤？何人一見心大怒，殺了惡人定太平？又是何人立皇帝，又造萬物得安寧？何人在位幾多歲？又有何人來出生？

上卷歌頭丟開去，再將二卷來唱起，我把根由說與你。共工本是一帝君，貪色無道失民心，祝融一見怒生嗔，領兵與他來相爭。共工大敗走無門，當時心中氣不過，兩頭觸崩不周山。當時倒了擎天柱，女媧一見怒生嗔。說起女媧哪一個，她是伏羲妹妹身，洪水泡天結為婚。當時她把天補滿，要殺共工這惡臣。共工一見氣不過，湧起洪水亂乾坤。女媧一見心大怒，殺了共工定太平。百姓一見心大喜，就尊女媧為上君。共工撞倒不周山，上方倒了擎天柱，下方裂了地與井，洪水氾濫又混沌。好個女媧有手段，忙煉彩石去補天，斷鼇足，立四極，地勢得其堅，聚灰止洪水，天地復依然，至今北方有些寒，北方寒冷有根源。女媧在位三十年，又有神農來出世，歌師傳來老先生，七言四句唸你聽。詩曰：聖人誕生自天工，首出稱帝草昧中，制作文明開千古，補天熔日亙蒼穹。

歌師果然記得清，提起神農一段文，又將神農問先生。神農出在什麼地？又是怎樣教百姓？神農山中嘗百草，七十二毒神怎麼行？哪個山中尋五穀？幾種才有稻麥生？又有何人無道理，要反神農有道君？又有什麼人不可？哪個大怒殺何人，百姓一見心惱恨，聚集人馬誅反臣？何人力寡不敵眾，百姓殺死命歸陰？神農仁君多有道，何方歸服有道君？神農在位多少年？崩於何方什地名？歌師一一說我聽，我好煨酒待先生。

歌師問得真有趣，聽我一一說與你。神農治世從此起，神農皇帝本姓姜，指水為姓氏，又名烈山名。南方丙丁火德王，又號炎帝為皇上。提起神農有根痕，他是少典親所生，母親嶠氏女賢能，安登夫人是她名，配合少典結為婚，生下兩個小嬌生。長子石蓮次神農，烈山上面長成人，他今教民耕稼事，女子採桑蠶吐絲。當時天下瘟疫廣，村村戶戶死無人，神農治病嘗百草，勞心費力進山林。神農嘗草遇毒藥，腹中疼痛不安寧，急速嘗服解毒藥，識破七十二毒神，要害神農有道君。神農判出眾姓名，三十六計逃了生。七十二種還陽草，神農採回救黎民。毒神逃進深山林，至今良藥平地廣，毒藥平地果然稀。

神農嘗百草，瘟疫得太平，又往七十二名山，來把五穀來找尋。神農上了羊頭山，仔細找，仔細看，找到粟籽有一顆，寄在棗樹上；忙去開荒田，八種才能成粟穀，後人才有小米飯。大梁山中尋稻籽，稻籽藏在草中間，神農寄在柳樹中；忙去開水田，七種才有稻穀收，後人才有大米飯。朱石山，尋小豆，一顆寄在李樹中，一種成小豆；小豆好種出薄田，大豆出在維石山，神農尋來好艱難，一顆寄在桃樹中，五種成大豆，後有豆腐出淮南。大、小麥在朱石山，尋得二粒心歡喜，寄在桃樹中；耕種十二次，後人才有麵食餐。武石山，尋芝麻，寄在荊樹中；一種收芝麻，後來炒菜有油鹽。神農初種五穀生，皆因六樹來相伴。神農教人興貿易，物物相換得便宜，斬木為耒來耕地，才有農事往後繼。

又有夙沙太欺心，要反神農有道君。大臣箕文勸不可，夙沙大怒殺箕文。百姓群集心大怒，要殺夙沙這反臣。夙沙孤寡不敵群，被百姓殺死命歸陰。神農坐位居於陳，就是河南陳州城，在位一百四十春，崩於長沙茶陵城。

自從神農把駕崩，又有何人治乾坤？請你一一說分明。自從神農皇帝崩，又有何人治乾坤？天下有道是無道，又有何人來興兵？哪個與他戰不過，悄悄遷都讓反臣？又有何人來出世，他與反臣大交兵？你今一一說我聽，才算歌中一能人。

歌師你且慢消停，我今本要說你聽，又怕你去傳別人。自從神農黃帝崩，又有愉罔治乾坤。只有愉罔多無道，反臣蚩尤大興兵。愉罔懼怕蚩尤凶，悄悄遷都讓反臣。又有軒轅來出世，他與蚩尤大交兵。

不提軒轅不問你，提起軒轅問根底。軒轅他住何方地？母親怎麼身有孕？幾多月份來降生？軒轅生於何方地？龍顏聖德如何論？他與蚩尤大交兵，不知誰輸誰是贏？軒轅怎麼得吉兆，要得強力兩個人？怎麼訪得二人到？不知才幹如何能？不知設下什麼法，要捉蚩尤這反臣。不知擒到未擒到？軒轅怎麼為仁君？你今說與眾人聽，才算歌中老先生。

歌師要我講分明，說起軒轅有根痕，要你洗耳來恭聽。軒轅原是有熊君，如今河南有定城，寶付名字是他母，一日出外荒郊行，見一大電繞北斗，不覺有孕在其身，二十四月懷胎滿，生於開封新鄭城。景星慶雲明王德，四面龍顏天生成。

蚩尤作亂真膽大，銅頭鐵額興人馬，要與軒轅爭高下。上陣就是煙霧起，層層瘴氣遮天地，白日猶如黑夜裏，黃帝兵敗亂如泥。軒轅戰敗心中悶，夜得一夢好驚人，狂風一陣捲沙塵，夢一猛虎驅群羊，手執鈎竿鈎一張。醒來心中自思量：必有高賢在此方。原是風后和力牧。訪得風后、力牧到，兩個果然本事強。軒轅造起指南車，風后、力牧各顯能，擺下八卦無極陣，煙霧不得迷大軍。蚩尤困在陣中心，冬撞西衝難脫身，涿鹿之野喪殘生。斬了蚩尤天下喜，小國個個皆畏懼，共尊軒轅為黃帝。軒轅黃帝坐天下，河洛之中出龍馬，見得地理無邊涯，山川草木萬物華。軒轅本是仁德君，無數作為定乾坤，又命大橈造甲子；又命隸首作算術；又命伶倫作律呂；又命車區製衣襟。軒轅見民多疫症，又命岐伯作《內經》。軒轅將崩有龍迎，他就騎龍上天庭，在位卻有一百載，少昊接位管乾坤。

不提少昊我不問，提起少昊問先生，人不知來爾不慍。少昊本是軒轅子，少昊他是哪家子？哪個母親把他生？少昊登基坐天下，不知吉凶如何論？那時民間出什麼？百姓安寧不安寧？少昊駕崩幾多歲？葬在何方什地名？什麼山前來安葬？又是何人把位登？歌師傳來老先生，請你從頭說分明。

少昊本是軒轅子，黃帝原配嫘祖生。少昊登位坐天下，正是身衰鬼弄人。民間白日出鬼怪，龍頭金睛怪迷人。東家也把鬼來講，西家也把怪來論，王母娘娘降凡塵，教化民間收妖精。這是少昊福分淺，天降奇怪害黎民。少昊崩駕八十四，葬在袞州西阜城，雲陽山上來安葬，又出顓頊把位登。

歌師果然講得清，又問顓頊他出身，你可知道說我聽：顓頊怎麼治天下？百姓清平不清平？東村人家出什麼鬼？怎麼治鬼得安寧？西村人家出什麼鬼？何人收服鬼妖精？顓頊在位多少歲？葬於何方甚地名？顓頊高陽崩了駕，又是何人把位登？

歌師聽我講與你，把你當作我徒弟，我今一一傳給你。顓頊高陽把位登，多少鬼怪亂乾坤。顓頊仁君多善念，齋戒沐浴祭上神。東村有個小兒鬼，每日家家要乳吞，東村人人用棍打，打得骨碎丟江心。次日黑夜又來了，東村人人著一驚，將他緊緊來捆綁，綁塊大石丟江心。次日黑夜又來了，東村擾亂不太平，將一大樹挖空了，放在空樹裏面存。上面用牛皮來蓋緊，銅釘釘得緊騰騰。又將酒飯來祭奠，這時小鬼才安寧。小鬼有了酒飯吃，再也不來鬧東村。西村又出一女鬼，披頭散髮迷倒人，西村也挖大空樹，女鬼空樹躲其身。忽見一人騎甲馬，身穿黃衣腰帶弓，一步要走二十丈，走路如同在騰雲。就把西村人來問，可見披髮女鬼精？西村人說不知道。黃衣之人哼一聲：「你們不必來瞞我，她乃是個女妖精。她有同夥無其數，八十餘萬鬧西村。顓頊仁君多善念，又奉王母旨意行，捉拿妖女歸天界，西村才得樂太平。」西村聽說忙回稟：「空樹之中躲其身。」黃衣之人忙起身，空樹之中捉妖精。一見女鬼騰雲起，黃衣人趕到半空中，忽然不到一時辰，鮮血如雨落埃塵。從此挖樹做大鼓，穿著黃衣驅鬼神。這裏順便說一句，顓頊之時有天梯，神仙能從天梯下，人能順梯上天庭，人神雜亂鬼出世，鬧得天下不太平。顓頊砍斷上天梯，從此天下得安寧。顓頊在位七十八，葬於卜陽東昌城，顓頊高陽崩了駕，帝嚳高辛把位登。

二卷故事且不提，再把三卷講幾句，三卷根由來問你。歌師講得很分明，又把高辛問先生：高辛建都什麼地？今是什麼縣地名？帝嚳高辛治天下，又有何人做反臣？高辛要殺反臣子，何人提頭見高辛？帝嚳娶得某氏女，其女叫做什麼名？可恨房王做反臣，有人斬得房王首，賜他黃金與美人。高辛有個五色犬，常跟高辛不離身，忽然去見房王面，房王一見心歡喜。「高辛王犬歸順我，我的江山坐得成。」當時急忙擺筵宴，賜予王犬好食品。五色犬見房王睡，咬下他的首級見高辛。高辛一見心歡喜，重賜肉包與牠吞，王犬一見佯不睬，臥睡一日不起身。莫非我犬要封贈？會稽王侯來封你，又賜美女一個人。又有何樣好吉兆？身懷有孕幾月零？此處叫做什麼地？那時生下是何人？高辛又聚某氏女？此女叫做什麼名？不覺身懷也有孕，那時生下什麼人？高辛在位年多少？又尊何人為天子？是否是個有道君？你今一一說我聽，才算有知有識人。

仁兄問得好出奇，這些故事來問起，聽我一一說根底。高辛建都名子臺，如今河南偃師城。高辛仁君治天下，王犬忙把恩來謝，領了美女只交情，後生五男並六女，人身犬面尾後形，後來子孫都繁盛，就是狗頭國的根。

高辛娶得陳年女，名曰慶都是她身。慶都年近二十歲，一日黃雲來附身，身懷有孕十四月，丹陵之下生堯君。高辛又娶諏訾女，名曰常儀是他身。諏訾、常儀生一子，子摯乃是他的名。元妃姜原生稷子，次妃簡狄生契身。高辛在位七十載，頓丘山上葬其身，至今大明清平縣，還有遺蹟看得清。子摯接位無道君，九年卻被奸臣廢，就立堯帝為仁君。堯帝為君多有道，我把根由說你聽。

不提堯帝不問你，提起堯帝問根底，不知根底怎樣起？堯帝是個仁德君，聖澤滔天民感恩，無奈氣數有變改，又出幾樣什怪名？民間又把百姓害，害得百姓不安寧，堯帝又令何人治？不知那人能不能？何人與他來交戰？怎麼收服得太平？堯帝在位多少載？帝子幾人賢不賢？帝要交位何人坐？何人躲於什麼山？何人推病不得閒？當時群臣來商議，又薦何人治乾坤？你今從頭說分明，歌場之中你為尊。

你將堯帝來問我，我將堯帝對你說，叫聲歌師你聽著：堯帝本是聖明君，天降災難於黎民。十日並出有難星。禾苗曬得枯焦死，百姓地穴躲其身。忽然又是狂風起，民間屋宇倒乾淨，又有大獸、大蛇、大豬三個怪，牠們到處亂吃人。十個日頭真可恨，羿又取箭手中舉，一箭射去一日落，九箭九日落地坪。原是烏鴉三足烏，九箭九日不見形，還有一日羿又射，空中響起洪鐘聲。此是日光天子來說話：「有勞大臣除妖精，當時混沌黑暗我出世，就有許多妖魔與我爭，九個妖光今除盡，從此民安樂太平。」羿就當時來跪拜，拜謝日光太陽君。九個日妖都射出，堯帝賞了大功臣。堯帝在位七十二，帝子丹朱不肖名，堯帝要讓位許由坐，許由躲於箕山陰。又叫子交接父位，他又推病在其身。當時群臣來商議，才薦大舜治乾坤。

堯帝一見使羿治，羿的弓箭如天神。羿就當時尋風伯，他與風伯大戰爭，風伯被他射慌了，即忙收風得太平。

不提舜帝猶是可，提起舜帝治山河，你把根源對我說。他父名字叫什麼？他母又叫什麼名？怎麼又以姚為姓？他是何人幾代孫？象是他的親兄弟，怎麼處處害大舜？這個根痕你不明，我今一一說你聽：

舜帝父親名瞽叟，握登乃是他母親。握登生舜姚墟地，故此以姚為姓名。黃帝是他八代祖，他是軒轅後代根。他的親母早年死，繼母才生象弟身。繼母要把舜害死，唆使瞽叟變了心，父親、象弟心一樣，設計要害舜一人。我把根由說你聽，二回免得問別人。

舜帝力耕什麼山？時常打魚何地名？他又牧羊什麼山？又陶瓦器何地名？那時堯帝有詔到，不知所為何事情？不知舜帝怎回答？堯帝賜他什麼人？又將何物付與他？他的父親怎麼行？如何又要將他害？怎麼設計怎麼行？不知害死未害死？可有救星無救星？後又舜繼堯帝位？四海咸服稱仁君。

歌師聽我說分明，舜帝當日是明君，我今一一講你聽：大舜勤耕於歷山，雷澤地方做魚人，時常牧羊濱河地，又陶瓦器在河濱。當時堯帝有詔到，舜帝急忙見堯君。堯君就問天下事，對答如流勝於君。堯帝一聽心大喜，二女與他做妻身。大者名曰娥皇女，二者名喚是女英。又將牛羊倉廩付，又將百官九男賜他身。舜帝回家見父母，繼母越發起妒心。象弟當時生一計，悄悄說與瞽叟聽。父親叫舜上倉廩，象弟放火黑良心。大舜看見一斗笠，拿起當翅飛出廩，大舜並未帶損傷。象弟一計未使成，又獻一計與父親，叫他古井去淘水，上用石頭丟井中。說起他家那古井，卻是狐精一後門，九尾狐狸早知道，象弟今要害大舜，吩咐小狐忙伺候，接住大舜出前門，九尾狐狸來指路，指條大路往前行。父母二人與象弟，俱在古井把井平，大舜走至臥房內，來彈琴弦散散心。忽聽舜房琴聲響，走進一看掉了魂，瞽叟見舜害不死，舜子果然有帝份。害他念頭從此止，堯帝讓位於大舜。當時黃龍負河圖，越常國獻千年龜，朝中一日有祥瑞，八元八愷事舜君。堯帝在位九十年，龍歸大海升了天，陽壽一百單八春，舜帝見堯辭凡塵，避於河南三年春。天下百姓感恩深，趨從如市謳歌聲，天下諸侯來朝覲，不讓丹朱而讓舜，一統江山樂太平。

舜為天子號有虞，不記象仇封有神，心不格奸真仁義。舜流共工於幽州，放驩兜於崇山，殺三苗於三危，殛鯀於羽山，後來才生禹。舜因巡獵崩蒼梧，娥皇、女英心中苦，終日依枕哀哀哭，淚水漲滿洞庭湖：「我夫在位五十年，一旦辭世歸了天，丟下商均子不賢，我們姊妹無靠山，怎不叫人淚漣漣。」舜帝過後誰出生？又有誰來治乾坤？又請歌師說分明。舜帝過後出大禹，夏侯禹王號文明，受舜天下管萬民，國號有夏治乾坤。他的父親名叫鯀，以土掩水事不成，天上盜息壤，上帝發雷霆，斬於羽山屍不爛，後生大禹一個人。說起大禹他出生，歌師看我說得真不真？歌師說得果是真，舜王治水多辛勤，疏九河來鑄九鼎，從此九州才有名。三過其門而不入，決汝汉，排淮泗，瀹濟漯而都疏通，引得水回歸海中，十三年來得成功，天下無水不朝東。禹王告命塗山上，塗山氏女化石像。行至茂州遇大江，黃龍負舟來朝王。大禹仰面告上天，黃龍叩首即回還。渡過黃河到塗山，天下諸侯都朝見，黎民都樂太平年。禹王為君真賢能，治水千秋定乾坤。他一飯食其身，慰勞民間情，外出見罪人，下車問原因，兩眼淚淋淋。左規矩，右準繩，不失寸尺於百姓。禹王在位二十七，南巡諸侯至會稽，一旦殂落歸天去，至今江上留勝蹟。

注：異文來源於《神農架〈黑暗傳〉多種版本彙編》。

藏抄者：張忠臣，原名《黑暗大盤頭》，是神農架林區流傳最廣泛的一個抄本。

《黑暗傳》異文之八：神農架曾啟明藏抄本

黑黑暗，黑黑暗，獨母娘娘空中轉，身懷有孕十萬八千年，生下一子叫混元。混元老祖空中站，眼觀世界昏昏暗，手裏八卦掐指算，叫聲混沌大徒弟：三顆仙丹把與你，一顆仙丹化青天，一顆仙丹化地理，一顆仙丹無處用，把徒弟化無極。無極生太極，太極生兩儀，兩儀生四象，四象生八卦，八卦出世分陰陽，才有天地人三皇。聽講仁兄講黑暗，天地日月星斗寒，有段故事甚非凡。天地有好大，有好長，有好遠？過尺量有好厚？東到西有幾度？南到北有好遠？幾多名稱在裏邊？仁兄如果記得全，真真算得歌神仙。

聽說仁兄記得熟，天地自然有根古，截裏元庵吳仁覆，當日有個混沌祖，閔文蒼宰是宰主。東南西北極樂府，善見故能杠軸樞。乾見鬼神驚，一月行一周，而又遇一度，行箔籮，無髮無額，又無度。上到下：二億一萬六千七百八十一周零半度。南到北，二億三萬三千五十七周二十零五度。東到西：三億三萬七千六周九十零二度。

注：異文來源於《神農架〈黑暗傳〉多種版本彙編》。

藏抄者：曾啟明。

《黑暗傳》異文之九：保康縣趙發明藏抄本

久聞歌師有學問，能知地理和天文，今要與你論古今：什麼是黑暗與混沌？什麼時盤古來出生？盤古拿的是什麼開天斧？日月又怎麼上天庭？歌師如果知得這根古，今在鼓上拜師尊。

歌師問起黑暗和混沌，我今與你說分明。說的是遠古那根痕，無天無地無日月星，一片黑暗與混沌，天地茫茫無一人，乾坤暗暗如雞蛋，迷迷濛濛幾千層。盤古生在混沌內，無父無母自長成。那時有座崑崙山，天心地膽造中心，一山長成五龍形，五個嘴唇往下伸，五個嘴裏流血水，一齊流到海洋內，聚會天精與地靈，結個胎胞水上存，形成盤古一個人。不知幾萬幾千年，盤古昏昏如夢醒，睜開眼睛抬頭看。四面黑暗悶沉沉。站起身來把腰伸，一頭碰得腦殼疼。盤古心中好納悶，定要把天地來劈分。

這時盤古四下尋，天如鍋來地如盆，青絲嚴縫扣得緊，天無縫來地無門，看來天地難得分。盤古奔波一路行，行到西方看分明，西方金星來變化，變一石斧面前存。盤古一見喜十分，不是金來不是銀，也不是鐵匠來打成，拿在手中萬斤重，喜在眉頭笑在心。開天闢地有了斧，拿起斧頭上崑崙。

黑暗混沌一盤古，身高一丈二尺五，手拿開天闢地斧，盤古出生好威武，膀又圓來身又粗，何愁天地不能分，只恨黑暗不見路。盤古來到崑崙山，舉目抬頭四下觀，四下茫茫盡黑暗，黑水沉沉透骨寒，手舉斧頭四下砍，聲如炸雷冒火星，震得渾身出大汗，觀看清氣往上升，那就成了天，濁氣往下墜，那就成了地，天地清空風雲會，陰陽兩合雨淋淋。

盤古已把天地分，世上獨有他一人，過了一萬八千春，盤古一命歸了陰。死於太荒有誰問，橫身配與天地形，頭配五嶽巍巍相，目配日月晃晃明。頭東腳西好驚人，頭是東嶽泰山頂，腳在西嶽華山嶺，肚挺嵩山半天雲，左臂南嶽衡山林，右膀北嶽恆山嶺，三山五嶽才形成。毫毛配著草木枝枝秀，血配江水蕩蕩流，江河湖海有根由。

歌師這話果是真，又把天皇問一聲，不知記得清不清？你問天皇來出世，弟兄共有十三人，天皇出世人煙少，淡淡泊泊過光陰。又無歲數與年月，又無春夏與秋冬，天皇那時來商議，商議弟兄十三人，創出天干定年歲，又立地支十三名。那時方才定年歲，暑往寒來一年春。天皇弟兄一萬八千歲，又有地皇出了身。地皇雄耳龍門出了世，一姓共有十一人，他以太陽把日定，又以太陰把夜分，三十日為一月，十二月為一春，黎民才把晝夜分，一日一夜有時辰。地皇過了一萬八千春，又有人皇治乾坤。

歌師唱歌本有名，我把人皇講你聽，不是行家莫談論。行馬山前來出世，弟兄一姓有九人，九人九處治天下，他在中央教黎民。駕雲車，觀地形，九人九處都太平，選才德，作用人，那時君臣才分明。饑摘樹葉吞，寒用木葉遮其身，男女交歡無差別，只知其母無父親。人皇過後一萬五千六百春，才把江山讓後人。

歌師傳來老先生，可稱歌中是能人，還有幾句問幾聲。說起三皇到堯舜，共有八十餘氏女皇君，哪一氏，獵禽獸？哪一氏，修平水旱道路行？哪一氏，出鳳凰？幾隻鳳凰一同行？哪一氏，人多人吃獸，獸多獸吃人？架雀巢，蔽雨晴，百姓專打鳥獸吞。哪一氏，鑽木取火星？哪一氏，結繩記其事？哪一氏，聽鳥聲，作樂歌，神聽和平人氣和？哪一氏，造出五弦琴，陰陽調和風雨順？我今問你說我聽，我今拜你為師尊。

講起三皇到堯舜，八十餘氏果是真。五龍氏，獵禽獸，豺狼虎豹遍地行，打下獵物生的吞。巨靈氏，開險處，修平水旱道路平。皇覃氏，出鳳凰，六隻鳳凰一同行。有巢氏，人吃獸，獸多獸吃人，架雀巢，蔽雨晴，百姓專打鳥獸吞。燧人氏，鑽木取火星，桑柘並槐檀，取火教黎民，獸肉與草根，烹煮養性命。史皇氏，結繩記其事，命倉頡，觀民象，造文字，以相形，各色萬物都取名。祝融氏，聽鳥聲，作樂歌，神聽和平人氣和。看我答得真不真？說的是來道得真，又把伏羲問一聲，歌師你可記得清？

金鼓一住又唱起，歌師又來講伏羲，聽我從頭說與你。五帝伏羲氏為首，人頭蛇身生得醜。說起太昊他母親，華胥地方坐其身，閒來無事來遊走，見一巨人腳跡形，聖母忽然春意動，一條紅霓繞其身，忽然身子有了孕，生下伏羲、女媧在城紀。伏羲乃是仁德君，婚姻禮義從此興。一日孟河起祥雲，一匹龍馬來出世，生得滿身有甲鱗，身高八尺五寸零，背上又有河圖現，天下九州才現形。伏羲山中聽風聲，風吹樹葉美聲音，就削樹木來製琴，面圓底平天地形，五條琴弦相五行，長有七尺二寸零，又修人性達氣平，在位一百一十五年春，又出共工亂乾坤。

說起共工一段情，共工怎樣亂乾坤，請教歌師來談論。

共工貪色多無道，祝融一見怒生嗔，領兵與他把仗爭。共工大敗走無門，當時心中氣不平，一頭撞倒不周山，倒了擎天柱一根。女媧一見怒氣生，她是伏羲妹妹身，飛劍來把共工斬，好個女媧手段能。忙煉彩石去補天，斷鼇足，立四極，地勢得其穩，聚灰止洪水，天地才安寧。故此北方有些寒，北方寒冷有根源。女媧在位三十年，又有神農來出世，才有稼穡來種田。

提起神農一段文，又把神農問先生，不知記得清不清？

歌師問得真有趣，聽我一一說與你，口吟一首七言句：聖人誕生自天工，首出稱帝草昧中，制作文明開千古，補天熔日亙蒼穹。

歌師問得真有趣，聽我一一說與你，神農治世從此起。神農黃帝本姓姜，南方丙丁火德王，又號炎帝為皇上。提起神農有根痕，他是少典親所生，母親喬氏女賢能，安登夫人是她名，配合少典結為婚，生下兩個小嬌生。長子石蓮次神農，姜水邊上長成人，故此姓姜立為君。他今教民耕稼事，女子採桑蠶吐絲。神農療病嘗百草，為民除病費精神。七十二毒神布下瘟疫症，神農嘗草遇毒藥，腹中疼痛不安寧，急速嘗服解毒藥。七十二毒神商議要逃生：「神農判出我姓名，快快逃出深山林。」至今良藥平地廣，毒藥平地果然稀。

神農教人興貿易，物物相換得便宜，斬木為耒耕田地。又有夙沙太欺心，要反神農有道君。大臣箕文勸不可，夙沙大怒殺箕文。百姓群聚心大怒，要殺夙沙這反臣。夙沙孤寡不敵群，被百姓殺死命歸陰。神農在位一百四十春，崩於長沙茶陵城。

自從神農把駕崩，又有何人治乾坤？請你一一說我聽。

自從神農黃帝崩，又有愉罔治乾坤，只有愉罔多無道，反臣蚩尤大興兵。愉罔懼怕蚩尤將，悄悄遷都讓反臣。又有軒轅來出世，他與蚩尤大交兵。軒轅原是有熊君，如今河北涿鹿城，附寶名字是他母，一日外出荒郊行，見一大霓繞北斗，不覺有孕在其身，二十四月才出生，名叫軒轅氏，取名叫公孫，他是一個明德君。他與蚩尤打交兵，蚩尤法術勝九分，口吐雲霧迷沉沉。軒轅戰敗心中悶，夢見風后、力牧兩個人，訪得他們兩人到，兩個果然本事能，當時擺下八門陣，蚩尤法術總不靈，忽然撞入無極陣，頭昏眼花馬不行，四下戰車來捉住，就把蚩尤問斬刑。軒轅誅了反臣子，諸侯就立他為君。他命大橈造甲子，又命隸首作算經，又命伶倫作律呂，親自製出指南針。又命車區做衣襟，又命岐伯作《內經》。軒轅死後有龍迎，他將騎龍上天庭。在位卻有一百載，少昊接位治乾坤。

不提少昊我不問，提起少昊問先生，人不知來爾不慍。

少昊本是軒轅子，黃帝皇后嫘祖生。少昊登位坐天下，天降奇怪喜黎民，民間白日出鬼怪，龍頭金睛怕煞人。少昊崩駕八十四，葬在兗州曲阜城，雲陽山上來安葬，又出顓頊把位登。東村有個小兒鬼，家家戶戶要乳吞，村中人將他來捆綁，把他丟在河中心。次（日）天黑又來了，東村擾亂不太平。將一大樹挖空了，把他放在空樹內，上面用石頭來蓋緊，鐵釘釘得緊層層。西村又出一女鬼，領了八十餘鬼魂鬧西村，又有黃衣三人來降鬼，走路如同在騰雲，空樹之中捉妖精。顓頊在位八十春，葬於卜陽東昌城，帝嚳高辛把位登。

高辛建都名子臺，如（今）河南偃師城，可恨房王做反臣。高辛有個五色犬，常跟高辛不離身，一日他見房王面，房王一見好歡心，以為得了高辛犬，我的江山坐得成，忙擺酒宴待王犬，王犬待為上大人。五色犬見房王睡，咬下他的首級見高辛。從此房王傷破身。高辛娶得陳年女，名曰慶都是她身，慶都年近二十歲，一日黃雲來附身，身懷有孕十四月，丹陵之下生堯君。高辛又娶諏訾女，名曰常儀是她身。一日常儀生一子，子摯乃是他的名。元妃姜原生稷子，次妃簡狄生契身，高辛在位七十載，頓丘山上葬墳塋。子摯是個無道君，後來堯帝為仁君。堯帝他是聖明君，仁義對民民感恩，天道不常人遭難，十日並出害黎民，禾苗曬得焦枯死，百姓地穴躲其身。忽然又是狂風起，民間屋宇倒乾淨，又有大獸、大蛇、大豬三個怪，牠在民間亂吃人。堯帝一見叫后羿，后羿弓箭如有神。羿就當時尋風伯，敗了風伯才太平。十個日頭真可恨，羿又取箭手中舉，一箭刺去一日落，九箭九日不見形。還有一日羿又射，空中猶有洪鐘聲，日光仙子問羿道：「有勞大臣除妖精，九個妖光齊射盡，從此民安樂太平。」羿就當時向天拜，拜見日光太陽神，一輪紅日照九州，有陰有晴樂萬民。堯帝在位七十二，帝子丹朱不肖名，才把丹朱貶房陵。堯帝讓位許由坐，許由躲於箕山陰。又叫子交接父位，他又推病在其身。當時眾臣來商議，都薦大舜治乾坤。

舜帝父親名瞽叟，握登乃是他母親。握登生舜姚墟地，故此以姚為姓名，黃帝是他八代祖，他是軒轅後代根。他的親母早年死，繼母才生象弟身。繼母要把舜害死，唆使其父變了心。父母愛象弟，只怕舜一人。大舜勤耕於歷山，雷澤地方做漁人，時常牧羊濱河地，又製陶瓦在河濱。堯帝訪得舜帝到，就問天下大事情。舜帝對答有學問，堯帝一聽喜十分，把他二女嫁於舜，就叫娥皇與女英。舜帝回家見父母，繼母越發起妒心。象弟當時生一計，說與其父來害舜。父親叫他上倉室，象弟放火起黑心。舜帝看見一斗笠，拿起當翅出火坑。象弟見舜未害死，又獻一計與父親，叫他枯井去淘水，就用石頭井中沉。說起他家那枯井，卻是狐狸一洞門，舜帝躲在狐洞內，聽得母父二人把井平。大舜走到臥房內，來彈琴弦散散心。象弟一見掉了魂，舜子果然是聖君。當時黃龍負河圖，越常國獻千年龜，堯天舜日有根痕。舜流共工於幽山，流放驩兜崇山間，殺三苗來除三險。堯殛鯀來於羽山，平了反叛天下安，家家戶戶樂豐年。舜因巡獵崩蒼梧，娥皇、女英心中慕，淚灑竹子嚎啕苦。舜帝在位五十年，一旦辭世歸了天，丟下商均子不賢。夏朝禹王號文明，受舜天下管萬民，國號有夏坐龍庭（廷）。每飯食起身，慰勞民間情，外出見罪人，下車問原因，兩眼雙流淚。左規矩，右準繩，不失尺寸於百姓。

禹王告命塗山上，行至茂州於大江，黃龍負舟來朝王。黃龍負舟郎回還，越過黃河到塗山，天下諸侯來朝見，萬民歡樂太平年。禹王為君多賢良，在位九年傳太康，一十九年歸桀王，天下荒亂起戰場，自身殘佞亡家都。

桀王無道與妹姑，冤殺忠臣如兒戲，荒淫不把朝政理，勞民之力傷民財，造衣瓊宮與瑤臺，酒池肉林兩邊排，苦害黎民無依賴。

桀王無道民失生，民以歌聲來宣揚：「明喪予及汝皆亡。」商朝成湯洗腥膻，放桀南巢拯暴虐。這時黎民又遭難，居然天旱又七年，湯王斷髮告上天，他將六事俱責貶，一句話兒來說完，天降大雨霎時間。

藏抄者：趙發明。

《黑暗傳》異文之十：保康縣湯國英藏抄本

翻開書本過目望，記載遠古老太荒。太荒出世無三光，一翻黑暗生混沌，一翻混沌生太荒，留有一段古風文，真金皇帝龍位登，二十七年雨注星，命甃三十零五載，荒淫無道天地崩，吹仙道人吹黑氣，鼇龍妖精起波濤，你遮天來我淹地，天地蒼生無處逃，滿天星斗葬水底，天地風雲水中埋，要得天地若依舊，真元老祖發根來，幾句古風把頭開，引出一部黑暗來。

東土凡人膽子大，火不燒山石不炸，劫數不到人不怕，唯有黑暗根基深，誰人把它說得清，化得混沌有父母，化得黑暗無母深，黑暗出世有混沌，混沌之後黑暗明，天地圓滿早劫難，萬物俱在水中沉，講起混沌和黑暗，天地壽元一圓滿，又是黑暗水連天，三才輪迴劫難到，無天無地無人煙。若問黑暗啥情景，那時未得日月明，無陰無陽無光明，到處都是黑沉沉。當時有個幽汗祖，幽汗又把浦湜生，浦湜就是混沌的父，幽汗就是混沌的母，母子成婚配，生下圓物包羅萬象在裏頭，好像雞蛋來孵出。

此時汗清又出世，灪汗老祖變滇汝，混沌以前十六路，一路灪汗生浦湜，浦湜生滇汝，二路生江泡，三路生玄滇，四路生混沌，五路生汗水，六路生湜沸，七路生湧泉，八路生四流，九路生紅雨，十路生清氣，十一路生浲沸，十二路生重汗，十三路生瀼伍，十四路生丘瀼，十五路生洞汏，十六路生江沽，江沽它才造水土，土生金來水生木。

油波滇汜消沸大，口中含水吐金霞，它比混沌十個大，波泥乾坤化雷電，清氣上浮成了天，濁氣下降為地元，內有泡羅吐清氣，生出一個叫元湜，唯有元湜有一子，一子取名叫沙泥，沙泥傳沙滇，沙滇傳沙佛，沙佛傳紅雨，紅雨傳化極，化極傳青苗，青苗傳石玉。

一道閃光電沙泥，霹靂交加雷轟轟，分開混沌黑暗祖，天地自然有根古，內有泡羅一元物，江沽用它造水土，土生金，金生水，水上之浮為天主，刺鑿其額為江淏，三爻五爻是乾象，飛龍化在羽毛毒，天地幾經劫難出，黑暗一到毀萬物。

一翻洪水上天庭，開始黑暗與混沌，天地一統黑沉沉。有個老母黑暗中生，乃是石龍老母變化成，石龍老母是她號，神通廣大無比倫，知道天地圓滿了，洪水要來泡天庭。將身來到花山上，見一紅花女仙神，此女便把石龍問：「你是哪方來的人，姓甚名誰講我聽，來到花山為何因？」石龍開言忙答應：「你今聽我說分明，我是上古真仙身，石龍老母是我名，如今天地壽元滿，你快拜我為師尊，若是一會天地崩，護你隨我一路行，倘若你不隨我去，怕你難得逃性命。」

講起紅花女仙神，她是真金傳下人，來到花山散精神。她今聽得老母語，師傅連連口內稱。石龍老母心歡喜，忙把徒兒叫一聲：「我今與你取下號，鐵腳老母是你名。一會天踏洪水起，你就緊閉二眼睛。耳中不聞波濤響，才能抬頭把眼睜。」鐵腳老母依言語，雙目閉得緊沉沉。石龍老母吹口氣，師徒隨氣不見形。二人剛上靈山頂，天翻地覆洪水生，一番洪水山天庭，鐵腳老母得仙根，不生不死好清靜。石龍又把徒兒叫：「你到崑崙走一程。」鐵腳領了師尊命，辭別師尊動了身，雙目一睜毫光現，化為青風上崑崙。只見洪水濤濤滾，鐵腳老母顫驚驚，黑黑暗暗心害怕，迷迷濛濛隨風行。將身落在崑崙頂，一道紅光刺眼生，紅光一閃化一人，龍的腦殼人的身，巨齒獠牙口內生，手拿靈珠和拐棍，見了鐵腳忙下拜，要拜鐵腳為師尊。鐵腳老母喜十分，當時與他取下名，取名大號叫臺真。師徒二人進崑崙。兩人走了一段路，一座洞府擋路程。臺真一見心歡喜，走進洞內看仔細，只聞一陣香風起。香風過後現人體，一見臺真開言語，口稱師傅聽端的：「我今與你做徒弟，要跟師傅參玄機。」臺真給他把名取，取名玄天不差一。

接著前言往下敘，玄天出世有根跡，此處還有詩幾句，講了幾句好詩文，說的玄天有世根，洞為泓慶性為玄，山精修命號玄天，一身妙法真奇異，靈丹當卦洞外邊。四句詩文來明言，神仙個個有根源。

玄天又把丹來點，靈丹上在洞中間，丹珠頃刻冒紫煙。之間紫煙轉個圈，化為上古一神仙。玄天給他取名字，取名大號叫真元。真元老祖有出身，他是太荒上古神。真元又把珍珠埋，化生玄黃老祖來。講起玄黃老祖身，仙丹化體為靈性，神通廣大勝師尊。此處幾句好詩文，上又詩云兩個字，下有詩詞授正文，真元道法真為怪，身為天地神聖胎，天地有生也有死，一顆仙丹現仙才，記起士秀十三卦，悟出玄黃老祖來。

玄黃出世道法深，收下一個小門生，牠是水怪化人形，名字叫做奇苗子，又有仙號子異人。奇苗又把仙丹窖，埋在玉柱洞中心，要等三番洪水後，化為寶光現真形。此是後話我不講，言歸正傳講正文。

再將玄黃老祖身，坐在洞中好煩悶，便把徒兒叫一聲：「叫聲徒兒奇苗子，隨我出動散精神。」玄黃出洞抬頭看，山下地眼放光明，清赤二氣團團轉，結成圓物囫圇形。急得一聲騰空起，落在崑崙山上存，山上一塊坪坪地，它在滑塘亂滾滾。

圓物亂滾不打緊，放出毫光怕煞人。毫光亂擾真古怪，玄黃此時看得清，原是天地要出生。有詩一首做證明，天生一物落滑塘，內藏日月接三光，中藏五行並八卦，玄黃首發分陰陽。

玄黃此時看得明，忙叫奇苗徒弟身：「你快去到高山頂，滑塘落下一寶珍，溜溜滾滾一圓物，快快撿來莫消停。」奇苗子領了師尊命，辭別師傅動了身，要到山頂撿寶珍。

奇苗子撿寶不談論，再講上古那時辰，天精地靈結珠孕。一翻洪水滔天起，洪水之中遭火星。一翻洪水方退了，它才變化成人形，自己號稱浪蕩子，拜在荷葉老祖門，今日他把崑崙上，抬頭四下看分明。他也來到滑塘地，仔仔細細用目評，看見石頭雞蛋樣，石頭內外毫光生。他也不知其中情，將它撿到手中存，正在那裏將寶看，來了奇苗子一人。一見寶珍被人撿，當時開口問原因：「你是何方來的人，為何到此搶寶珍？師傅叫我來取寶，快快給我是正經。」浪蕩子聽罷火來了，開口便把來人問：「此寶明明是我撿，為何是搶你寶珍？何況言語少禮性，想我給你萬不能。」奇苗子一聽動了火：「我要與你見師尊，只要見了師尊面，量你不敢來發橫。」

浪蕩子一聽氣憤憤：「你說大話來壓人，再說三遍你不敢，我將此物一口吞。奇苗子聽得如此講，當即開口把話論：「不敢，不敢，你不敢，不敢吞我貴寶珍。」未等奇苗子話說完，氣得浪蕩子冒火星，一口將寶吞下肚，哪知是把天地吞。

提起浪蕩子吞天事，天地日月都吞食，此處還有四句詩：一顆保住圓又圓，困在洪水反周全；有朝反本復出現，又吞日月又吞天。四句詩文講得明，浪蕩子的來歷和出身。

浪蕩子一口把天吞，奇苗子嚇得膽顫驚：「你這個孽障還了得，吞了我的貴寶珍。」反手拉住不放行，扯扯拉拉鬧沉沉，吵吵嚷嚷不分明，雙雙來把玄黃見，要請玄黃把理評。二人見了玄黃祖，各訴各人的理由。老祖聽罷開了口，拍案大怒一聲吼：「吞那寶珍是何人，你為什麼胡亂行？你把天地都吃了，叫我如何來調停？」玄黃指著浪蕩子，大罵畜生無禮性：「為何見我不跪稟？姓甚名誰說我聽。」浪蕩子這裏開言道：「你等聽我說原因，江沽傳下一老祖，荷葉就是他的名，我是他的大弟子，是他派我取寶珍。吾神安得給你跪？」惹怒老祖不饒人：「你今若要不屈跪，好生站著聽我言。氣正萬化我為先，煉好萬化出先天，黑黑暗暗傳法寶，威威武武出玄黃，爐中火煉純青術，此法長存乾坤間。演變無窮化，天地唯吾定方圓。」玄黃一遍說完了，浪蕩子微微笑幾聲：「你說你的威力大，吾神不信半毫分。看你能把我咋辦，我卻不怕你逞能。」玄黃一聽心大怒，大罵浪蕩小畜生，吩咐徒兒奇苗子，快快將他問斬刑。

忽然一道紅光閃，空中飛下劍一根，奇苗子接住古玄劍，對著浪蕩子不留情：「快把寶珍還給我，萬事甘休不理論。」浪蕩子見勢心大怒，罵聲玄黃老畜生：「你那寶珍我吞了，看你把我咋施行？」玄黃大怒手一指，古玄寶劍要斬人，一口寶劍飛風快，浪蕩子嗚呼命歸陰。寶劍斬了浪蕩子，依然飛到空中存，飄飄蕩蕩不落地，只在老祖頂上巡。玄黃靈章口中唸，寶劍嗖嗖落在身，把他屍體五下分。五塊屍體分五處，老祖封他五方神，肚中流出那寶珍，寶珍化為雞蛋形，它在地下亂滾滾，放出毫光刺眼睛。玄黃一劍劈下去，他把雞蛋兩下分，此是二氣化黃青，它是天地產育精，青的三十三天界，黃的地獄十八層。自從玄黃把蛋分，此時天地才形成。

自從玄黃開天地，接著前言往下續，還有詩文整八句：一座黃金九丈高，四周十二玄黃描，老祖坐在黃金石上，口吐霞光透九霄，舉手畫亮真奇形，兩指數畫生光明，善能卦下天和地，剪清繚繞霧沉沉，玄黃老祖開天地，日月星辰又復明。

一分天地我不論，講到天地已形成，陰陽交合萬物生，凡間安界容易混，天地圓滿劫未臨。天地圓滿劫難到，黑龍又把水來生，洪水騰騰四處起，又把天地淹乾淨。一翻洪水猶事可，二翻洪水更嚇人，玄黃一見慌張了，去見黃龍天真人。黃龍賜他止水劍，化天寶珠與他身。玄黃得了兩件寶，轉身回到洞府門，他用寶劍止洪水，當即洪水不進行。此時天地又滅了，忙得玄黃不消停，吃了化天珠一顆，化得玄黃變了身。玄化三十三天界，黃化地獄十八層，從此天地黑雲散，清天朗朗放光明。自從玄黃化身去，方才又有天和地。

天地二次又形成，陰陽交合萬物生，日月星斗照乾坤，哪知天地氣數到，壽元已滿差毫分。五條黑龍把水生，三翻洪水泡天庭，只見黑浪滔滔起，上古諸神難逃生。原始太荒三太老，洪水之中喪了身，玄黃變的天和地，此時天地又起崩，只為天地壽元滿，一片黑暗洪水生。三翻洪水不得了，昏昏沉沉無時辰，黑黑暗暗無光明，這翻洪水更嚇人。

三翻洪水不忙言，再說太虛諸神仙。五神六仙定會元，一元分為十二會，十二會滿為一元。若是十二會元滿，定是天地生死卷，要把黑暗唱周全。按下天地生死卷，再講西彌洞中文，昊天聖母一段情。聖母洞中悶沉沉，要到靈山散精神，將身來在靈山上，只見洪水萬丈深，又見空中黑雲現，二龍相鬥殺氣生。黃龍手段本事大，抓住黑龍面皮門，四條黑龍來聚會，抵住黃龍顯威靈。黃龍當時敗了陣，只奔靈山洞府門。

聖母一見心中怒，定天寶珠手中存，對著黑龍下無情，她把黑龍來打敗，鮮血淋淋逃了生。黑霧漫漫不見了，逃至靈山背後行，黃龍落在靈山上，思念聖母有恩情，放下三顆龍蛋子，報答聖母救命恩。聖母將蛋來吞下，腹中有孕在其身，懷胎不覺三十載，正月初九降下生。一胎生下人三個，聖母一見喜歡心，取名定光是長子，第二幽冥次子身，三子名曰沙婆子，西彌洞中長其人，九卷天書都熟練，三人各管天地人。

藏抄者：湯國英，保康縣歇馬鎮後園村人，農民，民間歌師，

《黑暗傳》異文之十一：宜昌縣劉定鄉家傳抄本

鼓打三震把歌敘，別裏閒言丟開去。黑暗傳上唱幾句，從頭一二往前提。預先就從靈山起，聽我愚下敘一敘。

靈山有個西彌洞，西彌洞中出奇事。有個金石在洞門，赤水三潮成人形。得道之時稱聖母，名喚昊天是她身，西彌洞中苦修行。這是靈山根由情，相請仁臺聽分明。學生略知其中意，又怕唱得不中聽。聖母她在洞中存，心中煩惱少精神。當時出了西彌洞，要到靈山走一程。將身走到靈山頂，四方八面去觀景。忽然空中出奇事，二龍相鬥鬧沉沉。黃龍他把槍來使，黑龍也把槍來掄。二龍相爭多一會，你無輸來我無贏。黑龍當時來赴會，來了黑家五弟兄。現出八卦金龍

爪，來奔黃龍皮面門。黃龍一見事不好，落在靈山頂上存。聖母一見氣不忿，定光珠在手中存，一珠打中黑龍身。黑龍被打往西逃，滿天黑沙不見形。黃龍落在山頂上，多虧聖母救殘生。無有別的謝她身，口中放出龍蛋子，相謝聖母大恩情。聖母一見喜歡心，一刻吞入腹中存。二人當時兩離分，回到西彌古洞門。看看有孕在其身，生下弟兄三個人。

長子定光是他名，次子幽冥不差分，第三沙婆是他身。老仁臺來你且聽，再說二龍這段情。這個根基遠得緊，說將出來嚇壞人。說起黃龍他的根，他是天上一大臣。說起黑龍作怪形，出在黑水古洞門。洪來天子把位登，日月昏花不曬人。黑龍五人來作亂，踏翻洪水淹連天。天地之時都還圓，四大部州喪黃泉。黑暗東土三千載，混沌西天五百春。故此結下冤仇恨，才在空中把戰爭。

丟下二龍我不講，又把古洞說分明。再說母子一段情，西彌洞中長其身。母子四人出洞門，要到靈山去觀景。來到梅花山頂上，靈山黃雀千千萬，居在梅花頂上存。靈母當時說分明，叫聲孩兒聽原因：「黃雀一叫為一月，黃雀二叫二月零。黃雀若是滿園叫，就是一年不差分。要知四季何為貴，且看花開便知情。桃花開來是春景，荷花開放夏月天，秋月菊花來報信，臘梅花開一年春。」弟兄三人聽此情，才知其中這原因。

聖母遊過梅花頂，母子又到杏花村。杏花開來色色鮮，十分春色可愛人。將身來到桃花店，桃花開放似火鮮。桃花店中走過了，梨花浮在面前存。梨花開放四月天，百樣鳥雀鬧沉淵。扭身走過梨花浮，又到石榴岩前存。石榴開來紅似火，聖母一見笑哈哈。母子四人往前行，荷花池在面前存。聖母當時說一聲，荷花開放六月零。荷花池中走過了，穀花田在面前存。穀花開放七月天，又到丹桂店中存。

提起丹桂根由事，我有一事說分明。此處有件稀奇事，慢慢打鼓敘寒溫。

果然此處出奇事，紅光飄飄怕殺人。聖母一見怒生嗔：「你是何方怪妖精？為何在此亂忽行，燒死丹桂數十根？」二人一見聖母駕，走上前來說分明：「我們非怪非妖精，日月就是我當身。只因踏翻洪水後，丹桂店裏安其身。」孫開、唐末就是我，號叫子珍與天賢。聖母一見笑音高：「原來孫唐二先生。你到崑崙去修行，只候盤古天地分，依然出來照乾坤。」孫唐二人喜歡心，辭別聖母就登程，要到崑崙走一存。

母子四人往前行，菊花村在面前存。菊花開放黃如金，秋季九月不差分。母子走過菊花村，雪花洞在面前存。定光又把母親問：「此洞叫做什麼名？」聖母當時說分明，雪花洞是他的名，冷凍風兒來吹定。吹得雪花滿地分，才到冬月天氣冷，冷凍水上又生冰。雪花洞中走過去，臘梅花開又一春。

若問此書何人作，問起此書那雷根？楚國有個山金山，金山有個周天官。萬里叫他去和番，一去和番三千載，遊過崑崙十八春。回帶三卷真佛書，故此作下古書文。混沌初開，盤古出世。歌不安本人不怕，仁臺莫要打枝椏，聽我來唱根由話。別的事情我不敘，就講天地來出世，聽我從頭說幾句。子丑二會生天地，到了戌亥天地死。子丑寅卯，辰巳午未，申酉戌亥。卻是一小會為初會，一萬八千年，十二會，共計二十萬一千六百年。天地生死為一轉，日月相轉一周全。

鼓打三陣把歌論，再唱盤古來出世，聽我從頭說分明。若是說他父母生，混沌初開沒得人。若要說他無父母，到底他從何處來？

老仁臺來歌先生，盤古出世在崑崙，太荒之野長生身。五山相逢五龍形，五個嘴兒往下生。五個嘴兒流下水，五條溝兒甚分明。一齊流在深潭內，聚會天精並地靈。結一仙胎水上存，長出盤古一個人。頭頂一個太極圖，身長一丈二尺五。神通廣大無比能，開天劈地定乾坤。

丟下盤古出世事，再表斧頭把子根。你看庚辛金是西方，盤古來在西方上。見一金石放毫光，重有九斤零四兩。要重就重，要輕就輕，好似斧頭一般樣。又見山窩裏放毫光，見一根鐵樹丈二長。要長就長，要短就短，要圓就圓，要方就方，好似把子一般樣。金斧鐵把自相當，劈開天地分陰陽。非是學生扯的謊，唱得不全請原諒。

鼓打四折我又起，唱起日月來出世，不知怎麼出來的？當日有座崑崙山，內面放出大毫光。盤古曉得是太陽，幾斧劈開響叮噹，現出紅日高萬丈。日光菩薩在中央，出在東方扶桑國，落在西方紅柳鄉。對面山上是月亮，他與日頭一般樣，晝夜輪流在天堂。仁臺莫說我扯謊，恐怕唱掉請幫忙。

金鼓一住又唱起，把天文地理敘一敘。學生雖然不清楚，略略記得點把事。講起天文地理事，陰陽二氣相結聚。氣之輕清上浮者為天，氣之重濁下凝者為地。周天度數說與你，卻有三百六十五度四分之一。上下相隔不多遠，只有一十七萬八千五百里。講起天地形樣體，好似一個雞蛋比。天則好似雞蛋青，地則好似雞蛋黃，天圓地方相包藏。外是日月星神辰，祥雲雷雨天上生。內則草木禽獸，萬物出在地理存。老仁臺，賢歌尊，若還唱錯要指引，不周不全莫談論。

有了日月照世界，又有星宿現出來。天上星宿分出來：東有壁尾星，南有南極老人星，西有天鉞星，北有北斗北極星。璇璣星、玉衡星、天罡星、地煞星、三臺星、八座星、九曜星、七政星，二十八宿滿天星。千千萬萬數不盡，個個布列在天庭。從此三光照乾坤，前人傳與到後人。

金鼓一住聽我道，天地二氣開了竅，漸漸生起風來了。老仁臺你聽從容，不知風有幾多風？春有河風，夏有洞風，秋有金風，冬有雪風。又有谷風、岩風、烈風，還有東西南北風，各樣風色大不同。風的根由講清楚，滿天又有雲和霧。哪怕高嶺與陡岩，就有雲彩現出來。不知雲有幾樣雲？一年四季有雲興。立春有春陽雲，穀雨有太陽雲，立夏有初陰雲，夏至有少陰雲，寒露有正陰雲，霜降又有太陰雲。又有祥雲合妖雲，五色祥雲照乾坤。雲的根由說與你，後來興雲必下雨。不知雨有幾樣雨？前人傳與後人知，不知是的不是的。正月梅花雨，二月杏花雨，三月偷桃雨，四月黃梅雨，五月榴花雨，六月為妖雨，七月洗車雨，八月豆花雨，九月黃雀雨，十月耳露雨。天下從此有了雨，萬物從此皆生起。天下從此生萬物，盤古當日歸天路，將身化在各四處。頭向東方甲乙木，面向南方丙丁火，腳向西方庚辛金，手向北方壬癸水，身向中央戊己土。兩目寄與日月睛，牙齒化與眾星身。腸肚血水流江海，鬍鬚毫毛付山林。肉身化與禽獸肉，骨化白玉與黃金。從此身化付幽冥，天下傳與三才君。

三才君王來出世，開首就是天皇氏，一十三個兄和弟。兄弟來是十三人，一同出世鎮乾坤。查寒暑，觀天文，春夏秋冬定分明。天皇過了地皇君，他有弟兄十一人，出世就把乾坤定。查盈虛，分晝夜，定節氣，派年月，治下四時並八節。地皇過了人皇來，弟兄九人有高才，他把天地來分開。觀天地，查高低，天下一共分九區，弟兄九人來分離，從此九州傳後世。天地人皇過了世，又出多少好皇帝，做出多少好古事。樹上搭架有巢氏，燧人鑽木把火取。一共過了三十六皇帝，又唱五黃來出世。五黃卻是五弟兄，就是黃伯黃仲並黃叔，黃季黃少五個人。卻是金木水火土，就是五人來分定。治五方，立五行，各掌山河定乾坤。

一翻不了又一翻，燧人取火談一談。說其鑽木取火事，聽我從頭來唱起。春取榆柳木之火，夏取桑柘木之火，秋取柞楢木之火，冬取槐檀木之火，四樣木色不差錯。學生是個朦朧貨，不知說的可不可。

丟下五黃功勞大，開首伏羲封天下，蛇身牛頭人害怕。畫八卦，分五行，做泥像，造書文。男女嫁娶定婚姻，治下三綱和五倫。當日有個共工氏，他今坐了山西地，橫行兇暴了不起。虧了祝融手段能，來與共工把戰爭。共工當時殺敗了，急忙奔走把命逃，逃在不周山下來紮到。共工紮在山腳下，想起祝融心害怕。誰知這座不周山，乃是撐天柱一根。共工把山來傍崩，天柱倒在地埃塵，天崩地裂有來因。女媧娘娘來出世，她是伏羲親妹子。一駕祥雲來到此，五色石頭來煉成。煉成五色補天庭，又殺共工一個人，後來做個女皇后。伏羲相傳有五人，五方傳與神農君。神農皇帝治世界，人身牛頭也古怪，做出多少事樣來。嘗百草，治藥性，分五穀，養萬民。又開一個大市鎮，買賣交易任遊行。相傳後代帝八君，軒轅又來鎮乾坤。軒轅他把天下管，有個蚩尤真大膽，興動人馬來造反。騰雲駕霧手段能，軒轅不敢定輸贏。拜兄來里為軍師，封侯印行梅將軍，領大兵來去相爭。排下一個握機陣，捉住蚩尤一個人。他把蚩尤來捉倒，一刀兩斷就斬了，頸項鮮血往上冒。頸項鮮血從頭起，結鹽板，成鹹汁，後人將來做鹽池，熬出鹽來傳後世。軒轅滅了蚩尤子，身坐龍廷為皇帝，國正天順民安逸。命大橈，作甲子，六十花甲從頭起。又命隸首作演算法，九章演算法不差池。正宮娘娘西陵氏，採桑養蠶吞黃絲，衣裳冠帶也興起。造宮殿來修屋宇，治下多少稀奇事，身騎黃龍昊天去。

三皇過了講五帝，仁臺聽我說詳細。開首少昊他先前，天下自然安逸在，後來出些妖魔怪。有個龍頭真古怪，黑氣迷人多厲害。又有後頭鬼精怪，強姦人家女裙釵。只因少昊時運衰，故此妖魔混世界。少昊過了是顓頊，命正南設來祭禮，虔心祝告天合地。玉真娘子下天廷，驚動聖人下凡塵。斬絕妖魔不見形，天下自然得安寧。顓頊過了是帝嚳，他是一個有名主，他今要把乾坤輔。有個反王是亂臣，搞亂江山不太平。帝嚳當時傳下令，那個領兵去相爭。殺了房王那賊兵，多少美女做夫人。天下妖精都滅了，帝堯又把百姓教，功德巍巍合天道。天下萬民得太平，封華百姓樂安寧。多福多壽多男子，三祝堂前拜聖君。在位坐了百年春，天下讓與大舜君。

說起大舜根由事，他是一個行孝子。孝順二字無比論，感動當朝帝王君。帝堯他是行孝人，封為都君在朝門。二個娥皇並女英，嫁與大舜做夫人。父母姑嫂和兄弟，一家大小都不喜，要把大舜來害死。三番二次害他身，多虧天差有救星。大舜他把孝來敬，孝順感動一家人。父母看見喜歡心，弟兄和睦不生嗔。身入朝門拜當今，後來登基坐龍廷。大舜做了當今主，他見水患黎民苦，分付禹王平水土。舉後社稷得安寧，四方黎民世界平，天下一統太平春。

歌師傅，老先生，《黑暗傳》唱完成，不周不全莫談論。

藏抄者：劉定鄉，宜昌縣小溪塔鎮神坪村人，民間藝人，抄本是由其祖父劉國才在清光緒年間抄錄。

附錄：西陵峽《黑暗傳》傳承人劉定鄉自傳

我叫劉定鄉，男，漢族，一九三二年四月三日出生於長江西陵峽口，初中文化。老家在宜昌縣小溪塔鎮廟坪村，即長江西陵峽口——南津關北岸兩公里處。

我的祖父劉國才是個民間藝人，會坐夜打喪鼓，唱孝歌。他手抄有不少唱本，還買了一套鑼鼓家業，都傳到了我們。解放初期反「封建文化」，大躍進搬家，文化革命「掃四舊」，祖父的那些東西大都散失了，中間倖存的又被燒了。我只把光緒元年的《劉氏族譜》和《黑暗傳》藏住了。我認為講歷史，唱孝道，不會錯的。只是那時管得嚴，沒有人唱。一九七九年後，慢慢管得鬆了，為亡人唱喪鼓的風氣又興起了。我就把《黑暗傳》傳出讓人們做喪鼓詞。我也會唱喪鼓調，但記不全，只能照著本子連說帶唱，讓青年人聽，成了個民間藝人。

一九九八年九月，我參加了宜昌縣文代會，成了縣民間藝術家協會會員。我在開會期間，把《黑暗傳》唱給縣文聯黃世堂老師聽。黃世堂老師當時就說這是個寶，要挖掘，千萬別失傳了。我便將祖父的手抄本複印了一份給了黃世堂老師。經黃世堂老師整理評注，一九九九年十一月《新三峽》上發表了。這是宜昌縣文聯主辦的文學期刊，《黑暗傳》發在頭條，吸引了一些專家和不少讀者。

劉定鄉

一九九九年十二月二十四日

《黑暗傳》簡介[1]

申報地區或單位：保康縣、神農架林區

《黑暗傳》是長期流傳在湖北省保康縣、神農架林區及其周邊地區的一部關於漢民族神話歷史的敘事長詩，多以清代手抄本傳世，為薅草鑼鼓、喪鼓藝人演唱底本。《黑暗傳》內容多源，深受儒釋道影響，凡有打喪鼓、唱孝歌的民俗活動之地，就有《黑暗傳》的流傳。《黑暗傳》大體包括：天地起源混沌黑暗，無天無地無日月，玄黃老祖收了眾弟子，弟子奇妙子吞下珠寶，屍分五塊為五方，珠寶化青氣上升為天等一系列神奇故事，此為「先天」黑暗。到盤古分天地，請日月上天，死後化生萬物，「後天」黑暗為昊天聖母，吞了三個龍蛋，生下三個兒子，三個兒子一個管天，一個管地，一個管幽冥。此間，黑水、紅水、清水三番洪水滔天幾萬年，漫長的洪水期，有浪蕩子吞天，江沽造水土，有天地藤上結一大葫蘆，被洪鈞老祖破開，見是一對童男童女，勸其婚配，成婚三十載生下眾子孫又死於洪水，後來有女媧造人，人類才開始誕生，止於三皇五帝治世。有的唱本延續到各個朝代，但其重點仍在歌唱上古神話歷史。《黑暗傳》作為「孝歌」、「薅草鑼鼓」由眾多歌師在不同場合演唱，深受民眾喜愛。《黑暗傳》時空背景廣闊，敘事結構宏大，內容古樸神奇，是一部難得的民間文學作品。自二十世紀八十年代中期發現以來，受到海內外學術界、文化界的廣泛重視。

1 原載《湖北省非物質文化遺產名錄圖典》第一卷（湖北人民出版社，二〇一二年）。

《黑暗傳》報導及評論文章索引（一九八四至二〇一二年）

[1] 劉守華，〈鄂西古神話的新發現——神農架神話歷史敘事長歌《黑暗傳》初評〉，《江漢論壇》一九八四年第二期。

[2] 〈神農架發現漢族首部創世史詩〉，《湖北日報》一九八四年九月二十一日。

[3] 胡崇峻、何夥，〈我們在追蹤漢民族的神話史詩——神農架《黑暗傳》序〉，見《神農架黑暗傳多種版本彙編》（湖北省民間文藝家協會編印，一九八六年）。

[4] 〈我國漢族族第一部創世紀史詩《黑暗傳》在神農架發現〉，《人民日報》一九八六年十二月十八日。

[5] 袁珂，〈喜讀神農架《黑暗傳》〉，《中國文化報》一九八七年二月四日。

[6] 劉守華，〈神農架《黑暗傳》的文化價值〉，《湖北日報》一九八七年五月二十三日。

[7] 尹笱君，〈鑿開混沌得烏金〉，《文藝報》一九八七年一月十四日。

[8] 鄭樹森，〈《黑暗傳》是不是漢族長篇史詩〉，《上海師範大學學報》一九九〇年第一期。

[9] 尹笱君，〈神農架《黑暗傳》之研究——兼與鄭樹森教授商榷〉，《上海師範大學學報》一九九二年第四期。

[10] 韓致中，〈珍貴的荊楚神話——讀《黑暗傳》、〈善歌鑼鼓〉〉，《湘潭大學學報》一九九三年第二期。

[11] 〈《黑暗傳》研究專輯〉，收入《神農架文藝》第三期（湖北省神農架林區神農架文化研究會編輯出版，一九九四年）。

[12] 胡榮茂，〈《黑暗傳》與半坡遺址〉，《文化廣角》一九九五年。
[13] 胡崇峻，〈《黑暗傳》——漢民族寶貴的精神遺存〉，《湖北日報‧文化天地副刊》一九九五年第四十二期。
[14] 馮安新、劉祖炎，〈《黑暗傳》：漢民族寶貴的精神遺存〉，《湖北日報‧文化天地副刊》一九九五年九月五日。
[15] 朱健國，〈《黑暗傳》何時走出「黑暗」〉，《南方週末》一九九五年九月八日。
[16] 陳炎，〈《黑暗傳》：漢民族的史詩？〉，《粵港信息報》一九九六年一月十三日。
[17] 郭睿，〈漢民族史詩《黑暗傳》曦光初照〉，《長江週末》一九九六年十二月八日。
[18] 劉守華、胡崇峻，〈《黑暗傳》的發現及其價值〉，《春秋》一九九六年第三期。
[19] 劉守華，〈《黑暗傳》：風風雨雨十二年〉，《湖北日報‧文化天地副刊》一九九六年三月十七日。
[20] 劉守華，〈關於《黑暗傳》的神話史詩說〉，《中國藝術報》一九九六年五月二十四日。
[21] 錢玉林，〈頭朝下生長的樹——神農架「史詩」漫議〉，《文匯讀書週報》一九九六年三月二日。
[22] 阿正，〈漢語創世史詩《黑暗傳》語言風格個性〉，《修辭學習》一九九六年第四期。
[23] 王海峰、周彬慧、彭育波、林流芳、劉芳，〈從《黑暗傳》看神農架的文化位置〉，《華東師範大學學報》二〇〇九年第一期。
[24] 劉定鄉傳承，黃世堂整理評注，《黑暗傳》，《新三峽》一九九九年第四期。
[25] 馮廣博、李洪領，〈《黑暗傳》何日現晨曦〉，《學習月刊》一九九九年第七期。
[26] 覃萬鍾，〈三峽地區發現《黑暗傳》手抄本〉，《湖北日報》二〇〇〇年一月十二日。
[27] 覃萬鍾，〈西陵峽口發現手抄《黑暗傳》〉，《楚天都市報》二〇〇〇年一月十三日
[28] 柏健，〈《黑暗傳》真面目浮出水面〉，《湖北日報》二〇〇〇年三月十八日。
[29] 柏健，〈漢民族神話史詩研究獲重要成果〉，《湖北日報》二〇〇〇年三月七日。

[30] 柏健，〈《黑暗傳》找到文獻源頭〉，《文摘報》二〇〇〇年四月二日。
[31] 劉守華，〈《黑暗傳》追蹤〉，臺北《漢學研究》二〇〇一年第一期。
[32] 劉守華，〈《黑暗傳》與明代通俗小說〉，《鄖陽師範高等師範專科學校學報》二〇〇一年第二期。
[33] 彭宗衛，〈我收集和見證的神話長詩《黑暗傳》〉，《今日湖北》二〇〇一年第七期。
[34] 張春香，〈聚焦神話長詩《黑暗傳》〉，《今日湖北》二〇〇一年第七期。
[35] 胡崇峻，〈《黑暗傳》搜集與整理〉，見《黑暗傳》（長江文藝出版社，二〇〇二年）。
[36] 趙軼、阿為，〈漢民族神話史詩《黑暗傳》〉，《央視國際消息》二〇〇二年。
[37] 尹本順，〈《黑暗傳》今春亮豐彩〉，《深圳特區報》二〇〇二年一月二十八日。
[38] 謝沂，〈中國沒有史詩？漢族首部史詩為何發現在神農架〉，《北京青年報》二〇〇二年三月二十九日。
[39] 劉守華，〈漢族史詩《黑暗傳》發現始末〉，《中華讀書報》二〇〇二年四月三日。
[40] 稅曉潔、冷智宏，〈環繞神農架之後看《黑暗傳》〉，見《尋找「野人」——神農架探密紀實》（湖南文藝出版社，二〇〇二年）。
[41] 張雋，〈漢族史詩《黑暗傳》本月問世〉，《生活時報》二〇〇二年四月三日。
[42] 劉江濤，〈漢民族有了自己的史詩？〉，《新聞午報》二〇〇二年五月十五日。
[43] 岳瀟，〈《黑暗傳》走出「黑暗」〉，《報告文學》二〇〇二年第七期。
[44] 劉守華，〈《黑暗傳》中的盤古神話及其傳承特點〉，《華中師範大學學報》二〇〇三年第六期。
[45] 陳益源，〈西陵峽《黑暗傳》的發現、整理及其價值〉，《保定師範專科學校學報》二〇〇三年第三期。
[46] 張春香，〈文化奇胎《黑暗傳》〉，《廣西民族學院學報》二〇〇三年第三期。
[47] 冰客，〈《黑暗傳》的漢水文化歷史價值探析〉，《鄖陽師範高等專科學校學報》二〇〇三年第四期。

[48]蔣顯福，〈《黑暗傳》與道的創世觀比較研究〉，《鄖陽師範高等師範專科學校學報》二〇〇三年第四期。

[49]羅永斌，〈編創采風組結束神農架之行，《黑暗傳》將上銀幕〉，《楚天都市報》二〇〇四年五月四日。

[50]陳益源，〈高行健與《黑暗傳》〉，收錄於〉俗文學稀見文獻校考》（臺北：里仁書局，二〇〇五年）。

[51]黎昌政，〈漢民族神話史詩《黑暗傳》獲湖北圖書獎〉，《解放日報》二〇〇五年一月三十一日。

[52]許蘋，〈遺失在神農架的漢民族創世史詩——胡崇峻與《黑暗傳》的生死情緣〉，《中國鄉土地理》二〇〇五年六月號。

[53]任愛國、李秀樺，〈神農架與「漢民族創世史詩」〉，《南方週末》二〇〇五年九月八日

[54]張春香，〈從《黑暗傳》看盤古形象的文化內涵〉，《湖北民族學院學報》二〇〇六年第四期。

[55]陳嘉琪，〈論《黑暗傳》的口承敘事文化現象——以八種傳抄本為主要探討對象〉，《民俗研究》二〇〇六年第六期。

[56]〈中國的〈荷馬史詩〉回眸祖宗的故事來源〉，《新華網》二〇〇六年七月。

[57]劉文生，〈從遠古走來的《黑暗傳》〉，《襄樊晚報》二〇〇七年一月二日。

[58]劉守華，〈《黑暗傳》整理本序〉，見《民間文學：魅力與價值》（大眾文藝出版社，二〇〇七年）。

[59]易偉，〈尋找《黑暗傳》〉，《湖北日報・東湖副刊》二〇〇七年四月六日。

[60]羅興萍，〈《黑暗傳》與〈聖天門口〉的互文性研究〉，《當代作家評論》二〇〇七年第六期。

[61]潘世東，〈神農架《黑暗傳》與漢民族史詩文化〉，見《漢水文化論綱》（湖北人民出版社，二〇〇八年）。

[62]潘世東，〈文化哲學視野下的《黑暗傳》終極價值闡釋〉，《鄖陽師範高等專科學校學報》二〇〇八年第五期。

[63]潘世東、李洪、葛慧，〈漢水文化視野下的《黑暗傳》之歷史文化價值〉，《鄖陽師範高等專科學校學報》二〇〇九年第一期。

[64] 龐亞斌，劉婧婷，朱林飛，〈《黑暗傳》要先改名才能成為國家級「非遺」？〉，《長江商報》二〇〇九年七月十三日。

[65] 王承鼎、楊洋，〈《黑暗傳》走進非遺名錄〉，《襄樊日報》二〇〇九年九月二日。

[66] 龐曙初、魏夢佳，〈探祕神農架《黑暗傳》：漢民族的神話史詩〉，《新華網》二〇一〇年十月十三日。

[67] 史強，〈襄樊老農版《黑暗傳》申報非遺〉，《武漢晨報》二〇一〇年十月二十五日。

[68] 左尚鴻，〈《黑暗傳》「非遺」定性爭議及其價值重審〉，《文化遺產》二〇一〇年第四期。

[69] 孔福祥、王承鼎，〈《黑暗傳》入選國家非物質文化遺產〉，《湖北日報》二〇一〇年五月十八日。

[70] 韓曉玲，〈樸素而忘情地吟唱著──我省成為民間敘事長詩傳承熱土〉，《湖北日報》二〇一〇年七月二日。

[71] 張春香，〈《黑暗傳》與中華民族精神傳承〉，《山東社會科學》二〇一一年第一期。

[72] 毛俊玉，〈《黑暗傳》：映照一個民族遠去的背影〉，《文化月刊──遺產》二〇一一年一月刊。

[73] 孔祥福，〈保康籌拍大型動畫劇《黑暗傳》重現遠古神話〉，《湖北日報》二〇一一年二月十八日。

[74] 王承鼎，〈保康萬元徵集《黑暗傳》劇本將以二十六集動畫劇再現遠古楚文化〉，《武漢晚報》二〇一一年二月二日。

[75] 亞伯拉罕・螻塚，〈《黑暗傳》跋：中國創世神話的形而上學意義及創世之主體性諸問題〉，悉尼：《國際漢語文壇》二〇一一年五月十日。

[76] 劉守華，〈我與《黑暗傳》〉，《長江大學學報》二〇一一年第七期。

[77] 林佳煥，〈《黑暗傳》整理研究三十年〉，《長江大學學報》二〇一一年第七期。

[78] 劉守華，〈再論《黑暗傳》──《黑暗傳》與敦煌寫本《天地開闢已來帝王紀》〉，《民俗研究》二〇一二年第四期。

編後記

《黑暗傳》這部詠唱漢族神話歷史的長歌，從它在神農架地區被採錄問世到列入國家級非物質文化遺產保護名錄，歷經了三十年風風雨雨。它作為「喪歌」、「孝歌」一直活在鄂西北的窮鄉僻壤之中，採錄成文之後又因其是否具有漢民族「史詩」品格而激起熱烈爭議。我被它的奇光異彩所深深吸引，追蹤考察長達三十年之久，本書即由此而來。

本書由選輯有關《黑暗傳》的評論文章和《黑暗傳》的代表性異文構成。這十一個歌本均係民間手抄，被歌師珍藏至今，本書完全按原文收錄，未做任何刪改。它們就是歌師口頭演唱的腳本。這些抄本被歌師視若珍寶，有的是歌師在外地打工時寧可不要工錢抄錄回來的，有的本子和族譜放在一起，是歷經劫難傳給後代的傳家寶。多數是胡崇峻先生克服重重艱難搜求所得。今天得以成書問世，不能不向這些抄錄、收藏、搜求者油然生出敬意。

本書選錄的十六篇論文，大約只占已刊文章的三分之一，卻是內容較為切實而具有代表性的。它們對這部民間長詩的解析各有側重，而且褒貶不一，這正是學術探究的難能可貴之處。

筆者的這幾篇文章寫作時間跨度長達三十年，對這件民間文學珍品雖一往情深，卻也時露淺見。在長達二三十年間，因新資料的陸續湧現而不斷修正補充自己的論斷更是常有的事。一件埋藏於深山老林的民間口頭文學珍品，在中國歷史文化發展的新時期，怎樣被發掘問世而震驚中華大地，又怎樣在毀譽參半的聲浪中被解讀而進入國家非遺保護名錄。這一事實不能不說是中國民間文化學術史上的一頁動人篇章。

至於有關《黑暗傳》的一連串文化謎團，如在喪禮上演唱《黑暗傳》的習俗究竟何時形成？它的創世神話體系怎樣構成？它是否可作為漢民族的神話史詩來看待？從《黑暗傳》折射出中國民間傳統文化的構成演變有著怎樣獨特的律則？這些都有待我們繼續深入探求。

《黑暗傳》的整理本曾由臺北雲龍出版社印行繁體字版，拙作〈《黑暗傳》追蹤〉曾在臺北《漢學研究》雜誌刊出。本書收錄的論文中，也涵蓋了臺灣陳益源教授和陳嘉琪女士的大作。此次感謝臺灣秀威公司支持出版。筆者曾兩次赴臺參加有關中國民間文學的學術研討活動。也曾在湖北武當山、神農架，接待前去大陸考察民間文學的諸多臺灣友人。海峽兩岸學界對開掘中國民間文學豐厚寶藏的共同興趣，將我們的心緊緊拴在一起。正由於眾多學人寶貴心血的悉心澆灌，才使得《黑暗傳》這朵山野奇花得以在今天的中國重放異彩。在清明節降臨之際，我所在的湖北武昌華中師範大學桂子山校園正是一片桃花紅似火，謹在此向海峽對岸的諸位新老朋友致以誠摯問候與祝福！

劉守華

二〇一二年三月一日

民俗與民間文學叢書05　AG0174

《黑暗傳》追蹤

編　　著 / 劉守華
主　　編 / 林繼富、劉秀美
責任編輯 / 廖妘甄
圖文排版 / 楊家齊
封面設計 / 蔡瑋筠

發 行 人 / 宋政坤
法律顧問 / 毛國樑　律師
印製出版 / 秀威資訊科技股份有限公司
114台北市內湖區瑞光路76巷65號1樓
電話：+886-2-2796-3638　傳真：+886-2-2796-1377
http://www.showwe.com.tw
劃撥帳號 / 19563868　戶名：秀威資訊科技股份有限公司
讀者服務信箱：service@showwe.com.tw
展售門市 / 國家書店（松江門市）
104台北市中山區松江路209號1樓
電話：+886-2-2518-0207　傳真：+886-2-2518-0778
網路訂購 / 秀威網路書店：http://www.bodbooks.com.tw
國家網路書店：http://www.govbooks.com.tw
圖書經銷 / 紅螞蟻圖書有限公司
台北市114內湖區舊宗路2段121巷19號（紅螞蟻資訊大樓）
電話：+886-2-2795-3656　傳真：+886-2-2795-4100

2015年12月　BOD一版
定價：430元
版權所有　翻印必究
本書如有缺頁、破損或裝訂錯誤，請寄回更換

Copyright©2015 by Showwe Information Co., Ltd.
Printed in Taiwan
All Rights Reserved

國家圖書館出版品預行編目

<<黑暗傳>>追蹤 / 劉守華編著. -- 一版. -- 臺北市 : 秀威資訊科技, 2015.12

面 ; 公分. -- (民俗與民間文學叢書 ; AG0174)

BOD版

ISBN 978-986-326-321-0(平裝)

1.中國文學 2.民間文學 3.文學評論

858.07 104001182

讀者回函卡

感謝您購買本書，為提升服務品質，請填妥以下資料，將讀者回函卡直接寄回或傳真本公司，收到您的寶貴意見後，我們會收藏記錄及檢討，謝謝！

如您需要了解本公司最新出版書目、購書優惠或企劃活動，歡迎您上網查詢或下載相關資料：http:// www.showwe.com.tw

您購買的書名：________________________

出生日期：________年________月________日

學歷：□高中（含）以下　□大專　□研究所（含）以上

職業：□製造業　□金融業　□資訊業　□軍警　□傳播業　□自由業

□服務業　□公務員　□教職　□學生　□家管　□其它_____

購書地點：□網路書店　□實體書店　□書展　□郵購　□贈閱　□其他

您從何得知本書的消息？

□網路書店　□實體書店　□網路搜尋　□電子報　□書訊　□雜誌

□傳播媒體　□親友推薦　□網站推薦　□部落格　□其他__________

您對本書的評價：（請填代號　1.非常滿意　2.滿意　3.尚可　4.再改進）

封面設計____　版面編排____　內容____　文／譯筆____　價格____

讀完書後您覺得：

□很有收穫　□有收穫　□收穫不多　□沒收穫

對我們的建議：________________________

____

____

____

請貼
郵票

11466
台北市內湖區瑞光路 76 巷 65 號 1 樓
秀威資訊科技股份有限公司 收
BOD 數位出版事業部

(請沿線對折寄回，謝謝！)

姓　　名：________　年齡：______　性別：□女　□男

郵遞區號：□□□□□

地　　址：________________

聯絡電話：(日)__________ (夜)__________

E-mail：________________